Endlich wieder zu Hause! Wie hat Ethan Bennett diese herrliche Landschaft um die Silverwood Ranch vermisst. Nachdem er seinen Job in Sydney verloren hat, will er einen Neuanfang wagen, und wo ginge das besser als zu Hause? Sofort ist er wieder mittendrin im turbulenten Alltag der großen Bennett-Familie, wo es rau, aber herzlich zugeht.
Doch mit einem hat Ethan nicht gerechnet – mit der wunderschönen Liz, die den chaotischen Haushalt seines Vaters und seiner vier Brüder führt. Eine Frau wie sie hat er noch nie getroffen – so zart und dennoch stark. Wieso nur beginnt Ethans Herz laut zu schlagen, wenn sie ihn anlächelt? Warum ist jede flüchtige Berührung wie ein Funkenschlag? Liz stellt seine Pläne gründlich auf den Kopf …

Der 1. Band der neuen Australien-Reihe: fünf unwiderstehliche Brüder, fünf berührende Liebesgeschichten und eine eigenwillige Familie, die dein Herz im Sturm erobern wird.

Lilian Kaliner (*1984) lebt mit ihrem Mann, zwei Kindern, einem Hund und vielen Hühnern in einem kleinen Örtchen in der Nähe von Freiburg. Mit ihrem heutigen Mann reiste sie in einem uralten Campingbus durch Australien. Sie haben bei knapp vierzig Grad Kirschen gepflückt, um die Reise zu finanzieren, haben an einsamen Stränden übernachtet, sind in Tasmanien von der Kälte überrascht worden – und haben kurz danach geheiratet. Als ihr die Idee zu einer Romanreihe mit einer turbulenten Großfamilie kam, war klar, dass sie in Australien spielen würde.

Weitere Informationen finden Sie unter www.fischerverlage.de

Lilian Kaliner

Sehnsucht in deinem Herzen

FIREFLY CREEK

Roman

FISCHER Taschenbuch

Aus Verantwortung für die Umwelt hat sich der S. Fischer Verlag zu einer nachhaltigen Buchproduktion verpflichtet. Der bewusste Umgang mit unseren Ressourcen, der Schutz unseres Klimas und der Natur gehören zu unseren obersten Unternehmenszielen.

Gemeinsam mit unseren Partnern und Lieferanten setzen wir uns für eine klimaneutrale Buchproduktion ein, die den Erwerb von Klimazertifikaten zur Kompensation des CO_2-Ausstoßes einschließt.

Weitere Informationen finden Sie unter: www.klimaneutralerverlag.de

FSC
www.fsc.org
MIX
Papier aus verantwortungsvollen Quellen
FSC® C083411

Originalausgabe
Erschienen bei FISCHER Taschenbuch
Frankfurt am Main, August 2021

Redaktion: Ilona Jaeger

Satz: Pinkuin Satz und Datentechnik, Berlin
Druck und Bindung: CPI books GmbH, Leck
Printed in Germany
ISBN 978-3-596-70551-1

Für meinen Mann,
der auf meinen Vorschlag, alles zu verkaufen,
was wir hatten, und nur mit einem Rucksack
nach Australien zu reisen,
mit »okay« antwortete.

Prolog

15 Jahre früher

Mr. Bennett!« Aufdringlich schallte die Frauenstimme durch die trockene, heiße Luft. Harry Bennett ließ das Brandeisen zischend in den Wassereimer fallen und sah seufzend auf.

Eine resolut wirkende ältere Dame in eleganter Bluse und Halbrock kam eilig mit missmutiger Miene auf den Rinderauslauf zu. Mühsam tippelte sie in hochhackigen Schuhen über den unebenen Boden. Jeder ihrer Schritte wirbelte eine kleine Staubwolke auf, die der leichte Wind über den Hof davontrug.

»Mrs. Samson, die Schulleiterin, das kann ja lustig werden«, kommentierte John und löste den Strick vom Hals des Kalbes. Stürmisch rannte das Tier zurück zu seiner Mutter und verschwand in der Rinderherde, die dicht gedrängt im hinteren Bereich der Einzäunung stand und unablässig muhte.

»Halt dich zurück«, ermahnte Harry seinen ältesten Sohn, dessen rabenschwarzes Haar unter dem Lederhut hervorsah. Diese aufdringliche Frau hatte Harry gerade noch gefehlt. Nicht zuletzt ihretwegen hatte er den Anrufbeantworter ausgesteckt. Ihm war klar, was nun kommen würde, die Frage war nur, welcher seiner Söhne dieses Mal etwas ausgefressen hatte. Prüfend sah er zum sechzehnjährigen Jim hinüber, der an der Scheunenwand lehnte und abwehrend die Hände hob. Schon jetzt hatte Jim ein breiteres Kreuz als seine beiden älteren Brüder, und Harry überlegte für einen Moment, ob es ihm wohl noch gelingen würde, ihn übers Knie zu legen. Er musste schmunzeln. Noch niemals hatte er Hand an seine Söhne gelegt, auch wenn sie seine Geduld so manches Mal auf die Probe gestellt hatten. Sein Blick wanderte weiter zu Samuel, seinem Zweitgeborenen, an dessen Mundwinkeln sich ebenfalls ein Grinsen abzeichnete. Harry kniff die Augen zusammen, woraufhin sein Sohn sich daranmachte, das nächste Kalb einzufangen.

»Mr. Bennett«, keuchend kam die Schulleiterin vor dem Zaun zum Stehen.

»Mrs. Samson.« Harry nickte ihr zu und nahm den Hut ab. Langsam trat er auf sie zu und rieb sich mit dem Arm den Schweiß von der Stirn. Dann zog er die Lederhandschuhe aus und sah sie abwartend an.

»Da Sie nicht auf meine Anrufe reagieren, musste ich mir die Zeit nehmen und zu Ihnen rausfahren.« Vorwurfsvoll schüttelte sie den Kopf, und Harry konnte Schweißperlen in ihrem Haaransatz erkennen. Mit ihrer ordentlichen Kleidung und den penibel hochgesteckten Haaren passte sie nicht auf die abgelegene Farm. Warum war sie nicht in ihrem klimatisierten Büro geblieben und ließ ihn und seine Jungs in Ruhe?

»Wer war es diesmal?«, fragte er gelassen.

»Die Zwillinge«, platzte es aus ihr heraus. Suchend sah sie sich um. »Wo sind die beiden?«

»Wie Sie sehen, bin ich beschäftigt. Ich kann Ihnen nicht sagen, wo sich Quentin und River rumtreiben.«

Sie ließ ein entrüstetes Schnaufen hören.

»Was haben sie denn angestellt?« Harry kratzte sich am Kopf. Bis zum Abend mussten die restlichen Jungtiere markiert werden, für dieses Gespräch hatte er wirklich keine Zeit.

»Die Klassenkaninchen …«

Stöhnend lehnte Harry sich gegen den Zaun. »Leben die Viecher noch?«

»Ja, das tun sie. Das ist aber auch das einzig Gute an der Sache.« Sie kramte in der Handtasche und zog etwas heraus. »Kommt Ihnen das hier bekannt vor?«

Harry griff nach dem Haarschneidegerät, mit dem er seinen Söhnen die Haare stutzte. »Sie haben doch nicht etwa …?«

»… die Kaninchen rasiert«, vollendete Mrs. Samson den Satz pikiert.

Hinter Harry erklang grölendes Gelächter. Er warf seinen Söhnen einen strafenden Blick zu. Augenblicklich verstummten sie, grinsten dennoch weiter amüsiert.

»Ich nehme an, das wächst nach. Also alles halb so wild«, stellte Harry nüchtern fest und warf das Gerät neben das offene Scheunentor.

»Alles halb so wild?« Mrs. Samsons Stimme klang spitz.

»Mrs. Samson, ich werde mir die beiden vornehmen. Das kommt nicht wieder vor«, sagte Harry geduldig.

»Das glauben Sie doch selbst nicht. Wir haben vier Bennetts in der Schule, und ihre Akten platzen allesamt aus den Nähten. Der da«, sie zeigte auf Jim, »hat letztes Jahr den Arndt-Jungen verprügelt. John und Samuel sind zum Glück inzwischen nicht mehr unser Problem.« Missmutig sah sie auf die beiden Ältesten, die mittlerweile die Schule abgeschlossen hatten und auf der Farm arbeiteten.

»Soweit ich informiert bin, hatte der Arndt-Junge angefangen. Was kann ich dafür, dass Jim besser zielen kann?«, knurrte Harry und rieb sich erneut über die Stirn. »Was ist mit Ethan?«, erkundigte er sich nach seinem dreizehnjährigen Sohn.

»Er ist Klassenbester«, gab die Schulleiterin mit säuerlicher Miene zu.

Harry verkniff sich einen Kommentar.

»Das entschuldigt nicht das Verhalten der anderen, und Ethan lässt sich viel zu oft in ihre Streiche mit hineinziehen. Seit ich diese Schule leite, bereiten mir Ihre Jungs Kopfzerbrechen. John und Samuel haben immerhin irgendwie den Abschluss geschafft, jetzt bleiben uns noch Jim, Ethan und die Zwillinge.« In ihrem Gesicht zeichneten sich Sorgenfalten ab.

Harry stieß einen Seufzer aus und fuhr sich über den Nacken. So ungelegen ihm ihr Besuch kam, er verstand dennoch, was sie dazu bewegt hatte. Er kannte seine Söhne besser als sonst jemand, sie lebten und arbeiteten hier Seite an Seite. Und ihm war klar, welchen Eindruck ihr Verhalten auf Außenstehende machen musste.

»Mr. Bennett«, begann die ältere Dame erneut.

»Nennen Sie mich Harry«, brummte er versöhnlich.

Ein Lächeln huschte über ihre Lippen. »Harry, ich weiß um Ihre«, sie zögerte, »um Ihre spezielle Situation.«

»Davon gehe ich aus.«

»Den Jungen fehlt ein weiblicher Einfluss. Ich bin sicher, Sie geben Ihr Bestes.« Mit gerunzelter Stirn sah sie in den Auslauf, wo John und Samuel gerade dabei waren, in Arbeitshosen und mit nacktem Oberkörper ein weiteres Kalb niederzuringen, während Jim das Brandeisen erhitzte.

Bei dem Anblick machte sich Stolz in Harrys Brust breit. Mit ihren zwanzig, neunzehn und sechzehn Jahren packten sie bei allem mit an. Ihr Arbeitseifer hatte die Farm in schwierigen Zeiten am Laufen gehalten, in denen kein Geld für Aushilfen da gewesen war. Und trotzdem wusste Harry, an was es ihnen mangelte. »Ich kann mir keine Frau aus dem Ärmel schütteln«, sagte er leise.

»Wäre ein Kindermädchen vielleicht eine Möglichkeit? Die Zwillinge sind erst in der dritten Klasse, wenigstens diesen beiden könnte das noch helfen.«

»Das haben wir schon hinter uns.« Mühsam verdrängte Harry den Gedanken an Fiona. In den drei Jahren, die sie bei ihnen gelebt hatte, waren die Kinder förmlich aufgeblüht. Doch dann war sie gegangen. »In diesem Haus wird es keine Frau mehr geben«, erklärte er bestimmt.

Mrs. Samson zuckte mit den Schultern. »Sie wissen jetzt Bescheid, ich möchte Sie nicht weiter von der Arbeit abhalten.«

»Ich versuche, mit Quentin und River zu reden. Es tut mir leid, dass sie Ihnen solche Probleme bereiten«, bemühte er sich, das Gespräch zu einem guten Ende zu bringen. Er wischte seine Hand an der Hose ab und hielt sie ihr hin.

Zögernd griff sie danach. »Bevor ich es vergesse.« Noch einmal kramte sie in der Tasche und zog einen Umschlag heraus. »Das hier ist die Einverständniserklärung, damit Ethan die Klasse überspringen kann.«

Irritiert nahm Harry den Umschlag entgegen. »Er soll überspringen?«

»Hat er Ihnen das nicht gesagt?«

Mit gerunzelter Stirn sah er zum Haus hinüber. »Wir reden nicht viel miteinander, meistens liest er, oder er lernt und vergräbt sich in seinem Zimmer.« Im Gegensatz zur Schulleiterin war es bei ihm Ethan, um den er sich sorgte. Er fand einfach keinen Zugang zu dem Jungen. Wann immer er ihn um Hilfe bei der Farmarbeit bat, konnte er über Ethans Unbeholfenheit nur den Kopf schütteln. Die anderen fünf Söhne trieben ihn mit ihren Späßen und Streichen zwar häufig zur Weißglut, allerdings war er selbst in ihrem Alter ähnlich gewesen. Er war sich sicher, dass aus ihnen etwas werden würde. Sie waren die Zukunft der Farm. Doch Ethan hatte andere Stärken, und oft genug verspürte Harry Hilflosigkeit, wenn es um die Beziehung zu seinem Viertältesten ging. Und nun hatte Ethan ihm nicht einmal davon erzählt, dass er eine Klasse überspringen sollte. Seufzend faltete er den Umschlag zusammen und steckte ihn in die Hosentasche. »Ich werde mir die Zwillinge vorknöpfen. Aber ich kann nicht versprechen, dass es was bringt.«

»In Ordnung.« Mit einem verständnisvollen Lächeln verabschiedete sich Mrs. Samson.

Geduldig wartete Harry ab, bis das Auto vom Hof fuhr. Er steckte zwei Finger in den Mund und ließ einen lauten Pfiff erklingen. Dann sah er hinauf zu der kleinen Luke unter dem Scheunendach. »Kommt runter, ich weiß, dass ihr dort oben steckt«, grollte er mit lauter Stimme.

Schuldbewusst traten Quentin und River aus der Scheune und schlüpften durch die Latten des Zauns. Harry deutete auf das Haarschneidegerät. »Ihr habt wirklich die Kaninchen rasiert?«

»War verdammt schwierig, sie haben so gezappelt«, erklärte Quentin stolz.

»Du sollst nicht fluchen«, wies sein Vater ihn zurecht. »Warum hat das keiner mitbekommen?«

River sah zu Boden. »Wir haben uns in der Pause ins Klassenzimmer geschlichen.«

Stöhnend kniete Harry sich vor seine Söhne. »Ihr wisst, dass ihr mich manchmal wahnsinnig macht?«

Beide zogen eine Schnute.

»Ihr mistet zur Strafe den Pferdestall aus. Und versucht in Zukunft zumindest, euch besser zu benehmen«, sagte er ernst. »Es gibt hier nur diese eine Schule, also sorgt gefälligst dafür, dass ihr nicht rausgeworfen werdet.« Kaum hatte er den Satz beendet, flitzten die beiden Richtung Stall. Quentins dunkle Locken wippten dabei fröhlich auf und ab, während in Rivers kurzgeschorenen Haaren Staub in der Sonne glitzerte. So ähnlich sich die Zwillinge im Wesen waren, so unterschiedlich sahen sie aus. Beide trugen Hosen, die von ihren wilden Spielen eingerissen waren und dringend ausgebessert werden mussten. Stattdessen würde Harry einfach einen Stapel neue Jeans kaufen. Er und seine Familie wurden von den Bewohnern des nahegelegenen Ortes Firefly Creek auch so schon neugierig beäugt. Seine Jüngsten sollten nicht noch als Kaninchen rasierende vernachlässigte Wilde bekanntwerden. Wobei sich die jüngste Glanzleistung seiner Söhne sicherlich längst herumgesprochen hatte.

Harry erhob sich. Den Rasierer würde er wegschließen, ehe es auch noch die Farmkatze erwischte. Schmunzelnd stapfte er zu den anderen zurück. Vielleicht würde er morgen, wenn er die Jungs von der Schule abholte, einen Blick auf die rasierten Kaninchen werfen. Seine älteren Jungs hatten ihm schon einige schlaflose Nächte beschert, doch die Zwillinge hatten offensichtlich vor, sie um Längen zu übertreffen. Anscheinend hatten seine Söhne während des Gesprächs drei weitere Kälber gebrandmarkt. Anerkennend klopfte er John auf die Schulter. Sicherlich hatte Harry vieles bei ihrer Erziehung falsch gemacht, aber doch nicht alles. Noch einmal sah er zum Haus hinüber. Er musste dringend einen Weg finden, mit Ethan zu sprechen.

Kapitel 1

Heute

Liz klemmte sich den Geldbeutel unter den Arm und eine Chipstüte unter das Kinn und griff mit den Händen nach den beiden anderen Packungen. Mit einem verschämten Lächeln verabschiedete sie sich von dem schlaksigen Jugendlichen, der hier an der Tankstelle jobbte, und trug ihren Einkauf nach draußen zum Auto. Was musste dieser Junge nur von ihre denken? In regelmäßigen Abständen kam sie hierher, um sich mit ihren Lieblingsknabbereien einzudecken. Alle zwei, drei Wochen schob sie eine Ausrede vor, üblicherweise dass die Milch oder das Brot aus seien, um sich für eine Stunde von der Farm zu stehlen. Und genau wie heute wählte sie dafür meist einen Sonntagabend, wenn im Ort nicht viel los war. *Ach ja, die Milch!* Augenrollend öffnete sie die Beifahrertür und warf die Tüten auf den Sitz. Dann lief sie eilig zurück in die Tankstelle und nahm eine Milchflasche aus dem Kühlregal. Niemand sollte hinter ihren kleinen Schwindel kommen. Natürlich hatten sie noch Milch auf der Farm, sogar reichlich. Aber da nur selten jemand außer ihr die Vorratskammer betrat, würde es keinem auffallen. Sie schob dem Jungen eine Fünf-Dollar-Note über den Tisch. »Der Rest ist für dich.«

»Einen schönen Abend, Mrs. Bennett«, hörte sie ihn gerade noch rufen, als die Tür hinter ihr zufiel. Zufrieden stieg sie in den gelben Kleinwagen und legte die Milch auf die Rückbank. Als sie den Schlüssel ins Schloss steckte, dröhnte Discomusik aus den Lautsprechern. Ein Lächeln zog sich über ihr Gesicht, während sie auf die breite Hauptstraße fuhr und den Wagen dann kurz hinter dem Ortsschild auf den verwilderten Parkplatz lenkte. Sie schnappte sich die Chipstüten und stieg aus. Einen Moment lang stand sie nur da und atmete die frische Abendluft ein, bevor sie auf die ausgeblichene Holzbank zuging. *Ihre Bank.* Die Bank, auf der Samuel ihr damals den Antrag gemacht hatte. Wie lange war das jetzt her? Sie runzelte die Stirn und riss eine Packung auf. *Käseböllchen.* Während sie das erste auf ihrer Zunge zergehen ließ, genoss sie das herrlich künstliche Aroma.

War es tatsächlich schon sechseinhalb Jahre her? Die Zeit verging wie im Flug, wenn man viel zu tun hatte. Samuels Antrag war völlig unerwartet gekommen und ziemlich unspektakulär gewesen. Und doch in jeder Hinsicht perfekt. Anscheinend hatte er ursprünglich geplant, bei seinem nächsten Besuch in Melbourne, wo Liz damals als Lehrerin arbeitete, um ihre Hand anzuhalten. Doch dann hatte er es nach dem Wochenende, das Liz mit ihm und seiner Familie auf der Farm verbracht hatte, nicht aushalten können, so lange zu warten. Das war so typisch Samuel gewesen, wie er den Antrag mit einem verschmitzten Grinsen auf dieser altersschwachen Bank über eine Eistüte hinweg genuschelt hatte. Und natürlich hatte sie nicht anders gekonnt, als ihm strahlend um den Hals zu fallen, ohne sich darum zu scheren, dass sie sich die Bluse mit seinem Eis eingesaut hatte.

Die ganze Fahrt bis zum Flughafen in Adelaide hatte Liz es nicht fassen können, dass sie tatsächlich heiraten würden. Wie ein Wirbelsturm war Samuel in ihrem Leben aufgetaucht. Alles entwickelte sich so schnell. Gerade einmal einundzwanzig war sie bei seinem Antrag gewesen und er achtundzwanzig. Und sie hatten sich erst etwas über ein halbes Jahr lang gekannt. Als sie sich in dem Club in Melbourne, in dem Liz sich damals öfter mit ihren Freundinnen traf, begegneten, war es für beide Liebe auf den ersten Blick gewesen – ganz so wie in einem kitschigen Liebesfilm. Samuel war für einen Kurztrip mit seinen Freunden nach Melbourne geflogen und sprichwörtlich in ihr Leben gestolpert, als er versehentlich seinen Drink auf ihrer Hose verschüttete. Drei Wochen und unzählige Telefonate später flog er erneut hin, um mit ihr auszugehen. Und Liz hatte ihn mit einem Kuss belohnt, der ihr Leben auf den Kopf stellen sollte. Die Lehrerin aus Melbourne und der Rinderfarmer aus Südaustralien – in welch gänzlich gegensätzlichen Welten sie damals lebten. Und doch sollte seine Welt auch zu ihrer werden. Und das schneller als gedacht.

Liz griff nach der zweiten Chipstüte, riss sie auf und legte sie neben sich auf die Bank. Und dann folgte die letzte. Wie üblich reihte sie alle neben sich auf, streckte die Beine aus und sah in den Himmel. Das Wetter war zu schlecht, um den Sonnenuntergang beobachten zu können. Schon den ganzen Tag über war der Himmel ungewohnt grau. Sie zog die Strickjacke enger um ihren Oberkörper und bereute, dass sie nichts Wärmeres mitgenommen hatte. Auch wenn sie glaubte, den Frühling beinahe schon riechen zu können, so war es doch noch Winter. Und dieser konnte in Südaustralien mitunter unangenehm kalt werden.

Liz drehte den Kopf und schielte über ihre Schulter auf den Bachlauf, nur wenige Meter hinter der Bank. Natürlich würde es heute nicht die zauberhaften Glühwürmchen zu sehen geben, denen Firefly Creek den Ortsnamen verdankte. Doch auch wenn sie wusste, dass mit dem Auftauchen der Tierchen erst wieder im November zu rechnen war, versicherte sie sich dennoch jedes Mal aufs Neue, dass ihr dieses einmalige Schauspiel nicht entging. Die Glühwürmchen stellten so ziemlich die einzige Besonderheit dieser Gegend dar. Firefly Creek hatte keine spektakulären Berge, lag weit abseits der Küste, nicht einmal ein Kino gab es hier – dafür endloses Weideland und Rinderherden. Aber sie hatten die Glühwürmchen, und Liz konnte es jedes Jahr kaum erwarten, dass die wenigen Wochen begannen, in denen das entzückende Treiben in der Dämmerung zu beobachten war.

Ihre Hand angelte nach einem Bacon-Chip. Drei Monate nach ihrem ersten Treffen war Samuel die neun Stunden zu ihr mit dem Auto gefahren, um sie seinem älteren Bruder vorzustellen. Als John in seinem karierten Hemd, mit ausgeblichenem Lederhut auf dem Kopf und mürrischem Gesicht an dem kleinen Tischchen in ihrer winzigen Apartmentküche vor ihr gesessen hatte, war die Situation anfangs befangen. Doch kaum hatte er die tiefe Zuneigung seines Bruders zu Liz erkannt, wurde Johns Ausdruck milder. Ohne es zu wissen, hatte sie an diesem Tag ihren zukünftigen Schwager kennengelernt – und mit ihm einen Mann, der ihr später zu einer großen Stütze werden sollte.

Liz kratzte mit den Fingernägeln am spröden Holz. Zum Glück hatte sie damals, am Tag seines Antrags vor sechseinhalb Jahren, nicht geahnt, wie wenig Zeit ihr und Samuel noch bleiben sollte. Und sie war dankbar für die Unwissenheit, die ihnen zumindest zwei weitere unbeschwerte Jahre geschenkt hatte. Gerade einmal zwei glückliche Jahre mit ihrem Mann, bis sich alles änderte. Kurz vor der Hochzeit hatte sie ihren Job in Melbourne aufgegeben und war hierhergezogen. Wie immer hatte Samuel keine halben Sachen gemacht und ein kleines Häuschen für sie beide am Ortsrand gekauft. Wie hatte sie dieses Haus geliebt! Liz konnte zu Fuß zu ihrer neuen Arbeit an der Grundschule gehen, während Samuel jeden Morgen zur Farm seiner Familie fuhr. Sie versuchte, die Gedanken zu verscheuchen, die ihr an diesem Ort unweigerlich jedes Mal kamen. Und doch zog die Bank sie immer wieder magisch an. Das hier war *ihr* Platz. Nur selten kam hier jemand vorbei, und noch seltener hielt sich jemand länger auf dem trostlosen, von knorrigen Eukalyptusbäumen und kniehohem gelbem Gras umgebenen Parkplatz auf.

Auf einmal hörte sie Reifen knirschen und sah, wie ein für diese Gegend ungewöhnlich elegantes, teuer wirkendes Auto auf die freie Fläche vor ihr rollte. Frustriert schnaufte Liz und leckte ihre mit Krümeln überzogenen Fingerspitzen ab. Den Fahrer des Wagens konnte sie durch die getönten Scheiben nur schemenhaft erkennen. Dann öffnete sich die Tür, ein Mann stieg aus und schritt eilig auf eine Baumgruppe zu. Liz kniff die Augen zusammen. *Das kann nicht sein.* Sie betrachtete das weiße Hemd, das sich über seinen Rücken spannte und von einer anscheinend langen Fahrt verknittert war. *Oder doch?* Der Mann blieb vor der Baumgruppe stehen, und Liz hielt den Atem an, als sie sein Profil sehen konnte. *Ethan!* Genau in diesem Moment blickte er über seine Schulter und ließ von seinem Gürtel ab, an dem er sich eben zu schaffen gemacht hatte.

Ruckartig drehte er sich von dem Baumstamm weg. »Entschuldigen Sie bitte, ich habe Sie nicht gesehen!«, rief er und ging zurück zu seinem Wagen. Hatte er sie etwa nicht erkannt? Für Liz hingegen bestand kein Zweifel: Sie kannte diesen Kerl, der sich seit Jahren nicht mehr in Firefly Creek hatte blickenlassen. Trotz der langen Autofahrt, die hinter ihm liegen musste, waren seine dunkelblonden Haare akkurat frisiert. Sein ganzes Auftreten wirkte auffallend gepflegt. Nicht einmal die Ärmel des perfekt sitzenden Hemds waren hochgerollt. Scheinbar unschlüssig, was er angesichts ihrer Anwesenheit tun sollte, zog er sein Handy aus der eleganten Anzughose und lehnte sich gegen die Motorhaube. Mit zusammengezogenen Augenbrauen betrachtete er das Display, während seine Finger darauf herumtippten.

Sollte es sie ärgern, dass er sie nicht erkannte? Nein, sicherlich lag es an der langen Zeit, die seit damals vergangen war, und Liz hatte sich seitdem sehr verändert, nicht nur, was ihre Frisur betraf. Wie oft hatten sie sich schon getroffen? Liz dachte an eine Zeit zurück, die sowohl die schönsten als auch schmerzhaftesten Momente ihres Lebens enthielt. *Drei Mal.* Drei Mal hatten Sie und Ethan sich insgesamt gesehen. Bei ihrem ersten Weihnachtsfest auf der Farm, bei der Hochzeit und schließlich das letzte Mal bei Samuels Beerdigung vor etwa viereinhalb Jahren. Unwillkürlich griffen ihre Finger in den Stoff ihrer Hose, dann blickte sie wieder zu Ethan. Niemand hatte ihr gesagt, dass er vorhatte zu kommen. Sicherlich würde Harry ihr so eine Information nicht vorenthalten. Sie sollte aufstehen und sich ihm erneut vorstellen. Oder aber sie erlaubte sich einen kleinen Spaß mit ihm. Grinsend lehnte sie sich etwas vor. »Haben Sie Hunger?«

Mit hochgezogenen Augenbrauen sah er vom Handy auf und blickte dann auf die Chipstüten neben ihr. Er schien zu zögern, steckte dann jedoch das Handy ein. »Sie haben da einen beachtlichen Vorrat«, rief er zurück und lachte freundlich.

»Etwas viel für mich«, gestand sie.

»Dann werde ich mich wohl oder übel aufopfern müssen«, sagte er und trat auf sie zu. Ethan setzte sich an das andere Ende der Bank, so dass die Chipstüten zwischen ihnen lagen, und Liz nahm wahr, wie er sie unauffällig betrachtete. Ein Bennett mit blauen Augen und hellen Haaren, das war ein ungewohnter Anblick, fand Liz. »Also, was haben wir hier alles?« Er begutachtete das Knabberzeug.

Bedeutungsschwer deutete sie auf eine Tüte nach der anderen. »Käsebällchen, Bacon-Chips und mein Favorit – Zwiebelringe.«

Er nickte beeindruckt. »Eine ganz besondere kulinarische Zusammenstellung, das muss ich zugeben.« Er lachte auf, und sein warmer Tonfall hatte einen entspannenden Effekt.

»Vermutlich sind Sie Besseres gewohnt, drüben in Sydney.«

Aus den Augenwinkeln musterte er sie und legte den Kopf schief. »Woher wissen Sie denn, dass ich aus Sydney komme?« Nervös richtete er sich ein wenig auf.

Sie sollte es ihm sagen. Gestehen, dass sie sich einen Spaß mit ihm erlaubte. Und doch war die Situation einfach erfrischend amüsant. Stattdessen deutete sie auf sein Auto. »Ein Kennzeichen aus New South Wales. Und Sie sehen aus wie einer aus der Großstadt.«

»Einer aus der Großstadt«, echote er. »Ist das was Schlechtes?«

»Ich bin selbst aus Melbourne«, erklärte sie und gab ihm so einen kleinen Hinweis, damit er selbst darauf käme, neben wem er da saß.

»Ethan Bennett.« Er beugte sich über die Tüten zu ihr rüber und streckte seine Hand aus.

»Elizabeth Monroe«, stellte sie sich mit ihrem Mädchennamen vor und suchte in seinem Blick vergeblich nach einem Funken der Erkenntnis. *Dann hast du es auch nicht anders verdient.* Sie unterdrückte ein Kichern und hielt ihm die Käsebällchen hin.

»Danke für die Einladung, Elizabeth.« Zögernd steckte er sich eines in den Mund.

»Und, schmeckt's?«, hakte sie nach.

»Verdammt gut und vermutlich auch verdammt ungesund.«

»Das fürchte ich auch.« Entspannt lehnte sie sich wieder zurück und nahm sich ebenfalls eins.

»Drei Tüten?«, fragte er.

»Es schmeckt nur in genau dieser Kombination perfekt. Sie müssen sie der Reihe nach essen und am Ende Ihre Finger ablecken.«

»Die Finger ablecken?« Er lachte heiser auf.

Liz nickte ernst. »Das ist das Beste daran. Dann haben Sie den Geschmack von allen drei Sorten auf einmal auf der Zunge.«

»In Ordnung.« Demonstrativ folgte er ihrer Anleitung. »Eine wahre Gaumenfreude«, sagte er kauend und steckte sich Daumen und Zeigefinger in den Mund.

Tatsächlich wirkte der Mann neben ihr überraschend ausgelassen. Liz wusste nicht viel über Ethan. Die wenigen Informationen, die sie nach und nach über ihn aufgeschnappt hatte, waren seltsam vage. Nur selten wurde auf der Farm Ethan erwähnt, und dann drohte die Stimmung sogleich zu kippen. Warum war er hier? Sie betrachtete ihn neugierig. »Und, Ethan Bennett aus Sydney, was verschlägt Sie in dieses verschlafene Nest mitten im Nirgendwo?«

Erneut versteifte sich seine Haltung, und seine Gesichtszüge wurden starr. »Um ehrlich zu sein, weiß ich das selbst nicht so genau«, sagte er leise.

Auf einmal empfand sie Mitgefühl für diesen Mann, den sie kaum kannte. Etwas schien ihn zu bedrücken. »Kommen Sie von hier?« Innerlich tadelte sie sich, dass sie diese Scharade nicht rechtzeitig beendet hatte. Jetzt war der richtige Moment verstrichen, und sie konnte nur hoffen, dass er ihr im Nachhinein deswegen nicht böse sein würde.

»Sieht man mir das an?« Schon etwas entspannter linste er in ihre Richtung.

»Nein, sicher nicht.«

»Ist aber so.« Er nahm sich die Packung mit den Käsebällchen und schob sich mehrere in den Mund. Liz ließ ihm Zeit und knibbelte an ihren Fingernägeln herum. »Ich möchte meine Familie besuchen«, fuhr er nach einer gefühlten Ewigkeit fort.

»Sie freuen sich sicher darauf, Sie wiederzusehen«, entgegnete Liz und lächelte ihm zu.

»Daran habe ich so meine Zweifel.« Er schüttelte den Kopf. »Wechseln wir lieber das Thema. Was macht eine Frau mit drei Chipspackungen abends alleine auf diesem Parkplatz?«

Liz lachte und vergrub ihr Gesicht in den Handflächen. Sie wusste, wie merkwürdig das auf ihn wirken musste. »Das hier ist meine kleine Auszeit. Ich kümmere mich um einen großen Haushalt, und manchmal habe ich einfach das Bedürfnis nach etwas Ruhe. Dann tue ich so, als müsste ich dringend etwas einkaufen, und stattdessen setze ich mich hierhin und futtere heimlich Junkfood.«

Sein Lachen schallte durch die Abendluft und über den

Parkplatz. Amüsiert sah er sie mit feuchten Augen an. »Tatsächlich?«

»So ist es.« Schulterzuckend schnappte sie ihm die Käsebällchen weg und legte sie zurück an ihren angestammten Platz.

»Sind Sie Haushälterin, oder ist Ihre Familie so groß?«

»Beides.«

»Große Familien sind so eine Sache …«, sinnierte er und wirkte melancholisch.

»Fahren Sie jetzt gleich zu Ihrer?«, hakte sie nach.

Ethan schüttelte den Kopf. »Ich muss noch etwas Mut fassen, um ehrlich zu sein.«

»Aber es wird bald dunkel.«

»Sicher klingt das armselig, aber es kostet mich eine Menge Überwindung, nicht einfach ins Auto zu steigen und wieder zurückzufahren.«

»Das ist nicht armselig. Es klingt so, als ob das alles für Sie nicht einfach ist.«

»Man kann vor der Vergangenheit nicht davonlaufen«, murmelte er und lächelte ihr matt zu.

Liz strich über das raue Holz der Bank. »Nein, das kann man nicht.« Beinahe konnte sie schon das Ziffernblatt ihrer Uhr nicht mehr erkennen. Es wurde höchste Zeit, dass sie sich auf den Heimweg machte. Ruckartig stand sie auf und schlang die Arme um den Oberkörper. Mit jeder Minute wurde es frischer. »Ich schenke Ihnen den Rest der Chips. Und wenn sie leer sind, dann fahren Sie weiter zu Ihrer Familie, ja?«

Er erhob sich und hielt ihr erneut die Hand hin. »Dann vielen Dank für Ihre Gesellschaft, Elizabeth.«

Sie nahm die Wärme wahr, die von seiner Handfläche ausstrahlte und auf ihre überging. »Jederzeit wieder.« Sie ging zu ihrem Auto und stieg ein. Als sie gewendet hatte, blickte sie noch einmal zu dem einsamen Schatten auf der Parkbank zurück, bevor sie davonfuhr. »Bis gleich, Ethan.«

Unzufrieden rollte Liz sich in dem breiten Bett zusammen und starrte in der Dunkelheit auf die Umrisse des Fensters. Wegen der Wolken waren heute leider keine Sterne am Himmel zu sehen. Ethan war nicht gekommen. Vermutlich war er längst auf dem Weg zurück nach Sydney. Sie hatte niemandem erzählt, dass sie ihm bei ihrem Ausflug begegnet war, und sie hatte sich insgeheim auf Harrys überraschte Miene gefreut, wenn er Ethan nach so langer Zeit erblicken würde. Auch wenn er ein Raubein war, Harry musste sich einfach über die Heimkehr seines Sohnes freuen. Harte Schale, weicher Kern – auf niemanden traf dieser Spruch besser zu als auf ihren Schwiegervater. Nur mit großer Mühe hatte sie den Drang unterdrücken können, für Ethan schon das Bett im Gästezimmer zu beziehen. Doch sie wollte keine Nachfragen riskieren. Es war ihr nicht leichtgefallen, beim Kartenspiel mit den anderen Familienmitgliedern am Küchentisch ihre Aufregung zu verbergen. Schon lange hatte sie sich nicht mehr so aufgekratzt gefühlt, und sie behielt unablässig die Seitentür im Blick. Doch irgendwann hatte sie erkannt: Ethan würde nicht kommen. Er hatte einen Rückzieher gemacht. Es sollte kein Wiedersehen geben. Und niemand in der Familie wusste, dass es fast eins gegeben hätte.

Über eintausenddreihundert Kilometer lagen zwischen Firefly Creek und Sydney, das hatte sie vorhin recherchiert. Vermutlich war Ethan die gesamte Strecke in einem Rutsch durchgefahren, jedenfalls hatte er entsprechend müde ausgesehen. War es nicht gefährlich, sich nach so einer langen Fahrt erneut ins Auto zu setzen, um zurückzufahren? Was stand nur zwischen ihm und den restlichen Bennetts, dass er sich nicht zurück auf die Farm traute? Ethan war der einzige Sohn, der Firefly Creek verlassen hatte – um Karriere zu machen. Jedenfalls reimte Liz sich dies aus den wenigen Informationen zusammen, die sie aufgeschnappt hatte. Konnte das der Grund dafür sein, dass die Beziehung zwischen ihm und den anderen so angespannt war? An diesem einen Weihnachtsfest damals, als sie sich zum ersten Mal begegnet waren, erschien Ethan ihr schweigsam, doch wenn sie ehrlich war, konnte sie sich kaum daran zurückerinnern. Sie war an dem Tag einfach nur aufgeregt gewesen, ihren zukünftigen Schwiegervater kennenzulernen. Der Trubel dieser großen Familie hatte Liz beinahe überwältigt. Monate später war Ethan zu ihrer Hochzeit eingeflogen, doch auch da hatte sich nicht die Gelegenheit für ein Gespräch ergeben. Liz kuschelte sich ein wenig tiefer ins Kissen und blinzelte in die Dunkelheit. Und dann hatten sie sich ein drittes und letztes Mal auf der Beerdigung gesehen. Allerdings war dieser schreckliche Tag in Liz' Erinnerung als eine diffuse Aneinanderreihung von Beileidsbekundungen, Tränen und Händeschütteln abgespeichert. Aber sie glaubte, dass Ethan noch am gleichen Tag abgereist war. Er hatte am Abend jedenfalls nicht mit an dem alten Küchentisch gesessen, als sie nur im engsten Kreis ihres Mannes gedachten und Harry Geschichten aus Samuels Kindheit erzählte. Ethan hatte scheinbar kaum eine Rolle in dieser Familie gespielt, und das, wo der restliche Bennett-Clan doch meist wie Pech und Schwefel zusammenhielt. *Große Familien sind so eine Sache.* Mit seinen Worten im Ohr sank sie in einen unruhigen Schlaf.

Kapitel 2

Kam es ihm nur so vor, oder roch die Luft hier anders? Würziger als in der Stadt und trotzdem gleichzeitig lieblich. Ethan ließ das Fenster ein Stück weiter hinunter, und die Kühle des Morgens drang ins Auto. Fluchend drosselte er das Tempo, immer wieder sprangen Kieselsteine vom Schotterweg gegen den weißen Lack des Mercedes. Für ein Stadtauto wie dieses waren die Pisten hier in der südaustralischen Pampa nicht gedacht, doch nun hatte er sein Ziel fast erreicht. Er befand sich bereits auf dem Land seiner Familie. Als er den schmerzenden Rücken durchstreckte, war ein ungesundes Knacken zu hören. Einen ganzen Tag Auto zu fahren und danach die Nacht in ebendiesem zu verbringen schien keine gute Idee gewesen zu sein. Und doch hatte er einfach mehr Zeit gebraucht. Eine Nacht mehr. Fahrig strich er sich durch die Haare, die sich ohne die übliche Dusche am Morgen nur schwer in Position bringen ließen.

Ethans Blick schweifte über die Grasflächen bis zu den sanften Hügeln weiter hinten. 971 Hektar fruchtbares Weideland breiteten sich vor ihm aus. Und der ungewöhnlich wolkenverhangene Himmel passte gut zu seiner Stimmung. Der trockene Boden knirschte unter den Rädern, während er sich immer weiter auf das Farmhaus zubewegte. In der Ferne war eine Schafherde zu erkennen. Wie kleine Wattebäusche verteilten sich die Tiere auf einer Fläche, die ihm nach all den Jahren in der Großstadt unvorstellbar groß erschien. Und doch war ihm alles hier vertraut. Er trat auf die Bremse und riss das Lenkrad zur Seite. Selbst das verdammte riesige Schlagloch war noch da. Kopfschüttelnd lenkte er den Wagen drum herum. Warum nur beseitigten seine Brüder diese Gefahrenstelle nicht endlich? Er lachte trocken auf. Weil sie diese Wege alle auch mit geschlossenen Augen würden fahren können. Sie kannten das Land und jeden Stein auf ihm in- und auswendig. Nur er wäre beinahe hineingerasselt. War das ein Zeichen, dass er nicht hierhergehörte? So, wie er es schon immer gespürt hatte?

Zögernd beschleunigte er wieder. Wenn er jetzt umdrehte, würde er vermutlich lange Zeit nicht den Mut aufbringen wiederzukommen. Auch wenn es ihm nicht behagte, so war es doch an der Zeit zurückzukehren. Was ihn hier nach über vier Jahren der Abwesenheit erwartete, wusste er nicht, allerdings kannte Ethan das Naturell seines Vaters. Viele Worte würde er sicher nicht verlieren. Nur welche es waren, konnte er schwer abschätzen. Und auch er selbst wusste nicht recht, was dieser Besuch in ihm auslösen würde. Nein, er hatte nicht den geringsten Schimmer, was genau er hier eigentlich wollte.

Und doch hatte ihn etwas in seinem tiefen Inneren dazu gebracht, sich auf die lange Fahrt von Sydney hierher zu machen. Und das, obwohl Ethan nicht davon ausging, dass ihn seine Familie mit offenen Armen empfangen würde, doch mit etwas Glück würde es nicht in einem Fiasko enden. Lange genug hatte er sich vor diesem Moment gedrückt. Es war an der Zeit, seine Familie endlich wiederzusehen, auch wenn ihr Verhältnis nicht immer einfach war. Trotz allem hoffte er, hier, in seinem alten Zuhause, einen Rückzugsort zu finden, um seine beruflichen Sorgen für einige Tage aus den Gedanken zu verbannen und neue Kraft zu schöpfen.

Seufzend drehte er das Radio leiser, als das Haus in Sichtweite kam. Erhaben lag es am Ende des Weges. Zwar hatte das alte Gebäude mit der grau-roten Steinfassade die besten Jahre schon hinter sich, dennoch strahlte es noch immer etwas Herrschaftliches aus. *Zu Hause.* Zumindest war es das einst für ihn gewesen. Den Wagen parkte er neben mehreren verbeulten Pick-ups und zwei Gelände-Motorrädern, die auf dem sandigen Parkplatz standen. Wem die Bikes gehörten, war nicht schwer zu erraten. Schon früher waren seine jüngeren Brüder Quentin und River verrückt nach Geschwindigkeit gewesen. Stundenlang hatten sie an alten rostigen Bikes rumgeschraubt, bis diese wieder liefen. Meistens wurden sie in kürzester Zeit auf dem großen Farmgrundstück zu Schrott gefahren, und das Spiel begann von Neuem. Wie alt waren die Zwillinge jetzt? Drei- oder vierundzwanzig? Ethan schüttelte den Kopf und stellte den Motor ab. Ja, er war lange nicht hier gewesen. Aber dafür hatte er gute Gründe gehabt. Jeder in seiner Familie wusste, was er schon immer gespürt hatte: dass er nicht hierhergehörte. Trotzdem fühlte er sich jetzt schuldig, als er auf das Haus starrte. »Verdammt«, zischte er und stieg aus. Auf einmal kamen all die unterdrückten Gefühle von früher in ihm hoch. Schlagartig fühlte er sich wieder so fehl am Platz wie damals, in seiner Kindheit. Der ungelenke magere Kerl mit den beiden linken Händen, der nichts zustande brachte, was hier von Nutzen war.

Das Lachen eines Kookaburra hallte durch die Luft. Ethan hielt die Hand über die Augen, um trotz der tief stehenden

Morgensonne etwas zu sehen, doch der Vogel zeigte sich nicht. Dort, in den hohen Bäumen, die um das Haus verteilt standen, musste das Tier sitzen, und es wirkte, als würde es hämisch über Ethans Rückkehr lachen. Erneut atmete Ethan die aromatische Luft ein, den Geruch seiner Kindheit. Silverwood erschien ihm nach all den Jahren unverändert, höchstens etwas runtergekommener als in seiner Erinnerung, und auch die Ziegel des alten Gemäuers machten nicht mehr den besten Eindruck. Und doch war das Haus, abgesehen von den Spuren der Zeit, noch immer genau so, wie sein Urgroßvater es einst erbaut hatte. Die trockene Rasenfläche neben dem Haus hatte wie üblich dringend einen Schnitt nötig, und der Wind wirbelte den staubigen Boden des Parkplatzes in kleinen Wolken auf, die um das Haus herumtanzten. Ja, alles war, wie es immer gewesen war.

Zehn Jahre. Vor zehn Jahren war er hier ausgezogen und nur mit einem Rucksack, einem Karton und der rostigen Karre, die er sich gerade so hatte leisten können, in sein neues Leben gestartet. Sein Vater hatte ihm beim Abschied fünfhundert Dollar in die Hand gedrückt. Mehr war nicht drin gewesen bei einem Haushalt mit sechs Kindern. Das Studium hatte Ethan sich durch ein Darlehen und seinen Nebenjob in einem Steuerberaterbüro finanziert, wo er nachmittags nach der Uni die Sekretärin gespielt hatte. Schmunzelnd dachte er daran zurück, wie er jahrelang Akten sortiert und Kopien gemacht hatte. Doch der Job hatte nicht nur seine Ausbildung finanziert, er hatte Ethan auch interessante Einblicke in die Welt der Finanzen beschert. So hatte er analysiert, wie die Klienten ihr Vermögen vermehrten – wie sie investierten und welche Risiken sie dabei eingingen. Und wie sehr sich dies am Ende lohnen konnten. *Allerdings nicht für jeden.*

Ethan lief am Vordereingang vorbei und durchquerte das offene Metalltor, das in den vernachlässigten Blumengarten und zu dem schmalen Weg entlang der Hauswand führte. Als er die Küchentür fast erreicht hatte, hörte er von innen Stimmengewirr. Ein letztes Mal atmete er tief durch, dann schritt er auf die offene Tür zu und blieb im Türrahmen stehen. Keiner bemerkte ihn. Sein Vater lehnte mit einer Tasse in der Hand an der Küchenzeile und besprach etwas mit John, der mit ausgestreckten Beinen am Tisch saß und ebenfalls Kaffee trank. Einen Moment lang musterte er seinen ältesten Bruder. Er wirkte kaum verändert, nur die Furchen auf der Stirn waren neu. Der Abdruck auf seinen schwarzen Haaren verriet, dass er um diese frühe Stunde bereits den Hut aufgehabt haben musste. Wie er John kannte, war er als Erster auf gewesen und hatte vermutlich bereits die Pferde gefüttert. Seine markanten, harten Gesichtszüge unter dem Dreitagebart zusammen mit dem stets ernsten Blick ließen seinen Bruder verschlossen wirken.

Ethan sah nun zu Jim hinüber, der an der anderen Seite des Tisches in der Zeitung las. Er hatte einen zufriedenen Ausdruck, während seine Augen die Zeilen überflogen, doch Ethan war sich sicher, dass ihm das Gespräch von John und Harry nicht entging. Jim, der Ruhige der Brüder mit einem Herzen aus Gold, wirkte auf den ersten Blick wie ein gemütlicher Bär und konnte das Temperament, das allen Bennetts in die Wiege gelegt wurde, viel besser zügeln als der Rest der Familie. Und doch konnte auch Jim seinem Nachnamen alle Ehre machen und gelegentlich über die Stränge schlagen. Endlich spürte Ethan ein Gefühl von Sicherheit. Er kannte diese Menschen, auch nach Jahren noch konnte er in ihren Gesichtern lesen. Gerade als er etwas sagen wollte, räusperte sich sein Vater. Er sah Ethan aus wachen, dunklen Augen prüfend an, doch verrieten die Gesichtszüge des alten Mannes keine Regung. Der graue Schnauzbart erschwerte die Einschätzung von Harrys Gemütslage zusätzlich. Harry war groß, ebenso groß wie seine Söhne, und hatte auch mit seinen fünfundsechzig Jahren noch dieselbe respekteinflößende Ausstrahlung wie eh und je.

»Morgen.« Ethan trat in die Küche und blickte angespannt von einem zum anderen. Niemand sagte etwas.

»Ich weiß, ich komme unangemeldet …« Mehr brachte er nicht heraus.

John presste die Zähne aufeinander, und seine Kiefermuskulatur trat angespannt hervor, so wie es gewöhnlich geschah, wenn ihm etwas nicht passte. Harry schwieg noch immer. Sein Vater erteilte Ethan schon jetzt eine Lektion. Es war unschwer zu erkennen, dass er hier nicht willkommen war. Oder bildete er es sich nur ein?

»Ethan. Ich fasse es nicht!« Jim warf die Zeitung zur Seite und sprang auf. Grinsend kam er auf ihn zu und stieß ihm gegen den Oberarm. »Das ist ja eine Überraschung.«

»Das ist es in der Tat«, knurrte Harry und ging ein paar Schritte auf Ethan zu. Dann hielt er ihm die Hand hin.

Erleichtert griff Ethan danach. Noch immer war der Händedruck seines alten Herrn fest.

»Was willst du hier? Bleibst du länger oder nur für heute?« Jim lachte ihn offen an. Wenigstens er freute sich offensichtlich über Ethans Besuch.

»Ein paar Tage vielleicht, wenn es in Ordnung ist?«

Ethans Blick wanderte zu Harry, und dieser nickte, ehe er sich wieder gegen die Küchenzeile lehnte. »Hast du zu viele Urlaubstage über, dass du uns mit einem Besuch beehrst?«

Ethan schluckte. »Ich dachte, es wäre endlich mal wieder an der Zeit, nach der Familie zu sehen.«

»Das ist es wohl.« Unter seinen buschigen Augenbrauen hervor sah Harry ihn an und schlürfte an seiner Tasse.

Plötzlich war ein Kreischen zu hören. Irritiert beobachtete Ethan, wie ein kleiner Junge mit einem Holzschwert in der Hand in die Küche stürmte. Vor Harry baute er sich in Angriffsstellung auf und streckte ihm herausfordernd das Schwert entgegen.

»Nicht um diese Uhrzeit, Oliver.« Harrys Stimme klang gewohnt mürrisch, doch Ethan glaubte unter seinem Schnauzbart ein Lächeln zucken zu sehen.

»Oliver?« Verblüfft betrachtete er das Kind.

»Samuels Sohn«, erklärte Harry, obwohl es nicht notwendig war, und tätschelte den Kopf des Jungen.

Ethan hatte auf den ersten Blick erkannt, dass dies sein Neffe sein musste. Er war seinem verstorbenen Vater wie aus dem Gesicht geschnitten. Nur die blonden Haare, die ihm wild in die Stirn fielen, mussten von seiner Mutter stammen. Samuel war dunkelhaarig gewesen, so wie alle Bennett-Brüder – bis auf Ethan.

»Ollie?« Eine helle Stimme schallte durch das Haus, und Ethan runzelte die Stirn. Gleich darauf waren Schritte auf der Treppe zu hören. »Ach, du bist ja schon unten.« Eilig rauschte eine junge Frau in die Küche, ohne Ethan zu bemerken.

Er hielt die Luft an. »Elizabeth«, formten seine Lippen tonlos. Elizabeth war also in Wahrheit Liz – seine Schwägerin. Sie war ihm gleich merkwürdig bekannt vorgekommen, und doch hatte er den Finger nicht darauf legen können, woher sie sich kannten. Er kniff die Augen zusammen und betrachtete den kurzen blonden Bob. Damals waren die Haare seiner Schwägerin viel länger gewesen, wenn ihn nicht alles täuschte. Und hatte sie nicht eine Brille getragen? Anscheinend wohnten sie und ihr Sohn hier. Er hatte nie darüber nachgedacht, wo sie nach Samuels Tod wohl lebten. Hatte Samuel nicht damals dieses kleine Haus in Firefly Creek gekauft? Es war ihm nicht in den Sinn gekommen, dass die beiden in Silverwood eingezogen sein könnten.

Noch immer hatte sie ihn nicht entdeckt, sie war zu beschäftigt damit, dem Kind einen Pulli überzuziehen und seine Haare mit einem Kamm zu bändigen, während der Kleine weiter mit dem Schwert auf Harry zielte. Zufrieden nickte Liz, dann richtete sie sich auf. Als sie sich umdrehte, weiteten sich ihre Augen. »Du meine Güte. Ethan.« Einen Augenblick zögerte sie, dann trat sie auf ihn zu und umarmte ihn hastig. »Was machst du denn hier?«, murmelte sie, und er glaubte, ein Aufblitzen in ihren Augen zu sehen. Schlagartig wurde ihm klar, dass sie ihn am Abend zuvor bereits erkannt haben musste. Die große Familie, vor der sie hin und wieder flüchtete, war also seine.

»Er besucht uns für ein paar Tage.« Jim setzte sich wieder an den Tisch und griff nach der Zeitung.

»Wirklich?« Mit gespieltem Erstaunen sah sie zu Ethan. »Dann richte ich dir nachher das Gästezimmer ein.« Ohne auf eine Antwort zu warten, ging sie zum Herd und griff nach einer Pfanne. »Es gibt Spiegelei, wer Rührei will, kann es sich selber machen. Wir sind heute etwas spät dran. Bedankt euch bei eurem Neffen dafür.«

»Spiegeleier sind gut.« Unbewegt stand Harry weiter an seinem Platz und musterte Ethan aus den Augenwinkeln. »Wie läuft es in der Stadt?«, brummte er.

»Kann mich nicht beklagen, es läuft sehr gut. Viel zu tun

wie immer«, antwortete Ethan ausweichend. »Kann ich einen Kaffee haben?«

»Ach, natürlich. Bitte entschuldige.« Liz ging zum Küchenschrank und nahm eine Tasse heraus. »Du musst die ganze Nacht durchgefahren sein von Sydney.«

»Das bin ich«, sagte er, noch immer etwas irritiert von der Situation.

Sie reichte ihm die Tasse und zwinkerte ihm verschwörerisch zu.

»Danke.« Zögernd setzte er sich und schenkte aus der Kanne, die auf dem Tisch stand, die dunkle, verheißungsvoll dampfende Flüssigkeit ein. Vorsichtig nahm er den ersten Schluck. Der Kaffee war kräftig, und selbstverständlich trank ihn jeder hier schwarz, so wie es in diesem Haus schon immer gewesen war. Wie sehr Ethan sich in diesem Moment nach der einzigartigen Röstung seines Lieblings-Barista sehnte, die er sich jeden Morgen auf dem Weg ins Büro gönnte und die erst zusammen mit der aufgeschäumten Milch ihr volles Aroma entfaltete. Doch er brauchte dringend Koffein nach der unbequemen und größtenteils schlaflosen Nacht, und diesen Zweck sollte das Gebräu in seiner Tasse erfüllen.

»Wer bist du?«, fragte ein dünnes Stimmchen.

Schmunzelnd beugte Ethan sich zu dem kleinen Jungen hinunter, der neben ihm stand und ihn vorwitzig beobachtete.

»Ich bin dein Onkel Ethan.«

Einen Augenblick lang schien der Junge zu überlegen. »Ich habe viele Onkel.«

»Das stimmt allerdings.« Wie eigenartig es war, in dieses Gesicht zu sehen. Wie eine Miniversion von Samuel stand Ollie vor ihm. Ethan spürte einen stechenden Schmerz in seiner Brust, als er an den Verlust des Bruders erinnert wurde.

»Magst du Schwerter?«, wollte der Junge wissen.

»Ich bin mir nicht sicher, aber ich denke schon.«

Zufrieden nickte der Kleine. »Ich habe noch eins. Wir können miteinander kämpfen.«

»Ist das nicht gefährlich?«, fragte Ethan, unsicher, wie er auf das Angebot reagieren sollte, und bemerkte, wie John die Augen verdrehte.

»Die Schwerter sind doch nur aus Holz und nicht scharf«, erklärte Ollie nachsichtig. »Und ich kann ganz arg gut kämpfen!«

»Dann machen wir das später, okay? Ich bin eben erst angekommen«, schlug Ethan vor und hoffte, den Jungen damit zufriedenzustellen.

Ruckartig schob John seinen Stuhl zurück. »Liz, ich frühstücke heute nicht.« Mit einem Seitenblick auf Ethan stiefelte sein Bruder an ihm vorbei. »Harry, ich kontrolliere die obere Weide«, erklärte er knapp.

»Ist gut«, brummte sein Vater und setzte sich an den Tisch, während John seinen Hut von einem Haken an der Wand nahm und die Küche verließ.

Na wunderbar. Dass John nicht begeistert sein würde, ihn zu sehen, war ihm klar gewesen, dafür waren sie die letzten Jahre vor seinem Auszug zu schlecht miteinander ausgekommen. Aber dass er seine Abneigung so offen zeigte, machte Ethan wütend. Gerade einmal zehn Minuten waren vergangen, seit er das Haus betreten hatte, und schon verspürte er die altbekannte Anspannung. Erschöpft nahm er einen Schluck von seinem Kaffee.

»Ethan, wie viele Eier möchtest du?« Liz sah ihn abwartend an.

Rasch hob er zwei Finger. Liz eilte in der Küche umher,

schnitt Brot auf und kontrollierte die Eier in der Pfanne. Jetzt, da er sich genauer umsah, fiel ihm auf, dass es in der Tat ordentlicher war als früher. Nirgends lag stapelweise Post, es stand kein dreckiges Geschirr herum, und ein Regal an der Wand war mit Früchten und Gemüse derart überladen, dass er befürchtete, es würde unter der Last hinunterkrachen. Allem Anschein nach waren hier Frauenhände am Werk.

Liz schob ihm einen Teller hin und verteilte die anderen auf dem großen Tisch. Ollie kletterte auf den Stuhl am Kopfende und versuchte, mit einem stumpfen Messer sein Ei zu zerteilen. Zufrieden kaute er, nachdem er das erste Stück mit der Hand in den Mund gesteckt hatte.

»Nimm Besteck, oder das Essen kommt weg«, ermahnte seine Mutter ihn.

Der Kleine griff nach der Gabel und spießte ein weiteres Stück auf.

»Wo bleiben die Zwillinge? Ist gestern wohl wieder spät geworden.« Sie stützte die Hände in die Hüften und schüttelte den Kopf.

Harry fluchte vor sich hin und schritt zum Flur. Dann schallte ein markdurchdringender Pfiff durch das Haus, und bald darauf war in der oberen Etage ein Rumpeln zu hören. Laut feixend trampelten Quentin und River die Treppe hinunter und stürmten in die Küche. Quentin setzte sich an den Tisch und fiel über das Frühstück her, während River sich das Hemd in die Hose steckte, entschuldigend zu seinem Vater sah, um dann Ethan anzublicken.

»Ich glaub's nicht!« Strahlend kam er auf ihn zu.

Ethan stand auf und betrachtete seinen jüngeren Bruder, der inzwischen ein Mann geworden war. Er trug eine graue

Arbeitshose, aus deren Seitentaschen Schraubenzieher in diversen Größen ragten, und ein schwarzes, enganliegendes Shirt, das an seinen Schultern spannte. Ethan stellte fest, dass der jüngste Spross der Familie tatsächlich verflucht gut aussah. Sicherlich hatte dieses verschmitzte Grinsen schon so manches Herz gebrochen. Als Ethan nach Sydney gezogen war, um zu studieren, waren die Zwillinge noch Halbstarke gewesen. Jetzt sah er zwei kräftige, gut aussehende junge Männer vor sich. Doch in Rivers Augen funkelte nach wie vor der Schalk.

»Ich freue mich, dich zu sehen.« Amüsiert streckte Ethan einen Arm aus und zog River zu sich heran, um ihn kräftig zu umarmen und wie früher mit der Handfläche über dessen kurzgeschorene Haare zu fahren.

»Bleibst du länger?«

»Ein paar Tage vielleicht.«

»Dann müssen wir unbedingt eine Party machen. Wenn schon mal alle Bennett-Söhne im Haus sind«, sagte Quentin, während er kauend vom Frühstück aufsah und seine Hand zum Gruß hochhielt. Schmunzelnd betrachtete Ethan den vertrauten Lockenkopf. Inzwischen trug sein Bruder zwar die Haare an den Seiten kürzer, doch oben standen sie so wild ab wie früher. Und noch immer zierte eine kleine Narbe Quentins linke Augenbraue. Wie gut Ethan sich an den Moment erinnerte, als River seinen Bruder bei einem Stockkampf verletzt hatte, woraufhin Quentin sein blutüberströmtes Gesicht stolz grinsend Harry präsentierte, der den Achtjährigen kreidebleich ins Auto beförderte und ihn zur Gemeindekrankenschwester fuhr. Fünf Stiche waren notwendig gewesen, um das Malheur zu beseitigen. Die frechen Sommersprossen auf Quentins Wangen passten zu seinem lebendigen Wesen. Sobald der Sommer begann, breiteten sich diese auch über das restliche Gesicht aus. Ethan überlegte, ob die Zwillinge inzwischen wohl gleich groß waren? Ständig hatten sie sich Rücken an Rücken aneinandergestellt, um zu sehen, welcher Bruder den anderen übertrumpfte. Ethan nahm sich vor, bei Gelegenheit nachzusehen, wer am Ende das Rennen gemacht hatte.

»Es gibt hier keine Partys, das habe ich euch oft genug gesagt.« Harrys Ton ließ wie immer keinerlei Widerspruch zu und riss Ethan aus seinen Gedanken.

»Dann feiern wir eben im Pub.« River setzte sich neben Ethan und schenkte sich Kaffee ein.

»Mal schauen. Heute bin ich ziemlich erledigt«, erklärte Ethan. Nur mit Mühe konnte er den Blick von seinen jüngeren Brüdern lösen. In seiner Erinnerung waren sie noch immer die kleinen Jungs, die die Kaninchen rasiert hatten. Schlagartig wurde ihm klar, was er in all den Jahren verpasst haben musste.

»Du musst uns unbedingt von Sydney erzählen. Dort kann man bestimmt gut Party machen.« Erwartungsvoll sah River ihn an.

»Auf alle Fälle. Das will ich ganz genau wissen«, pflichtete Quentin ihm bei.

Knallend setzte Harry seine Tasse auf der Tischplatte ab. Ein Zeichen, dass ihm die Unterhaltung reichte.

River zwinkerte Ethan zu und griff eilig nach dem Brot.

Während Ethan einen weiteren Schluck nahm, ließ er seinen Blick über die Personen am Tisch schweifen: Jim, dessen Augen weiterhin auf die Zeitung geheftet waren, die Zwillinge, Ollie, der ein Stück Ei von der Tischplatte abkratzte, seinen Vater, der mit gerunzelter Stirn in die Tasse starrte, und

Liz, die sich neben ihren Sohn gesetzt hatte und endlich selbst aß. Er war also wieder hier. Noch immer war Ethan sich nicht sicher, wie sich das anfühlte. Zu viele unterschiedliche Dinge spukten ihm durch den Kopf. Es war eigenartig, nach all den Jahren wieder an diesem Tisch zu sitzen.

Kaum war das Frühstück vorüber, sprangen alle auf.

»Jim, du hilfst John heute mit der verstopften Pumpe auf der großen Weide.« Harry griff nach seinem Hut, der ordentlich in der Reihe von Lederhüten an der Wand hing.

»Dann lade ich alles auf. Wenn wir nicht rechtzeitig fertig werden, bringt uns dann jemand Lunch?«, fragte sein Bruder und sah erwartungsvoll zu Liz.

»Natürlich.« Sie lächelte ihm zu und sammelte das Besteck und die Teller vom Tisch ein.

»Bist du bereit für den Kindergarten, Buddy?« River stand auf und nahm einen kleinen Rucksack von der Arbeitsplatte.

Verwundert sah Ethan auf. Wieso fuhr River seinen Neffen in den Kindergarten?

River fing seinen Blick auf und erklärte: »Liegt auf dem Weg. Ich arbeite in der Werkstatt im Ort. Ich bin Mechaniker.«

Das passte zu ihm. Schon immer hatte er an allem herumgeschraubt, was einen Motor hatte. Erst jetzt fielen Ethan die dunklen Ölränder an Rivers Fingernägeln auf.

»Morgens nehme ich Ollie mit, so spart sich Liz eine Fahrt.«

Kreischend warf sich der Junge gegen die Beine seiner Mutter. Liz beugte sich hinunter und drückte ihm einen Kuss auf die Wange.

»Wir wollten doch kämpfen.« Vorwurfsvoll sah er erst sie an, dann Ethan.

»Das könnt ihr heute Mittag machen, mein Schatz.« Noch einmal bemühte Liz sich, die verstrubbelten Haare ihres Sohnes mit den Fingern zu bändigen.

»Ja, natürlich«, beeilte Ethan sich zu sagen. Es war ihm etwas peinlich, dass er nicht recht wusste, wie man mit Kindern umging. Er hatte in Sydney eigentlich nur mit Erwachsenen zu tun gehabt und in dem Bereich keine Erfahrungen gesammelt. Und nun stand plötzlich sein Neffe vor ihm, und Ethan hatte keine Ahnung, was von ihm erwartet wurde.

Strahlend nickte der Kleine, griff nach Rivers Hand, und sie verließen die Küche mit schnellen Schritten.

Offensichtlich war hier alles bestens organisiert, und binnen weniger Minuten waren nur noch Liz und Ethan im Raum. Er trank den Rest seines Kaffees und brachte die Tasse zum Geschirrspüler. Er war unsicher, wie er sich verhalten sollte.

»Ich nehme an, du hast im Auto geschlafen?«, durchbrach Liz die unangenehme Stille, während sie die Butter im Kühlschrank verstaute.

Ethan brummte bestätigend. »Hast du früher nicht eine Brille getragen?«

Er hörte ein leises Lachen, dann sah sie ihn über die Schulter an. »Soll das eine Entschuldigung sein, weil du mich nicht erkannt hast?«

»Zumindest eine Erklärung.«

Mit einem Lächeln drehte sie sich zu ihm um. »Ist schon gut, es sind viele Jahre vergangen, seit wir uns das letzte Mal getroffen haben.« Dann deutete sie auf ihre Augen. »Laser. Ich hatte keine Lust mehr, ständig die Gläser zu putzen.« Liz machte eine Pause und legte den Kopf schief. Über ihrer schmalen Nase bildeten sich Fältchen, als sie diese krauszog. »Bist du mir böse, weil ich dir nicht gesagt habe, wer ich bin?«

»Nein, natürlich nicht. Eigentlich ist es doch eine amüsante Anekdote.« Endlich war ihm leichter ums Herz. »Nur tu mir den Gefallen und erzähl den anderen nicht, dass ich schon gestern hier war und nicht den Mumm hatte, gleich herzukommen.« Grinsend zog er die Augenbrauen hoch. »Im Gegenzug verpetze ich dich nicht wegen deinem Chipsgelage.«

»Das klingt fair«, sagte Liz. »Magst du deine Sachen reinbringen?« Sie machte sich daran, den Stapel an Tellern einzuräumen.

»Das sollte ich wohl.« Er trat vor die Tür und sah sich um. Wie oft hatte er morgens das Haus durch diese schmale Seitentür verlassen? Alles hier war ihm noch immer vertraut. Zügig lief er um das Haus, öffnete den Kofferraum und nahm seine Tasche heraus. Wieder schrie der Kookaburra, und auch dieses Mal klang es, als würde er Ethan auslachen – weil er sich wie ein Fremder in seinem eigenen Zuhause fühlte.

Ein kühler Wind wehte durch die Bäume. In gut zwei Monaten würde der Frühling Einzug halten. Doch jetzt, im August, konnte es hier in Südaustralien morgens empfindlich frisch sein. Erneut schweifte sein Blick über das alte Haus. Der Efeu an der einen Ecke der Hauswand hatte sich im Lauf der Jahre weiter nach oben gerankt. Bald würde er am Dach ankommen. Silverwood hatte sich wirklich nicht verändert, und das würde es wohl auch nie. Ethan trat ein Stück zur Seite und sah auf das kleine Eukalyptuswäldchen, das ein paar hundert Meter hinter dem Haus wuchs und das seinen Urgroßvater zu dem Namen der Farm inspiriert hatte, Silverwood. In der Morgensonne glänzten die Blätter der Bäume silbrig grün.

Zurück in der Küche, stellte er die Tasche auf dem Tisch ab.

»Bring dein Gepäck doch direkt hoch, ich komme gleich nach«, sagte Liz, während sie die Krümel auf der Tischplatte zusammenfegte.

Ethan griff nach seiner Tasche und ging die alte, breite Holztreppe mit den knarzenden Stufen hinauf. Für einen Moment zögerte Ethan, ehe er das glatte Holz des Handlaufs berührte. Es hatte ihm und seinen Brüdern immer großen Spaß gemacht, diesen hinunterzurutschen, und auch Harrys Drohungen hatten sie nicht davon abhalten können. Vor Ethan lag der breite Flur mit dem abgenutzten Dielenboden. Rechts und links reihten sich die Zimmer seiner Brüder aneinander. Er atmete tief ein, dann öffnete er die Tür zu seinem ehemaligen Kinderzimmer. Sein Blick huschte durch den ordentlichen Raum und über die mit Blumen bedruckte Bettwäsche auf dem Bett, in dem er damals geschlafen hatte. In dem offenen Schrank hingen bunte Kleider und Frauenpullover. Ein Hauch von Lavendel kitzelte in seiner Nase. Anscheinend wohnte Liz nun in seinem alten Zimmer. Die Erkenntnis traf ihn wie ein Fausthieb, dass er nun keinen Platz mehr in diesem Haus hatte. Auch wenn es nachvollziehbar war, dass sie sein Zimmer inzwischen anderweitig nutzten, musste er dennoch schlucken. Leise schloss er die Tür wieder und sah sich im Flur um. Mit Gästezimmer hatte Liz vermutlich das ehemalige Elternschlafzimmer gemeint. Nach dem Tod von Ethans Mutter war Harry in einen kleineren Raum direkt neben dem Büro im Erdgeschoss gezogen. Dort war es stiller gewesen als oben bei den Brüdern. Wenn es noch so war wie früher, dann verschanzte Harry sich in seiner knappen Freizeit wahrscheinlich auch heute mit Vorliebe in seinem Büro. Ethan grinste in sich hinein. Er und seine Brüder hatten immer wieder Vermutungen angestellt, was der Alte dort wohl trieb. Mit Büroarbeit hielt Harry sich nämlich ungern auf. Vermutlich saß er lieber sinnierend in seinem Sessel und dachte über alte Zeiten oder seine Zucht nach und trank von dem guten Whisky, den er dort vor seinen Söhnen versteckte. Warum eigentlich hatte er seinem Vater keine Flasche mitgebracht? Er hatte einfach nicht daran gedacht bei all dem Stress der letzten Zeit.

Zielstrebig öffnete Ethan die dritte Tür auf der linken Seite und trat ein. Noch immer standen die gleichen Möbel in dem Raum wie damals. Das große Holzbett und der dunkle, wuchtige Schrank. Doch auch hier herrschte weniger Chaos als in seiner Erinnerung. Früher hatten an jeder freien Stelle Kartons gestanden, die mit allem möglichen Zeug vollgestopft waren, jetzt war der Raum bis auf einige Bilder an den Wänden leer. Er ließ die Tasche auf den Boden fallen und trat ans Fenster. Von hier aus waren der Hof hinter dem Haus und die Scheune zu sehen, und etwas weiter weg der Pferdestall. Dahinter erstreckte sich auf der einen Seite das weite Farmland, und auf der anderen befand sich ein kleiner Wald. Weit entfernt auf der Weide waren einige Rinder zu erkennen.

»Ich habe dir frische Bettwäsche gebracht.« Liz kam mit eiligen Schritten in den Raum und griff nach dem Kopfkissen.

»Das kann ich selbst erledigen, mach dir keine Umstände wegen mir«, versuchte er, sie aufzuhalten.

»Kein Problem, das geht schnell.« Lächelnd zwängte sie das Kissen in den Bezug.

Unauffällig musterte er seine Schwägerin von der Seite. Er hatte sie nie richtig kennengelernt. Als Samuel mit ihr zusammenkam, hatte Ethan schon in Sydney gewohnt. Dank ihr war er nicht mehr die einzige Person mit blauen Augen in diesem Haus, was sich aus welchem Grund auch immer irgendwie gut anfühlte. Nicht nur optisch war er immer der Außenseiter in der Familie gewesen. Liz war relativ klein und reichte ihm nicht einmal bis zur Schulter. Wie zierlich sie in der Küche zwischen all den hochgewachsenen Bennett-Männern gewirkt hatte. Mit konzentriertem Blick bezog sie nun die Matratze.

Mit ihrer Bluse mit buntem Blumenmuster, die sie unter einer offenen blauen Strickjacke trug, schien Liz Fröhlichkeit in diesem Haus zu versprühen – etwas, an dem es Silverwood in der Vergangenheit gelegentlich gemangelt hatte. Sein Bruder hatte sich mit seinem unvergleichlichen Charme eine hübsche Frau geangelt, das war nicht zu bestreiten. Liz war kaum geschminkt, was ihre feinen Gesichtszüge und ihre helle Haut zur Geltung brachte. Und diese Natürlichkeit stand ihr ausgesprochen gut, wie Ethan feststellte. Schon am Abend zuvor waren ihm die beiden Grübchen aufgefallen, die sich an ihren Wangen bildeten, wenn sie ausgelassen lachte. Und doch war sie während des Gesprächs auf der Bank scheinbar immer wieder in Gedanken versunken. Hatte sie auch an Samuel denken müssen? Lange hatte der Tod seines Bruders ihn nicht mehr so sehr beschäftigt wie auf der Fahrt hierher. Während der einsamen Stunden in seinem Auto hatte ihn nichts davon abgelenkt wie sonst meist. Doch jetzt, da er vor Samuels Frau stand, kamen die Gefühle unvermittelt heftig zurück. Schuld und Trauer vermischten sich und schienen Ethan beinahe zu erdrücken.

Ob Ollie wohl in Samuels altem Zimmer schlief? Ethan ging davon aus. Immerhin verfügte es über eine Verbindungstür zu Ethans ehemaligem Kinderzimmer – perfekt geeignet für Mutter und Kind. Müde rieb er sich über das Gesicht. Er konnte sich Silverwood einfach nicht ohne Samuel vorstellen. Jeden Moment glaubte er, sein Lachen hören zu müssen. Stattdessen wohnte nun Liz in diesem Haus.

Verlegen trat Ethan von einem Bein auf das andere. Sollte er versuchen, ein Gespräch mit ihr zu führen? Doch über was? Er kannte sie ja kaum.

»In der Ecke steht ein Wäschekorb. Wirf deine dreckigen Sachen einfach rein, dann wasche ich sie mit.«

Abwehrend schüttelte er den Kopf. »Ich will dir nicht noch mehr Arbeit machen, du hast ja genug zu tun.«

Sie richtete sich auf und betrachtete zufrieden das Bett. Dann sah sie ihn an. »Ich habe hier so viel Wäsche, ein paar Teile mehr machen da nichts aus.« Einen Moment lang sah sie ihn nachdenklich an. »Ich freue mich, dass Ollie seinen Onkel endlich kennenlernt.«

Endlich. Ja, es war ihm unangenehm, dass der Junge ihn nie gesehen hatte. Das letzte Mal war er zu Samuels Beerdigung hier gewesen, als Liz unübersehbar schwanger war. Als Ollie geboren wurde, hatte Harry Ethan angerufen und stolz von der Geburt seines ersten Enkels berichtet. Es war eine der seltenen Gelegenheiten, bei denen sein Vater sich meldete. Er hatte die Freude und gleichzeitig auch den Schmerz in Harrys Stimme herausgehört. Ethan hatte sich damals tatsächlich vorgenommen, seinen Neffen bald zu besuchen. Doch dann hatte er es immer wieder aufgeschoben und das Vorhaben schließlich verdrängt. Vermutlich weil Samuels Kind ihn daran erinnert hätte, was auch er verloren hatte.

Und auch daran, dass Ethan nicht hier gewesen war, als er es hätte sein sollen. Er schluckte. »Wie alt ist Ollie jetzt? Vier?«

Ein Anflug von Stolz zeichnete sich auf Liz' Gesicht ab. »Er ist vor ein paar Wochen vier Jahre alt geworden. Wie die Zeit doch vergeht. Wenn ich ihn mir ansehe, kann ich kaum glauben, dass ich ihn schon so lange habe.« Ihr Blick wanderte an ihm vorbei an die Wand, und Ethan glaubte, sie tief einatmen zu hören.

»Er ist ein süßer Kerl«, sagte er.

»Aber er hat auch viel Energie.« Sie lachte hell auf und sah ihn wieder an. »Wie alle Bennetts eben. Und nun lasse ich dir etwas Ruhe«, erklärte sie, während sie mit der Hand auf die Matratze klopfte. »Du musst müde sein nach der Nacht im Auto.«

Nachdem Liz die Tür geschlossen hatte, sank Ethan auf das Bett. Der Kaffee hatte seinen Zweck nicht erfüllt. Nur mühsam hielt er die Augen offen. Seufzend drehte er sich auf die Seite. Ein paar Minuten ausruhen, dann würde er sich besser fühlen.

***

In Gedanken vertieft, trug Liz den vollen Wäschekorb nach unten. Warum war Ethan hier nur plötzlich ohne Ankündigung aufgetaucht? Harry und die Jungs sprachen selten über ihn, es war fast, als mieden sie das Thema bewusst. Bis gestern hatte sie nie darüber nachgedacht, was wohl mit diesem einen Bruder war, der nicht hier lebte. Aber sie hatte ihre eigenen Probleme, und dann war da die ganze Arbeit. Stöhnend setzte sie den Korb vor der Waschmaschine ab und steckte die erste Ladung des Tages hinein. Als das Wasser schäumend hineinströmte, stand sie einen Moment still da. Ethan wirkte anders als der Rest der Familie mit seinem akkuraten Undercut. Er trug nun ein frisches Hemd, und beim Beziehen des Bettes hatte sein Rasierwasser in ihrer Nase gekitzelt. Wie hatte der Kerl es nur fertiggebracht, sich auf dem Parkplatz zu rasieren? Ihr war nicht entgangen, wie er sie eben aufmerksam gemustert hatte, nun, da er wusste, wer sie wirklich war. Anscheinend hatte er sie bei den wenigen Gelegenheiten, bei denen sie bisher aufeinandergetroffen waren, nicht wirklich wahrgenommen. Und in ihrer Erinnerung hatte Ethan stets etwas distanziert gewirkt.

Liz ging zurück in die Küche und durch den Vorgarten auf den Hof. Dort öffnete sie die Klappe des kleinen Hühnerhauses, das neben der Scheune stand. Gackernd flatterten die Hennen nach draußen und scharrten aufgeregt um sie herum. Aus dem Futtereimer streute sie zwei Becher geschrotete Maiskörner auf den staubigen Boden. Hektisch stürzten sich die Hühner darauf, während Liz die Eier aus der Legekiste sammelte und in den kleinen Drahtkorb packte. Sie zählte sechs Eier. Wenn erst der Frühling käme, würden die Hennen wieder besser legen.

Vorsichtig brachte sie den Korb in die Küche und machte sich daran, das letzte Chaos des Morgens zu beseitigen. Bis zum Lunch würde hier nun Ruhe herrschen, und sie konnte ungestört den Haushalt erledigen. Nachmittags holte sie Ollie vom Kindergarten ab und verbrachte die Zeit dann meist mit ihm im Garten bei der Schaukel. Wenn ihrem Sohn langweilig wurde, fand sich immer einer seiner Onkel, der ihn mit zu den Rindern nahm, oder Harry fuhr mit ihm über die Farm. Was für ein Glück der kleine Kerl doch hatte, mit so vielen Männern aufzuwachsen, die sich um ihn kümmerten.

Wenn er schon keinen Vater hatte, so wenigstens seinen Großvater und die Onkel.

Unschlüssig sah sie sich in der aufgeräumten Küche mit dem frisch gewischten Dielenboden um. Ethan war nicht wieder heruntergekommen. Sollte sie nachsehen, ob er etwas brauchte? Nein, vermutlich hatte er sich hingelegt, die Müdigkeit war ihm anzusehen gewesen. Für den restlichen Vormittag hatte sie sich vorgenommen, den Vorgarten in Ordnung zu bringen. Die vertrockneten Ziergräser mussten dringend abgeschnitten und die Büsche in Form gebracht werden, bevor sie erneut austrieben. Ethan würde sich schon bei ihr melden, wenn er etwas benötigte. Rasch kramte sie die Heckenschere aus dem Schrank im Flur, eilte in den Vorgarten und atmete tief ein. Die frische Luft und die Stille waren angenehm. Sie liebte die frühen Morgenstunden, obwohl es immer zu viel zu tun gab.

»Das sieht gut aus.«

Erschrocken drehte Liz sich um, die völlig ins Gärtnern vertieft gewesen war. Ethan stand in der Küchentür und betrachtete das Beet, in dem bald die ersten Narzissen sprießen würden.

»Ja, es war höchste Zeit. Aber ich bin bisher einfach nicht dazu gekommen. Hast du etwas geschlafen?«

Gähnend streckte er sich und lehnte sich gegen den Türrahmen. »Ich wollte mich nur einige Minuten ausruhen, muss dann aber doch weggenickt sein.«

Liz stand auf und klopfte sich die Erde und den Staub von der Hose. »Möchtest du einen Kaffee?«

»Gerne.«

Sie stellte die dreckigen Schuhe vor der Tür ab und trat

an ihm vorbei in die Küche, wo die Kaffeemaschine den restlichen Kaffee warm gehalten hatte. Dann nahm sie zwei Tassen aus dem Schrank und setzte sich an den Tisch, während Ethan ihr gegenüber Platz nahm.

»Jetzt, wo keiner da ist, der es mitbekommen könnte, kann ich bitte etwas Milch für meinen Kaffee haben?«, fragte er verschmitzt.

Lachend stand sie auf. »Ich trinke ihn auch lieber mit Milch. Keine Ahnung, wie die ihn schwarz runterkriegen.«

»Du und Ollie, ihr wohnt hier also?« Interessiert sah Ethan sie an.

»Ja.« Vorsichtig goss sie in beide Tassen etwas Milch. »Nachdem«, sie stockte, »nachdem Samuel gestorben war, hat Harry mir den Vorschlag gemacht, hier einzuziehen. Erst habe ich abgelehnt, weil ich ihm nicht auf der Tasche liegen wollte. Aber er und John haben nicht lockergelassen, und so habe ich das kleine Häuschen verkauft, in dem Samuel und ich gewohnt haben, und bin hierhergekommen. Die Vorstellung, dass das Baby in dem gleichen Zimmer aufwächst wie sein Vater, hatte etwas Tröstliches.«

Ethan nickte und nahm einen Schluck. »Es tut mir wirklich sehr leid, was damals passiert ist. Ich kann es noch immer nicht glauben, dass er nicht gleich durch die Tür kommt und irgendeinen Witz macht.«

»So geht es mir auch.« Lächelnd dachte sie an ihren Mann zurück, an seine unbeschwerte und fröhliche Art. Die Diagnose hatte ihr Leben von einem auf den anderen Moment komplett über den Haufen geworfen. *Bauchspeicheldrüsenkrebs*. Noch immer wurde ihr bei diesem Wort übel. Mühsam verscheuchte sie die Erinnerung und bemühte sich, an ihren Sohn zu denken. Ollie hatte nicht nur Samuels Aussehen, sondern ebenfalls seinen Charakter geerbt. Sie war froh, dass sie den Jungen hatte.

»Und jetzt machst du den Haushalt für Harry?«, sagte Ethan leicht skeptisch.

»Während der letzten Monate meiner Schwangerschaft habe ich das Haus aufgeräumt und entrümpelt. Als Ablenkung und weil es hier einfach so unordentlich war, dass ich mir nicht vorstellen konnte, ein Baby in diesem Haus aufzuziehen.«

»Ein Haus voller Männer.« Er lehnte sich im Stuhl zurück und ließ seinen Blick durch die Küche gleiten. »So aufgeräumt wie jetzt habe ich es hier noch nie erlebt. Immer stand oder lag irgendwo etwas rum, vor allem der Staub.« Ein Lachen umspielte seine Mundwinkel.

»Ein paar Wochen nachdem Ollie geboren war, als ich mich etwas erholt hatte, habe ich einfach den Haushalt übernommen. Einer musste sich schließlich darum kümmern, und du weißt ja, wie das hier läuft. Bei der ganzen Farmarbeit da draußen macht keiner mehr was im Haus. Das hat Harry auch bemerkt und bezahlt mir seitdem ein Gehalt. Es ist ein guter Deal für beide Seiten.«

»Du hast hier viel zu tun«, stellte Ethan fest.

»Natürlich. Es gibt immer was, das noch erledigt werden muss, und die Zeit reicht nie. Aber so denke ich nicht zu viel nach.« Liz legte die Hände in den Schoß. »Und Ollie kann bei seiner Familie aufwachsen.«

»Es scheint ihm hier gut zu gehen, und ich bin überrascht, dass River ihn in den Kindergarten bringt. Ich habe ihn nur als jungen Hitzkopf in Erinnerung, der ständig in Schwierigkeiten gerät und zusammen mit Quentin Mist baut.«

Liz kicherte belustigt. »Die Zwillinge haben sich nicht

wirklich geändert, sie kommen noch immer auf dumme Gedanken und treiben Harry fast in den Wahnsinn. Mindestens einmal im Monat versucht River, mich zu überzeugen, dass Ollie alt genug ist, um mit ihm auf dem Motorrad zum Kindergarten zu fahren. Er lässt einfach nicht locker. Aber solange ich nein sage, hält er sich zum Glück daran und nimmt das Auto.«

Grinsend fuhr Ethan sich über das Gesicht. »John hat die beiden, als sie zwei waren, hinter sich aufs Quad gepackt und ist mit ihnen über die Farm geheizt. Harry ist fast ausgeflippt. Ein Dreizehnjähriger, der zwei Kleinkinder spazieren fährt. Es ist ein Wunder, dass nie etwas Ernstes passiert ist.«

»So ist das hier auf dem Land wohl einfach, oder zumindest in dieser Familie. Ich muss auch oft genug wegsehen, wenn Ollie auf einen Baum klettert oder bei deinem Vater auf der Ladefläche des Pick-ups mitfährt. Natürlich macht er dann langsam, und das Kind hat einen Heidenspaß, aber als Mutter wird mir bei dem Anblick schlecht.«

»Das kann ich mir vorstellen.« Er sah sie einen Moment zu lange an, wie sie fand, und blickte dann wieder in seine Tasse.

»Und weshalb genau bist du hier? Gibt es einen Grund für diesen Überraschungsbesuch?« Prüfend musterte sie ihn.

Augenblicklich wurde Ethans Blick finster. Die hellen blauen Augen hafteten auf der Tischplatte, und seine Augenbrauen zogen sich zusammen. »Ich muss über ein paar Dinge nachdenken und dachte, ein Tapetenwechsel würde mir guttun. Und es wurde dringend Zeit, mal wieder nach der Familie zu sehen. Wobei ich mir nicht sicher bin, dass ich hier überhaupt erwünscht bin.«

»Du bist ein Teil dieser Familie, und dies ist auch dein Zuhause, warum solltest du nicht willkommen sein?«

Mit der Hand machte er eine abwehrende Bewegung. »Ach, das sind alte Geschichten. Ich wurde nicht gerade überschwänglich von Harry begrüßt, und John hat sich direkt verzogen.«

Ja, das war ihr aufgefallen. John hatte seinen Bruder mit einem gereizten Blick bedacht, um dann ohne Frühstück zu verschwinden. »Ihr versteht euch nicht gut, oder, du und John?«, fragte sie vorsichtig nach.

Mit zusammengepressten Lippen starrte Ethan weiter auf den Tisch. »Ich kann dir nicht sagen, was zwischen uns steht, ich weiß nicht einmal genau, wie es angefangen hat. Wir sind noch nie gut miteinander ausgekommen. Aber richtig heftig wurde es bei meinem letzten Besuch hier. John hat kein Wort mit mir gesprochen und ist mir aus dem Weg gegangen. Seit damals hatten wir keinen Kontakt mehr, und ich hatte die Hoffnung, die Lage hätte sich inzwischen wieder etwas beruhigt.«

Ethans letzter Besuch. Liz schluckte. Er war zu Samuels Beerdigung gekommen. Eine Zeit, die für jeden in diesem Haus unerträglich schwer gewesen war. Mit Samuel hatte John nicht nur einen Bruder, sondern auch seinen besten Freund verloren. Die Bindung der beiden war ungewöhnlich eng gewesen. »Es war eine spezielle Situation damals«, fasste sie ihre Gedanken mit flatternder Stimme zusammen. »Auch für John. Du kennst ihn, er ist Harry manchmal erschreckend ähnlich. Aber sie meinen es nicht so, das ist einfach ihre Art.«

»Das kann ich nur hoffen. Sonst werden das hier ungemütliche Tage.« Er lachte heiser auf. »Und die Art der beiden ist mir bestens vertraut.«

»Ich bin ja jetzt hier, und auch wenn es ihnen nicht bewusst ist, habe ich sie meistens gut im Griff. Es ist tatsächlich schon einige Zeit her, dass es hier eine Prügelei gab.« Belustigt dachte sie an die letzte Auseinandersetzung der Zwillinge zurück, nach der beide eine Woche lang mit Veilchen durch die Gegend gelaufen waren. Wegen irgendeiner Kleinigkeit hatten sie sich in die Haare bekommen und sich auf dem Parkplatz geprügelt, bis John sie am Kragen gepackt und mit Tritten auseinandergebracht hatte. In dieser Familie herrschten Sitten, an die sie sich erst hatte gewöhnen müssen.

»Danke für den Kaffee.« Ethan stand auf und brachte seine Tasse zur Spüle. »Ich muss noch etwas am Laptop arbeiten.«

»Um zwölf gibt es Mittag, komm dann einfach runter«, sagte sie und sah ihm nach, während er in den Flur verschwand. Beinahe war es, als wären mit Ethan all die Erinnerungen zurückgekommen, die sie sonst versuchte zu unterdrücken – an das Leben, das sie früher einmal geführt hatte. Doch diese Zeit fühlte sich so furchtbar weit weg an, wie ein verblasster Traum. Manchmal fiel es ihr schwer zu glauben, dass es das Häuschen und das Leben mit Samuel wirklich gegeben hatte. Daran, wie glücklich sie gewesen waren. Und dann war sie hier gelandet. In diesem großen alten Haus mit all seinen Bewohnern. Anfangs hatte sie sich fremd gefühlt, als sei sie nur zu Besuch. Doch nach und nach, je mehr sie das Haus aufgeräumt und hier und da dekoriert hatte, war Silverwood zu einem neuen Zuhause für sie geworden. Sie hatte Harry und die Brüder besser kennengelernt und sich an sie und ihre Eigenarten gewöhnt. Schließlich hatte John sie mit dem Neugeborenen im Geburtshaus abgeholt und sie getröstet, als die Hormone auf der Heimfahrt überhandnahmen und sie schluchzend zusammengebrochen war. John hielt auf dem Parkplatz vor dem Ort an, wo sie ihren Sohn auf der Bank stillte, während ihr Schwager ihr die Hand hielt. Niemand hatte Samuel besser gekannt als John. Vermutlich nicht einmal sie. Laut Harry hatten die beiden schon als Kinder wie Pech und Schwefel zusammengehalten. Es hatte ihr Kraft gegeben, die Trauer für einen Moment mit ihrem Schwager teilen zu können. Und als sie wenig später die Farm erreichten, konnte Liz sich über die blauen Ballons freuen, die die Zwillinge an der Einfahrt befestigt hatten. Liz trank den letzten Schluck Kaffee und stand auf. Sie musste dringend weitermachen, wenn sie die restliche Hausarbeit bis zum Lunch schaffen wollte.

Kapitel 3

Genervt klappte Ethan den Laptop zu. Zwei Stellenausschreibungen klangen interessant, doch eine war in Canberra und die andere in Adelaide. Er hatte eigentlich nicht vor, aus Sydney wegzuziehen, doch wenn es zum Äußersten kam, dann sollte er es wohl oder übel in Betracht ziehen. Es wäre ein herber Verlust, wenn er sein schickes Apartment in Bondi verkaufen müsste. Aufwendig hatte Ethan es nach seinen Vorstellungen renovieren lassen, nachdem er lange nach einer Wohnung in seinem Lieblingsstadtteil gesucht hatte. Und jetzt sollte er, wenn sich keine Lösung fand, gezwungen sein, sein Leben dort aufzugeben?

Unten im Haus waren Stimmen zu hören, und er sah auf die Uhr. Es war Mittag. Mit etwas Glück würde es jetzt entspannter ablaufen als am Morgen. Eilig ging er die Treppe hinunter und in die Küche. Eine große Platte mit Sandwiches stand in der Mitte des Tisches. Harry, Quentin und Liz waren bereits am Essen.

»Komm, setz dich zu uns.« Auffordernd zog Liz den Stuhl neben sich ein Stück zurück, und er nahm Platz.

»Die trächtigen Kühe sehen vielversprechend aus. Das sollte ein gutes Jahr werden.« Harry nickte zufrieden.

»Und auch die Schafe sind kugelrund. Ich wette, einige werden gleich zwei oder drei Lämmer bekommen«, antwortete Quentin und wandte sich dann Harry zu. »Wir brauchen dringend einen neuen Hund.«

Stimmt, Bandit fehlte. Bisher war Ethan das Fehlen des alten Farmhundes nicht aufgefallen. Er schluckte und griff nach einem Brot. Kurz nach seinem zwölften Geburtstag hatten sie den Australian Shepherd bekommen, und auch wenn Ethan mit Tieren in der Regel nicht viel anfangen konnte, hatte er diesen Hund geliebt. Noch etwas, das er verpasst hatte.

Harry rieb sich über den Bart. »Der Doc kommt nachher, ich frage ihn, ob er von einem Wurf gehört hat. Wir brauchen eine gute Abstammung, damit es auch ein vernünftiger Hütehund wird.«

»Ich werde die Ausbildung übernehmen«, sagte Quentin aufgekratzt. »Und wir nehmen auf jeden Fall einen Rüden, Hündinnen können schwieriger sein.«

»Du hast Bandit viele neue Pfiffe beigebracht, von mir aus kannst du es machen«, stimmte sein Vater zu.

Harry gab die Ausbildung eines Hundes aus der Hand? Dann musste Quentin tatsächlich ein Händchen dafür haben. Quentins Augen blitzten vor Begeisterung, während er weiter von dem neuen Hund sprach.

»Ich bringe John und Jim ein paar Sandwiches raus.« Seufzend stand Liz auf und packte mehrere Brote ein.

Den ganzen Morgen hatte er sie im Haus saugen und immer wieder ihre schnellen Schritte auf der Treppe gehört. Den Garten hatte sie ebenfalls gepflegt und wirkte jetzt erschöpft.

»Das kann ich übernehmen.« Wenn er sich wenigstens etwas nützlich machen konnte, würde Ethan sich vielleicht besser fühlen.

»Wirklich?« Überrascht sah Liz ihn an.

»Es ist kein Problem, und so sehe ich gleich etwas von der Farm. Wo genau sind die beiden?«

»Sie müssten noch auf der großen Weide bei der Pumpe sein«, sagte sein Vater mürrisch und nahm einen Schluck aus dem Glas. »Eigentlich hatte ich angenommen, sie wären um diese Zeit schon fertig.«

»Kann ich dein Auto haben? Meins ist für die Pisten hier nicht gemacht«, sagte Ethan.

»Sieht teuer aus, dein Auto«, bemerkte Harry knapp und schob ihm den Autoschlüssel über die Tischplatte hinüber.

Ethan griff danach, ohne auf die Bemerkung zu seinem Wagen einzugehen. Doch in seinem Inneren brodelte es. Gerne würde er Harry klarmachen, dass er sich den Mercedes erarbeitet hatte – dass nicht nur Farmer hart schufteten und Ethan mehr tat, als hinter seinem Schreibtisch zu sitzen und Kaffee zu trinken. Sicherlich stellten sich Harry und John sein Leben so vor, auch wenn sie es nicht aussprachen. Verärgert verschränkte er die Arme vor der Brust. Doch sein Vater war ein sturer alter Bock, und nichts, was Ethan sagen würde, könnte ihn von seiner Meinung abbringen.

Liz packte die restlichen Brote in eine Papiertüte und reichte sie ihm mit zwei Flaschen Wasser. Ethan ging zum Parkplatz und stieg in den alten Pick-up. Der Geruch nach den Zigarren seines Vaters empfing ihn, als er auf den Sitz rutschte. Mit runtergelassenen Fenstern fuhr er vom Hof und auf den schmalen Wirtschaftsweg entlang der weitläufigen Felder. Nach einigen Minuten kam die Abzweigung zur großen Weide. Beinahe hatte er vergessen, wie befreiend es sich anfühlte, so weit blicken zu können. Keine Häuser verbauten die Sicht bis zum Horizont über sanfte Hügel und endlose Grasflächen. Als er das Tor zur Weide erreichte, stieg er aus, nahm die Tüte und klemmte sich die Flaschen unter den Arm. Gebückt zwängte er sich durch die Latten des Holzzauns hindurch und lief vorbei an den neugierigen einjährigen Rindern. Auch wenn er kein Farmer war, fiel ihm dennoch der gute Zustand der Tiere auf. Offensichtlich leisteten sein Vater und seine Brüder hervorragende Arbeit bei der Aufzucht. In einiger Entfernung war das große Windrad zu erkennen, das die Pumpe antrieb und das Wasser für die Rinder heraufbeförderte. Nicht weit davon graste Buster, Johns eigenwilliger und nervöser dunkelbrauner Hengst. Allem Anschein nach zog er dieses widerspenstige Tier noch immer einem Quad als Transportmittel vor. Ethan machte einen großen Bogen um das Pferd, als er auf das Windrad zuging, und stellte die Verpflegung auf Jims Quad ab.

Seine Brüder standen gebückt unter dem Metallgerüst und beförderten mit Spaten große Mengen an Schlamm nach oben.

»Ich habe euch Essen gebracht.«

»Wunderbar.« Mit einem Satz sprang Jim aus der Grube und stürzte sich auf eine der Wasserflaschen.

»Warum bringt Liz das nicht selbst?« John sah Ethan kurz an, nahm den Hut ab und wischte sich mit dem Arm den Schweiß von der Stirn. Sein dreckiges Hemd klebte nass an seiner Haut. Ethan erinnerte sich nur zu gut an diese schweißtreibende Arbeit, oft genug hatte er die Pumpe früher selbst vom Schlamm befreit. Etwas, das er ganz sicher nicht vermisste.

»Ich dachte, ich könnte ihr was abnehmen.« Er griff nach der zweiten Flasche und reichte sie seinem ältesten Bruder.

John trank einen großen Schluck und sprang aus dem Loch. Schwer atmend lehnte er sich gegen das Quad, während er die Brote auspackte. »Und was hast du sonst noch den ganzen Tag gemacht?«

»Ich habe am Laptop gesessen und gearbeitet. In meiner Position kann man sich nicht ohne weiteres freinehmen.« Innerlich verdrehte Ethan die Augen. Es klang großspuriger als beabsichtigt, und doch wollte er seinem Bruder verdeutlichen, dass seine Arbeit keinesfalls so unwichtig war, wie John dachte. Dieser hatte ihn schon während seines BWL-Studiums spüren lassen, wie wenig er von Ethans Wahl hielt. Nein, Ethan hatte längst bewiesen, dass er beruflich etwas draufhatte, seitdem er die Farm verlassen hatte – auch wenn in letzter Zeit Zweifel an ihm nagten. Das Gefühl, falsche Entscheidungen getroffen zu haben, lastete schwer auf seinen Schultern. Und doch würde er den Teufel tun, John dies merken zu lassen. Auf keinen Fall wollte er Schwäche zeigen und John damit einen Angriffspunkt bieten.

»Muss schön sein, sein Geld so leicht zu verdienen.« Abfällig musterte John ihn von oben bis unten.

»Kannst es ja selber mal versuchen.« Herausfordernd starrte Ethan seinen Bruder an.

»Geht euch nicht gleich wieder an die Gurgel. Ihr werdet es wohl einen Tag lang schaffen, euch nicht zu streiten.« Kopfschüttelnd griff Jim ebenfalls nach einem Sandwich.

Er hatte recht, dachte Ethan. Sich mit John anzulegen brachte nichts. Das hatte nie zu etwas geführt. Wie oft waren sie schon aneinandergeraten? Allerdings sollte sein Bruder sich dann ebenfalls zurückhalten. »Wäre es nicht an der Zeit, die Anlage hier mal zu erneuern? Es gibt tolle solarbetriebene Pumpen, die man hier wunderbar einsetzen könnte.«

»Solar?« Kopfschüttelnd biss John in sein Sandwich. »Das muss ja alles bezahlt werden, das ist aktuell nicht drin.«

»Lässt Harry dich einen Blick in seine Bücher werfen?« Ethan kannte die Angewohnheit seines Vaters, die finanziellen Dinge selbst zu regeln und sich nicht in die Karten schauen zu lassen. Obwohl Ethan immer ein Händchen für Zahlen gezeigt hatte, hatte sich Harry standhaft geweigert, ihm einen Einblick in seine Buchhaltung zu gewähren. Ethan dachte nur ungern an diese Diskussionen zurück.

»Wüsste nicht, was dich das angeht.«

Ethan biss sich auf die Unterlippe. John hatte offensichtlich vor, es ihm schwerzumachen. »Es gibt staatliche Förderungsprogramme für Farmer. Habt ihr euch mal damit auseinandergesetzt?«

»Warum sollten wir das? Wir kommen zurecht.«

»Vielleicht weil ihr keine Lust mehr habt, alle paar Wochen Schlamm zu schaufeln, wenn zu lange kein Wind ging, der die Pumpe antreibt, und das Brunnenloch deshalb eingesandet ist?« Er ignorierte Johns stechenden Blick und deutete auf die rostige Brunnenanlage. »Solarbetriebene Pumpen können die Energie speichern und befördern das Wasser gleichmäßig nach oben.« Ethan zwinkerte Jim zu. »Kein Schaufeln mehr.«

»Und woher kennst du dich damit so gut aus?«, knurrte John.

»Ich arbeite in der Solarbranche, da hält man sich auf dem Laufenden, was für Produkte es gibt.« Warum überraschte es ihn nicht, dass John vermutlich keinen Schimmer davon hatte, was er beruflich tat? Wann hatten sie überhaupt das letzte Mal ein richtiges Gespräch geführt? Es musste bei der Hochzeit von Liz und Samuel gewesen sein, doch auch damals hatte John sich kaum für Ethans Leben in Sydney interessiert, wenn er sich richtig erinnerte. »Ich könnte euch die entsprechenden Anträge raussuchen, damit ihr die Förderung beantragen könnt«, schlug er vor. »Ihr habt doch sicher Rücklagen vom letzten Rinderverkauf, die ihr für Investitionen nutzen könnt.«

»Jetzt plötzlich interessiert es dich, wie die Farm läuft? Wir sind auch ohne dich wunderbar zurechtgekommen und brauchen ganz sicher keine Ratschläge von einem Schreibtischhengst, der von harter Arbeit keine Ahnung hat!« John warf den Rest seines Brotes in die Tüte, stapfte an ihm vorbei und sprang wieder hinunter in das Loch. Wütend rammte er den Spaten immer wieder in den dunklen Matsch.

»Lass es gut sein, das hat keinen Sinn.« Jim schlug Ethan aufmunternd auf die Schulter. »Heute Abend trinken wir ein Bier zusammen, in Ordnung?«

»Sicher.« Mit zusammengepressten Lippen musterte er John und lief dann los. Er hatte den altbekannten Vorwurf aus seinen Worten deutlich herausgehört: dass Ethan die Familie und die Farm im Stich gelassen hätte. Brummend schüttelte er den Kopf. John machte es sich sehr einfach. Und er versuchte nicht einmal, Ethans Seite zu sehen. *Dieser Mistkerl.* Erneut machte er einen Bogen um das Pferd, als er zum Wagen zurückging. Manche Dinge änderten sich eben nie. Was hatte er erwartet? Doch er hatte nicht vor, sich alles gefallen zu lassen. John sollte sich lieber zurückhalten und ihn nicht weiter herausfordern, oder Ethan würde seine guten Vorsätze vergessen.

***

»Musst du es ihm immer so schwermachen?« Jim sprang neben ihn in das Loch.

Erneut rammte John den Spaten in den Matsch. »Lässt sich jahrelang nicht blicken, und dann kommt er hier an und fragt als Erstes nach unseren Finanzen. Was bildet der sich ein? Und hast du sein Hemd gesehen? Läuft auf einer Farm in so einem schicken Teil rum. Er war sich schon immer zu fein für uns und diese Arbeit.«

»Er ist halt anders als wir, aber trotzdem ein guter Kerl. Und ich glaube nicht, dass er sich einmischen wollte. Wenn du mich fragst, klingt es nach einer hervorragenden Idee, eine neue Pumpe zu kaufen. Auf diesen Mist hier habe ich langsam echt keine Lust mehr.« Stöhnend griff Jim nach seiner Schaufel.

»Diese Anlage läuft schon seit zwanzig Jahren, und ich wette, dass sie noch mal so lange durchhält.« John betrachtete den Schlamm. »In spätestens einer halben Stunde sollten wir fertig sein.«

»Du klingst schon wie Harry.« Lachend schaufelte Jim weiter.

»Vielleicht hat unser alter Herr auch manchmal recht.« Er verpasste seinem Bruder einen leichten Stoß gegen den Oberarm. »Auf der oberen Weide muss ein Zaun ausgebessert werden. Ich habe ihn heute Morgen provisorisch geflickt, aber ich sollte noch mal mit Draht nachbessern.«

Ächzend richtete Jim sich auf. »Dann mach das, ich schaffe den Rest schon alleine.«

»Bist du sicher?«

»Natürlich. Das mache ich im Schlaf, so viel Übung, wie ich darin habe.«

»In Ordnung. Zählst du am Ende noch die Jungrinder? Es müssten 145 auf dieser Weide sein.«

Sein Bruder nickte, und John stieg aus dem Loch heraus.

Nach einem lauten Pfiff trabte sein Pferd wiehernd auf ihn zu, während es Jim nervös im Auge behielt, der mit schnellen Bewegungen weiterschaufelte. »Alles gut, ganz ruhig«, flüsterte John Buster zu und rieb ihm über die weichen Nüstern. Rasch stellte er den Sattelgurt enger und stieg auf. Buster grummelte erwartungsvoll und setzte sich ohne Aufforderung in Bewegung.

Das Pferd und er waren wie eine Einheit. Meistens reichte es, dass John nur an einen Wechsel der Gangart dachte, damit Buster von sich aus reagierte. Vor zehn Jahren hatte er ihn selbst eingeritten, nachdem er ihn vom Abdecker freigekauft hatte. Der Tierarzt hatte ihm von dem misshandelten Junghengst erzählt, den sonst keiner haben wollte. Ohne mit der Wimper zu zucken, kratzte John seine Ersparnisse zusammen und holte das Pferd nach Silverwood. Über ein Jahr hatte es gedauert, bis er mit dem Einreiten beginnen konnte, doch seitdem erwies Buster ihm gute Dienste. Mit ihm war er wendiger und unabhängiger auf der Farm als mit einem Quad oder gar einem Auto. Und Buster hatte ein Talent, Rinder zu treiben. Er schien jede ihrer Bewegungen zu erahnen, bevor die Viecher sich selbst darüber im Klaren waren. Nur durfte ihn noch immer keine andere Person als John anfassen. Vermutlich lag das an den Schlägen, die er als Jungpferd eingesteckt hatte. Als John ihn vom Abdecker abgeholt hatte, waren Busters Rücken und Hintern von Striemen übersät gewesen. Dank seiner Pflege und viel Geduld sah man die meisten fast nicht mehr, nur wenn man genau hinsah, konnte man die Hinweise auf Busters unglückliche Vergangenheit entdecken.

Im flotten Trab ritt er an den Rindern vorbei und öffnete vom Pferderücken aus das schwere Gatter. Kaum hatten sie die Weide verlassen, grummelte Buster erneut. »Na los, dann lauf.« Auffordernd setzte John sich tiefer in den Sattel, und das Tier galoppierte mit einigen Bocksprüngen los. Das war das Leben, das John liebte. Natürlich war die Arbeit hart und anstrengend, aber für nichts in der Welt würde er diese kurzen Momente der Freiheit eintauschen, wenn er über das endlose Weideland ritt.

Der Weg zur oberen Weide führte am Haus vorbei. Schon von weitem erkannte er, dass Ethan inzwischen im Vorgarten am Tisch saß und am Laptop tippte. Dann trat Liz aus der Tür und stellte ihm ein Glas hin. Genervt schüttelte John den Kopf. Was immer seinen Bruder zurückgebracht hatte, es konnte nichts Gutes sein. John lehnte sich nach vorne, und Buster beschleunigte augenblicklich. In gestrecktem Galopp fegte er am Vorgarten vorbei. Grinsend sah er sich um und beobachtete zufrieden, wie sich eine gewaltige Staubwolke auf Ethan zubewegte. Es war kindisch, aber es bereitete ihm dennoch Genugtuung, seinen Bruder zu ärgern. Rasant galoppierte er auf das Wäldchen zu, um dann kurz davor auf die Weide abzubiegen. Als Buster zum Stehen kam, sprang John ab und löste die Drahtrolle vom Sattel. Wenn er den Zaun jetzt nicht ausbesserte, würden die Rinder die Schwachstelle entdecken und sich spätestens morgen über die ganze Farm verteilen.

***

Fluchend nahm Ethan den Laptop unter den Arm und flüchtete in die Küche. Er schloss eilig die Tür, ehe der aufgewirbelte Staub sie erreichte.

»So viel zu diesem Thema.« Seufzend legte er den Laptop auf die Arbeitsplatte.

»Er markiert nur sein Revier und kriegt sich schon wieder ein.« Liz lächelte ihm mitleidig zu. »Ich muss gleich Ollie abholen, der Kindergarten schließt bald.«

»Kann ich mitkommen? Ich habe eh gerade nichts zu tun.« Noch immer fühlte er sich unwohl und fehl am Platz in dem Haus seiner Kindheit. Eine Fahrt nach Firefly Creek versprach zumindest eine kurze Auszeit von seinem holprigen Start auf der Farm. Fast hätte er über sich selbst den Kopf geschüttelt: Es war erst früher Nachmittag, und schon brauchte er eine Pause von seiner Familie.

Sie nickte zustimmend und legte die dunkelblaue Schürze ab. »Dann auf, ich bin wie immer spät dran.«

Ethan zwängte sich auf den Beifahrersitz des in die Jahre gekommenen Kleinwagens. Derart kleine Autos waren hier draußen untypisch. Hier wurden eher PS-starke Pick-ups benötigt, die im Notfall auch gefällte Bäume hinter sich herziehen konnten und deren Ladeflächen Platz für Arbeitsgeräte bot. Doch dieser Wagen mit seiner hellgelben Lackierung wirkte ein wenig wie seine Schwägerin: klein und fröhlich. Schmunzelnd betrachtete Ethan sie von der Seite, wie sie konzentriert auf die Straße sah und dabei auf ihrer Unterlippe kaute.

»Stimmt etwas nicht?« Aus den Augenwinkeln schielte sie zu ihm hinüber.

Ertappt richtete er seinen Blick nach vorne. »Ich bin wohl etwas durch den Wind. Wieder hier zu sein ist noch merkwürdiger und verwirrender, als ich angenommen hatte.«

»Ich hoffe, es ist zumindest auch etwas schön?«

»Das Haus hat auf jeden Fall an Schönheit dazugewonnen.« Er zwinkerte ihr zu.

»Und hier haben wir den unvergleichlichen Bennett-

Charme. Du bist also doch einer von ihnen.« Sie gluckste in sich hinein und schüttelte den Kopf.

»Ich nehme an, bei so vielen Männern um dich rum wirst du mit Komplimenten nur so überhäuft?«

Sie lachte auf. »Natürlich. Zu meinem Essen, das ich für sie koche.«

»Etwas anderes fällt den Banausen nicht ein?« Mit gespielter Empörung stieß er zischend Luft aus.

»Ich koche aber tatsächlich sehr gut.« Fröhlich lachte sie auf und schaltete das Radio an, das überraschend laut zu dröhnen begann. Liz stellte es eilig etwas leiser.

Ethan zog die Augenbrauen hoch. »Discomusik, wirklich?«

»Wäre dir Harrys Countrysender lieber?« Herausfordernd grinste sie ihn an.

Er hob abwehrend die Hände. »Ich habe mich nicht beschwert.«

Den Rest der Fahrt blickte er gebannt aus dem Fenster. Es fühlte sich eigenartig an, die Gegend wiederzusehen, in der er seine Kindheit verbracht hatte. Kein einziges Auto kam ihnen auf der breiten Landstraße entgegen. Noch war das Gras meist grün, aber an vielen Stellen zeigten gelbe Erde, in die sich hier und da ein wenig Orange mischte, und krumme, ausgedörrte Eukalyptusbäume, wie trocken das Klima hier werden konnte. Und in diesem Jahr kündigte sich schon jetzt eine Dürreperiode an, die zwangsläufig die Gefahr für Buschbrände erhöhte. Auch wenn er seit Jahren nicht mehr auf einer Farm lebte, konnte er es nicht lassen, das Wetter zu beobachten und über seine Folgen für die Landwirtschaft nachzudenken. Das Farmleben wohl doch nicht völlig spurlos an ihm vorübergegangen, stellte er überrascht fest.

Als sie den Ortseingang passierten, war es, als würde er eine Zeitreise in seine Jugend machen. Firefly Creek war eine verschlafene Kleinstadt mitten in der Pampa nordöstlich von Adelaide, die er vor vielen Jahren hinter sich gelassen hatte, ohne an sie zurückzudenken. Umgeben von trockeneren Gebieten, bot das Land ideale Voraussetzungen für die Rinder- und Schafzucht, weshalb hier größtenteils Farmer lebten. Liz bog auf die breite Hauptstraße ab, auf der kaum Verkehr herrschte. Sein Blick schweifte über die Gebäude, die ihm merkwürdig vertraut und dennoch wie aus einer anderen Welt erschienen. Statt modernen Stadthäusern reihten sich hier Holzhäuschen mit geschwungenen Belchvordächern aneinander. Die Häuserfronten mit den teilweise aufwendig geschnitzten Balken, die die Vordächer trugen, wirkten wie eine Mischung aus viktorianischem Design und Westernflair. Ausgedörrt und augenscheinlich vernachlässigt lagen kleine Vorgärten davor, die von niedrigen Zäunen eingerahmt wurden. Als sie die Mitte des Ortes erreicht hatten, betrachtete er die wenigen Geschäfte entlang der Hauptstraße. Ausgeblichene Schilder mit geschwungener Schrift wiesen an den Häuserfronten auf den Frisör, die Tierarztpraxis und die Bäckerei hin.

Alles wirkte ein wenig in die Jahre gekommen. War es das schon immer gewesen, oder war ihm das früher nur nicht aufgefallen? Dies hier war eine gänzlich andere Welt als sein Stadtteil Bondi, der nur wenige Minuten von Sydneys Zentrum entfernt lag. In Firefly Creek gab es nur wenige Schaufenster, und es wurden vor allem nützliche Dinge zum Verkauf angeboten. Luxuswaren gab es hier nicht, ebenso wenig wie gute Restaurants, stattdessen einen Pub und eine Pizzeria. Die Menschen in seinem Heimatort waren genügsam, und er hatte selten gehört, dass jemanden die Abgeschiedenheit störte. Wieder sah er unauffällig zu Liz hinüber. Ob sie als ehemalige Großstädterin das pulsierende Stadtleben wohl vermisste? Die Discomusik schien darauf hinzudeuten. Langsam fuhren sie an der Werkstatt vorbei, wo er River erblickte, der gerade mit einem Kunden sprach.

Liz parkte vor dem Kindergarten, und sie durchquerten das kleine Tor, das in den Gartenbereich führte. Im hinteren Teil erkannte Ethan eine wilde blonde Haarmähne im Sandkasten. Ollie sah auf, kniff die Augen zusammen, um dann über das ganze Gesicht zu strahlen. So schnell ihn seine kurzen Beine trugen, stürmte er auf Ethan zu und bremste gerade rechtzeitig, um nicht in ihn hineinzurennen. »Kämpfen wir jetzt?« Mit feuerroten Wangen sah der Kleine ihn an.

»Gleich, wenn wir nach Hause kommen.«

Kaum hatte er das gesagt, flog Ollie schon auf ihn zu, schloss ihn in die Arme und blickte auffordernd zu ihm hoch.

»Und nun?« Unsicher blickte er seinen Neffen an, der etwas von ihm zu erwarten schien.

»Jetzt musst du mich hochheben und auf den Rücken schleudern«, krähte der Junge mit roten Backen.

Ethan tat, wie ihm geheißen, und auch wenn er sich dabei etwas ungeschickt anstellte, wurde er mit einem begeisterten Quietschen belohnt.

»Und *ich* werde nicht einmal begrüßt?« Liz stemmte die Hände in die Seiten und schüttelte amüsiert den Kopf.

»Hi, Mum«, kicherte Ollie, der inzwischen wieder auf den Boden gerutscht war, und griff wie selbstverständlich nach Ethans Hand.

»Na dann lasst uns fahren, damit ihr euer Duell zu Hause austragen könnt.«

»Weißt du, dass ich hier auch in den Kindergarten gegangen bin, als ich klein war?«, erzählte Ethan seinem Neffen, dessen klebrige kleine Hand sich an seine klammerte.

»Das muss aber sehr lange her sein«, sagte dieser, während er in den Kindersitz kletterte.

Ethan schlug die Tür zu und setzte sich wieder auf den Beifahrersitz. »Dein Sohn findet mich also alt«, bemerkte er schmunzelnd und schnallte sich an.

»Jeder erscheint einem alt, wenn man vier ist. Aber ich finde, du hast dich einigermaßen gut gehalten.«

»Was habe ich nur für eine nette Verwandtschaft!« Lachend lehnte er sich im Sitz zurück, und Liz fuhr wieder auf die Hauptstraße.

»Ich habe heute Ärger bekommen.«

Liz seufzte, während Ethan sich umdrehte und das trotzige Gesicht des Kindes betrachtete. »Und warum?«

»Ich habe gekämpft. Wie ein echter Ritter.«

»Nicht schon wieder«, hörte er Liz murmeln.

»Wie ein Ritter?« Erneut musterte er den ernsten Ausdruck des Jungen und verkniff sich ein Grinsen.

»Einer hat sich was von meinem Essen genommen. Da habe ich ihn herausgefordert, aber er wollte nicht kämpfen. Ich habe ihn trotzdem geboxt.«

»Na wunderbar!« Streng sah Liz in den Rückspiegel. »Dass Boxen nicht gut ist, muss ich dir nicht sagen, oder?«

Ollie verschränkte die Arme vor der Brust.

Das alles kam Ethan erstaunlich bekannt vor. Ollie hatte die gleiche trotzige Miene wie Samuel als Kind, wenn er etwas ausgefressen hatte. Was hätte sein Bruder an diesem Jungen für eine Freude gehabt! Und schon drängten sich die alten Schuldgefühle wieder in seine Gedanken.

»Da ist ein Brief in meinem Rucksack«, gestand der Junge leise.

Ethan musste an sich halten, um nicht aufzulachen. Was hatten sie früher alles an Briefen mit nach Hause gebracht. In jeder Woche hatte mindestens einer der Jungs etwas ausgefressen. Ethan sah Harrys strengen Gesichtsausdruck vor sich, den dieser immer hatte, wenn er die Briefe las. Und nun brachte sich bereits die nächste Bennett-Generation in Schwierigkeiten.

»Schon wieder?« Mit hochgezogenen Augenbrauen schüttelte Liz den Kopf. »Diese Bennett-Gene machen mich wahnsinnig. Den Jungen zu erziehen ist schwieriger, als ich gedacht hätte.«

»Ich bin sicher, du machst das großartig.« Aufmunternd nickte Ethan ihr zu.

»Ich gebe mein Bestes, aber an manchen Tagen glaube ich, dass ich alles falsch mache.« Müde sah sie auf die Straße.

»Das geht nicht nur Müttern so«, murmelte Ethan und lehnte sich zurück.

Kaum waren sie auf der Farm angekommen, rannte Ollie um das Auto herum und sah schuldbewusst zu seiner Mutter auf. »Tut mir leid, Ma'am.«

Liz kniete sich auf den Boden und fuhr ihm durch die Haare. »Ist schon gut, mein Schatz. Aber schau bitte, dass du dich in Zukunft etwas besser benimmst.« Lächelnd zog sie ihn an sich heran und umarmte ihn fest.

Einen Augenblick lang beobachtete Ethan die beiden: wie Liz in ihrer geblümten Bluse und mit dem offenen Lachen ihr Kind umarmte und ihm etwas ins Ohr flüsterte, woraufhin der Kleine kicherte und sich an sie drückte. Seine Schwägerin war ganz sicher eine ausgezeichnete Mutter, auch wenn sie daran zweifelte. Niemals hatte er selbst die Wärme einer Mutter gespürt. Die beiden Kindermädchen, die früher bei ihnen gelebt hatten, konnten eine richtige Mutter nicht ersetzen, auch wenn er sie von Herzen gemocht hatte. Ja, sein Bruder hatte eine gute Wahl getroffen, es war wirklich schade, dass er sein Kind nicht aufwachsen sehen konnte. Samuel war es, der diesen Anblick genießen sollte, und nicht er. Ethan presste die Lippen aufeinander und ging zurück ins Haus. Das Leben war manchmal beschissen ungerecht.

Kapitel 4

Ist gut, dass du endlich mal wieder hier bist«, brummte Jim und hielt ihm die Bierflasche hin.

Ethan stieß seine dagegen und nahm einen Schluck. Das Abendessen war schon lange vorbei, die Zwillinge trieben sich irgendwo im Ort herum, und John war mit Buster verschwunden. Harry hockte im Büro und rauchte vermutlich eine seiner Zigarren, während Jim und Ethan es sich im Vorgarten gemütlich gemacht hatten. »Ich hätte mich längst blickenlassen sollen«, gab er zu.

»Du hast sicher viel zu tun in Sydney«, nahm Jim ihn in Schutz. Die Worte seines älteren Bruders taten gut, auch wenn Ethan der Meinung war, dass er Jims Verständnis eigentlich nicht verdiente. So ganz genau wusste Ethan nicht mehr, wann es für ihn normal geworden war, nicht mehr nach Hause zu kommen. Im ersten Jahr nach Samuels Tod hatte er tatsächlich die Tage um Weihnachten herum arbeiten müssen, sich bei Harry abgemeldet und versprochen, dafür an Ostern zu kommen. Dann war Ostern vergangen und schließlich ein weiteres Weihnachtsfest, ohne dass er einen Flug gebucht hatte. Warum nur hatte er sich nicht überwinden können, einfach ein Ticket zu kaufen? War es eine Mischung aus Schuldgefühlen, weil er seine Familie nicht unterstützt hatte, als diese ihn gebraucht hätte, und den alten Ärgernissen mit John und Harry, die ihn davon abhielten, nach Silverwood zu kommen? Irgendwann jedenfalls war es einfach so gewesen. In den ersten beiden Jahren hatte Harry noch alle paar Monate angerufen, doch die wortkargen Gespräche waren meist schnell beendet. Über was sollten sein Vater und er auch sprechen? Seine Brüder waren bessere Gesprächspartner für Harry, wenn es um die Farm ging, und Ethan hatte es längst aufgegeben, seinem Vater erklären zu wollen, was er in seinem Job machte. Irgendwann hatten Harrys Anrufe aufgehört und hatte auch Ethan sich nicht mehr gemeldet. Alles, was in seinem Leben passierte, schien zu Hause niemanden zu interessieren. Seit seinem Auszug vor zehn Jahren hatte er noch mehr das Gefühl, nicht mehr richtig zu dieser Familie zu gehören, deren Mitglieder alle, bis auf ihn, so eng miteinander lebten und arbeiteten.

»Wie läuft es denn bei dir?«, riss Jim ihn aus seinen Gedanken. Gemächlich verschränkte sein Bruder die Arme vor seiner breiten Brust und musterte ihn. Dieser Berg von einem Mann wirkte schon beinahe amüsant fehl am Platz, wie er so auf dem schmiedeeisernen Gartenstuhl und an dem zierlichen Tischchen saß. Und ganz offensichtlich hatte Ethan die Lage falsch eingeschätzt: *Ein* Bruder war in der Tat an ihm und seinem Leben interessiert.

»Etwas stressig in letzter Zeit«, murmelte Ethan. Er brachte es nicht über sich, Jim gegenüber ehrlich zu sein. Auf keinen Fall wollte er auch noch Jims Respekt verlieren, den von Harry und John hatte er vermutlich nie gehabt.

»Was du da heute auf der Weide gefragt hast …« Jim rieb sich mit der Hand über den Nacken und starrte auf den Boden.

»Über die Pumpe?«

Sein Bruder schüttelte den Kopf. »Was die Farm angeht, die Verkäufe und so.«

Ethan beschlich ein ungutes Gefühl. Alles an Jims Körperhaltung verriet, dass etwas nicht stimmte. Dass sein Bruder sich etwas von der Seele reden wollte. »Sind die Rinderpreise zu niedrig?«, fragte er nach.

Jim nickte und presste die Lippen aufeinander. »Und sie fallen weiter. Seit Jahren schon bekommen wir für die Herden weniger als früher.« Energisch griff er nach seiner Flasche. »Harry lässt uns natürlich nicht in die Bücher schauen, wie du dir vorstellen kannst, aber es ist auch so nicht zu übersehen: Wir saufen hier ab, Ethan.«

»Du meinst, es ist wirklich so schlimm?«

»Früher war Harry ab und zu mal nicht in der Lage, uns das Gehalt pünktlich zu zahlen, dann kam es halt einfach etwas später. Aber seit letztem Jahr sind fünf Löhne komplett ausgefallen.« Er sah zu Ethan auf. »Mir geht es nicht um das Geld, mir geht es darum, dass diese Farm nicht mehr länger durchhalten kann. Er verkauft Rinder früher als geplant für einen viel zu niedrigen Preis, weil die Händler unsere Notlage förmlich riechen, damit er die Rechnungen bezahlen kann.«

»Und diese Rinder fehlen dann beim jährlichen Hauptverkauf«, ergänzte Ethan.

»Ein verfluchter Kreislauf ist das, und es wird immer schlimmer.«

»Habt ihr mit ihm darüber gesprochen?«

Jim lachte trocken auf. »John hat's mal versucht, und am Ende haben die beiden sich gegenseitig angebrüllt und sind in entgegengesetzte Richtungen davongestapft.«

»Also so wie früher.«

»Manche Dinge ändern sich wohl nie.« Jim nahm einen

Schluck und stellte die Flasche weg. »Kannst du dir Harrys Buchführung nicht mal ansehen? Vielleicht fällt dir eine Lösung ein, oder zumindest erkennst du, was genau hier falsch läuft.«

»Du weißt so gut wie ich, dass Harry mich nie an seine Unterlagen lassen würde«, sagte Ethan matt. Zu hören, dass Silverwood, sein Zuhause, in Schwierigkeiten steckte, traf ihn unvorbereitet.

»Dann frag ihn eben nicht. Tu es einfach.« Abwartend sah sein Bruder ihn an.

Ethan fuhr sich über das Gesicht. Sich in Harrys Büro zu schleichen und dessen Unterlagen auseinanderzunehmen könnte ihrer ohnehin angeknacksten Beziehung den Rest geben. »Du weißt, was das für Konsequenzen nach sich ziehen könnte. Bist du dir sicher, dass die Lage wirklich so ernst ist?«

»Das bin ich. Und John auch.«

Jetzt war es Ethan, der auflachte. »Nur dass John es vor mir niemals zugeben würde.«

»Würdest du John davon erzählen, wenn du Schwierigkeiten hättest?« Jims Blick war ruhig und dennoch bohrend. Ahnte sein Bruder etwas?

»Vermutlich nicht.« Ethan atmete tief durch. »Also gut, ich mach's. Aber wenn Harry die Flinte rausholt, dann hältst du ihn zurück!«

»Deal!« Zufrieden streckte Jim die Hand aus, und Ethan schlug ein.

»Und was gibt es bei dir Neues? Ist da vielleicht eine Frau?« Grinsend sah Ethan ihn an.

Jim zuckte mit den Schultern. »Gehe ab und zu mit Sarah aus, ich glaube, du kennst sie noch von früher, oder?«

»Blond, hübsch und redet viel?«, fragte Ethan nach.

»Genau die.«

»Und ist das was Ernstes?«

»Oh Mann, wenn ich das wüsste.« Unschlüssig hob Jim die Hände. »Sie ist lieb und nett, aber was kann das Mädel reden ...«

Amüsiert betrachtete Ethan seinen Bruder. Niemand liebte die Ruhe so wie Jim. Ethan hatte Schwierigkeiten, ihn sich mit einer derart aufgeweckten Frau wie Sarah vorzustellen. »Und John und Erin?«, fragte er beiläufig nach. Seit der Kindheit schwirrten John und die Tochter der Holts von der Nachbarfarm umeinander herum. Doch nie, zumindest nicht soweit es Ethan bekannt war, war zwischen seinem Bruder und der energischen Farmerin mehr als Freundschaft gewesen.

»Das kann dir vermutlich nicht mal John beantworten.«

»Ich hätte schwören können, die wären längst zusammen.«

»So wie wir alle.« Jims Lachen schallte über den dunklen Hof. »Ich bin mir sicher, Harry und Graham Holt haben schon vor Jahren in Gedanken durchgespielt, wie das mit den beiden Farmen im Falle einer Bennett-Holt-Hochzeit ablaufen würde. Aber wenn du mich fragst, dann geht bei den beiden nichts.« Er stützte sich nach vorne auf seine Knie. »Und bei dir? Gibt's da Jemanden?«

»Nein, schon länger nicht.«

»Das kann ich mir kaum vorstellen. Hast doch früher immer so einen guten Lauf bei Frauen gehabt.«

»Du sagst es: früher.« Müde schüttelte Ethan den Kopf. »Hab zu viel zu tun für eine Beziehung, nehme ich an.«

»Dann ist ja gut, dass du dir endlich eine Auszeit gönnst.«

Während Jim ihm mit seiner beruhigenden Stimme von den neuesten Ereignissen in Firefly Creek berichtete, wanderten Ethans Gedanken immer wieder zu Harrys Büro. Was steckte hinter den Befürchtungen seiner Brüder?

***

Liz lag im Bett und lauschte dem Stimmengewirr unter ihrem Fenster. Jim und Ethan saßen bereits seit einer Weile bei einem Bier im Vorgarten. Zumindest diese beiden hatten sich etwas zu erzählen, und sie freute sich für die Brüder. Obwohl sie furchtbar müde gewesen war, lag sie jetzt schon seit einer gefühlten Ewigkeit wach und wälzte sich von einer Seite auf die andere. Plötzlich wurde es ruhig draußen, und kurz darauf hörte sie Schritte auf der Treppe. Im Haus herrschte endlich Stille, doch noch immer wollte sich der Schlaf nicht einstellen.

Gähnend setzte sie sich auf und zog sich die dicken Wollsocken und eine Strickjacke über, dann schlüpfte sie in eine Leggins und ging die Treppe hinunter, sorgsam darauf bedacht, die knarzenden Stufen zu überspringen. Vielleicht würde ein Glas Wasser ihr helfen, endlich einzuschlafen. Während sie eine Flasche aus dem Kühlschrank nahm, hörte sie vor der geschlossenen Küchentür ein Geräusch. Leise ging sie hinüber, spähte durch die Scheibe nach draußen und erblickte Ethan, der etwas verloren auf der Terrasse saß. Was tat er dort alleine? Erst zögerte sie, dann drückte sie die Klinke und trat hinaus.

Überrascht sah Ethan zu ihr auf. »Haben wir dich geweckt?«

Sie lächelte und setzte sich ebenfalls an den kleinen Terrassentisch. »Nein, ich konnte nicht einschlafen. Und was sitzt *du* hier noch so alleine um diese Zeit?«

Müde rieb er sich über das Gesicht. »Ich wollte noch ein paar Minuten Ruhe. Es ist so still, und in der Stadt ist es das nie. Ich hatte ganz vergessen, wie es hier abends ist.«

»Soll ich dich alleine lassen?« Liz wollte aufstehen, doch er legte seine Hand auf ihre und zog sie dann rasch wieder weg.

»Nein, du kannst gerne bleiben.« Entspannt lehnte er sich im Stuhl zurück. »Und der Sternenhimmel ist hier ebenfalls viel schöner. In Sydney sieht man den kaum.«

Lächelnd legte sie den Kopf in den Nacken. Es war jedes Mal aufs Neue faszinierend, wie nah die Sterne schienen, die über der Farm funkelten. »Es ist wunderschön. Ich ziehe nie den Vorhang zu, damit ich nachts vom Bett darauf schauen kann.«

»Bist du glücklich hier auf dieser Farm?« Prüfend sah er sie an. »Ich meine so richtig glücklich?«

Diese intime Frage überraschte sie, sie kannten sich doch kaum. Er erschien ihr etwas sentimental, offensichtlich wühlte ihn sein Besuch hier auf. Und die Frage störte sie eigentlich nicht, hier draußen mit all den wortkargen Männern ergab sich selten die Möglichkeit zu tiefer gehenden Gesprächen. Harry und die Jungs unterhielten sich meist nur über die Arbeit und die Farm. »Es ist in Ordnung.« Sie hielt inne. »Ollie ist hier glücklich. Es ist anders gekommen, als es geplant war, aber es ist gut, denke ich.« Eigentlich sollte sie jetzt mit ihrem Mann und ihrem Sohn in dem kleinen Haus leben, das sie ein Jahr vor Samuels Tod gekauft hatten. Doch dann hatte sich alles auf einen Schlag geändert.

»Es sollte nicht nur ›in Ordnung‹ sein«, bemerkte Ethan, und sie spürte seinen Blick auf sich ruhen.

»Manchmal ist das alles, was möglich ist«, murmelte sie und zuckte mit den Schultern. Nachdenklich spielten ihre Finger an der Tischkante herum. Wann hatte sie das letzte Mal darüber nachgedacht, ob sie glücklich war?

»Aus der Großstadt hier raus aufs Land, das muss eine ziemliche Umstellung gewesen sein.«

»Das war es. Aber Samuel hat auf der Farm gearbeitet und wollte nicht von hier wegziehen.« Sie atmete tief ein und sah zu ihm auf. »Und ich hatte nichts, was mich in Melbourne gehalten hätte. Also bin ich ihm gefolgt.«

»Und deine Familie?«

Unwillkürlich zuckte sie zusammen. Sie sprach nur ungern über ihre Vergangenheit und war in diesem einen Fall dankbar, dass die Männer im Haus nicht viel über Gefühle redeten. »Ich habe keine Familie«, flüsterte sie.

Ethan lehnte sich nach vorne auf den Tisch und sah sie nachdenklich an. Abwartend schwieg er.

»Ich bin in Pflegefamilien und Heimen aufgewachsen«, sagte sie.

»Das tut mir leid.« Mit einer fahrigen Bewegung tätschelte er ihre Hand.

»Es ist, wie es ist.« Sie zwang sich zu einem Lächeln. »Irgendwie bin ich dann in diese Familie reingestolpert.« Tief atmete sie die kühle Luft ein. »Und du? Bist du glücklich?« Warum war er auf einmal hier aufgetaucht? Langsam, aber sicher glaubte sie, dass Ethan etwas bedrückte. War es nur die offensichtliche Spannung zwischen Harry, John und ihm?

Nachdenklich fuhr er sich über die ordentlich frisierten Haare. »Es ist kompliziert. Ich denke, das trifft es ganz gut.«

»Wohnst du nicht gerne in der Stadt?«

»Doch. Ich bin hier auf dem Land nie wirklich zurechtgekommen. Ich bin kein Farmer, und ich wusste schon früh, dass ich keiner werden würde. Die Stadt passt besser zu mir.«

»Und was ist dann los?«

Ethan stöhnte und trank den letzten Schluck aus seiner Bierflasche. »Ich hatte einen Plan. Einen guten Plan. Doch etwas ist schiefgegangen, und jetzt bin ich mir nicht sicher, wie es weitergehen wird.«

»Hat es mit deinem Job zu tun?«

Statt einer Antwort nickte er nur und presste die Lippen aufeinander. Ganz offensichtlich wollte er nicht darüber sprechen. Noch nicht.

»Und hier willst du darüber nachdenken, wie es weitergeht?« Verständnisvoll lächelte sie ihm zu. »Es ist immer schmerzhaft, wenn Pläne nicht aufgehen, und trotzdem kann daraus etwas Gutes hervorgehen.«

»Ich fürchte, in meinem Fall ist das nicht so. Die Situation ist verzwickt.« Mit leeren Augen starrte er vor sich hin.

»Ich habe mehr verloren, als ich gedacht hätte ertragen zu können. Und doch ist es weitergegangen. Du wirst einen Weg finden, da bin ich mir sicher.«

»Es wird schon werden. Sicher hast du recht.«

Amüsiert lachte sie auf. »Ich habe meistens recht, das weißt du nur noch nicht.«

Er sah sie an und lächelte. »Danke, dass du mich hier so nett empfangen hast. Ich möchte mir gar nicht vorstellen, wie ich ohne dich hier klarkommen würde. Kannst du mir bitte den Gefallen tun und das, was ich eben gesagt habe, für dich behalten?«

Sicherlich wollte er sich vor seinen Brüdern keine Blöße geben. Eilig nickte sie. »Ehrenwort.«

»Du scheinst das alles hier …«, er machte eine Pause und

fuhr dann grinsend fort, »die Jungs ganz gut im Griff zu haben.«

»Ich mache das ganz subtil, damit sie nicht merken, dass ich eigentlich die Fäden in der Hand habe.«

»Ich werde es ihnen nicht verraten.« Verschwörerisch legte er einen Finger auf seine Lippen.

Wie kam es, dass sie sich ausgerechnet mit Ethan so gut unterhalten konnte? Normalerweise sprach sie nie über ihre unglückliche Kindheit, doch ihm gegenüber hatte sie sich ein wenig öffnen können.

Auf einmal hörte sie schwere Schritte auf dem Weg, und als sie sich umsah, bog John um die Hausecke. Sicherlich hatte er den Abend auf der Nachbarfarm mit seiner besten Freundin Erin verbracht. Bei seiner einzigen Freundin, korrigierte Liz sich selbst in Gedanken. Er hielt einen Moment inne, starrte sie und Ethan an und stapfte dann auf beide zu. »Was geht hier vor?«, knurrte er. Sein Ton war nicht nur unfreundlich, er klang beinahe angriffslustig.

»Was meinst du?«, fragte Liz.

Doch John ignorierte sie und fixierte stattdessen seinen Bruder. »Du lässt die Finger von ihr, damit das klar ist«, donnerte seine Stimme durch die Nacht.

»Hast du sie noch alle?« Ruckartig erhob sich Ethan und baute sich vor ihm auf. »Wir unterhalten uns einfach nur, also entspann dich gefälligst.«

»Ich entspanne mich erst wieder, wenn du verschwunden bist«, brummte John, und Liz sah, wie er sich zu Ethan vorbeugte. »Es gibt nichts, was du mit Liz zu bereden hättest.«

Ehe Ethan antworten konnte, sprang sie auf und schob sich zwischen die Männer. »Wie kommst du nur dazu, solche Andeutungen zu machen?«, zischte sie John zu.

Sie sah, wie er die Brauen zusammenzog und sie betrachtete. »Dem ist nicht zu trauen, also pass auf«, sagte er, trat durch die Küchentür und warf sie mit Wucht zu, was Liz zusammenzucken ließ.

»Jetzt ist er völlig durchgeknallt«, hörte sie Ethan hinter sich sagen.

»Allerdings.« Murmelnd drehte sie sich zu ihm um und konnte Wut in seinem Gesicht erkennen. »Wir gehen besser ins Bett«, schlug sie vor, um die unangenehme Situation aufzulösen.

»Ich bleibe noch ein paar Minuten sitzen und gehe dann auch. Ich schließe die Tür nachher ab.« Er ließ sich zurück auf den Stuhl fallen und lächelte ihr zu.

»Das brauchst du nicht, hier draußen schließen wir nicht ab.«

»Natürlich nicht, das habe ich vergessen. Schlaf gut.« Mit einem abwesenden Blick griff er nach seiner Colaflasche.

Erschöpft stieg Liz die Treppe hoch, und ein Quietschen schallte durch den Flur. *Verdammt.* Sie hatte vergessen, auf die Stufen zu achten. Schnell eilte sie in ihr Zimmer und ging auf Zehenspitzen durch die Tür in das angrenzende Zimmer, in dem ihr Sohn schlief. Im Tiefschlaf lag er auf der Seite, die Haare fielen ihm wild in das Gesicht. Es war dringend Zeit, sie zu schneiden, doch wie üblich weigerte er sich, sie mit einer Schere auch nur in die Nähe seines Kopfes zu lassen. So war es mit dem kleinen Sturkopf schon immer gewesen. Zärtlich deckte sie ihn wieder zu und trat danach ans Fenster in ihrem Zimmer, um einen letzten Blick auf den Sternenhimmel zu werfen. Unten im Vorgarten war Ethan als dunkler Schatten zu erahnen.

Warum war John eben nur derart ausgerastet? Traute

er seinem Bruder tatsächlich so wenig? Und ihr? Seit vier Jahren lebten sie nun unter einem Dach, und auch wenn er nicht gerade unkompliziert war, schätzte sie John. Er war nach Samuels Tod immer für sie und Ollie da gewesen. John war es gewesen, der das Kinderbett aufbaute, der sich mehr als alle anderen Brüder um ihren Sohn kümmerte. Sie wusste, dass er versuchte, die Lücke auszufüllen, die Samuel in Ollies Leben hinterlassen hatte. Und auch ihm half die Nähe zu dem Kind, den Tod seines Lieblingsbruders zu verkraften. Und doch war sie in diesem Moment stinksauer auf ihn. Dass er etwas Derartiges andeutete, verletzte sie.

Grübelnd zog sie sich aus und kroch ins Bett zurück. Im Dämmerlicht betrachtete sie die Stuckverzierung an der Decke. Ihre Gedanken wanderten von John zu Ethan, der sie gefragt hatte, ob sie glücklich sei. Es war beinahe so gewesen, als hätte er in diesem Moment in ihr Innerstes sehen können. Fast schon unheimlich war es gewesen. Alles, was sie sich in den letzten Jahren gewünscht hatte, war, nicht unglücklich zu sein. Aber glücklich? Seufzend rollte sie sich auf die Seite und schloss die Augen.

***

Stimmengewirr drang von der Küche ins Obergeschoss, und Ethan sah gähnend auf die Uhr. Es war erst halb sieben, aber der Geräuschkulisse nach zu urteilen, waren bereits alle bis auf ihn beim Frühstück. Er rieb sich über die Augen und setzte sich auf. Die Nacht war unruhig gewesen. Nicht nur der Zusammenstoß mit John hatte ihn beschäftigt, sondern auch das, was Jim ihm unter vier Augen mitgeteilt hatte. Ethan stand auf und trat ans Fenster. Noch hatte es die Sonne nicht hinter den Hügeln hervorgeschafft, und die Farm lag im fahlen Licht vor ihm. Silverwood hatte alles, was es brauchte, um eine Farm erfolgreich zu führen: genug Weidefläche und hart anpackende Männer. Und doch waren die Preise für Rindfleisch in den letzten Jahren immer weiter gesunken. Es musste eine Lösung her. Die richtige Idee, um das Familienunternehmen in die Zukunft zu führen. Und in der vergangenen Nacht war ihm tatsächlich ein Einfall gekommen, der auf den ersten Blick erfolgversprechend wirkte. Doch Ethan hatte keine Zweifel, dass Harry nur schwer davon zu überzeugen sein würde. Und das konnte höchstens funktionieren, wenn er seinen Vater mit den harten Zahlen konfrontierte, doch dafür musste Ethan erst noch eine ausführliche Kalkulation ausarbeiten.

Er nahm eine Jeans aus der Reisetasche und zog sie an. Auch wenn er nicht mehr hier wohnte, auch wenn Silverwood längst kein Teil seines Lebens mehr war, die Farm zu verlieren wäre auch für ihn ein herber Schlag. Und es würde Harry ins Grab bringen, da war er sich sicher. Dieser Mann lebte für sein Land. Jim hatte ihn frei heraus darum gebeten, sich die Unterlagen im Büro anzusehen, notfalls auch ohne Harrys Einverständnis. Immerhin hing auch seine Existenz und die seiner Brüder von Silverwoods Bestehen ab. Und Ethan vertraute Jims Einschätzung. Sein Bruder bekam stets mit, was vor sich ging. So ruhig er häufig war, so aufmerksam verfolgte er, was die Familienmitglieder taten. Wenn Jim also sagte, dass Silverwood kurz vor dem finanziellen Kollaps stand, dann war es wohl auch so. Ethan war nur zu gut bewusst, dass Harry von seiner Einmischung alles andere als begeistert sein würde, doch es war notwendig.

Liz rannte geschäftig hin und her und servierte Rührei

und Schinken. Ethan setzte sich auf den freien Platz neben Quentin, der gerade mit River scherzte. Offensichtlich ging es darum, welches ihrer Motorräder schneller war. So wie Ethan die beiden kannte, würden sie die Frage bald mit einem Rennen klären.

Ethan sah zu John, der ihm einen unzufriedenen Blick zuwarf und sich dann abwendete. Noch immer war Ethan stinksauer. Was John ihm da unverhohlen vorgeworfen hatte, war unter der Gürtellinie. Selbst für die Verhältnisse seines Bruders. Offensichtlich traute John ihm nicht über den Weg und glaubte nicht, dass Liz selbst ihre eigenen Entscheidungen treffen konnte. Lief das hier immer so ab? Glaubte John, über ihre Schwägerin bestimmen zu können? So großspurig, wie er an diesem Tisch saß und sich von Liz bedienen ließ, hätte Ethan ihn am liebsten geschüttelt. Ja, Harry bezahlte Liz als Haushälterin, und doch störte es Ethan in diesem Moment gewaltig, dass sie alle bediente. Konnten seine Brüder etwa nichts selbst tun? War es so schwer, den eigenen Teller wegzuräumen oder sich auch mal selbst an den Herd zu stellen? Wie hielt Liz das nur aus? Gestern Abend war er sich sicher gewesen, dass sie etwas mit ihrem Leben haderte. Dass sie aus irgendeinem Grund davon ausging, sie müsse einfach akzeptieren, wie alles war. Und Ethan wusste, wie hart es war, für sich selbst einzustehen. Vor allem in dieser Familie.

Ein kleiner Finger tippte ihn in die Seite, und als Ethan sich umwandte, sah er, wie Ollie ihn mit großen Augen anblickte.

»Ja?«

»Wohnst du jetzt hier?«, wollte der Junge wissen, und Ethan bemerkte, wie das Gespräch der Zwillinge verstummte.

»Nein, ich wohne in Sydney. Ich bin nur zu Besuch hier.«

»Das ist eine große Stadt, sagt Mama.« Eifrig nickte Ollie und schien stolz darauf, dass er so viel wusste. »Hast du da auch eine Farm?«

Im Gegensatz zu Harry schien sich sein Enkel für Ethan zu interessieren. Harry hatte nur eine knappe Frage dazu gestellt und vermutlich nicht mehr als eine Floskel als Antwort erwartet, wobei Ethan darüber eigentlich ganz froh war. Dennoch sagte es viel darüber aus, was sein Vater über ihn dachte.

»Ich bin Leiter der Finanzabteilung einer Firma, die sich auf Solartechnik spezialisiert hat und an der Herstellung von Solarziegeln forscht. So sollen Solarpanele, die man bis jetzt verwendet hat, ersetzt werden und Solardächer optisch nicht von normalen zu unterscheiden sein.«

Verständnislos sah Ollie ihn an.

»Er sitzt den ganzen Tag am Schreibtisch und rollt Bleistifte hin und her«, hörte er John abfällig brummen.

Als Ethan seinem Bruder einen vernichtenden Blick zuwarf, erkannte er, dass auch Harry seinen Ältesten missmutig beobachtete. Stand der alte Mann etwa ausnahmsweise auf Ethans Seite?

»Ethans Firma will Dächer bauen, die Strom aus Sonnenschein machen. Damit die Menschen Musik hören und das Licht anmachen können.« Liz hatte sich neben ihren Sohn gekniet und zwinkerte Ethan zu.

»Das ist cool«, sagte Ollie. »Kann unser Dach das auch?«

»Vielleicht irgendwann.« Ethan sah zu Harry hinüber, in der Hoffnung, dass dieser seinen Hinweis verstand. Lang würde das Dach des Hauses nicht mehr standhalten, so viele Jahre, wie es schon auf dem Buckel hatte.

»Leiter der Finanzabteilung klingt ganz schön abgehoben.« Quentin lachte auf und boxte ihn mit dem Ellenbogen in die Seite. »Freut mich, dass es für dich so gut läuft.«

»Kannst du uns eigentlich mal deinen Wagen leihen?«, rief River über den Tisch. »Mit der Kiste lassen sich die Mädels sicher spielend abschleppen.«

Zustimmend nickte Quentin und sah Ethan fragend an.

»Ganz sicher nicht.« Mit einem gezielten Stoß revanchierte er sich bei seinem kleinen Bruder.

»Also, ihr helft heute alle wie versprochen Erin mit dem neuen Zaun. Die Weiden kontrolliert John heute Nachmittag, und Jim sieht nach den Pumpen. Danach füttert ihr die Rinder. Quentin, du kümmerst dich dann um die neugeborenen Lämmer«, beendete sein Vater die Unterhaltung und verteilte wie üblich die Aufgaben des Tages.

»Geht klar.« Quentin nickte, um sich sofort wieder mit seinem Zwillingsbruder über die Geschwindigkeit der Motorräder zu streiten. Vermutlich war es ein Glück, dass River inzwischen nicht mehr auf der Farm, sondern in der Werkstatt arbeitete. So hatten die beiden wenigstens etwas Abstand voneinander.

Erin. Es war eine Ewigkeit her, dass Ethan die Nachbarstochter zuletzt gesehen hatte. Ob sie noch immer die Farm alleine mit ihren Eltern führte? Unauffällig sah er zu John hinüber. Seit ihrer Kindheit klebten er und Erin praktisch aneinander. Auch wenn John es selbst offensichtlich nie begriffen hatte, so passten sie perfekt zueinander. Beide arbeiteten wie besessen von morgens bis abends und waren geborene Farmer. Nur dass Erin im Gegensatz zu seinem Bruder über Humor verfügte. Und sie war immer zur Stelle, wenn sie gebraucht wurde. Deshalb halfen ihr die Bennetts ebenfalls, wenn sie es über sich brachte, um Hilfe zu bitten. Außer gelegentlichen Aushilfen hatten die Holts keine Unterstützung auf der Farm. Dafür arbeitete Erin härter als so mancher Kerl, und ihr Vater war immer stolz auf sein einziges Kind gewesen.

»Guten Morgen.«

Und da war sie schon. Mit einem Grinsen auf den Lippen beobachtete Ethan, wie Erin in die Küche trat und ihren Blick über die Gruppe schweifen ließ. Als er bei ihm hängen blieb, verzog sich ihr Gesicht zu einem Lachen. »Ethan.« Mit ihren schweren Arbeitsstiefeln kam sie auf ihn zu und hielt ihm die Hand hin. »John hat schon erwähnt, dass du wieder hier bist.«

Herzlich drückte er sie. »Ein Besuch in der Heimat. War längst überfällig.« Anscheinend ließ Erin sich von Johns schlechter Meinung über ihn nicht beeinflussen. Nein, diese Frau hatte ihren eigenen Kopf. Und vermutlich war genau das der Grund, dass sie überhaupt mit seinem Bruder zurechtkam.

»Allerdings.« Zustimmend nickte sie, wobei ihre kurzen dunklen Locken, die unter dem Lederhut hervorlugten, fröhlich um ihr Gesicht wippten. Hatte er Erin je in etwas anderem gesehen als in Arbeitskleidung? Sie stand vor ihm in einer verdreckten Hose, in deren Bund Lederhandschuhe steckten. Durch den weiten Pulli ließ sich ihre schmale Statur kaum erahnen. Nein, Erin war keine Frau, die auf ihr Aussehen achtete oder Zeit darauf verwendete, sich zu schminken. Und doch war sie ohne Zweifel hübsch – ob John dies ebenfalls auffiel? Ihre hellbrauen Augen sprühten geradezu vor Energie und Lebensfreude. »Hilfst du heute auch mit? Wir können jede Unterstützung gebrauchen.«

»Er ist nur auf Besuch und macht sich nicht die Hände schmutzig.« Ausdruckslos schlürfte John seinen Kaffee weiter.

Ethan ignorierte ihn. »Was steht denn an?«

»Wir wollen in dem kleinen Wäldchen am Rande unserer Farm einen neuen Zaun ziehen, und heute sind die Pfähle dran. Wird eine Scheißarbeit, aber ist nun mal nötig.« Sie setzte sich auf einen freien Stuhl und stibitzte ein Stück Schinken von Johns Teller. Missmutig sah dieser zu ihr hinüber.

Pfähle in den harten, trockenen Boden zu schlagen gehörte zu den schlimmsten Arbeiten, die auf einer Farm anfielen. Aber Ethan war klar gewesen, dass er an irgendeinem Punkt mit anpacken musste, wenn er hier war. Auf keinen Fall wollte er sich von John vorhalten lassen, er würde nichts tun. »Bin dabei.«

»Dann solltest du dich umziehen, dieses feine Hemd ist nichts für die Arbeit«, erklärte sie, und John grinste ihn über seine Tasse hinweg an.

»Ich bringe dir gleich ein Arbeitshemd.« Liz ging aus der Küche, um kurz darauf mit einem alten karierten Hemd zurückzukommen. »Und hier sind noch Handschuhe und ein Hut.«

Dankbar lächelte er ihr zu und knöpfte sein Hemd auf. Er legte es ordentlich über die Stuhllehne und zog das ausgewaschene Arbeitshemd über.

»Wir müssen hinreiten. Der Zaun wird mitten im Wald aufgebaut, und dort kommen wir mit den Quads nicht hin. Die elektrische Pfahlramme können wir deshalb auch nicht benutzen. Es gibt heute also nur Muskelkraft und Hammer.« Herausfordernd sah John ihn an.

Reiten – das fehlte Ethan gerade noch. Nichts hasste er mehr, als sich auf den Rücken eines Pferdes zu schwingen. Und er war überzeugt, dass die Tiere genau das spürten und deshalb absichtlich nahe an den Bäumen vorbeiliefen, um ihn abzustreifen, oder sich andere Späße einfallen ließen. »Das wird schon gehen«, erwiderte er, darauf bedacht, keine Schwäche zu zeigen.

»Jim soll dir eins der Rentnerpferde von der Koppel holen«, schlug sein Vater vor, ohne eine Miene zu verziehen.

Es folgte allgemeines Gelächter, doch Ethan war ein Rentnerpferd mehr als recht.

»Ich nehme das Bike, da komme ich schon durch.« Zuversichtlich sah Quentin in die Runde.

»Das wird schwierig, das Gelände ist wirklich unzugänglich. Taugt gerade so als zusätzliche Fläche für die Schafe.« Erin sah ihn skeptisch an.

»Lass ihn, er lernt es nur auf die harte Tour.« Mürrisch stand Harry auf und griff nach seinem Hut. »Ich fahre in den Ort zur Futterhandlung. Ich sehe euch dann, wenn ihr mit dem Zaun und den anderen Aufgaben fertig seid.« Ohne auf eine Antwort zu warten, verließ er die Küche.

»Dann können wir jetzt entspannt zu Ende frühstücken«, verkündete Quentin und lehnte sich im Stuhl zurück. River tat es ihm gleich und nahm sich eine weitere Portion vom Speck.

»Nichts da. Ich warte bei den Pferden auf euch.« Erin stand auf, nickte Liz zu und stapfte hinaus.

Hastig griff Ethan nach der Gabel. Das versprach ein langer und anstrengender Tag zu werden. Aber er hatte zugesagt und würde Wort halten.

»Kennst du Nero noch?« Jim reichte Ethan die Zügel eines Schimmels.

Ethan musterte den Wallach voll Unbehagen. »Ja, ich kann mich an ihn erinnern. Er hat mich das ein oder andere Mal abgeworfen.« Nach all den Jahren in den Sattel zu steigen trieb ihm den Schweiß auf die Stirn.

»Er ist jetzt alt und macht keine Mätzchen mehr. Halte dich einfach neben mir, dann orientiert er sich an meinem Pferd und kommt nicht auf dumme Gedanken.«

»Ich dachte, er ist alt und macht so etwas nicht mehr?«, gab Ethan zurück.

»Man kann nie wissen.« Jim schlug ihm aufmunternd auf die Schulter und stieg auf sein Pferd.

Seufzend griff Ethan ebenfalls nach dem Steigbügel und schwang sich nach oben. Wie hoch und wackelig es ihm auf dem Pferd erschien. Als wäre es so nicht schon schwierig genug, das Gleichgewicht zu halten, schob Erin ihm zusätzlich mehrere Zaunpfähle auf den Schoß. Damit sie nicht herunterfielen, würde er sie stützen müssen und daher nur mit einer Hand lenken können.

Jim bekam ebenfalls einen Stapel von ihr aufgeladen, doch im Gegensatz zu Ethan hielt er sie mit beiden Händen fest und ritt freihändig. Aus den Augenwinkeln beobachtete Ethan, wie Erin mit einer weiteren Ladung Pfählen auf John zutrat, der auf Buster saß. Wiehernd machte das Tier einen Satz zur Seite und blickte sie verängstigt an.

»Leg sie dort auf die Ladefläche vom Pick-up, ich lade sie selbst auf.« Mit gelassener Stimme versuchte sein Bruder, das ungestüme Pferd zu beruhigen, das aufgeregt auf der Stelle tänzelte.

Erin legte die Pfähle wie gefordert ab und stieg auf ihren

zierlichen Schimmel. Ethan runzelte die Stirn. So wenig er auch von Pferden verstand, selbst er konnte erkennen, dass dieses kein gewöhnliches Arbeitspferd war. Federnd trabte es zu einer niedrigen Begrenzungsmauer neben der Scheune, auf der zwei große Hämmer lagen, die Erin seitlich an ihrem Sattel befestigte. John lenkte Buster neben den Wagen und lud mit ruhigen Bewegungen einen Pfahl nach dem anderen auf seine Beine. Für kein Geld der Welt würde Ethan auf dieses Tier steigen. Aber damit war er nicht alleine. Niemand traute sich an Buster heran.

Gemächlich setzte Ethans Pferd sich in Bewegung. Wie besprochen, hielt er sich nahe bei Jim. Gleichzeitig die rauen Holzpfähle zu balancieren stellte sich als noch komplizierter heraus als angenommen. Immer wieder übersah das alte Pferd eine Kuhle oder einen Stein und stolperte. Und jedes Mal blieb seinem Reiter dabei beinahe das Herz stehen. Nach einer guten halben Stunde hatten sie den kleinen Wald auf Erins Land erreicht.

»Hier ist die Stelle.« Erin sprang vom Pferd, kam auf Ethan zu und nahm ihm die Pfähle ab. »Gut gemacht.« Aufmunternd zwinkerte sie ihm zu. »Johnny, binde deinen Satansbraten weit genug entfernt an, ich habe keine Lust, dass er die anderen Pferde aufscheucht.«

Belustigt beobachte Ethan, wie sein Bruder genervt mit Buster davonritt. Erin war die Einzige, die ihn Johnny nannte, und auch wenn er jedes Mal das Gesicht verzog, ließ er sie doch gewähren. Langsam rutschte Ethan aus dem Sattel und kam mit wackeligen Beinen zum Stehen. Dankbar, dass er ihn nicht wie früher abgeworfen hatte, tätschelte er Nero den Hals und befestigte die Zügel an einem Baum.

»Am besten bilden wir zwei Zweierpaare, die die Pfähle

einschlagen, und einer bringt immer die neuen und schaut, dass es einigermaßen in Linie abläuft.« Erin drückte Jim einen Hammer in die Hand und zeigte ihm und Quentin die Stelle, an der sie den ersten Pfahl einschlagen sollten. Dann reichte sie Ethan den zweiten.

John kam mit seinen Pfählen zurück und ließ sie krachend fallen. Gereizt blickte er zu den beiden Brüdern, die bereits mit schallenden Schlägen den ersten in den Boden trieben, dann auf Ethan und den Hammer. »Lass uns anfangen, damit das hier nicht den ganzen Tag dauert.«

Ethan unterdrückte ein Stöhnen. Mit John zusammenzuarbeiten versprach keinen Spaß.

Sein Bruder kniete sich hin und setzte den Balken an. »Schlag nur nicht daneben, bei dem Gewicht sind meine Hände Matsch«, zischte er Ethan zu.

»Ich werde mich bemühen.« Grinsend zielte Ethan und führte den ersten Schlag aus. Der Hammerstiel vibrierte in seiner Hand. Was sie hier taten, verlangte Vertrauen in den Partner und damit genau das, was ihnen beiden fehlte. Bei den ersten Schlägen zuckten seine Augen noch, doch rasch gewöhnte er sich wieder an die Arbeit, die er in der Jugend so häufig hatte machen müssen.

»Geht das auch etwas schneller?«, fuhr John ihn an.

»Du bist selbst nicht schneller.« Erneut schlug er auf das Holz. Er spürte, wie jetzt, nach mehreren Stunden, seine Kräfte allmählich schwanden.

»Schneller als du sicherlich.« Mit gespielter Langeweile zog John die Augenbrauen hoch.

»Das klingt nach einem Wettbewerb«, verkündete Quentin lauthals.

»Das würde ich zu gerne sehen.« Vor Begeisterung glucksend griff Erin nach zwei neuen Pfählen und hielt sie auffordernd hoch.

Stöhnend ließ Ethan den Hammer sinken. Einen Rückzieher zu machen kam nicht in Frage. Aber es würde nicht leicht werden, seinen Bruder zu schlagen.

Quentin und Jim knieten sich in mehreren Metern Abstand hin und hielten die Pfähle. John und er stellten sich mit den Hämmern davor. Er kannte dieses Spiel, hatten sie es doch früher oft zum Kräftemessen genutzt. John knöpfte sein Hemd auf und warf es Erin zu. Im Unterhemd stand er vor dem Pfosten und drehte den Hammer abwartend in den Händen. Noch immer war sein Bruder stattlich gebaut, und Johns Blick verriet ihm, dass er dies auch wusste. Gelassen zog er sich ebenfalls das Hemd aus und ließ es neben sich fallen.

»Lass mich raten, du gehst ins Fitnessstudio?« John musterte ihn abschätzig.

»Natürlich. In der Stadt muss man sich auf andere Art fit halten.«

»Dann schauen wir mal, was das so bringt.« Angespannt gab John Erin ein Zeichen.

Sie hob die Hand, und Ethan setzte den Hammer an. Als sie die Hand nach unten riss, holte er aus und schlug zu. Jim feuerte ihn mit lauten Rufen an, während er den Pfahl hielt. Es wäre zu gefährlich gewesen, sich nach John umzusehen, auf keinen Fall wollte er abrutschen und Jims Hand erwischen. Doch auch so konnte er die Schläge seines Bruders hören und abschätzen, dass er nicht viel schneller schlug als er selbst. Inzwischen schmerzten seine Arme merklich. Mit jedem Ausholen wurde das Brennen in den Muskeln heftiger. Doch Ethan ignorierte es und schlug immer wieder mit voller Wucht zu.

»Und halt«, rief Erin laut und klatschte begeistert.

Keuchend beugte Ethan sich nach vorne auf den Pfosten und atmete tief ein. John schnappte ebenfalls nach Luft und hielt sich die Seite.

In einiger Entfernung kniete Erin sich hin und begutachtete die beiden Pfähle. »Keine Überraschung, Johns ist ein kleines Stück tiefer«, verkündete sie und stand wieder auf. Sie kam auf Ethan zu und klopfte ihm anerkennend auf die Schulter. »Keine schlechte Leistung nach all der Zeit, Ethan.«

John kam auf ihn zu, während er sich das Hemd zuknöpfte. »Gar nicht so übel, kleiner Bruder.«

Hatte Ethan sich verhört? Wann hatte John ihn das letzte Mal so genannt? Und war das etwa ein Kompliment gewesen? »Es geschehen noch Zeichen und Wunder«, murmelte er, als er sein Oberteil vom Boden angelte.

***

Liz war gerade dabei, das Abendessen vorzukochen, als sie Pferdegetrappel hörte. Sie blickte auf die Uhr: Es war kurz nach eins. Durch das Fenster beobachtete sie, wie die Brüder zurückkamen. Sie sahen alle geschafft aus, doch der Arbeitstag war erst zur Hälfte vorüber. Rasch stellte sie die Kaffeemaschine an und die Sandwichs auf den Tisch.

»Die anderen versorgen noch schnell die Pferde und kommen dann nach.« John trat ein und beugte sich über sie, um in den Topf zu linsen. »Gibt es heute Abend wieder Eintopf?«

»Hast du was dagegen?«, fragte sie gereizt. Noch immer ärgerte sie dessen Verhalten vom Vorabend.

»Natürlich nicht. Du kochst wie eine Göttin, und das

weißt du auch«, antwortete er. »Und ich möchte mich entschuldigen«, setzte er leise hinzu.

»Dann werde ich dir gerade so noch mal verzeihen.« Sie schob ihn zum Tisch, und John ließ sich auf einen Stuhl fallen.

Zufrieden griff er nach einem Brot und lehnte sich zurück.

»War heftig heute, oder?« Sie setzte sich neben ihn und schob ihm ein Glas Wasser hin.

»Das war ein hartes Stück Arbeit, aber immerhin sind wir fertig geworden. Jetzt kann Erin den neuen Bereich für ihre Schafe abtrennen.«

»Das wird ihr sicher helfen.«

Mit schweren Schritten kamen Quentin, Jim und Ethan in die Küche und nahmen ebenfalls Platz. Ohne wie gewohnt einen frechen Spruch fallenzulassen, schnappte Quentin sich etwas zu essen und legte seinen Hut neben sich auf den Tisch. Er musste wirklich erledigt sein. Ethan wirkte ebenfalls mitgenommen. Seine Haare waren vom Hut verstrubbelt, und sein Hemd hatte an der Brust nasse Flecken. Von der ungewohnten Arbeit würde er sicherlich einen mächtigen Muskelkater bekommen.

»Wer kommt heute Abend mit in den Pub?«, warf Jim in die Runde.

»Stimmt, heute ist ja Dienstag«, stellte Quentin fest und schien zu überlegen.

»Was bedeutet das?« Ethan sah Jim fragend an.

»Dienstags gibt es Livemusik«, sagte dieser und wandte sich an seine Schwägerin. »Liz, du warst schon lange nicht mehr aus. Harry kann doch auf Ollie aufpassen, und du kommst mit. Was meinst du?«

Es war eine gefühlte Ewigkeit her, dass sie im Pub gewesen war, und die Aussicht auf einen unterhaltsamen Abend erschien ihr vielversprechend. »Schafft ihr das überhaupt nach dem heutigen Tag?«

»Zum Feiern haben wir immer Energie, so gut solltest du uns kennen.« Frech grinste Quentin quer über den Tisch.

»Dann begleite ich euch. Es wird mir bestimmt guttun, mal wieder rauszukommen. Und ich habe den Sänger schon eine ganze Weile nicht mehr gehört.« Sie zwinkerte Jim zu.

»Und du, Ethan?« Fragend sah Jim seinen jüngeren Bruder an.

»Bin dabei.«

»John?«

Von der Seite beobachtete Liz, wie John sich über das Gesicht rieb. »Ich setze heute aus. Da ist mir zu viel los«, brummte er.

Es überraschte sie nicht, dass er ablehnte, und ausnahmsweise hatte es nichts mit Ethan zu tun. John war ebenso wie Harry der geborene Einsiedler. Die Idee auszugehen, gefiel ihr mit jeder Minute besser. Sie würde sich ein Kleid heraussuchen und die Haare hochstecken. Ja, es war an der Zeit, endlich wieder etwas Spaß zu haben.

John, Jim und Quentin stellten ihre Teller in die Spüle und verabschiedeten sich. Jetzt wartete noch die eigentliche Farmarbeit auf die Männer. Nur Ethan saß weiterhin am Tisch und sah ihr beim Vorbereiten des Eintopfs zu.

»Sie haben dich gut rangenommen heute, oder?« Mitfühlend betrachtete sie ihn.

»Was meinst du, weshalb ich lieber studiert habe. Aber eigentlich hat es sogar etwas Spaß gemacht. Man sieht am

Ende, was man geschafft hat.« Er machte eine Pause. »Und stell dir vor: Ich glaube, John hat mich sogar gelobt.«

»Tatsächlich?« Sie schmunzelte, während sie im Topf herumrührte.

»Das ist den Muskelkater doch schon fast wert.«

Sie freute sich, das von Ethan zu hören. John war immerhin sein großer Bruder, und auch wenn er es vermutlich niemals zugeben würde, so sehnte er sich sicherlich nach dessen Anerkennung. Liz wischte ihre Hände an der Schürze ab und kramte in einer der Schubladen. »Da ist es ja.« Zufrieden zog sie das Döschen hervor und nahm eine Tablette heraus. Mit einem Glas Wasser hielt sie diese ihrem Schwager hin.

»Was ist das?« Verwundert sah er auf die Kapsel.

»Magnesium gegen den Muskelkater. Am besten nimmst du gleich ein heißes Bad, damit es nicht zu schlimm wird.«

Ethan griff nach der Tablette, und als seine Hand die ihre streifte, hielt er kurz in der Bewegung inne. Irritiert bemerkte Liz, wie sich die Härchen an ihren Armen aufstellten.

Eilig sah er von ihr weg. »Ich schätze, ich könnte wirklich ein Bad gebrauchen, ich rieche sicherlich nicht besonders nach dieser schweißtreibenden Arbeit«, murmelte er.

Liz trat an den Herd und rührte geistesabwesend im Eintopf.

»Ich hatte nur so ein kleines Reiseduschgel eingepackt, und das ist inzwischen leer. Wo verstecken meine Brüder ihres?« Seine Stimme riss sie aus den Gedanken.

Ethan stand dicht hinter ihr, streckte einen Arm an ihr vorbei, um das Glas in die Spüle zu stellen, und Liz atmete den Geruch seines Rasierwassers ein. »Im Badezimmerschrank.«

»Danke.« Er beugte sich nach vorne und sah über ihre Schulter in den Topf. »Sieht gut aus.«

Bitte geh weg. Plötzlich war seine Nähe kaum zu ertragen. Johns Gegenwart zuvor hatte sie nicht gestört, aber Ethan direkt neben sich zu spüren war zu viel. Doch schon machte er kehrt und schlurfte in den Flur. Liz ließ den Kochlöffel auf die Arbeitsplatte fallen und trat in den Vorgarten. Mit geschlossenen Augen schüttelte sie den Kopf. Was war da eben nur mit ihr los gewesen? Erst bekam sie eine Gänsehaut, und dann hatte sie fast schon genüsslich nach seinem Rasierwasser geschnuppert. Musste dieser Kerl selbst nach einem Vormittag im Wald noch so gut riechen? Auf keinen Fall wollte sie Ethans Geruch anziehend finden. Und warum irritierte es sie so, wenn er einfach nur neben ihr stand? Rasch ging sie in die Küche zurück, stellte den Herd aus und griff nach den Autoschlüsseln. Es war Zeit, zum Kindergarten zu fahren.

Kapitel 5

Kreischend stürmte Ollie ins Haus, um sein Schwert zu suchen. Kaum hatte sie die Jacke ausgezogen und die Schlüssel weggelegt, hörte Liz das Piepsen des Trockners. Eilig lief sie in den Nebenraum und lud Handtücher und Bettwäsche in den Korb. Am besten wäre es, sie würde diese direkt wegräumen, ehe Ollie wieder ausnutzte, dass sie abgelenkt war, und etwas anstellte. Sie wuchtete den schweren Korb die Treppe hoch und stellte ihn auf dem abgenutzten Holzboden ab. Dann suchte sie die Handtücher heraus, faltete sie und ging zur Badezimmertür. Gerade als sie nach der Klinke griff, wurde die Tür geöffnet, und Liz stolperte nach vorne. Bemüht, die Handtücher nicht fallen zu lassen, griff sie nach dem Erstbesten, was ihre linke Hand zu fassen bekam. Die Haut fühlte sich glatt und warm unter ihrer Handfläche an. Erschrocken zog sie den Arm von Ethans Brust zurück, welcher sie wiederum mit beiden Händen an den Schultern gepackt hatte, um sie aufzufangen. Das Gesicht nur wenige Zentimeter von seinem nackten Oberkörper entfernt, hatte Liz ihr Gleichgewicht wiedergefunden und machte einen Schritt von ihm weg. »Entschuldige bitte.« Stammelnd wich sie seinem Blick aus, während er eilig den Sitz des Handtuchs überprüfte, das um seine Hüfte gewickelt war.

»Ist ja nichts passiert.« Verlegen hielt er das Tuch fest.

»Ich wusste nicht, dass du noch im Bad bist«, versuchte sie es erneut mit einer Entschuldigung und stand noch immer viel zu nahe vor ihm, den Handtuchstapel fest an sich gepresst.

Mit einem unsicheren Lächeln fuhr er sich durch die feuchten Haare. »Stell dir vor, ich bin tatsächlich in dem warmen Wasser eingeschlafen.« Sein heiseres Lachen hallte durch den Flur.

»Dann warst du wohl wirklich erledigt.« Unauffällig betrachtete sie ihn – die trainierte glatte Brust, die sie eben aus Versehen berührt hatte. Die breiten Schultern und seine definierten Armmuskeln.

»Das kann man wohl sagen.« Er sah sich suchend um. »Ich dachte, ich hätte Ollie eben gehört?«, löste Ethan die peinliche Situation auf.

»Ja, er ist unten und sucht mal wieder seine Schwerter«, erklärte sie und wich seinem Blick aus.

»Dann ziehe ich mich an und gehe zu ihm.« Belustigt zwinkerte er ihr zu. »Er hat mich gestern besiegt, und ich möchte unbedingt eine Revanche.« Mit festen Schritten verschwand er im Gästezimmer.

Liz räumte die Handtücher in den Schrank. Du blöde Kuh, warum schaust du ihn nur an?, ermahnte sie sich selbst. Zum Glück schien Ethan es nicht bemerkt zu haben. Stattdessen wirkte es, als ob er tatsächlich dabei war, einen Zugang zu Ollie zu finden. Fast schon hatte sie seine anfängliche Ungeschicktheit im Umgang mit dem Kind amüsiert, und Liz schloss daraus, dass er bisher nicht viel Kontakt zu kleinen Menschen gehabt hatte. Doch scheinbar war ihr Sohn auf dem besten Wege, einen weiteren begeisterten Onkel für sich zu gewinnen. Einen Onkel, der, auch wenn sie es sich ungern eingestand, durchaus eine charmante Seite hatte und, wie sie jetzt wusste, ohne Kleidung unverschämt gut aussah.

»Ich habe schlechte Neuigkeiten.« In ernstem Ton sprach Ethan sie an, als sie zu ihm und Ollie in den Vorgarten hinaustrat.

»Schon wieder ein Brief? Davon hast du mir im Auto nichts erzählt.« Prüfend betrachtete sie ihren Sohn.

»Nein, nicht das. Als ich runtergekommen bin, hat er mit seinem Schwert an den Büschen geübt«, erklärte Ethan.

Ihr Blick fiel auf die unzähligen Zweigstücke und Blätter, die auf dem Steinboden lagen. »Das haben wir doch schon mal besprochen.« Schimpfend nahm sie Ollie das Schwert ab. »Du gehst jetzt hoch in dein Zimmer und räumst auf. Es sieht wirklich chaotisch aus, und wenn du zu viel Energie hast, dann kannst du auch aufräumen. Ich komme nachher zu dir, und dann sprechen wir noch mal über dieses Schlachtfeld hier.«

Mit gesenktem Kopf zog das Kind von dannen. Beim Anblick seiner bedröppelten Miene hatte Liz Mühe, ein Lachen zu unterdrücken.

»Der Kleine ist wunderbar«, flüsterte Ethan ihr zu. »Und bisher wusste ich nicht einmal, dass ich Kinder mag.«

»Manchmal glaube ich, ich mache alles falsch mit ihm.« Sie schüttelte den Kopf und fuhr sich durch die Haare. Irgendetwas störte sie am Rande ihres Blickfelds, sie bekam es aber nicht zu fassen.

»Eine Staubfluse, lass mich das machen.« Ethan beugte sich vor, hob seine Hand und löste sie aus ihren Haaren.

Er sah sie an, und sie hielt seinem Blick einen Moment

zu lange stand. Mühsam schluckte Liz. Dieses Mal störte sie seine Nähe nicht. Dennoch war es nicht richtig. »Ich muss nach dem Eintopf sehen. Und Harry wird bald zurückkommen.« Mit angehaltenem Atem verschwand sie in die Küche, schloss die Tür hinter sich und lehnte sich mit dem Hinterkopf dagegen.

***

Verdammt. Was war hier eben nur passiert? Bildete er es sich nur ein, oder war Liz gerade beinahe fluchtartig ins Haus gestürzt? Kurz zuvor, als ihre Blicke sich getroffen hatten, hatte er ein Ziehen tief in seinem Inneren gespürt.

Auf einmal war ein Schnauben zu hören. Ethan drehte sich um und sah in die Richtung, aus der das Geräusch gekommen war. Sein ältester Bruder saß in einiger Entfernung auf den Sattelknauf gestützt und starrte ihn grimmig an. Kaum merklich schüttelte John den Kopf, wendete das Pferd und galoppierte vom Hof. Er hinterließ eine große Staubwolke. Hatte John sie etwa beobachtet? Und jetzt schätzte er die Situation natürlich völlig falsch ein. »Das war nur eine verdammte Staubfluse«, murmelte Ethan und schüttelte den Kopf. Das hatte ihm gerade noch gefehlt. Sein großer Bruder misstraute ihm tatsächlich. Nie zuvor hatte er dies derart deutlich gespürt. Die Wut brannte in seinen Augen. Mit geballten Fäusten ging er ins Haus, vorbei an Liz, die mit dem Rücken zu ihm am Herd stand, und hastete mit großen Schritten die Treppe rauf. Er brauchte Ablenkung von alldem. Von John, von Liz und dem merkwürdigen Gefühl in seiner Magengegend. Ethan ließ sich aufs Bett fallen und griff nach dem Laptop, der auf dem Nachttisch lag. Zeit nachzusehen, ob seine Idee für Silverwoods Zukunft funktionieren konnte.

Verbissen starrte John ihn über den Tisch hinweg an. Ethan hielt seinem Blick stand, dann nahm er sich von dem Eintopf nach.

Müde rieb Ollie sich die Augen und lehnte sich an Johns Schulter. Wie immer saß das Kind auf dem Stuhl neben ihm.

»Sag deiner Mutter gute Nacht, dann bringe ich dich ins Bett.« Endlich löste John seinen Blick von Ethan.

Ollie stand auf und drückte Liz einen schmatzenden Kuss auf die Wange, danach schmiegte er sich einen Augenblick an seinen Großvater.

»Deine Mum muss dir dringend wieder die Haare schneiden.« Harry strich ihm über den Kopf und legte einen Arm um ihn.

»Nein.« Entschieden stampfte Ollie auf, griff nach Johns Hand und ging mit ihm aus der Küche.

Lachend aß der Rest der Familie weiter. Der kleine Strolch brachte mit seinem eigenwilligen Charakter Leben ins Haus, das war nicht zu übersehen.

Jetzt, da John den Raum verlassen hatte, traute Ethan sich, seinen Vater auf ein Thema anzusprechen, das ihm unter den Nägeln brannte. Noch wagte er es nicht, gleich mit der Tür ins Haus zu fallen und Harry eine Umstrukturierung im Farmbetrieb vorzuschlagen. Er wollte zunächst einen Testlauf machen, um die Reaktion des alten Mannes zu sehen. »Ich habe mal etwas recherchiert, es gibt Förderungen für solarbetriebene Pumpen. Über einen Zeitraum von fünf Jahren bekommt man fast die Hälfte des Kaufpreises erstattet. Wäre das nicht was für die große Weide?«

Harry lehnte sich zurück und sah ihn an. Mit der Hand strich er über den inzwischen deutlich ergrauten Schnauzbart. »Wir brauchen keine Förderungen vom Staat. Das hatten wir noch nie nötig.«

Ethan stützte sich auf die Ellenbogen. »Die sind extra für Farmer wie dich gedacht, warum also nicht einen Nutzen daraus ziehen?«

»Die alte Pumpe funktioniert noch.« Mürrisch kniff sein Vater die Augen ein wenig zusammen.

»Aber nur, wenn ihr sie mehrmals im Jahr freilegt, was, wie wir alle wissen, eine ziemliche Drecksarbeit ist.«

»Ein wenig Arbeit hat noch keinem geschadet.« Harrys Stimme klang fest und abweisend.

»Also ich hätte nichts dagegen, wenn ich keinen Matsch mehr schaufeln müsste«, kam Quentin Ethan zu Hilfe.

»Du kannst es ja anders handhaben, wenn du mal deine eigene Farm hast.« Harry beugte sich wieder über sein Essen.

»Als ob ich es mir bei dem Gehalt hier überhaupt leisten könnte, irgendwann mein eigenes Land zu kaufen.« Die Frustration in Quentins Stimme war nicht zu überhören, und Harrys starrer Blick verriet, dass ihn dieser Spruch getroffen hatte.

Ruckartig schob Ethan den Stuhl zurück und stand auf. Er stellte seinen Teller klirrend in der Spüle ab und ging ins Wohnzimmer. Dieses Gespräch erinnerte ihn zu sehr an früher. All die Diskussionen, die er erfolglos mit seinem Vater geführt hatte. Harry war und blieb ein Sturkopf. Hatte er wirklich geglaubt, er könnte den alten Mann überreden? Und doch musste es ihm irgendwie gelingen. Wenn Harry sich schon so gegen eine neue Pumpe sträubte, würde es noch schwerer werden als angenommen. Auch weil Ethan hier niemand ernst nahm. Zumindest John und Harry nicht. Sie sahen in ihm nur ein Weichei. Doch er konnte mehr, als nur ein paar Stifte auf dem Schreibtisch hin und her zu rollen, und er hatte vor, genau dies zu beweisen.

Erstaunt sah Ethan sich im Wohnzimmer um, das er in den letzten Tagen noch nicht betreten hatte. Auch hier war es wesentlich ordentlicher als früher. Aufgereiht standen die Bücher in den Regalen, und sogar die Kissen auf dem Sofa waren sorgfältig angeordnet. Auf dem kleinen Tischchen in der Mitte des Raumes stand eine Vase mit Blumen. Dies war der einzige Raum im Haus, der mit Teppich ausgelegt war. Sein Blick fiel auf den Rahmen des großen bodentiefen Fensters, dessen weißer Lack an vielen Stellen bereits abblätterte. War in diesem Haus eigentlich alles marode? Vermutlich wurde das Zimmer wie früher kaum genutzt. Die gemütliche Küche war schon in seiner Kindheit der Mittelpunkt des Lebens auf Silverwood gewesen. Stöhnend ließ er sich auf das Sofa fallen und betrachtete die Bilder an den Wänden. Sie zeigten die Brüder als Kinder dabei, wie sie Heu abluden, ritten oder im Matsch spielten. Und seinen Vater in jungen Jahren, wie er stolz neben einem mächtigen Zuchtbullen stand.

Leise öffnete sich die Tür. Als Ethan aufsah, trat seine Schwägerin ein und schloss die Tür beinahe lautlos hinter sich. »Nimm es ihm nicht krumm, du weißt, er hat es nicht so mit Neuerungen.«

»Alles, was ich sage, ist falsch. Er ist ein starrsinniger alter Mann. Das war er schon immer.«

»Alt?« Belustigt sah sie ihn an.

»Starrsinnig.«

Mit einem Seufzer setzte sie sich neben ihn. »Er hat es nicht leicht. Du weißt, Farmer haben das nie.«

»Deshalb möchte ich ihn ja gerne unterstützen, aber er gibt mir keine Chance. Es gibt so viele Förderungen, die er nutzen könnte. Neuerungen, die wirklich überfällig sind.«

»Er ist halt vom alten Schlag. Bezahlt wird bar und sonst nichts.«

»Weißt du, wie die Farm läuft?«

Sie sah an die Decke, dann zu ihm. »Wir kommen irgendwie über die Runden. Aber ich glaube, die Steuererklärung überfordert ihn ziemlich. Ich nehme an, da könnte man mehr rausholen.« Sie runzelte die Stirn. »Kannst du dir nicht mal die Unterlagen ansehen?«

»Du bist schon die zweite Person in diesem Haus, die mich bittet, mich in Dinge einzumischen, die mich Harrys Meinung nach nichts angehen.«

»Die zweite?«

Er nickte. »Jim auch. Er hat mir gestern Abend erzählt, dass die Lage vermutlich sehr ernst ist.« Er dachte einen Moment nach. »Hast du gewusst, dass er meinen Brüdern teilweise kein Gehalt mehr zahlen kann?«

Betroffen senkte Liz den Blick. »Nein, das habe ich nicht gewusst. Ich bekomme mein Geld immer pünktlich. Vielleicht kratzt er zusammen, was geht, weil ich ein Kind zu versorgen habe.« Sie seufzte und schüttelte den Kopf. »Aber es ist in letzter Zeit mehrfach passiert, dass ich im Supermarkt nicht mit der Karte zahlen konnte, die Harry mir für die Lebensmitteleinkäufe mitgegeben hatte. Ich habe es ihm nicht erzählt und mit meinem eigenen Geld bezahlt.«

»Also hattest du schon eine Vermutung?«

»Ja. Es ist nicht schwer zu erkennen, dass etwas nicht stimmt, wenn er Jungrinder weit vor der Zeit verkauft.«

»Ich hätte da eine Idee, um die Farm für die Zukunft fit zu machen«, sagte Ethan zögernd.

»Tatsächlich?« Liz' Gesicht hellte sich auf. »Das wundert mich nicht. Jim hat ja schon öfter erwähnt, wie gut du mit Zahlen umgehen kannst.«

Die Worte hätten ihn aufbauen sollen. Wenigstens einer seiner Brüder sah mehr in ihm als einen lahmen Bürohengst. »Ja, das liegt mir. Aber leider treffe auch ich falsche Entscheidungen«, murmelte er.

Liz rutschte ein klein wenig näher an ihn heran. »Was meinst du?«

Er musste es endlich aussprechen. Seit Wochen trieb ihn sein Versagen um. Er konnte kaum mehr schlafen und schalt sich in Gedanken immer wieder für seine leichtsinnige Entscheidung. »Ich habe mich verzockt«, sprach er aus, was er sich bisher nicht hatte eingestehen wollen.

»Verzockt?« Fragend sah sie ihn an. Ihre Augen wirkten warm und fürsorglich und hatten eine beruhigende Wirkung.

»Ich habe fast alles verloren«, sagte er leise.

»Deinen Job?«, sagte Liz und nickte. »Das habe ich mir schon gedacht. Auch wenn es jetzt bitter ist, bin ich mir sicher, dass du wieder einen finden wirst. Du scheinst ja sehr erfolgreich zu sein mit dem, was du tust.«

Müde schüttelte Ethan den Kopf. »Den habe ich noch. Aber wer weiß, wie lange.« Er atmete tief ein, um Mut zu fassen. »Mein gesamtes Geld ist weg. Alles, was ich mir die letzten Jahre erarbeitet habe. Praktisch über Nacht und ohne Vorwarnung.«

»Das tut mir sehr leid.« Ihre Hand fuhr über seinen Arm. »Magst du mir erzählen, was passiert ist?«

Zögernd betrachtete er sie. Liz würde ihn nicht auslachen,

wie er es bei John und Harry befürchtete. »Ich habe meine Ersparnisse in Aktien meiner Firma investiert, da ich davon ausging, dass deren Wert sich um ein Vielfaches steigern würde, sobald wir funktionierende Solarziegel auf den Markt bringen. Diese Gelegenheit wollte ich mir nicht entgehen lassen.« Wieder schüttelte er den Kopf. »Ich war so dumm. Ich dachte, ich wäre schlauer als alle anderen. Ich hätte es besser wissen sollen. Man setzt nicht alles auf ein Pferd, niemals.«

»Was ist geschehen?«, fragte Liz leise nach.

Ethan stöhnte auf und lehnte sich nach vorne, stützte die Ellenbogen auf seine Knie. Er konnte Liz nicht ins Gesicht sehen, wenn er zugab, wie sehr er sich geirrt hatte. Er schämte sich zu sehr. »Die Forschungsabteilung hat die Geschäftsführung nicht sofort informiert, dass es Probleme mit Spannungsabfällen gibt. Selbst bei schönstem Sonnenschein konnte die Spannung nicht konstant gehalten werden. Ich vermute, sie glaubten, dass dieses Problem schnell zu lösen wäre. Doch so einfach war es nicht.«

»Und du wusstest nichts davon, als du dein Geld in die Aktien gesteckt hast?« Verständnisvoll sah sie ihn an.

»Als ich davon erfahren habe, glaubten die Ingenieure noch immer, dass sie nur etwas mehr Zeit bräuchten, um diese technischen Probleme zu lösen. Und da habe ich meinen zweiten Fehler gemacht: Ich habe die Aktien nicht verkauft. Ich dachte nur an den möglichen Gewinn und war mir meiner Sache zu sicher.« Er lachte trocken auf. »Ich werde den Moment nie vergessen, in dem ich erfahren habe, dass eine andere Firma funktionierende Ziegel auf den Markt gebracht hat.« Stöhnend rieb er sich über das Gesicht. In dem Moment war alles für ihn zusammengebrochen.

»Ihr wurdet von der Konkurrenz überholt?«

»Ja. Und die Aktien gingen sofort in den Keller.«

Einen Moment sagte sie nichts. »Und wie geht es jetzt weiter?«

»Das steht noch nicht fest. Ich suche aktuell nach neuen Investoren, da wir dringend mehr Geld brauchen, um das Problem mit der Spannung zu lösen. Der einzige Weg, wie wir die Firma jetzt noch retten können, ist, dass unsere Ziegel besser und günstiger werden als die der Konkurrenz. Nur ist es verflucht schwer, jemanden zu finden, der jetzt noch in unser Unternehmen investiert, wenn die Konkurrenz bereits ein vergleichbares Produkt vorzeigen kann.«

»Und deshalb bist du nach Hause gekommen?«, fragte Liz.

Irritiert drehte er sich ihr zu. »Wie meinst du das?«

»Du steckst in einer Krise und bist an einen Ort geflüchtet, an dem du in Ruhe nachdenken konntest. In den Schoß deiner Familie.«

Wieder lachte er auf. »Ruhe? Reden wir von zwei unterschiedlichen Familien?«

Liz konnte sich ein Grinsen nicht verkneifen. »Nicht diese Art von Ruhe. Eine Auszeit von deinem Leben in der Stadt. Abstand zu den Sorgen dort. Du willst hier deine Gedanken ordnen, oder nicht?«

»Vermutlich ist da was Wahres dran. Aber ich glaube, es steckt noch mehr dahinter.« Erschöpft lehnte er sich wieder zurück und drehte ihr den Kopf zu. »Ich bin so unheimlich ausgelaugt in letzter Zeit. Ich denke über alles nach, was in meinem Leben schiefgelaufen ist. Auch darüber, warum ich einfach nicht in diese Familie passe. Warum ich mich so lange nicht nach Hause zurück traute. Ich hatte einfach das Bedürfnis zu sehen, ob sich nicht doch etwas verbessern könnte, zumindest was das Verhältnis zu meinen Brüdern und Harry angeht.« Er hob die Hände und ließ sie wieder auf seine Oberschenkel sinken. »Ich weiß auch nicht, was mit mir los ist.«

»Wie viele Stunden in der Woche sitzt du normalerweise im Büro?« Mit gerunzelter Stirn sah sie ihn an.

»Sechzig, denke ich. Mindestens.«

»Hmmm.« Sie schob das Kinn ein wenig vor.

»Was hmmm?«

Sie zuckte mit den Schultern. »Es ist nur eine Vermutung. Aber könnte es sein, dass du kurz vor einem Burn-out stehst?«

»Burn-out?« Verdutzt starrte er auf den Teppich.

»Ich hatte vor Jahren eine Kollegin, der es ähnlich ging. Plötzlich hat sie alles in ihrem Leben in Frage gestellt, und es wurde ihr zu viel.«

Hatte Liz vielleicht recht? War er am Ende seiner Kräfte? Wie viele Jahre hatte er ohne wirkliche Pausen durchgearbeitet? Er hatte nicht einmal die Urlaubstage genommen, die ihm zustanden. »Vielleicht ist es so«, flüsterte er.

Ihre Hand schob sich erneut auf seinen Arm. »Das ist nichts, wofür man sich schämen müsste. Du solltest einfach etwas mehr auf dich achten.«

Wie gut ihm diese Geste tat. Die Wärme ihrer Handfläche kroch durch den Stoff seines Hemds. Dankbar legte er seine auf ihre und sah sie an. Wie kam es, dass er ausgerechnet mit Liz über Dinge sprechen konnte, die er sonst tief in sich vergrub? Diese Frau war wunderbar. Ohne zu wissen, was er tat, hob er die andere Hand und fuhr damit über ihre Wange. Er spürte ihre weiche Haut unter seinen Fingerspitzen, nahm wahr, wie sie den Atem anhielt und sich ihre Augen weiteten. Sie lehnte sich nach vorne und legte ihre Stirn an seine Schulter. Bewegungslos verharrte sie dort, während er dem Verlangen widerstand, seine Nase in ihre Haare zu drücken. Plötzlich richtete sie sich ruckartig auf und sah von ihm weg.

Was hatte er getan? Er hatte sie berührt, und das auf eine Art, die nicht angemessen war. »Entschuldige«, brachte er hervor und sprang auf. Diese Frau war seine Schwägerin. Was hatte er sich nur gedacht?

»Es ist ja nichts passiert«, sprach sie mit zitternder Stimme und ordnete fahrig ihre Haare.

Sie wussten beide, dass das nicht stimmte, doch Ethan antwortete nicht. Wie benommen sah er aus dem Fenster auf den staubigen Hof. Nun stand er also kurz vor einem Burnout, verstand sich nicht mit seiner Familie, Silverwood war in Gefahr, und er mochte seine Schwägerin ganz offensichtlich ein wenig zu gerne.

»Verdammt«, zischte er. »So was wird nicht wieder vorkommen.«

Ohne ihre Reaktion abzuwarten, ging Ethan aus dem Raum. Immer eine Stufe überspringend, stürzte er die Treppe hinauf und lief in sein Zimmer.

Du Idiot. Wütend auf sich selbst, ließ er sich aufs Bett fallen und starrte an die Decke. Eine richtige Glanzleistung, die er hier ablieferte. Jetzt hatte er genau das getan, was John ihm zuvor vorgeworfen hatte. Und auch wenn er regelmäßig das Verlangen hatte, seinem großen Bruder eine Faust ins Gesicht zu rammen, so sehnte er sich in Wahrheit doch nach dessen Anerkennung. Anders konnte er sich nicht erklären, dass sich Johns Lob so gut angefühlt hatte. Das erinnerte ihn an damals, als er noch ein kleiner Junge war: John gelang alles, und Ethan machte alles falsch. John durfte nicht auch noch mit seinen Anschuldigungen in Bezug auf ihn und Liz recht behalten. Auf keinen Fall würde Ethan sich noch einmal so benehmen wie eben. Er schätzte seine Schwägerin und durfte nicht zu weit gehen. Auch wenn ihre Haut sich so unglaublich gut angefühlt hatte.

***

Schluckend fuhr Liz sich mit den Fingern über die Wange. Wie seltsam es gewesen war. So lange war sie nicht mehr berührt worden. Es hatte sich gleichzeitig so gut und so falsch angefühlt. Immerhin war Ethan ihr Schwager, der Bruder ihres toten Mannes. *Samuel.* Was würde er dazu sagen? Plötzlich hatte sie das Bedürfnis nach Ruhe, um ihre Gedanken zu ordnen.

Geistesabwesend stand sie auf und trat in den Flur hinaus, als John die Treppe hinunterkam. Überrascht sah sie ihn an. »Schläft Ollie schon?«

»Tief und fest.« Er klang abweisend. Fest griff er nach ihrem Arm. »Er ist ein Aufschneider und ein Wichtigtuer. Auf ihn ist kein Verlass.«

»Wen meinst du?« Natürlich wusste sie genau, von wem er sprach, nur wie hatte er etwas davon mitbekommen, was zwischen ihnen geschehen war? Sie selbst war sich noch nicht einmal im Klaren darüber, was genau da eben passiert war. Oder war John nur einmal mehr übervorsichtig, wenn es um sie ging?

»Ethan. Ich bin mir sicher, er hat in Sydney an jedem Finger ein anderes Mädchen. So war es früher schon, als er noch hier wohnte. Immer hatte er eine neue Freundin, und es hat nie lange gehalten.«

Liz schluckte. »Warum sagst du mir das?«

Er sah sie fest an und kniff die Augen zusammen. »Damit du auf dich aufpasst. Und auf Ollie.«

»Ist alles in Ordnung?« Harrys laute Stimme hallte durch den Flur.

Erschrocken sah Liz ihn in der Küchentür stehen.

»Wir haben nur kurz etwas besprochen. Kein Grund zur Sorge.« John wandte den Blick nicht von Liz ab. »Oder?«

Sie schüttelte den Kopf und lächelte ihrem Schwiegervater gespielt fröhlich zu. Mit schweren Schritten ging er an ihnen vorbei ins Arbeitszimmer und schloss die Tür.

»Du hast kein Recht, mir vorzuschreiben, was ich tun soll«, fauchte sie John an. Wie kam er nur darauf, sie derart anzugehen?

»Ich schreibe dir nichts vor, ich gebe dir nur einen Rat und passe auf dich und meinen Neffen auf.«

»Das musst du nicht. Ich kann gut selbst auf mich aufpassen.« Gekränkt löste sie sich aus Johns Griff.

»Dann denk genau darüber nach, was du tust.« Wütend stapfte er an ihr vorbei, und kurz darauf hörte sie die Seitentür zuschlagen.

Denk darüber nach, was du tust. Seine Worte hallten in ihren Ohren nach. Schnell rannte sie die Treppe hoch und blieb vor der Tür des Gästezimmers stehen. Sie hielt den Atem an und lauschte, doch es war nichts zu hören. *Was machst du hier?* Leise ging sie in ihr Zimmer und schloss die Tür. Heute konnten die Jungs die Küche selbst aufräumen. Die Lust dazu war ihr gründlich vergangen.

Auf das Klopfen hin öffnete sie die Tür. Mit den Händen in den Hosentaschen stand Jim vor ihr und betrachtete sie.

»Du siehst hübsch aus. Wir gehen los, die anderen warten schon unten.«

»Ich hole noch eben meine Handtasche, dann komme ich auch«, erklärte sie und trat vor die Kommode. Rasch überprüfte sie im Spiegel ihre Frisur und zupfte das Kleid zurecht. Wann hatte sie sich das letzte Mal so herausgeputzt? Mit den dunkel geschminkten Augen wirkte sie wie eine Fremde. Aber es passte zum Anlass. Nach der Sache mit Ethan und dem Ärger mit John hatte sie überlegt, die anderen doch nicht in den Pub zu begleiten. Doch warum sollte ausgerechnet sie wieder einmal verzichten? Nein, das kam nicht in Frage. Ollie schlief, und Harry würde hier die Stellung halten. Jim hatte recht, es war Zeit, endlich wieder etwas Spaß zu haben. Einen Cocktail trinken, der Musik lauschen und Bekannte treffen. Dienstags war der Pub meist zum Bersten voll. Dank der Livemusik und des vortrefflichen Essens kamen die Leute selbst von den weiter abgelegenen Farmen.

Ansonsten hatte der Ort nicht wirklich was zu bieten, es gab kein Kino, was Liz bedauerte, und die Einkaufsmöglichkeiten waren begrenzt. Firefly Creek war eine verschlafene Gemeinde, und größtenteils mochte sie die geruhsame Stimmung in der Ortschaft. Nur hin und wieder vermisste sie das kulturelle Leben von Melbourne.

Sie hörte, wie Jim von unten nach ihr rief. Liz griff nach der zierlichen Handtasche, die sie wegen mangelnder Gelegenheiten nur selten nutzte, und öffnete die Tür.

Als sie in die Küche trat, ließ Quentin einen anerkennenden Pfiff ertönen. Voller Unbehagen über die ungewohnte Aufmerksamkeit gab Liz vor, etwas zu suchen, und kramte in der Handtasche.

»Du siehst wirklich wunderbar aus«, erklärte Jim und bedeutete ihr, sich bei ihm einzuhaken. »Was meinst du, Ethan, kann Liz mit den Frauen in Sydney mithalten?«

Verstohlen sah sie zu Ethan hinüber.

Mit gerunzelter Stirn musterte er ihre Aufmachung. »Mithalten kann sie nicht«, kommentierte er.

Liz sah auf ihre Füße und presste die Lippen aufeinander.

»Sie stellt alle in den Schatten«, vernahm sie seine Stimme. Sie zuckte zusammen und hoffte, dass Jim es nicht bemerkte. Es musste ihr egal sein, was Ethan über ihr Aussehen dachte. Und trotzdem spürte sie, wie ihr das Blut ins Gesicht schoss. *Bitte nicht rot werden.* Mehr als ein »Danke« brachte sie nicht heraus.

»Du warst schon immer ein Frauenheld.« Amüsiert lachte Jim laut auf. »Ich wette, so bekommst du in der Stadt jede rum, oder?«

Mit angehaltenem Atem sah sie unauffällig zu Ethan hinüber. Hatte Jim recht? Entsprach die charmante Art einfach seiner Persönlichkeit? Ethans Augen verengten sich zu Schlitzen. Rasch wandte sie sich ab.

»Ich glaube, ihr habt einen falschen Eindruck von mir«, gab er gereizt zurück und knöpfte den obersten Knopf seines Hemdes auf. »Lasst uns lieber gehen.«

»Schon gut«, brummte Jim versöhnlich und führte sie aus der Küche. Während sie zum Parkplatz liefen, beugte er sich zu ihr hinunter. »Weißt du, er hatte immer die schönsten Mädchen am Start, als wir Jugendliche waren. Ich habe keine Ahnung, wie er das geschafft hat. Später haben wir ihn aus Spaß den Frauenflüsterer genannt, nachdem John bei allen als Pferdeflüsterer bekannt war.« Er ließ ein schallendes Lachen hören.

So ist das also. Sie unterdrückte ein Schnaufen. Dann brauchte sie auch nicht weiter über diese eine winzige Geste nachzudenken. Wenn Ethan ein Frauenheld war, musste die Berührung einer Wange für ihn nicht unbedingt viel bedeuten. Sie sollte erleichtert sein. Und doch versetzte es ihr einen Stich. Hatte John letztlich doch recht gehabt mit seiner eindringlichen Warnung? Galant hielt Jim ihr die Tür zum Beifahrersitz auf.

Ethan stieg hinter ihr ein, daneben Quentin. Die ganze Fahrt über glaubte sie, Ethans Blick in ihrem Rücken zu spüren. Oder spielte ihr ihre Wahrnehmung einen Streich? Nachdem Jim das Auto geparkt hatte und zusammen mit Quentin ausgestiegen war, beugte Ethan sich zu ihr nach vorne. »So, wie Jim es darstellt, ist es nicht«, raunte er ihr ins Ohr. Dann verließ er das Auto.

Irritiert starrte sie ihr Spiegelbild im Fenster an. Ihre helle Haut wirkte fahl im Licht der Straßenbeleuchtung. *So ist es nicht.* Was war nicht so? Dass er wusste, wie er Frauen dazu brachte, sich ihm an den Hals zu werfen? Hatte er sie manipuliert, um sich ihre Zuneigung zu sichern? Das konnte nicht sein. Durfte nicht sein. Für gewöhnlich ließ sie ihre Menschenkenntnis nicht im Stich.

Jim klopfte ans Fenster und riss sie aus ihren Gedanken.

»Ich komme.« Hastig öffnete sie die Tür und ließ sich aus dem Wagen helfen. Ethan stand ein wenig abseits. In seinem perfekt sitzenden Hemd und der eng geschnittenen Jeans würde er heute Abend die Blicke der Frauen auf sich ziehen, das stand außer Frage. Aber Liz würde sich lieber von ihm fernhalten. Sie brauchte dringend Zeit, um über alles nachzudenken. Der Gedanke, sie könnte sich in ihm geirrt haben, war nur schwer zu ertragen. Schließlich war sie es, die ihn auf Silverwood mit offenen Armen empfangen hatte, während die anderen ihm das Leben schwermachten. Lag der Rest der Familie mit seiner Zurückhaltung vielleicht doch nicht so falsch?

***

Ethan hatte Mühe, Liz nicht ununterbrochen anzustarren. Kaum dass er sie in ihrem gelben Kleid gesehen hatte, hatte sich irgendetwas in seiner Wahrnehmung verändert. Trotz der Tatsache, dass diese wunderschöne Frau auch seine Schwägerin war, kamen plötzlich fraglos unangemessene Empfindungen in ihm hoch und brachten ihn durcheinander. Ihr Anblick, wie sie da an dem Tisch im Pub saß, sich immer wieder unsicher an ihre kunstvoll hochgesteckten Haare fasste, fesselte ihn.

Um sich abzulenken, ließ er seinen Blick durch den Raum gleiten. Viele der Gesichter waren ihm vertraut. Natürlich, denn hier war er schließlich aufgewachsen, und sie hatten sich früher immer im Pub getroffen. An diesen Ort war er mit seinen ersten Freundinnen ausgegangen, und hier hatte er mit seinen Freunden gefeiert. Wehmütig nahm er einen Schluck von seinem Bier. Es war nicht alles schlecht gewesen am Leben auf dem Land. Wenn er in einer Bar in der Stadt ausging, dann war er nicht von Bekannten, sondern von Fremden umgeben. Seit sie hier vor einer halben Stunde angekommen waren, wurde er immer wieder herzlich begrüßt, klopfte man ihm freundlich auf die Schulter und erkundigte sich nach seinem Leben in Sydney, was er stets mit vagen Floskeln beantwortete. Die Aufmerksamkeit, die ihm entgegengebracht wurde, rührte ihn. Es waren Menschen, an die er längst nicht mehr gedacht hatte. Alles, was seine Kindheit betraf, hatte er verdrängt. Er hatte sich immer auf die Zukunft konzentriert und nie zurückgesehen.

»Also, ich muss dann wohl langsam mal.« Jim trank den Rest seines Bieres in einem Zug aus und stand auf.

»Wo geht er hin?«, fragte Ethan bei Quentin nach, der sich trotz des Abendessens daheim eine Portion Chickenwings genehmigte.

»Warte es einfach ab«, nuschelte er mit vollem Mund.

Keuchend ließ sich River neben ihn auf den freien Stuhl fallen. »Ich dachte schon, ich schaffe es nicht rechtzeitig aus der Werkstatt, aber Jim hat zum Glück noch nicht angefangen.« Er lehnte sich über den Tisch und stibitzte einen Wing vom Teller seines Bruders, während Quentin nach seiner Hand schlug.

Verwundert beobachtete Ethan, wie Jim gemächlich auf die kleine Holzbühne stieg, nach einer Gitarre griff und sich auf den Barhocker in der Mitte setzte. »Sagt nicht, Jim macht hier die Musik?«

Unter dem schallenden Gelächter seiner Brüder traf sein Blick den von Liz. Sie lächelte ihm nur ausweichend zu und sah dann zur Bühne.

Als wäre er in seinem Element, zupfte Jim die ersten Laute auf der Gitarre. Schon bei den ersten Klängen war begeistertes Johlen von den Zuschauern zu hören, und hier und da wurde ihm ein Wunschsong zugerufen. Fassungslos beobachtete Ethan, wie entspannt sein Bruder mit tiefer, kehliger Stimme einen Countrysong anstimmte, der früher oft in Harrys Lieblingsradiosender gelaufen war. Dass Jim Gitarre spielte, wusste er natürlich, aber dass er auch sang, war ihm neu.

»Hat sich viel verändert, seit du das letzte Mal hier warst«, stellte River fest.

»Seit wann macht er das?«, fragte Ethan beeindruckt.

»So seit etwa zwei Jahren. Er hat mal betrunken beim Karaoke-Abend ein paar Lieder geschmettert. Die Leute waren ganz aus dem Häuschen. Am nächsten Tag hat er sich zwar an nichts mehr erinnert, aber alle haben ihn genötigt, wieder zu singen. Und irgendwie ist es inzwischen Tradition, dass dienstags Jim oder andere Hobbymusiker auftreten.«

»Er ist gut«, stellte Ethan fest.

»Das ist er. Wenn ich so singen könnte, würde ich damit die Mädels abschleppen. Aber du kennst ja Jim. Eine Schande, das nicht zu nutzen.« Grinsend angelte er sich einen weiteren Wing.

Erneut lauschte Ethan dem Gesang. Jim war schon immer der Ruhigste von ihnen gewesen, und dass ausgerechnet er hier auf einer Bühne sang, war geradezu paradox.

»Darf ich bitten?« Quentin schob River den Teller hin und griff nach Liz' Hand. Abwehrend hob sie die andere, doch er zog sie hoch und führte sie zu der kleinen Tanzfläche neben der Bühne.

»Er kann so ein Angeber sein«, kommentierte River die Tanzeinlage seines Bruders kauend.

Wie hypnotisiert beobachtete Ethan, wie Liz' Kleid fröhlich hin und her schwang, während sich Quentin mit ihr drehte. Die anderen Paare nahm er gar nicht wahr. Wie eine leuchtende Blume zog Liz seinen Blick an. Wie gerne hätte er selbst mit ihr getanzt. Doch ihr Gesicht hatte Bände gesprochen, als Jim über ihn und die Frauen gescherzt hatte. Woher hätte sein Bruder es auch besser wissen sollen? Ethan hatte ja auch nichts von den Gesangskünsten seines Bruders geahnt. Es war, als wäre ihre Meinung übereinander an dem Tag in Stein gemeißelt worden, als er Silverwood verlassen hatte. Als hätte es die Jahre danach nie gegeben.

Und nun stand der unausgesprochene Fakt zwischen Ethan und Liz, dass er sie aus einem Impuls heraus berührt hatte. Hatte er damit die Freundschaft zunichtegemacht, die sich in den letzten Tagen zwischen ihnen angebahnt hatte? Ethan hoffte, nicht. Er hatte schon lange nicht so unbeschwert mit jemandem sprechen können und die Momente mit Liz genossen. Sicherlich war sie entsetzt über sein Verhalten. Ganz offensichtlich trauerte seine Schwägerin noch um Samuel. Wie stand er da, wenn er die Frau seines toten Bruders berührte? War er in Wahrheit so, wie John ihn sah? Rücksichtslos und selbstsüchtig? Und so umtriebig, wie Jim es andeutete? Ethan atmete tief durch. Nein, das war nicht er. Doch es war nicht nur die Schuld seiner Brüder, dass sie ihn so sahen, musste er sich eingestehen. Immerhin war es Ethan gewesen, der sich vier Jahre nicht auf der Farm hatte blickenlassen. An seinen verstorbenen Bruder zu denken, wagte er erst gar nicht. Denn jetzt wollte er einfach nur mit dieser bezaubernden Frau tanzen, ohne darüber nachzudenken, was genau dieser Wunsch zu bedeuten hatte, doch er traute sich nicht, sie aufzufordern. Vermutlich war es ohnehin besser so. Er war ihr schon zu nahe gekommen, weitere Ausrutscher durfte er nicht riskieren. Immerhin blieb ihm ihr Anblick. Seufzend setzte er das Bier an und beobachtete, wie sich Liz leichtfüßig zur Musik bewegte. Um den Abend in ihrer Nähe zu überstehen, brauchte er mehr Bier. Er gab der Bedienung ein Zeichen.

Kapitel 6

Die nächsten beiden Tage verliefen ereignislos. Inzwischen war Freitag, und Liz bemühte sich offensichtlich, ihm aus dem Weg zu gehen. Ihr Gesicht zeigte keine Regung, wenn sie sich begegneten. Und er brachte nicht den Mut auf, sie unter vier Augen anzusprechen. Abwechselnd half er Jim und Quentin bei der Farmarbeit und begann, trotz der Spannung zwischen ihm und Liz, ein wenig Gefallen an seinem Aufenthalt zu finden. Auch wenn er noch immer nicht wusste, wie es mit seiner beruflichen Situation weitergehen sollte, so war er nun, mit etwas Abstand, doch positiver gestimmt. Selbst Harry gab sich beinahe versöhnlich, vermutlich lag es an Ethans Einsatz bei der Arbeit. Seit er die Bürohemden gegen alte Arbeitshemden eingetauscht hatte, war der Blick seines Vaters nicht mehr so abwertend wie zuvor. Nur John würdigte ihn weiterhin kaum eines Wortes und hielt sich von Ethan fern.

Erneut überflog er mehrere Papiere und legte sie auf einem Stapel zusammen. Das Durcheinander im Büro seines Vaters war kaum zu glauben. Sogar auf dem Boden lagen Blätter und Rechnungen. Seit zwei Stunden wühlte er sich schon durch die Unterlagen, nachdem sein Vater am Nachmittag mit dem Auto verschwunden war, so dass sich endlich die Gelegenheit dafür geboten hatte.

»Was machst du da?« Harrys Stimme donnerte durch den Raum. Mit den Händen am Gürtel stand er in der Tür und starrte ihn an.

Ethan zögerte einen Moment. »Ich sehe die Papiere durch. Ich glaube, du könntest meine Hilfe gebrauchen.«

»Ich habe dich nicht um deine Hilfe gebeten.« Wütend warf sein Vater die Tür zu und trat vor den antiken Schreibtisch, an dem Ethan saß. »Und ich habe dir nicht die Erlaubnis gegeben, hier alles zu durchwühlen.«

»Ich wühle nicht, ich sortiere.« Nun wurde er ebenfalls laut.

»Es geht dich nichts an. Du wohnst hier nicht mehr.«

»Aber diese Farm ist noch immer mein Zuhause.«

»Davon merkt man nichts.« Entrüstet fixierte Harry ihn.

»Weil ich lieber studiert habe, anstatt hier zu arbeiten?« Es reichte Ethan endgültig. All die Vorwürfe, die unausgesprochen in der Luft hingen, nur weil er ein anderes Leben dem auf der Farm vorgezogen hatte.

»Nein.« Mit der Hand schlug Harry auf die Tischplatte. »Weil du verdammte vier Jahre nicht hier warst.«

Überrascht sah er seinen Vater an.

Harry fuhr sich über den Schnauzbart, fluchte vor sich hin und setzte sich auf den abgenutzten Sessel an der Wand. »Du bist mein Sohn, und ich habe dich aufgezogen. Dafür kann ich wohl erwarten, dich zumindest an Weihnachten zu sehen. Wenigstens hin und wieder hättest du dich melden können.« Vorwurfsvoll schüttelte er den Kopf.

»Ich hatte nicht das Gefühl, hier willkommen zu sein«, verteidigte Ethan sich.

»Du hast mir nicht einmal deine neue Nummer gegeben«, gab Harry zurück.

Es stimmte, Ethan hatte nicht daran gedacht, seinem Vater nach dem Wechsel der Handynummer vor rund zwei Jahren Bescheid zu sagen. »Du hast versucht, mich anzurufen?«, fragte er leise nach. Das also war die Erklärung dafür, warum sein Vater sich nicht mehr bei ihm gemeldet hatte. Wie hatte Ethan nur vergessen können, Harry seine neue Nummer mitzuteilen?

»Natürlich. Und du hast recht. Das hier ist dein Zuhause, genauso wie das deiner Brüder. Trotzdem kannst du nicht einfach ungefragt meine Unterlagen durchgehen. Das gehört sich nicht«, erklärte Harry schon etwas gelassener.

»Hättest du es mir denn erlaubt, wenn ich gefragt hätte?«, gab Ethan trotzig zurück.

»Vermutlich nicht.«

»Ebendeshalb habe ich nicht gefragt. Aber ich habe einiges entdeckt.«

»Ach ja?« Harry wirkte wenig interessiert.

Ethan atmete tief durch, um den nötigen Mut aufzubringen. »Du steckst knietief im Schlamassel, Harry.«

»Es ist nur eine vorübergehende Durststrecke«, brummte sein Vater. »Das wird schon wieder.«

Ethan schüttelte den Kopf. »Nein, den Zahlen nach geht es seit Jahren bergab, und das weißt du. So wie ich es hier rauslese, sinken die Einnahmen, die du mit den Rindern erzielst, immer weiter, während gleichzeitig die Ausgaben für Futter und nötige Instandhaltungsarbeiten steigen, weil eure Gerätschaften immer älter werden.«

»Das musst du mir nicht sagen. Ich weiß genau, was in meinen Büchern steht.« Harry stand auf und ging zu dem Schränkchen hinter dem Schreibtisch, um sich einen Whisky einzugießen. Er schwenkte nachdenklich das Glas mit der bernsteinfarbenen Flüssigkeit und schritt zurück zum Sessel. »Das Problem ist, dass Silverwood mit den richtig großen Farmen nicht mithalten kann. Sie können deutlich mehr Rinder aufziehen und sie billiger anbieten. Damit drücken sie den Preis, und wir kleineren Farmer haben das Nachsehen.« Frustriert nahm er einen Schluck.

Genau so hatte Ethan es vermutet. Und er wusste, auf wen Harry unterschwellig anspielte. Auf *Richard Smith* – den erfolgreichsten Rinderzüchter in Firefly Creek und gleichzeitig Harrys Erzfeind seit Jahrzehnten. Niemand wusste, wie genau die Feindschaft der beiden Männer ihren Anfang genommen hatte, auf jeden Fall verachtete sein Vater diesen Kerl aus tiefstem Herzen. Und auch Ethan konnte den selbstgefälligen Wichtigtuer nicht leiden. Selbst nach all den Jahren sah er Richards stechende graue Augen vor sich. Wann immer es ging, schnappte Richard Harry einen Deal vor der Nase weg, wie ihm Jim gestern bei der Arbeit anvertraut hatte. »Silverwood muss zukunftsfähig werden«, fasste Ethan das Problem knapp zusammen.

»Da sagst du mir nichts Neues. Nur fehlt mir leider das nötige Geld, um mehr Land hinzuzukaufen, damit ich mehr Rinder aufziehen kann.«

»Das ist auch nicht unbedingt notwendig.« Ethan lehnte sich zurück. »Silverwood hat eine gute Größe und ist fruchtbar. Ihr müsst nur einfach einen Markt bedienen, der bereit ist, höhere Preise für Fleisch zu zahlen.«

»Red Klartext, Junge.« Skeptisch sah Harry ihn an.

»Biofleisch.« Es war nur ein Wort und doch die Lösung für alle Probleme.

Einen Augenblick lang sah Harry ihn starr an, dann lachte er dröhnend auf. »Das ist doch nichts als neumodischer

Schnickschnack«, stieß er aus. »Unser Fleisch ist gut so, wie es ist, es wird nicht besser, nur weil wir dieses biologische Zeug verfüttern und die Rinder den ganzen Tag lang streicheln.« Sichtlich amüsiert nahm er noch einen Schluck.

»Ob es dadurch besser wird, kann ich nicht beurteilen, aber der Preis für Biorinder liegt weit über dem für Vieh aus konventioneller Zucht.«

»Ethan, du bist kein Farmer.« Harry beugte sich vor und sah ihn aus wachen Augen an. »Du bist ein Stadtmensch geworden. Das ist nicht dein Bereich.«

Ethan schluckte. Es klang ziemlich abwertend, und vermutlich war es auch so gemeint. Doch jetzt galt es, sich von Harry nicht kleinmachen zu lassen. »Ja, ich bin vielleicht jetzt ein Stadtmensch. Aber gerade deshalb weiß ich nur zu gut, für was die Leute dort bereit sind, Geld auszugeben.« Er sah die vielen Feinkostläden vor seinem inneren Auge: Gemüse, Wein, Käse und Fleisch aus bester Herstellung. Und er kannte die Preise, die dafür aufgerufen und bereitwillig gezahlt wurden. »Komm mal her«, forderte er seinen Vater auf.

Grummelnd erhob Harry sich und stapfte um den Schreibtisch herum. Ethan konnte die Zigarre riechen, die er vorhin geraucht haben musste. Er zog einen Zettel hervor und legte ihn so hin, dass Harry die Zahlen erkennen konnte.

»Was ist das?«, brummte sein Vater unwillig.

»Ich habe eine Tabelle erstellt, um die Futterkosten zu vergleichen.«

Harrys schwieliger Zeigefinger fuhr darüber. »Siehst du, wie viel teurer dieses Futter ist?«, bemerkte er beinahe triumphierend.

»Geh eine Zeile weiter. Dort habe ich die Verkaufspreise der Rinder verglichen.« Aus den Augenwinkeln schielte er auf das Gesicht seines Vaters und erkannte, wie sein Ausdruck erstarrte.

»So viel zahlen die pro Kilo Biorind?«

»Und das sind vorsichtige Schätzungen. Es ist eher mehr drin.«

Harrys Augen wanderten erneut über das Blatt. Dann ging er wortlos zurück zu seinem Sessel, ließ sich hineinfallen und starrte mit dem gleichen verschlossenen Gesichtsausdruck an die Wand gegenüber, den Ethan so gut von John kannte.

Er musste abwarten. Ihm Zeit lassen. Harry zu drängen würde nichts bringen. Über die Unterlagen gebeugt, die er eben sortiert hatte, machte er sich wieder an die Arbeit.

»Was tust du jetzt schon wieder?«, knurrte der alte Mann.

»Deine Steuer.« Demonstrativ hielt er einen Brief hoch. »Der hier ist vom Finanzamt. Eine Mahnung für die letzte Steuererklärung. Hast du sie noch nicht eingereicht?«

»Ich hatte zu viel zu tun. Bin noch nicht dazu gekommen.« Harry wich seinem Blick aus.

»Dachte ich mir schon. Daher erledige ich das jetzt für dich. Dafür brauche ich allerdings die Rechnungen und Belege aus dem letzten Jahr.«

Harry stand auf und trat vor das Regal. Dort griff er nach einem Schuhkarton und ließ ihn vor Ethan auf die Tischplatte fallen. »Das ist das meiste.«

Ernüchtert betrachtete Ethan den Karton. So sah die Buchhaltung seines Vaters aus?

»Die restlichen Unterlagen sind dort drin.« Harry deutete auf einen Ordner im Regal und verließ das Zimmer.

Allein die Tatsache, dass Harry ihm seine Unterlagen überließ, wertete er als gutes Zeichen. Mit einem Anflug von Zuversicht öffnete Ethan den Deckel. Der Karton war randvoll mit Rechnungen und Notizen. Er würde die halbe Nacht brauchen, um das alles zu sortieren. Immerhin hatte er den alten Knaben dazu gebracht, sich seinen Vorschlag überhaupt anzuhören.

Ethan rieb sich über die brennenden Augen. Drei Stunden hatte er gebraucht, um sich einen weiteren Überblick über das zu verschaffen, was sein Vater unter Buchhaltung verstand. Inzwischen kannte er auch die Gehälter seiner Brüder. Sie waren nicht üppig, John erhielt immerhin eine Vorarbeiterzulage, doch etwas mehr Geld wäre bei der harten Arbeit angemessen. Ganz zu schweigen von den Gehältern, die Harry seinen Söhnen noch schuldete. Ethan hatte sich in den Kopf gesetzt, eine Möglichkeit zu finden, das hinzubekommen. Es würde zwar nicht seine eigenen Probleme lösen, doch es lenkte ihn immerhin etwas ab. Wenn sein Vater ein finanzielles Polster hätte, könnte er nicht nur in die Farm, sondern auch in das Haus investieren. Viele Instandhaltungen würden früher oder später nötig werden. Schon in Ethans Kindheit war es in dem alten Gemäuer im Winter empfindlich kühl gewesen. Für eine neue Heizung hatte jedoch immer das Geld gefehlt. Aber mit der Hilfe seiner Söhne war es Harry inzwischen möglich, weit mehr Tiere aufzuziehen und zu verkaufen als vor fünfzehn Jahren. Inzwischen hatte Ethan auch ausgerechnet, was sein Vater für eine durchschnittliche Herde erzielen könnte, wenn es sich um Tiere aus Bioaufzucht handelte. Sein Gespür hatte ihn nicht getrogen, die Summe übertraf seine Erwartungen sogar. Quentin, der sich um die Schafzucht kümmerte, trug einen erheblichen Anteil zu den Einnahmen bei, und Biolammfleisch war derzeit gefragt wie nie, es wurde sogar bis nach Europa exportiert. Mit ein wenig mehr Geschäftssinn würde Silverwood zukunftsfähiger und erfolgreicher werden.

Ethan klappte den Ordner zu und stand auf. Morgen früh würde er die Steuererklärung für das letzte Jahr fertig machen und ein paar Telefonate führen. Anträge für Förderungen, die schon jetzt in Frage kamen, hatte er bereits ausgedruckt. Alles, was dafür fehlte, was das O. K. des Familienoberhaupts.

Mit schweren Beinen stieg er die Treppe hinauf und ging in sein Zimmer. Gerade als er sich auf die Matratze gesetzt hatte, klingelte das Handy. Irritiert zog er es aus der Hosentasche. *Anne*, seine Sekretärin und gute Freundin. Was wollte sie um diese Zeit von ihm? Es war bereits nach zehn. Irritiert nahm er ab. »Hi, du.«

»Hi, Ethan«, hörte er ihre helle Stimme. »Ich hoffe, ich störe dich nicht im Urlaub?«

»Nein, das tust du nicht.« Mit einem Gähnen ließ er sich auf das Kopfkissen sinken. »Was gibt's?«

»Ich bin mir nicht sicher«, druckste Anne herum.

Etwas an ihrem Ton versetzte ihn augenblicklich in Alarmbereitschaft. »Ist etwas passiert?«

»Ich komme eben erst aus dem Büro«, sprach sie weiter. »Wollte dich eigentlich schon früher anrufen, aber der CEO hat mich auf Trab gehalten.«

Ethan zog die Augenbrauen zusammen. Was wollte der CEO von seiner Sekretärin?

Anne schien seine Gedanken zu erraten. »Er hatte heute ein Meeting mit zwei Typen. Ich musste alle möglichen Unterlagen von dir raussuchen.«

»Was für Typen?«, presste Ethan hervor.

»Das hat er nicht gesagt und ganz geheimnisvoll getan.« Sie kicherte kurz. »Aber einer von denen hat mich angegraben und mir seinen Namen genannt.«

Ein Grinsen zog sich über Ethans Lippen. »Lass mich raten, du hast ihn gegoogelt?«

»Das habe ich.« Sie machte eine Pause. »Es wird dir nicht gefallen, Ethan.«

»Sag es einfach.« Auch so konnte er sich die Antwort denken.

»Whitewood Ltd.« Widerwillig spie sie den Namen aus.

»Verdammt.« Er hatte also richtiggelegen. Wenn eine Investmentgesellschaft wie Whitewood sich mit dem CEO traf, konnte das nur eins bedeuten. »Sie wollen die Firma übernehmen«, sagte er matt.

»Geht das denn so einfach?«

»Nicht, ohne dass sie vorher mit allen Anteilsinhabern sprechen. Vermutlich war es nur ein erstes Treffen, um ein Angebot zu unterbreiten.«

»Ich soll dir jedenfalls ausrichten, dass sie dich Montag zurück im Büro erwarten.«

»Das ist immerhin ein gutes Zeichen.« Ethan setzte sich auf und überlegte laut. »Sicherlich soll ich zusehen, ob ich neue Investoren an Land ziehen kann. Dann ist die Entscheidung über die Übernahme tatsächlich noch nicht gefallen.« Ein kleiner Hoffnungsschimmer am Horizont. Nicht sehr erfolgversprechend, aber besser als nichts.

»Beten wir, dass du recht hast.« Er hörte Anne leise lachen. »Liegst du auch schön den ganzen Tag am Pool und lässt es dir mal so richtig gut gehen?«

Ethan schmunzelte. Vermutlich stellte sich Anne vor, wie

er in bunter Badehose mit einem Cocktail in der Hand herumlag. Er hatte ihr nicht erzählt, wohin er fahren wollte. Anscheinend dachte sie, er sei wieder im tropischen Queensland, wo er vor zwei Jahren einige Tage Urlaub gemacht hatte. So gut sie sich verstanden, über seine Familie hatte er nie mit ihr gesprochen. Warum eigentlich nicht?

»Ethan?«

»So in etwa.«

»Dann erhol dich noch ein wenig, die nächste Zeit wird anstrengend.« Sie gähnte.

»Mache ich. Wir sehen uns Montag.« Er beendete das Gespräch und warf das Handy neben sich auf die Matratze. *Whitewood.* Das würde das endgültige Aus seiner Firma bedeuten. Man würde sie in ihre Einzelteile zerlegen und sich unter die Nägel reißen, was die Forschungsabteilung entwickelt hatte. Er musste dringend finanzielle Mittel auftreiben, um den Supergau abzuwenden.

Er dachte an die letzten Jahre zurück, all die Zeit und Mühe, die er investiert hatte, um die Firma mit aufzubauen. Es wäre hart, all das aufzugeben und wieder von vorne anzufangen. Ganz zu schweigen von all dem sauer erarbeiteten Geld, das er in Aktien investiert hatte und nun verlieren würde. Doch wenn es dem Unternehmen besser ginge, würden auch die Aktien wieder steigen. Er war noch immer wütend auf sich, dass er nicht vorsichtiger gewesen war, dass er es nicht hatte kommen sehen. Er schlug mit der Faust auf die Matratze und schob den Laptop zur Seite. Niemals hätte er mit dieser Entwicklung gerechnet, doch es sah nicht gut aus. Wenn der Plan des Geschäftsführers nicht aufgehen würde, wären all die Mühen der letzten Jahre umsonst gewesen.

Er zog sich aus und legte sich auf den Rücken. Die Arme

hinter dem Kopf verschränkt, betrachtete er die Stuckverzierung an der Decke im Licht des Mondes. Es spielte keine Rolle, warum er so leichtsinnig gehandelt hatte. Was zählte, war, dass es eine letzte kleine Hoffnung gab, das Blatt noch zu wenden. Alles, was er tun konnte, war, nach Sydney zurückzukehren, seine Arbeit zu machen und zu hoffen.

Lustlos stocherte Ethan am nächsten Morgen in seinem Rührei herum. Liz hatte ihm den Teller stumm vorgesetzt, ohne ihn dabei anzusehen. *Und das alles nur wegen einer Berührung.* Er unterdrückte ein Stöhnen. Er sollte endlich mit ihr reden und versuchen, das alles wieder hinzubiegen. Er sah, wie Johns Augen erneut von ihm zu Liz wanderten. Den Teller seines Bruders hatte sie sogar auf den Tisch geknallt. Irgendwas musste zwischen den beiden vorgefallen sein, nur was? Starr erwiderte Ethan Johns Blick, dann stocherte er wieder in seinem Frühstück herum.

»Quentin, du gehst heute später nach den Schafen sehen. Der Doc kommt gleich, und du solltest dabei sein.«

»Es sind doch keine Impfungen fällig, oder irre ich mich?« Verwundert sah Quentin seinen Vater an.

»Nein.« Mehr sagte Harry nicht.

Achselzuckend konzentrierte Quentin sich wieder auf seinen Teller.

Warum wurde in dieser Familie eigentlich so wenig miteinander gesprochen? Lag es an Ethans Anwesenheit, oder war es auch sonst so? Vielleicht war ihm das früher, als er hier gelebt hatte, einfach nicht aufgefallen.

Mit verschlossener Miene setzte sich Liz ebenfalls neben Ollie an den Tisch. Der war ohnehin vollauf damit beschäftigt, das Frühstück in seinen Mund zu befördern.

Ein Klopfen ließ alle zur Tür sehen.

Harry stand auf und öffnete. »Doc, du bist früher dran als gedacht«, brummte er.

»Es gab einen Notfall auf der Fielder-Farm, deshalb bin ich früher dran.«

Ethan musterte den Tierarzt. Doc Harlow hatte bereits vor zwanzig Jahren wie kurz vor der Rente ausgesehen. Der Ansatz seines grauen Haars war inzwischen weiter nach oben gerutscht, und hinter dem linken Ohr war ein Hörgerät zu erkennen. Entweder war es ihm bisher nicht geglückt, einen Nachfolger für seine Praxis zu finden, oder aber er war wie die meisten Männer in dieser Gegend und zog es vor, bis zum letzten Atemzug zu arbeiten. Stöhnend bückte der Mann sich und hob einen Karton vom Boden auf. Er stellte ihn vorsichtig auf der Küchenzeile ab und ließ seine Hand auf dem Deckel ruhen.

»Wie du wolltest, Harry. Ich kenne die Eltern und sogar die Großeltern. Der Kräftigste aus dem Wurf.« Zufrieden klopfte er auf den Deckel.

»Quentin, der ist für dich.« Kurz glaubte Ethan, ein Lächeln im Gesicht seines Vaters zu erkennen, doch vermutlich hatte er es sich nur eingebildet.

Quentin stand auf und ging auf den Tierarzt zu. Als dieser den Karton öffnete, kamen zwei dunkelgraue spitze Ohren zum Vorschein.

»Eine Katze.« Ollie sprang vom Stuhl auf und stürmte auf den Karton zu. Er hüpfte auf und ab, um besser sehen zu können.

»Nicht ganz.« Mit einem breiten Grinsen griff Quentin in den Karton und zog einen kleinen braun-grau gefleckten Welpen heraus.

»Ein Hundi!« Begeistert klatschte der Junge in die Hände.

Der alte Tierarzt fuhr ihm über den Kopf und nickte. »Ein Cattle Dog, beste Abstammung. Der wird euch gute Dienste mit den Schafen leisten.«

Lächelnd sahen alle zu, wie der Welpe mit seinen kleinen spitzen Zähnen auf Quentins Finger herumkaute.

»Und wie nennen wir ihn?« Quentin drückte seine Nase in das Fell des Hundes. Schon jetzt war zu erkennen, dass die beiden sich mochten.

»Ich weiß es.« Aufgeregt sprang Ollie erneut auf und ab. »Fred.«

»Fred ist wirklich ein ungewöhnlicher Name für einen Hund«, befand Quentin. »Aber ich finde, er passt gut. Dann haben wir jetzt also einen Fred.«

»Nun ist das geklärt, und wir können an die Arbeit gehen.« Harry nahm seinen Hut vom Haken. »Doc, ich habe eine Kuh, die mir Sorgen bereitet. Vielleicht kannst du sie dir noch kurz ansehen?« Gemeinsam gingen die Männer nach draußen.

Ethan beobachtete, wie Quentin den Welpen vorsichtig Liz übergab. Er schien sich kaum von dem kleinen Kerl trennen zu können. River nahm Ollie an die Hand und verließ ebenfalls den Raum. Als sie schließlich miteinander alleine waren, stand Ethan einen Moment unschlüssig da und überlegte, ob er Liz nicht endlich ansprechen sollte, verzog sich dann aber doch ins Arbeitszimmer. Was hätte er auch sagen sollen? Morgen würde er wieder abreisen, und außerdem schien sie es vorzuziehen, ihm weiter aus dem Weg zu gehen. Warum nur traute er sich nicht, endlich mit ihr zu reden? Den falschen Eindruck auszuräumen, den Jims Bemerkungen vermutlich bei ihr hinterlassen hatten? Er konnte nicht länger ignorieren, dass er sich tatsächlich zu ihr hingezogen fühlte. Wann immer er durch den Flur lief, roch er einen leichten Hauch ihres Parfüms. Es war lächerlich. Schließlich kannte er diese Frau kaum. Und immer wieder entschuldigte er sich in Gedanken bei Samuel. Zum Teufel: Wer fand schon die Frau seines verstorbenen Bruders heiß? Also versteckte er sich lieber in der Männerhöhle seines Vaters. Inzwischen konnte er nachvollziehen, was Harry an diesem Raum so schätzte. Als er ein kleiner Junge gewesen war, hatte ihn der Raum mit den massiven Regalen, dem dunklen Berberteppich in der Mitte und den Ölgemälden eingeschüchtert. Kaum dass man die Tür öffnete, schlug einem der Geruch von Harrys Zigarren entgegen, die er hier abends rauchte. Alles an diesem Zimmer erinnerte an seinen Vater. Und doch hatte es etwas Beruhigendes. Es war ein Rückzugsort vom Alltag der Farm. Von den Stimmen und Geräuschen im Haus. Und von Liz.

Bis zum Nachmittag hatte Ethan den Tag im Büro verbracht und selbst den Lunch dort eingenommen. Es war bereits Samstag, und er sollte am Montag schon wieder hinter seinem Schreibtisch sitzen, um die Kuh vom Eis zu holen – viel Zeit blieb ihm nicht mehr. Er hatte Hochrechnungen zu notwendigen Ausgaben für die Umstellung der Farm auf biologische Rinderhaltung erstellt und auch die voraussichtlichen Gewinne für die nächsten fünf Jahre ermittelt. Schließlich hatte er noch die Steuererklärung fertig ausgefüllt und alles für den Moment bereitgelegt, an dem Harry hoffentlich endlich auf ihn zukommen würde, um erneut Ethans Vorschlag zu besprechen. Während er einige Geschäftsmails aus dem

Büro las, öffnete sich die Tür. Mit einem Ausdruck, der keine Regung erkennen ließ, stapfte Harry in den Raum, klappte die Schachtel mit den Zigarren auf dem Schreibtisch auf und nahm eine heraus. Nachdem er sie umständlich angezündet hatte, setzte er sich auf den Sessel und platzierte den Aschenbecher auf seinem Knie. Nachdenklich stieß er den Rauch aus. »Die Leute werden mich für verrückt halten, wenn ich auf bio umstelle«, brummte er, ohne Ethan anzusehen.

»Seit wann interessiert es dich, was andere denken?« Ethan überlegte, wie sein Vater wohl reagieren würde, wenn er sich eine von dessen Zigarren nähme. Er entschied, dass er es lieber nicht riskieren wollte.

Harrys Lachen grollte durch den Raum. »Du hast recht: Es interessiert mich nicht.«

Konnte sein Vater nicht einfach zum Punkt kommen, anstatt ihn hier weiter auf die Folter zu spannen? »Was ist jetzt, Harry?«

»Du bist dir sicher, dass das funktioniert?«

Ethan nickte bestimmt. »Ich habe alles durchgerechnet.« Er stand auf und reichte Harry einen Zettel. »Das ist die Gewinnprognose für die nächsten fünf Jahre.«

Für einen Moment fürchtete er, Harry würde die Zigarre aus der Hand rutschen. »Das würde hier einiges verändern«, sagte sein Vater leise. »Ich habe mich immer gefragt, was passiert, wenn meine Söhne einmal heiraten und selbst Kinder kriegen. Silverwood bringt nicht genug Geld ein, um mehr Personen zu ernähren. Wir kommen ja so kaum über die Runden.« Wieder ging er die Zahlen durch. »Auch so werden wir nicht reich werden, aber es sollte dafür reichen, die Farm etwas auf Vordermann zu bringen, und ich könnte endlich wieder ruhiger schlafen.«

Plötzlich empfand Ethan Mitgefühl für seinen Vater. Er wusste inzwischen selbst nur zu gut, wie sich unruhige Nächte und Zukunftsangst anfühlten. »Es dauert etwas, bis die Umstellung auf ökologische Aufzucht abgeschlossen ist und ihr alle Bedingungen für das Biosiegel erfüllt. Aber es ist kein Hexenwerk, und du hast hart anpackende Söhne, die dich unterstützen.«

»Was müssen wir tun?« Harry reichte ihm das Blatt Papier zurück, und Ethan verzog sich wieder hinter den Schreibtisch.

»Ihr habt die Weiden nie gespritzt, oder?«

Sein Vater schüttelte energisch den Kopf.

»Gut, dann geben wir das schon mal an, und es kann sein, dass ihr es mit Bodenproben nachweisen müsst.« Er atmete tief durch. Es war fast geschafft. Ihm war anscheinend das Unmögliche gelungen: Harry Bennett zu überzeugen, seine Rinderaufzucht umzustrukturieren. »Ab sofort kriegen die Rinder und die Schafe nur noch spezielles Biofutter. Ich habe dir einen möglichen Lieferanten rausgesucht. Oder aber du fragst hier beim Futterhändler in Firefly Creek nach, ob du es auch über ihn beziehen kannst.«

Wieder nickte Harry.

»Wenn die nächsten Kälber geboren werden, sollte dir der Doc bescheinigen, dass die Muttertiere entsprechend gefüttert wurden. Dann könntest du etwa in eineinhalb bis zwei Jahren die ersten Biorinder verkaufen.« Ethan durchsuchte die Papierstapel auf dem Schreibtisch und zog eine Mappe heraus. »Hier ist noch der Antrag für das Biosiegel, den du unterschreiben müsstest. In den Unterlagen sind auch die Bedingungen aufgelistet, die dafür eingehalten werden müssen.«

Harrys Augen ruhten auf ihm. Mit der Hand bedeutete er Ethan weiterzusprechen.

»Die Steuererklärung ist auch schon fertig ausgefüllt. Ich habe mir mal die der letzten Jahre angesehen. Kann es sein, dass du nie alle Rechnungen eingereicht hast?«

Verlegen kratzte Harry sich am Kopf. »Es erschien mir zu viel Aufwand für ein paar Dollar.«

Ethan nickte. Sein Vater war überfordert, das war unschwer zu erkennen. »Jedenfalls wirst du dieses Jahr etwa zwanzigtausend Dollar zurückbekommen.«

»Zwanzigtausend?« Fassungslos sah sein Vater ihn an.

»Wenn ich mich nicht verrechnet habe.«

»Das ist eine Menge Geld.«

»Das ist es. Du wirst einen Teil davon für die Umstellung benötigen. Und ich habe auch schon die ein oder andere Idee, wie du den Rest sinnvoll investieren kannst.«

Der Blick seines Vaters verfinsterte sich. »Investieren? Wir drehen schon jetzt jeden Dollar zweimal um.«

Ethan hob beschwichtigend die Hand. »Lass mich ausreden.« Er holte tief Luft und setzte erneut an. »Ich habe hier ein paar ausgefüllte Anträge. Du hast einen Anspruch auf diese Förderungen und solltest sie unbedingt beantragen. Eventuell kommt sogar ein neues Solardach fürs Haus in Frage. Damit würdest du nicht nur die Stromkosten senken, sondern auch gleich das Dach kostengünstig erneuert bekommen.«

Harry kratzte sich am Kopf, doch er sagte nichts.

»Da ist noch etwas.« Was jetzt kam, war Ethan unangenehm. »Die Löhne für meine Brüder sind ziemlich niedrig, selbst in Anbetracht der freien Kost und Logis auf der Farm. Wenn wir noch an ein paar anderen Stellen Geld einsparen, dann kannst du allen eine Lohnerhöhung geben.« Angespannt hielt er die Luft an. Er hatte sich mit diesem Vorschlag weit vorgewagt. Harry ließ sich nicht gerne in seine Angelegenheiten hineinreden.

»Du hast recht. Mir ist schon länger klar, dass sie mehr Lohn bekommen sollten, doch ich wusste nicht, woher ich das Geld nehmen sollte.«

Ethan klappte den Ordner zu. Hatte er es tatsächlich geschafft? Er hatte mit mehr Widerstand gerechnet. Doch vermutlich war Harry die prekäre Situation der Farm nur allzu bewusst, und es hatte sicher geholfen, dass Ethan ihm einige Tage Zeit gelassen hatte, um in Ruhe über seinen Vorschlag nachzudenken. Nur mit Mühe unterdrückte er einen Jubelschrei. »Als Erstes schicken wir endlich die Steuererklärung los, damit etwas Geld reinkommt.«

Harry stand auf und machte ein paar Schritte auf den Schreibtisch zu. »Solche Dinge hast du also auf der Uni gelernt.«

»So in etwa.« Ethan fuhr sich erleichtert durch die Haare. Wenigstens etwas lief glatt.

»Das hast du gut gemacht.« Anerkennend nickte sein Vater ihm zu.

Wann hatte er diese Worte zuletzt von ihm gehört? Ethan wusste nicht einmal, ob Harry ihn je gelobt hatte. Es kam einem Wunder gleich. »Ich wollte dir noch etwas anderes sagen.« Er schloss kurz die Augen, um Mut zu fassen. »Es tut mir leid, dass ich so lange nicht hier war. Ich dachte, du wärst sauer auf mich, weil ich es vorgezogen habe, in Sydney BWL zu studieren, statt auf der Farm zu bleiben. Weil ich nicht so war – so bin –, wie du es dir erhofft hast.«

»Du bist ein Bennett und immer in diesem Haus willkommen. Vielleicht hätte ich dir das bei deinem Auszug deutlicher sagen sollen. Aber du kennst mich ja. Ich verliere nicht viele Worte.«

Überrascht sah er seinen Vater an. Wurde der Mann im Alter etwa weich? Harry konnte nicht ahnen, wie gut ihm das in diesem Moment tat. Wenn er es doch nur schon früher ausgesprochen hätte. »Morgen werde ich wieder fahren. Ich muss dringend zurück ins Büro.« Er brachte es auch jetzt nicht über sich, den wirklichen Grund seines Besuchs auszusprechen. Zu groß war die Angst, sein Versagen vorgehalten zu bekommen. Zu hören, dass das Studium und seine Arbeit Unfug waren und er sich falsch entschieden hatte. Dass er hätte auf der Farm bleiben und mit seinen Brüdern arbeiten sollen, so wie es eigentlich seine Bestimmung gewesen war.

»Kommst du uns wieder besuchen?«, fragte Harry nach.

»Das werde ich.«

Zufrieden nickte sein Vater und ging aus dem Raum.

Erleichtert verließ auch Ethan das Büro und betrat die Küche, wo er auf Liz traf. Sie stand in der Mitte des Raumes und schien nachzudenken.

»Stimmt was nicht?«, fragte er.

Sie schreckte auf und sah ihn an. »Ich muss dringend Lebensmittel einkaufen und hatte gehofft, dein Vater könnte auf Ollie und Fred aufpassen, doch er meinte eben, er müsste dringend einen anderen Farmer treffen und dann noch zum Futterhändler. Ich könnte Ollie mitnehmen, aber mit ihm einzukaufen ist ein Albtraum, und Fred hätte, bis ich zurück bin, vermutlich alle Stuhlbeine angekaut. Den ganzen Tag muss ich ihn schon wegscheuchen.«

»Ich habe gerade nichts zu tun, du kannst die beiden bei mir lassen.«

Unsicher überlegte sie einen Moment. »Geht das wirklich?«

»Natürlich. Wir werden etwas mit den Schwertern kämpfen und mit dem Welpen spielen. Das klappt schon.«

Erleichtert suchte sie ihre Einkaufstaschen zusammen. »Danke, Ethan.« Flüchtig sah sie ihn an, dann ging sie hinaus.

Ethan bückte sich und nahm den Hund hoch. Augenblicklich leckte er ihm über die Wange und biss sich dann an seiner Hand fest. Ollie saß derweil am Tisch und malte ein Bild. »Also, was sollen wir jetzt machen?«

Ollie zuckte mit den Schultern.

Ethan fuhr mit den Fingern durch die langen Strähnen auf seinem Kopf. »Warum lässt du deine Mum eigentlich nicht deine Haare schneiden?«

»Weil sie es falsch macht.« Trotzig sah der Kleine ihn an.

»Und was genau macht sie falsch?«

»Es sieht nicht gut aus. Ich mag es nicht, wie sie meine Haare schneidet.«

Ethan nickte und streichelte den Welpen. »Das ist ein guter Grund. Und wie sollten deine Haare denn aussehen?«

»So wie deine.« Ollie strahlte ihn an. »Das ist cool.«

»Das ist ein Undercut, aber ich glaube, das macht man bei Kindern nicht.«

»Und warum?«

Ethan überlegte. »Ich weiß es nicht, aber ich glaube, ich habe noch keinen Jungen mit so einer Frisur gesehen.«

»Schneidest du mir die Haare?«

»Ich?« Überrascht beugte Ethan sich zu ihm runter. »Würdest du mich das denn machen lassen?«

Ollie nickte und malte weiter.

»Dann gehe ich schnell hoch ins Bad. Dort habe ich den Haartrimmer von deinen Onkeln gesehen und eine Schere.«

»Die nimmt Mum auch immer. Aber dann macht sie es doch falsch«, erklärte er.

Lachend richtete Ethan sich auf. Der Kleine war wirklich etwas Besonderes. Sonst hatte er kaum Kontakt mit Kindern, aber Ollie wuchs ihm mit jedem Tag mehr ans Herz. Wenn er es schaffte, ihm die Haare zu schneiden, würde Liz sich vielleicht freuen. Insgeheim hoffte er darauf, das könnte sie milde stimmen, damit sie vielleicht endlich miteinander reden und ausräumen könnten, was unausgesprochen zwischen ihnen stand. Nur ob sie von einem Undercut begeistert wäre, wusste er nicht. Aber er würde es bald herausfinden.

»Schau nach vorne und nicht wieder bewegen.« Konzentriert setzte Ethan den elektrischen Haarschneider erneut an. Ollie saß, entspannt mit den Beinen baumelnd, im Vorgarten auf einem Stuhl in der Nachmittagssonne. Das Kabel reichte gerade so bis nach hier draußen. Immerhin würde die Küche auf diese Weise nachher nicht mit Haaren übersät sein. Allerdings bewegte Ollie immer wieder den Kopf, und der kleine Fred zerrte von hinten an Ethans Hosenbein. *Verbock das ja nicht, sonst bringt Liz dich um.* Vorsichtig fuhr er mit dem Gerät an den Seiten von Ollies Kopf entlang. Wie hatten es Quentin und River damals nur geschafft, die beiden Kaninchen zu rasieren? Er schmunzelte. Nie würde er vergessen, wie dämlich die Nager ausgesehen hatten. Nur an den Köpfen war noch Fell gewesen, die rosa Haut hatte an ihren Körpern in Falten gelegen, und hinten, als Krönung, ragten die kleinen puscheligen Schwänzchen hervor. Der Anblick hatte sich in sein Gedächtnis eingebrannt.

Zufrieden betrachtete Ethan die gleichmäßig gestutzten Seiten. »Ich muss nur noch die Haare oben etwas mit der Schere kürzen. Also halt bitte weiter still«, ermahnte er seinen Neffen.

»Was tust du da?« John kam mit strengem Blick durch das Gartentor.

»Nach was sieht es denn aus?« Ethan schnitt weiter die langen Haarsträhnen Stück für Stück ab.

»Ich sehe gleich so cool aus wie Ethan«, rief Ollie aufgekratzt.

John ging nicht auf seinen Neffen ein und kam näher. »Musst du dich hier in alles einmischen? Erst die Sache mit Liz, dann schnüffelst du in Harrys Büchern herum, bringst ihn auf diese verrückte Idee, auf bio umzustellen, und jetzt das.« Wütend starrte er seinen jüngeren Bruder an.

Das ging ja schnell, stellte Ethan fest. Offensichtlich hatte Harry seinen Ältesten bereits in ihre Pläne eingeweiht. Und natürlich war John nicht begeistert. »Was hast du eigentlich für ein Problem mit mir?« Ethan ließ die Schere sinken.

»Das habe ich dir eben gesagt.«

»Das meine ich nicht. Du warst schon sauer auf mich, als ich angekommen bin.«

Er konnte sehen, wie John die Luft anhielt. Er hatte lange nicht mehr erlebt, wie sein Bruder explodierte, aber jetzt schien er kurz davorzustehen.

John funkelte ihn an, dann sah er auf Ollie und stapfte wortlos an ihnen vorbei ins Haus. Nur die Anwesenheit ihres Neffen hatte verhindert, dass es zu einer heftigen Auseinandersetzung kam.

***

John knallte die Tür zu und trat gegen den Küchenschrank. Fluchend hielt er sich den Fuß. Diesen Tritt hätte eigentlich sein Bruder verdient gehabt. Dafür, dass er nach Jahren so mir nichts, dir nichts wieder hier auftauchte und alles durcheinanderbrachte. Liz durcheinanderbrachte. John hatte ihren Blick gesehen, als Ethan ihr etwas aus den Haaren zupfte. Und wie sie ihn schon in den Tagen zuvor immer wieder angesehen hatte. Es war einfach falsch. So falsch, wie es nur sein konnte. Liz war Samuels Frau gewesen – wenn er noch hier wäre, würde sie Ethan nicht einmal bemerken. Aber das war er nicht. *Verdammt.* John presste die Zähne aufeinander und ging ins Wohnzimmer. Mit angehaltenem Atem starrte er auf das Bild von ihm und Samuel – wie er als Achtjähriger seinen Bruder umarmte und sie frech in die Kamera grinsten. Samuel war nur etwas über ein Jahr nach John geboren worden. Er war nicht nur sein Bruder, sondern auch sein bester Freund gewesen, und das bis zum letzten Atemzug. Der Krebs hatte ihnen Samuel viel zu früh entrissen. Es war schnell gegangen. Nur wenige Monate nachdem die Diagnose kam, hatten sie an seinem Grab gestanden. Das war auch das letzte Mal gewesen, dass er Ethan gesehen hatte. John hatte die verzweifelte, schwangere Liz gestützt, als sie zum Abschied eine Rose auf den Sarg warf. Von da an hatte er sich um seine Schwägerin gekümmert, so wie er es Samuel versprochen hatte. Darum hatten er und Harry beschlossen, Liz auf der Farm aufzunehmen und das Kind hier gemeinsam aufzuziehen. Und John war auch der Erste gewesen, der den Kleinen nach der Geburt im Arm gehalten hatte.

Stundenlang war er mit Ollie im Haus auf und ab gelaufen, wenn dieser Bauchschmerzen hatte, damit Liz ein wenig Schlaf bekam. John war es gewesen, der Ollie im letzten

Jahr das Fahrradfahren beigebracht hatte. Und jetzt schnitt Ethan, dieser Idiot, ihm einfach die gleiche dämliche Frisur, die er selbst trug. Eine Angeberfrisur, wie man sie nur in der Stadt trug. Aber so war sein Bruder: selbstsüchtig und von sich überzeugt. Farmer zu sein war für ihn nie gut genug gewesen, nein, er musste natürlich bei der ersten Gelegenheit Silverwood verlassen, um in der Stadt zu studieren. Anfangs war Ethan noch ab und an nach Hause gekommen. Doch nach dem Studium hatte er einen Job bei dieser großen Firma bekommen, und die Besuche waren weniger geworden. Nach Samuels Beerdigung hatten sie schließlich ganz aufgehört. Und dann war da noch die Sache mit dem Anruf. Er hätte es Ethan eben ins Gesicht schleudern sollen, wie verflucht enttäuscht er von ihm war. Ihn fragen, wie er das nur hatte tun können. Allerdings war der Kleine anwesend gewesen.

Warum war Ethan ausgerechnet jetzt zurückgekommen? Wütend ballte John die Fäuste, als er erneut auf das Bild sah. Sich an die Witwe seines Bruders ranzumachen – das war selbst für Ethan ein starkes Stück. Und John war ganz sicher, dass es tatsächlich so war. Wenn Samuel hier wäre, hätte er Ethan das Grinsen aus dem Gesicht geprügelt. John war kurz davor gewesen, ihn am Kragen zu packen und gegen die Hauswand zu schleudern, doch dann hatte er Ollies weit aufgerissene Augen bemerkt. Schon eben, als sein Vater ihm erzählt hatte, dass Ethan mit dieser bescheuerten Idee zur Umstellung der Rinderaufzucht angekommen war, hätte er diesen Wichtigtuer am liebsten direkt aus dem Haus geworfen. Und dann hatte Harry sich tatsächlich, ohne es zuvor mit John abzusprechen, dafür entschieden. Nach all den Jahren der Abwesenheit hatte Ethan kein Recht dazu, in die Unterlagen zu sehen, in die selbst John fast nie Einblick nehmen durfte. Aber Ethan, der Schlaumeier, musste sich natürlich einmischen. Und jetzt sollte John Biofutter füttern und Bodenproben nehmen lassen. Silverwood würde zum Gespött von Firefly Creek werden.

Er hörte ein Auto vorfahren. *Liz.* Sie würde Ethan gleich den Kopf abreißen, wenn sie sah, welche Frisur er ihrem Sohn verpasst hatte. Das wollte er sich auf keinen Fall entgehen lassen. Schnell ging er in die Küche zurück und sah verstohlen zum Fenster hinaus, das halb offen stand.

Mit schweren Tüten beladen lief Liz am Haus entlang, um dann überrascht stehen zu bleiben. »Was macht ihr denn da?«, hörte er sie fragen.

»Du kommst gerade richtig, ich bin eben fertig geworden.«

»Ethan hat mir die Haare geschnitten!« Übermütig sprang Ollie auf und fuhr sich mit der Hand über den Kopf.

»Das sehe ich.«

»Sehe ich jetzt aus wie Ethan?« Der Kleine rannte auf seine Mutter zu und schmiegte sich an ihr Bein.

»Allerdings.« John konnte erkennen, wie sie Ethan einen seltsamen Blick zuwarf.

»Ich hoffe, das war in Ordnung. Aber Ollie wollte es so gerne, und ich dachte, ich nutze besser die Gelegenheit, seine Haare zu schneiden«, versuchte sich sein Bruder zu rechtfertigen.

»Das ist sogar hervorragend. Eine Sache weniger, um die ich mich kümmern muss.« Sie beugte sich zu ihrem Sohn hinunter, um dessen Frisur zu betrachten. »Gut siehst du aus. Schon fast erwachsen.«

Wie bitte? Sie fand, dass dieser furchtbare Schnitt gut aussah? Und der Blick, den sie Ethan zugeworfen hatte. So sah sie John und die anderen Brüder nie an. Sie konnte doch nicht wirklich Interesse an diesem Wichtigtuer haben? Hatte John ihr nicht vor Tagen deutlich gesagt, was für ein Typ Ethan war? Er konnte schon verstehen, dass sie deshalb wütend auf ihn war und ihn seitdem ignorierte. Hoffentlich würde sie bald zur Besinnung kommen und erkennen, dass John nur ihr Bestes im Sinn hatte. Wutentbrannt biss er die Zähne zusammen und ging zur Vordertür hinaus. Er hatte keine Lust, Liz zu begegnen, und Ethan würde er auch besser aus dem Weg gehen, bevor er sich noch vergaß.

Der Anblick der Rinderrücken, die in der untergehenden Sonne glänzten, beruhigte ihn etwas. Ebenso wie Busters Schnauben, der genüsslich graste. Von weitem war Hufgetrappel zu hören. John legte die Hand über die Augen und sah sich um. Als er Erins Schimmel erkannte, schlich sich ein Lächeln auf seine Lippen.

»Dachte ich mir doch, dass ich dich hier finde.« Erins Stute kam neben Buster zum Stehen, und sein Pferd linste sie nervös aus den Augenwinkeln an, während er unruhig er hin und her tänzelte.

»Ist sie rossig?« Prüfend sah John auf die Araberstute seiner Nachbarin.

»Es müsste bald so weit sein, vielleicht riecht er es schon«, überlegte sie.

»Und du willst ihm wirklich keine Chance geben?«, hakte er nach, wie bereits so oft. Die Araberstuten, die Erin mit solcher Hingabe züchtete, waren stets eine Augenweide. Ihre Anmut kombiniert mit Busters Stärke würden sicher ein hervorragendes Fohlen hervorbringen.

»Sosehr du dieses verrückte Pferd auch liebst, es hat keine gute Abstammung und wird keiner meiner Zuchtstuten zu nahe kommen«, sagte Erin bestimmt und lenkte den Schimmel ein wenig von ihm weg.

»Dann eben nicht, mein Junge, wir finden ein anderes Mädel für dich.« Beruhigend tätschelte er Busters kräftigen Hals.

»Was machst du noch hier draußen? Bei euch zu Hause konnte mir keiner sagen, wo du steckst.«

»Ich wollte den Kopf freikriegen.« Er wandte sich ab.

»Was ist dir denn über die Leber gelaufen?«

»Ethan«, presste er zwischen den Zähnen hervor.

»Das alte Thema also. Offensichtlich hat sich nichts zwischen euch geändert.« Sie grinste ihn herausfordernd an. »Wie wär's mit einem Rennen zur Ablenkung?«

»Du hast mich doch noch nie geschlagen.« Er zwinkerte ihr zu.

»Auf Molly habe ich es noch nicht versucht.«

»Ein Pferd, das Molly heißt, kann diesen edlen Hengst sicher nicht einholen.« Lachend zupfte er am Zügel, und augenblicklich brummelte Buster erwartungsvoll.

»Bis zum Ende der Weide?« Eigentlich war ihm eher danach, bis ans Ende der Welt zu reiten. Hauptsache weit weg von hier.

Erin nickte und lehnte sich im Sattel vor. Beide Pferde galoppierten aus dem Stand los und jagten über das kurze Gras. Eine Zeitlang blieb sie gleichauf, dann reckte Buster schnaubend den Kopf vor und beschleunigte. Dieses Tier liebte es einfach zu rennen. John ließ die Zügel locker und schloss die Augen. Reiten war für ihn wie Fliegen: als wäre man vom Boden losgelöst und schwebte über den Problemen. Am Geräusch der Hufschläge erkannte John, dass Erin wie üblich zurücklag. Kurz bevor sie den Zaun erreichten, öffnete er die Augen wieder, brachte Buster zum Stehen und wartete, bis Erin sie erreicht hatte.

»Du hattest recht. Mal wieder. Trotzdem darf Buster nicht ran.«

»Heißt das, ich hätte darum wetten können, dass er sie decken darf?«

»Ich bin doch nicht verrückt.«

»Weshalb hast du mich eigentlich gesucht?«

»Ach«, Erin sah ihn missmutig an, »ich brauche schon wieder deine Hilfe.«

John wusste, wie ungern sie darum bat. Darum würde er sie niemals abweisen und sie immer unterstützen, wenn er es einrichten konnte. Es beeindruckte ihn, wie seine Nachbarin die Farm beinahe alleine führte. »Sag bitte nicht, dass es noch mehr Pfähle gibt, die eingeschlagen werden müssen.« Nach dem letzten Mal hatten ihn tagelang Rückenschmerzen geplagt, doch das war es wert gewesen, Ethan zu schlagen.

Lachend rückte sie ihren Hut zurecht, unter dem ihre dunklen Locken hervorlugten. Als Kind hatte John sie immer geneckt, indem er ihre Locken langzog und sie wieder nach oben schnellen ließ. Fast war ihm danach, sich zu ihr zu beugen und zu sehen, ob das noch immer funktionierte. »Ich muss morgen einige Rinder auf eine neue Weidefläche treiben, die alte wurde schneller abgegrast, als ich erwartet hätte, und vorhin hat meine Aushilfe abgesagt«, erklärte sie.

»Wann legen wir los?«

»Sobald es dir passt.« Schnalzend wendete sie ihre Stute

und trabte an. Als sie einige Meter entfernt war, drehte sie sich noch mal zu ihm um. »Danke, Johnny!«

John tippte an seinen Hut und sah ihr nach. Die Stute war hinreißend und ihr Gang federnd und leicht. Irgendwann würde er Erin schon noch dazu bringen, Buster als Deckhengst zu akzeptieren.

***

Harry drückte das Ende seiner Zigarre in den Aschenbecher und stieg aus seinem Wagen. Während er die große Halle des Futterhändlers betrat, zog er den Zettel mit seiner Bestellung aus der hinteren Hosentasche. Mit einem Nicken begrüßte er Phil, der hinter dem Tresen stand, und schob ihm seine Notizen hin.

Mit zusammengekniffenen Augen las sein alter Schulkamerad die Zeilen, wofür er auffallend lange brauchte.

»Du solltest dir endlich eine Brille zulegen«, sagte Harry.

»Das liegt nur an deiner furchtbaren Handschrift«, gab Phil brummend zurück. »Dein Bart ist inzwischen auch schon ziemlich grau«, fügte er hinzu und grinste Harry an.

»Wir werden nicht jünger, mein Freund.« Wie üblich hatten sie ihren Spaß bei dem gegenseitigen Schlagabtausch.

»Das ist Biofutter.« Fragend sah Phil ihn an.

Harry kratzte sich am Hinterkopf. »Du weißt, wie niedrig die Preise für Rinder momentan sind. Wir dachten, wir probieren es mal mit Biohaltung.«

»Harry Bennett, du kannst mich tatsächlich noch überraschen. So etwas Modernes hätte ich dir nicht zugetraut.« Amüsiert schlug Phil sich auf den Oberschenkel. »Das Futter muss ich bestellen, das wurde bei mir noch nie angefragt.«

»Und daran sehen wir, dass es eine verflucht gute Idee sein könnte«, brummte Harry.

»Dann bin ich ja gespannt, ob sich der Aufwand lohnen wird. Sobald das Futter da ist, melde ich mich bei dir.«

»Alles klar«, murmelte Harry und trat an einen Ständer neben dem Tresen. Farmhüte in allen Größen und aus verschiedenen Materialien hingen fein säuberlich aufgereiht daran. Ächzend bückte er sich und griff nach einem winzigen Hut, der an einem der unteren Haken hing. Lächelnd betrachtete er ihn. Es musste fast fünfzehn Jahre her sein, dass er die letzten in Kindergröße für die Zwillinge gekauft hatte. Prüfend drehte er den Hut in den Händen. War Ollies Kopf schon groß genug dafür?

»Man kann über die Bennetts sagen, was man will, aber ihr Mistkerle sterbt einfach nicht aus«, hörte er eine vertraute Stimme hinter sich. Schlagartig verblasste sein Lächeln.

»Bei den Smiths stehen die Chancen dafür besser, wie ich annehme«, entgegnete er schroff, während er sich umdrehte und in das glühende Gesicht seines Erzfeindes sah, das in ungesundem Rot glänzte. Richard Smith und ihn verband seit Jahrzehnten ein flammender Hass, der erst enden würde, wenn einer von ihnen starb.

»Emily ist verheiratet, allzu lange kann es nicht mehr dauern, bis High Valley einen Erben bekommt«, stieß Richard hervor, und seine stechenden grauen Augen funkelten wütend.

Harry verschränkte die Arme vor der Brust und legte nach: »Deine Tochter ist jetzt schon seit drei Jahren unter der Haube, in ihrem Alter sollte sie sich besser nicht zu viel Zeit lassen.«

Richards Gesicht färbte sich dunkelrot, und auf seiner Halbglatze bildeten sich Schweißperlen. »Wenigstens kann ich meine Farm bewirtschaften, ohne dafür meine Söhne einzuspannen. Ohne deine Jungs wärst du längst am Ende, das ist kein Geheimnis.«

Harry presste die Lippen zusammen. Dass sein Widersacher es inzwischen zum erfolgreichsten Großfarmer der Region gebracht hatte, war ihm ein Dorn im Auge. Doch statt Geld zu scheffeln, zog Harry ein Haus voller Menschen, die er liebte, vor.

Er hielt den Hut hoch und sah zu Phil. »Setz den auf meine Rechnung!«

Ohne Richard eines weiteren Blickes zu würdigen, stapfte Harry auf die Tür zu. Wann immer es möglich war, ging er diesem Mann aus dem Weg, der ihn jedes Mal zur Weißglut trieb.

»Hab gehört, Ethan ist wieder aufgetaucht«, rief Smith ihm nach.

Harry blieb stehen und spannte die Schultern an.

»Dachte eigentlich, wenigstens einer von euch hätte begriffen, dass Silverwood ein sinkendes Schiff ist. Und jetzt willst du auch noch einen auf bio machen?« Richards Lachen dröhnte durch die Halle.

Er hatte Phil und ihn also belauscht. Spätestens morgen würde Silverwood einmal mehr das Gesprächsthema des Ortes sein. Doch daran war Harry gewöhnt. »Jedem meiner Söhne steht es frei, sein Leben selbst zu wählen. Aber sie ziehen es vor, die Familientradition aufrechtzuerhalten.« Er drehte sich um und schlurfte auf Richard zu. »Aber Tradition und Ehre sind Dinge, die dir fremd sind, nicht wahr, Richard?« Seine Augen fixierten den Mistkerl, und er musste sich zusammenreißen, um nicht in alte Muster zu verfallen und seine Fäuste sprechen zu lassen. Doch aus diesem Alter war er raus, ein für alle Mal. Wobei er für Richard nur zu gerne eine Ausnahme gemacht hätte.

»Männer, es reicht. Ihr benehmt euch wie kleine Mädchen, die sich nicht leiden können.« Energisch schlug Phil auf den Tresen und sah von einem zum anderen. »Jedes Mal der gleiche Scheiß, wenn ihr euch hier begegnet. Macht so weiter, und jeder von euch bekommt einen Tag zugewiesen, an dem er herkommen darf, damit ihr euch nicht über den Weg lauft.«

»Pluster dich nicht so auf, Phil, das Geld, das ich hier ausgebe, bringt deinen Sohn durchs College.« Finster blickte Richard den Verkäufer an.

Phil lachte grimmig auf. »Und ich bin hier der einzige Futterhändler, das nennt man wohl eine Pattsituation.«

Richard steckte seine Hände in die Hosentaschen und eilte zur Tür. »Ich schicke dir morgen meinen Vorarbeiter vorbei, um alles abzuholen. Und verzähl dich nicht wieder bei den Säcken«, rief er Phil zu, bevor die Tür krachend ins Schloss fiel.

»Wann wird das endlich aufhören, Harry?« Tadelnd schüttelte der Futterhändler sein angegrautes Haupt.

»Wenn die Hölle zufriert. Keinen Tag eher.«

»Sagst du mir jetzt endlich, was das mit euch auf sich hat? Die ganze Stadt weiß von eurer Fehde, aber keiner hat eine Ahnung, warum ihr euch nicht leiden könnt.«

»Nicht leiden können?« Harry lachte finster auf. »Das ist eine ziemlich diplomatische Umschreibung für unseren brennenden Hass.«

»Du bist ein harter Brocken, mein Freund.«

»Und ich habe mein Leben lang hart daran gearbeitet.« Harry nickte ihm zu und ging gemächlich auf die Tür zu. Richard konnte ihn nicht mehr verletzen, egal, was er sagte.

Dann musste er wieder schmunzeln. Ollie würde den neuen Hut lieben, da war er sich sicher. Einmal zumindest noch konnte er einen in Kindergröße kaufen.

Kapitel 7

Hat deine Mutter dir diesen Schnitt verpasst?« Harry begutachtete seinen Enkel, der neben der Scheune auf dem staubigen Boden saß und an einem Stock schnitzte.

»Das war Ethan.«

»Das habe ich mir fast gedacht.« Harry kniete sich neben ihn. »Und du hast wieder das Gemüsemesser deiner Mum stibitzt.«

Ollie nickte verschmitzt.

»Du solltest es zurücklegen, ehe sie es bemerkt.«

»Sie merkt es doch nie«, erklärte der Kleine.

»Und was schnitzt du da?«

»Ein Schwert.«

»Hast du nicht schon genug davon?«

»Man kann nie genug Schwerter haben.«

Harry richtete sich wieder auf. »Da hast du wohl recht.« Der Junge war verrückt nach Schwertern und verteilte sie im ganzen Haus. »Ich habe hier was für dich.« Hinter seinem Rücken zog er den Hut hervor und setzte ihn seinem Enkel auf.

Mit strahlenden Augen sah Ollie zu ihm auf. »Der sieht genauso aus wie deiner! Jetzt bin ich auch ein Farmer.«

»Ja, das bist du, mein Junge«, sagte Harry stolz. Sein Enkel war gut geraten. Das hier war es, worauf es im Leben ankam, Momente wie dieser. Zwar stellte sein Enkel genauso viel Mist an wie seine Söhne früher, aber das musste wohl einfach so sein. Wie schade, dass Samuel seinen Sohn nicht sehen konnte, wie er mit konzentriertem Blick vorsichtig die Rinde ablöste. Mit seinen vier Jahren war er eigentlich noch zu jung für ein so scharfes Messer, was Harry ihn an seinen zweitältesten Sohn erinnerte. Auch Samuel hatte sich in diesem Alter bei jeder Gelegenheit ein Messer gesucht. »Deine Mum hat mich geschickt, das Abendessen ist fertig. Es gibt Brathähnchen, also lass uns schnell ins Haus gehen.«

»Mum wird staunen, dass ich jetzt auch einen Hut habe!«

»Ganz bestimmt.«

Ollie stand auf und streckte seine Hand aus. Lächelnd griff Harry danach und passte sich den kurzen Schritten an.

Prüfend sah Harry in die Runde, die sich wie jeden Abend um den Tisch versammelt hatte. Es war stiller als sonst, selbst ihm fiel das auf. Und einer fehlte.

»Wo ist John?«

»Buster war vorhin beim Füttern nicht im Stall, ich nehme an, er ist ausgeritten.« Jim blickte kurz auf, dann aß er weiter.

Um diese Zeit? Das war ungewöhnlich. John wusste doch, wie Liz es hasste, wenn sie das Essen aufwärmen musste.

»Weißt du, was los ist?« Fragend sah er Ethan an. Dass zwischen den beiden etwas nicht stimmte, war nicht zu übersehen gewesen. Zwar war es nicht ungewöhnlich, dass sie sich in die Haare bekamen, doch dieses Mal schien der Zwist tiefer zu gehen als sonst.

Ethan zuckte nur mit den Schultern.

»Und du?«, wandte er sich an seine Schwiegertochter.

Liz blickte von ihrem Teller auf. »Keine Ahnung.« Hastig sah sie wieder weg.

Irgendetwas ging hier vor, das war nicht zu übersehen. Harry runzelte die Stirn und betrachtete seine Söhne. Nur Quentin und River unterhielten sich und lachten ausgelassen, während Jim in der Zeitung las und Ethan und Liz sich zu meiden schienen. Nachdenklich fuhr er mit der Hand über das abgenutzte Holz des großen alten Tisches. Hier hatte er seine Jungs aufgezogen. Hier hatten sie als Babys ihren Brei gegessen und nacheinander ihr erstes Bier mit ihm getrunken. Zumindest hatte er jedes Mal angenommen, dass es ihr erstes gewesen war. Doch so hurtig, wie der ein oder andere die Dose geleert hatte, waren ihm Zweifel daran gekommen. Er dachte daran, was sie in all den Jahren in diesem Raum erlebt hatten. Obwohl es Jahrzehnte her war, sah er seine Frau vor sich, wie sie ehrfürchtig den nagelneuen Tisch bewunderte, den er ihr damals zur Hochzeit geschenkt hatte. Hier hatte Charlotte für ihn und die Söhne gekocht. John war schon knapp zehn Monate nach der Hochzeit auf die Welt gekommen, Samuel nur ein Jahr später. Dann kam Jim und schließlich Ethan.

Seufzend wanderte sein Blick zu ihm. Trotz des schlichten Shirts wirkte er auch jetzt wie einer aus der Stadt. Dieser Sohn hatte ein anderes Leben für sich gewählt, was Harry anfangs nicht hatte verstehen können. Nein, er hatte es lange Zeit nicht verstanden. Doch Ethan war schon immer etwas speziell gewesen. Im Gegensatz zu seinen draufgängerischen Brüdern war er stets mit Bedacht vorgegangen und hatte weniger Unfug angestellt. Und er sah als Einziger ihrer Mutter ähnlich. *Wenn du ihn sehen könntest, Charlotte.* Ethan war seiner Mutter wie aus dem Gesicht geschnitten.

Schon bei seiner Geburt hatte er blaue Augen und blonden Flaum auf dem Kopf gehabt. *Deine Augen.* Schmerzlich dachte er an jenen Tag zurück, an dem er seine Frau verloren hatte. Dem Tag, an dem Ethan das Licht der Welt erblickte. Zu schnell war die Sturzgeburt verlaufen, es blieb keine Zeit, sie ins Krankenhaus zu fahren. Dann setzte die Blutung durch die vorzeitig abgelöste Plazenta ein. Die Sanitäter hatten zwar das Kind gerettet, aber für seine Frau kam jede Hilfe zu spät. Nie würde Harry vergessen, wie die Sanitäterin nur den Kopf schüttelte.

Und da stand er nun, allein mit vier kleinen Jungen, einer davon ein Neugeborenes. In seiner Not hatte er nach einem Kindermädchen gesucht. Maggie hatte sich einige Wochen nach Ethans Geburt bei ihm vorgestellt, und er hatte die fröhliche junge Frau direkt engagiert. Sie hatte sich um die Kinder und das Haus gekümmert und nach und nach mit ihrer ungewöhnlichen Art auch Harry wieder aufgerichtet, der nach Charlottes Tod jeden Lebensmut verloren hatte. Und dann, etwa drei Jahre nach ihrem Einzug, waren Maggie und er sich langsam nähergekommen. Plötzlich war da eine weitere Liebe in seinem Leben gewesen – nicht so tief wie die zu Charlotte, aber dennoch war es ihm ernst. Aber Maggie war ein Freigeist gewesen, und sie stellte fest, dass das Landleben ihr auf Dauer nicht lag. Doch als ihr das klar wurde, war es zu spät, die Zwillinge waren schon unterwegs. Sie hatte noch über zwei Jahre auf der Farm durchgehalten, während deren sie immer blasser und unglücklicher wurde. Die beiden Wildfänge aufzuziehen und auch noch die vier älteren Geschwister im Zaum zu halten hatte sie am Ende überfordert und ihre Lebensfreude nach und nach aufgezehrt. Eines Tages war sie mitten in der Nacht auf und davon. Sie hinterließ einen Zettel mit einer Entschuldigung auf diesem Küchentisch. Das hatte Harry hart getroffen. Und er hatte sich lange Zeit die Schuld an ihrem Verschwinden gegeben. Letztendlich hatte er dann eingesehen, dass sie einfach nicht füreinander bestimmt gewesen waren. In Wahrheit hatten sie wohl nie zueinandergepasst. Er hörte nie wieder etwas von ihr. Quentin und River stellten nur selten Fragen zu ihrer Mutter, und er vermutete, dass sie das Thema untereinander ausmachten. John und Samuel hingegen waren alt genug gewesen, um die Vorgänge im Haus zu verstehen. Sein Ältester schien damals eine auffallend enge Verbindung zu der fröhlichen Frau zu haben. Maggie hatte ihm einen Teil der Last abgenommen, die er als Erstgeborener auf den Schultern trug, seit seine Mutter verstorben war. Nachdem Maggie weg war, packte John bei allem mit an, wo seine Hilfe benötigt wurde. Der Tag, an dem der Zettel auf dem Tisch gelegen hatte, hatte das Ende von Johns Kindheit eingeläutet. Von da an wurde er seinem Vater immer ähnlicher. Im Guten wie im Schlechten. Seufzend nahm Harry einen Schluck Wasser.

Danach war Fiona in ihr Haus gekommen und hatte die Kinder hingebungsvoll aufgezogen. Diese Jahre zählten zu den glücklichsten seines Lebens. Und als sei es ein schlechter Witz des Schicksals, hatte er sich ebenfalls in Fiona verliebt, auch wenn er es nicht wahrhaben wollte. Doch dieses Mal hatte Harry nicht den Fehler begangen, seine Gefühle zu zeigen. Er wollte nicht noch einmal riskieren, dass seine Söhne eine Mutterfigur verloren, weil seine Liebesbeziehung vielleicht am Ende scheiterte. Und was hatten seine Jungs Fiona vergöttert! Doch der Fluch seines Lebens war noch nicht mit ihm durch. Fiona geriet in Schwierigkeiten und glaubte, keine andere Wahl zu haben, als die Gegend zu verlassen. Als er ihr endlich seine Liebe gestand, war es bereits zu spät. Er hatte zu lange gewartet. Der Anblick der Tränen in ihren Augen, als sie sich von den Jungen verabschiedete, war für ihn nur schwer zu ertragen gewesen. Sie versprach den Kindern, sie würde immer an sie denken, und er war sich sicher, dass auch seine Söhne sie nie vergessen hatten. So wie er. Fiona war seine letzte Liebe gewesen. Bis heute hatte er ihren Verlust nicht verwunden. Drei Frauen in fünfundsechzig Jahren Lebenszeit.

Danach hatte er es irgendwie alleine geschafft, die Rasselbande aufzuziehen. Die Zwillinge gingen in den Kindergarten, und John und Samuel waren inzwischen alt genug, um nachmittags ein Auge auf sie und Ethan zu haben, während sie nach der Schule bei der Farmarbeit halfen. Trotz allem war es Harry gelungen, die Familie zusammenzuhalten und die Farm am Laufen zu halten. Und jetzt konnte er mit Stolz auf seine Söhne und seinen Enkel blicken. Und auf Liz. Es war angenehm, mit ihr wieder eine Frau im Haus zu haben. Harry schätzte ihren mäßigenden Einfluss auf seine Jungs. Seit sie hier lebte, gab es weniger handfeste Auseinandersetzungen. Doch Liz war nicht aus freien Stücken in ihr Haus gezogen, sondern aus einer Notlage heraus. Zu gerne hätte er gewusst, was sie wirklich über ihr Leben auf der Farm dachte. Es musste hart sein, mit Ende zwanzig Witwe zu sein. Seufzend rieb er sich über den Schnauzer. Auch wenn er gerne die ganze Familie um sich hatte, wurde es ihm an manchen Tagen zu viel, so wie heute. Aber seine Söhne waren alt genug, um ihre Konflikte selbst zu klären. Zumindest hoffte er es.

***

Sanft zog Liz die Decke ein wenig höher und steckte sie so, wie Ollie es mochte, um seinen kleinen Körper fest. Zufrieden kuschelte er sich ins Kopfkissen und sah sie müde an. Liz legte das Buch zur Seite und lächelte ihrem Sohn zu. Wie anders er mit dem neuen Haarschnitt aussah. Das Gesicht von Samuel und die Haare von Ethan. So merkwürdig die Mischung war, so hinreißend sah sie an Ollie aus. Und genau das beunruhigte sie. Obwohl sie sich von Ethan fernhielt, ihm keine Beachtung schenkte und kaum mit ihm sprach, sehnte sie sich beinahe nach seiner Nähe. Warum nur ging er ihr nicht aus dem Kopf?

Ethan war anders als der Rest der Familie. Nicht so rau, nicht so laut und nicht so launisch wie manche von ihnen. Nicht so wie John und Harry. Es wunderte sie nicht, dass er hier nicht zurechtgekommen war. Dies war ganz offensichtlich nicht der richtige Platz für ihn. Gerade dass er so anders war, fand sie vermutlich auch so anziehend. Und das, obwohl ihr Samuel das genaue Gegenteil von Ethan gewesen war: ein leidenschaftlicher Rinderzüchter, rau wie John, gleichzeitig bedacht wie Jim und unterhaltsam wie die Zwillinge. Sie waren zusammen glücklich gewesen. Und doch waren die Wunden über die Jahre nach und nach verheilt. Sie trauerte nicht mehr so wie früher, auch wenn sie ihn natürlich weiterhin vermisste. Aber irgendwann hatte sie sich mit ihrer neuen Normalität ausgesöhnt. Hatte sich mit Silverwood und den Bennetts arrangiert und zog ihren Sohn auf. Und dann war Ethan hier aufgetaucht.

Wenn Samuel noch leben würde, hätte sie Ethan nicht einmal angesehen. Zumindest nicht auf die Art, die sie sich zu verkneifen bemühte. Die letzten Tage, in denen sie wie auf rohen Eiern durch das Haus geschlichen war, um ihm möglichst aus dem Weg zu gehen, hatten ihr eines vor Augen geführt: Ihre Gefühle für Ethan waren nicht die einer Schwägerin. Dafür war seine Berührung zu angenehm gewesen. Nachts wachte sie auf, dachte an seine Fingerspitzen auf ihrer Haut und schimpfte sich selbst eine dumme Nuss. Doch in Wahrheit war sie noch immer eine junge Frau, selbst wenn das Wort Witwe schrecklich alt klang. Dass sie Ethan anziehend fand, führte ihr vor Augen, dass sie mehr in ihrem Leben wollte. Mehr als Mutter zu sein, diesen schier überwältigenden Haushalt zu führen und allmählich auf Silverwood älter zu werden, ohne noch einmal die Nähe eines Mannes zu spüren.

»Bist du auch müde? Du bist so ruhig.« Gähnend sah Ollie sie an.

»Ja, das bin ich wohl.« Sie beugte sich vor und küsste ihn auf die Stirn. »Schlaf gut, mein Schatz.«

Rasch knipste sie das Licht aus und ging hinüber in ihr Zimmer. Hufgetrappel kündigte Johns Ankunft an. Eigentlich konnte er sich sein Essen selbst aufwärmen, doch vermutlich hatte sie ihn inzwischen genug für sein Verhalten bestraft. Tief in ihrem Innern wusste sie, dass er es nur gut mit ihr meinte. Und dummerweise lag er mit seiner Vermutung gar nicht so falsch. Zwar war zwischen ihr und Ethan nichts geschehen, was man wirklich als ungebührend werten konnte, aber in ihren Träumen kam sie auf Ideen, die nicht sehr unschuldig waren. Offensichtlich kannte John sie besser, als sie ahnte. Sie hatte sich immer auf ihn verlassen können. Er hatte das Essen verpasst, und wenn es selbst Harry auffiel, dass etwas nicht stimmte, sollte sie sich dringend bemühen, den Haussegen wiederherzustellen. Die angespannte Stimmung setzte ihr langsam, aber sicher zu.

Sich wegen Ethan den Kopf zu zermartern reichte aus. Liz brauchte nicht auch noch Ärger mit John. Schnell ging sie die Treppe herunter.

»Dein Essen steht auf dem Tisch«, sagte sie.

John stand vor der offenen Küchentür und klopfte sich den Staub von den Kleidern. »Das wäre nicht nötig gewesen.« Er trat ein und hängte den Hut weg. Der Geruch nach Pferd und Heu verbreitete sich im Raum.

»Ist schon in Ordnung.«

Er zog seine Stiefel aus und ließ sie auf den Boden fallen, dann setzte er sich an den Tisch und griff nach der Gabel.

Liz nahm einen Apfel vom Regal und schnitt mit dem Küchenmesser hinein. »Mist.«

»Was ist?«

»Das Messer ist schon wieder total stumpf, ich verstehe das einfach nicht. Heute Mittag war es noch wunderbar. Ich werde mir wohl ein neues kaufen müssen, so oft wie dieses hier geschliffen werden muss.«

»Du solltest lieber deinem Sohn ein Taschenmesser kaufen.« Schmunzelnd kaute John auf seinem Essen herum.

»Was meinst du damit?«

»Neben der Scheune liegen mal wieder Rindenstücke. Ollie klaut dein Messer immer wieder zum Schnitzen, hast du das etwa noch nicht bemerkt?«

Lachend griff Liz nach den Apfelstücken und setzte sich zu ihm. »Ich sage es ja immer wieder: diese verdammten Bennett-Gene.«

»Die setzen sich einfach durch. Da kannst du nichts machen.« Jetzt schien John ebenfalls etwas gelöster, beinahe lächelte er.

»Wegen dieser Sache …«, sie stockte.

»Es tut mir leid.« Zerknirscht sah John sie an. »Ich hätte nicht so grob zu dir sein dürfen. Mir ist klargeworden, dass ich wohl Gespenster sehe. Ich kenne dich, du würdest dich nie auf einen wie ihn einlassen, oder?« Sein Blick verriet, dass er sich in Wahrheit nicht sicher war.

Einen wie ihn. Wie merkwürdig, einen Bruder so über den anderen sprechen zu hören. Zum Glück wusste John nichts von ihren Träumen und dem Verlangen, das sich mit jedem Tag mehr in ihrer Brust ausbreitete. Davon durfte keiner in der Familie je erfahren. Nachdenklich drehte sie ihren Ehering.

»Er fehlt mir auch.« John sah auf Liz' Hände.

»Ich weiß.« Aufmunternd lächelte sie ihn an.

»Also verstehen wir uns wieder?« Er legte seine Hand auf ihre. Im Gegensatz zu einer Berührung von Ethan kitzelte hier nichts. Es war ebenfalls angenehm, allerdings auf eine andere Art.

»Natürlich.« John zog die Hand weg, und Liz nahm einen Apfelschnitz.

Zumindest einen Brandherd hatte sie gelöscht.

Wie jeden Abend ging Liz auf Zehenspitzen die Treppe hinauf, darum bemüht, die Stufen nicht zum Quietschen zu bringen. Warum tat sie das eigentlich noch immer? Damals, als Ollie ein Baby gewesen und bei jedem Geräusch aus dem Schlaf geschreckt war, hatte sie die Männer angebrüllt, wenn sie nicht leise genug die Treppe rauf- und runtergegangen waren. Doch inzwischen schlief Ollie problemlos durch, und nur sie veranstaltete diesen allabendlichen Affentanz auf der Treppe. Vermutlich war es einfach Gewohnheit.

Belustigt stand Ethan im Flur und grinste sie an. »Was treibst du da?«

Kopfschüttelnd machte sie den letzten Schritt und blieb vor ihm stehen. »Die Stufen quietschen.«

»Ich weiß, so ähnlich haben wir das früher auch gemacht, wenn wir uns abends raus- und reingeschlichen haben und Harry im Büro nichts davon mitkriegen sollte. Runter ging es einfacher, da sind wir einfach das Geländer entlanggerutscht. Solltest du auch mal probieren.«

»Das werde ich mir merken«, gab sie zurück.

Plötzlich wurde sein Gesicht ernst. »Ich fahre morgen wieder nach Sydney.«

»Schon?«

»Ja, ich muss ins Büro, um einige Dinge zu erledigen.«

»Hast du Neuigkeiten von der Arbeit erhalten?« Sie sah ihm an, dass ihn etwas beschäftigte.

Er nickte. »Wir laufen Gefahr, von einem großen Unternehmen geschluckt zu werden. Viele von uns könnten dadurch ihren Job verlieren.«

»Ach herrje. Das tut mir leid.«

»Noch geben wir nicht auf. Wenn wir einen Investor, oder besser mehrere, auftreiben können, dann sieht es gut aus.« Er machte eine Pause und sah sie an. »Wenn das gelungen ist, würde ich gerne noch mal herkommen – um zu sehen, ob Harry die Dinge im Griff hat und die Umstellung klappt.« Er legte den Kopf schief und sah sie eindringlich an. »Also wenn es dir recht ist?«

»Das musst du nicht mich fragen, es ist nicht mein Haus«, sagte sie schnell.

»Aber du könntest dennoch etwas dagegen haben.«

»Das habe ich nicht.«

»Dann bin ich ja beruhigt.«

Ethan würde Silverwood verlassen, und sie war sich nicht sicher, ob er tatsächlich vorhatte zurückzukommen. Er würde gehen, ohne dass sie ein weiteres Mal miteinander gelacht und sich unterhalten hätten. Würde er ihr fehlen?

»Ist wirklich alles in Ordnung?« Ethan musterte sie irritiert.

»Ich bin nur müde.« Sie lächelte ihm flüchtig zu.

»Was Jim da gesagt hat«, flüsterte er und griff nach ihrer Hand, »war nicht mehr als ein blöder Spruch.«

Wie gebannt starrte sie auf seine Hand, die ihre hielt. »Du bist also nicht der *Frauenflüsterer*?«, fragte sie beinahe tonlos.

»Ich kann nicht glauben, dass er dir das wirklich gesagt hat.« Ethan ließ ihre Hand los und fuhr sich über die Stirn. »Das ist ein dämlicher Spitzname von früher, als wir Jugendliche waren. Mehr nicht.«

Erst John, dann Jim. Beide hatten etwas Ähnliches über ihn gesagt. Wie hieß es noch gleich? Wo Rauch ist, muss auch Feuer sein. Liz schluckte. »Das geht mich nichts an, Ethan.«

»Und wenn es mir wichtig ist, was du von mir denkst?«

Seufzend lehnte Liz sich gegen das Treppengeländer. Was genau dachte sie über Ethan? Ihre Gedanken waren in diesem Moment zu konfus, als dass sie das hätte beantworten können.

Ethan schüttelte den Kopf. »Ich respektiere dich, Liz. Ich mag dich sehr«, erklärte er.

»Ich weiß nicht, was ich dazu sagen soll«, flüsterte sie.

»Ich hätte es nicht sagen sollen, aber es musste raus. Ich weiß auch nicht genau, was mit mir los ist, aber es hat irgendwas mit dir zu tun.«

»Es wäre wohl das Beste für alle, wenn wir nicht weiter darüber reden.« Nur mühsam kamen ihr diese Worte über die Lippen.

Er zuckte leicht zusammen. »Natürlich«, sagt er leise und verschwand in seinem Zimmer.

Eilig trat sie in ihres und lehnte sich mit dem Rücken gegen die geschlossene Tür. Warum nur hatte ihre Hand gekribbelt, als Ethan nach ihr griff? Nein, seine Berührung war ganz und gar nicht wie die der anderen Brüder. Sie fühlte sich nicht an wie die eines Verwandten. Angeheirateten Verwandten, berichtigte sie sich selbst. Ethan löste Gefühle in ihr aus, von denen sie glaubte, dass sie sie nie wieder fühlen würde. Wieso musste er auch so verdammt gut aussehen? Und dann hatte er ihrem Sohn auch noch diese freche, hinreißend niedliche Frisur verpasst, bei deren Anblick sie die ganze Zeit an ihn hatte denken müssen. Immerhin waren Ollies Haare endlich geschnitten, sonst hätte sie ihm bald einen Zopf binden können.

Ethan hatte ihr gesagt, dass er sie mochte. Was immer das zu bedeuten hatte, sie hatte dabei ein warmes Gefühl in der Magengegend gespürt. Und sie empfand ebenso wie er, egal, wie sehr sie sich bemühte, es zu unterdrücken. »Verfluchter Frauenflüsterer«, zischte sie in die Einsamkeit ihres Zimmers.

***

»Kommt John gar nicht zum Frühstück?« Verwundert sah Liz auf die Uhr.

»Buster ist nicht im Stall, er scheint schon wieder unterwegs zu sein.« Jim schenkte sich Kaffee nach.

»Er hilft Erin, ihre Rinder zu treiben.« Harry rieb sich über den Bart. »Kannst du heute Jim beim Füttern auf der oberen Weide helfen, da John ausfällt?« Fragend sah er Ethan an.

»Natürlich.« Ethan nickte Jim zu. Unauffällig wanderte sein Blick zu Liz. Heute Morgen war sie ihm freundlicher begegnet als die letzten Tage. Offenbar war es gut gewesen, dass er endlich mit ihr gesprochen hatte, auch wenn sie sich auffallend distanziert gegeben hatte. Er konnte es ihr nicht verdenken, diese Spannung zwischen ihnen, dieses Knistern, sofern sie es ebenfalls wahrnahm, war verwirrend. Er hoffte, dass sie sich jetzt wieder wohler in seiner Anwesenheit fühlte, auch wenn er schon bald die Farm verlassen würde.

»Kommst du?«, sagte Jim.

Ethan schob den Stuhl zurück und stand auf. Ihm blieben noch ein paar letzte Stunden auf Silverwood, bevor er sich wieder der Realität stellen musste. Für einen Augenblick sah er sich in dem vertrauten Raum um, berührte die zerkratzte Tischplatte. Die ersten Tage war ihm hier alles ziemlich runtergekommen erschienen, doch inzwischen empfand er das Haus schon beinahe als gemütlich.

Ächzend luden sie einen der großen eckigen Heuballen auf die Ladefläche des rostigen alten Pick-ups, dann stiegen sie ein und fuhren den kurzen Weg zur Weide.

»Liz sagt, du fährst heute wieder?« Jim sah Ethan aus den Augenwinkeln an.

»Ja, später. Ich muss dringend zurück, das lässt sich nicht weiter aufschieben.« Tatsächlich wäre er gerne einige Tage länger geblieben. Langsam hatte er sich wieder an sein Zuhause gewöhnt, trotz der Zankerei mit John.

»Kommst du bald wieder, oder müssen wir erneut vier

Jahre warten, bis wir dich das nächste Mal zu Gesicht kriegen?« Jim boxte ihn mit dem Ellenbogen leicht in die Seite.

»Sobald es meine Arbeit zulässt, komme ich wieder her. Es war schön, alle wiederzusehen.«

»Ja, es hat was, wenn alle Brüder auf der Farm sind. Auch wenn Harry es nicht so zeigen kann, bin ich mir sicher, dass er sich über deinen Besuch gefreut hat.«

Es wunderte Ethan nicht, dass Jim die Gefühle des Vaters besser erkennen konnte als er. Jim beobachtete mehr, als er sprach. »Er hätte es gerne mehr zeigen dürfen, aber so ist das eben bei ihm.«

»Das stimmt.« Jim hielt vor dem schweren Metalltor an, das auf die Weide führte, und Ethan sprang aus dem Wagen und öffnete es.

Anschließend kletterte er auf die Ladefläche und zog das Taschenmesser aus der Hosentasche, das Jim ihm beim Aufladen gereicht hatte. Rasch schnitt er die Schnüre auf, die das Heu zusammenhielten, und lehnte sich mit dem Rücken gegen die Fahrerkabine. Mit einem Klopfen signalisierte er seinem Bruder, er solle losfahren. Langsam rollte der Wagen über die Weide, während Ethan nach und nach das Heu von der Ladefläche warf. Die massigen Rinder setzten sich in Bewegung und stapften auf das Futter zu. Wie lange er das nicht mehr gemacht hatte. Früher hatten Jim und er sie jeden Morgen vor der Schule gefüttert, lange bevor einer von ihnen alt genug für den Führerschein war. Doch hier draußen wurde man schneller erwachsen und tat die Dinge, die erledigt werden mussten. Sein Blick schweifte über den Besitz seiner Familie. Auch wenn die Farm alt und nicht alles auf dem neuesten Stand war, wurde sie ausgezeichnet geführt. So ungern er es zugab, John war ein fähiger Vorarbeiter. Schon früher war er stets der Erste bei der Arbeit gewesen und hatte als Letzter Feierabend gemacht. Er lebte für dieses Stück Land, ebenso wie Harry. Und eines Tages würde John die Farm übernehmen. Wenn er und Harry nun an einem Strick ziehen und Ethans Vorschläge umsetzen würden, stand einer erfolgreichen Zukunft nichts im Wege. Plötzlich tat es gut zu wissen, dass Silverwood immer da gewesen war, und so sollte es auch in Zukunft bleiben. Er sah auf das Gras, das allmählich trocken wurde. Langsam, aber sicher sollte es mal wieder regnen. »Seit wann denkst du wie ein Farmer?«, murmelte er und sprang nachdenklich von der Ladefläche, um wieder in die Fahrerkabine zu steigen. Ethan sah keine Chance auf eine Versöhnung mit John, bevor er abreiste. Manche Dinge änderten sich eben nie. Er ahnte, weshalb John nie mit ihm warmgeworden war. Doch der Gedanke war so belastend, dass er ihn meist weit von sich weggeschoben hatte. Es war wie ein Fluch, der seit seiner Geburt auf ihm lag und über den er nie mit jemandem gesprochen hatte. Energisch schüttelte er den Kopf, um die Gedanken zu verscheuchen, und sah noch einmal auf die stattlichen Rinder. Der Anblick hatte etwas Beruhigendes. Das Landleben hatte auch seine angenehmen Seiten. Hatte er diese Ruhe in der Stadt nicht vielleicht doch gelegentlich vermisst? Aber er hatte das Leben in Sydney in vollen Zügen ausgekostet. War mit seinen Arbeitskollegen und Freunden durch die Kneipen gezogen, hatte Frauen kennengelernt und es sich gut gehen lassen. Vermutlich das ein oder andere Mal etwas zu gut. Er hatte das Gefühl, nach seinem Aufwachsen in dieser Einöde etwas nachholen zu müssen, darum hatte er sich ins Nachtleben gestürzt und sich von seinem üppigen Gehalt eine Menge Luxus geleistet: die beste Kaffeemaschine, ein teures Auto und das zentral gelegene Apartment. Beinahe musste er über sich selbst lachen: Er hatte diese unanständig hochpreisige Kaffeemaschine gekauft und holte sich doch jeden Morgen seinen überteuerten Kaffee im Coffee-Shop. Wenn John ihm vorwarf, ein Schnösel im Anzug zu sein, dann hatte er also nicht ganz unrecht. Mit etwas Abstand sah Ethan jetzt, dass er vermutlich genau das geworden war. Er hatte beweisen wollen, dass er nicht nur kompetent in seinem Job, sondern der Beste darin war. Zu lange war ihm auf der Farm Tag für Tag seine Unfähigkeit aufgezeigt worden. Dass er nicht für die Farmarbeit taugte, war ihm schon früh klar gewesen. Im Studium hatte er dann plötzlich die Erfahrung gemacht, dass er doch zu etwas taugte, und das war berauschend gewesen. Und als dann später eine Beförderung nach der anderen folgte, hatte er sich für großartig gehalten. War er ein Blender gewesen? Einer, der raushängen ließ, was er hatte, und Wert darauf legte, dass man es auch sah?

»Du bist so ruhig«, kommentierte Jim, während sie zum Haus zurückfuhren.

»Ich denke nur nach«, murmelte er und sah aus dem Fenster.

»Und worüber?«

»Darüber, wie schnell sich alles ändern kann.«

»Was hat sich denn geändert?«, fragte sein Bruder nach.

»Ach, das hat nichts mit euch zu tun. Nur ein paar Dinge in der Stadt.«

»Du weißt, dass du mit mir reden kannst? Falls da etwas ist, das dir auf dem Herzen liegt …« Prüfend sah Jim ihn an.

»Nein, es ist alles in Ordnung. Aber danke, dass du es anbietest.«

»Jederzeit.«

Selbst wenn Ethan es gewollt hätte, er hätte mit seinem Bruder nicht über das reden können, was passiert war. Mit keinem aus der Familie. Außer mit Liz. Bei ihr hatte er sich öffnen können. Zu frisch war die Schmach, er hatte das Gefühl, komplett versagt zu haben. Dies vor den anderen zuzugeben ertrug er nicht auch noch. Wenn er wirklich ein Blender und Angeber gewesen war, dann war ihm sein Hochmut in den vergangenen Wochen gründlich ausgetrieben worden. Die letzten Jahre kamen ihm plötzlich wie ein Film vor und nicht wie die Realität. Vor seinem geistigen Auge sah er, wie er mit der Aktentasche zum Büro stolziert war, wie Anne, seine Sekretärin, ihm alles hinterhergetragen und auch seine privaten Termine für ihn verwaltet hatte, wie sehr er im Überfluss gelebt hatte. War das wirklich nötig gewesen? Brauchte er das alles, um glücklich zu sein? Hier reichte ein Lachen von Ollie oder der Blick über die Weiten des Landes, damit er sich zufrieden fühlte. Vermutlich hatten seine Brüder das schon vor langer Zeit festgestellt und deshalb nie den Drang verspürt wegzuziehen. Und wie man an River sah, waren durchaus Kompromisse möglich. Er hatte zwar seinen Beruf in der Werkstatt, aber er zog es dennoch vor, weiter auf Silverwood zu wohnen. Nur Ethan hatte es hier nicht ausgehalten. Und wieder überkam ihn das gleiche Gefühl wie früher – dass etwas mit ihm nicht stimmte.

***

Liz stand am Herd und bereitete das Mittagessen zu, als Ethan von draußen hereinkam und ihr einen merkwürdigen Blick zuwarf.

»Ich bin so weit, ich fahre jetzt los.«

Überrascht zog sie die Augenbrauen hoch. »Jetzt schon? Ich dachte, du fährst erst nach dem Essen.«

Er schüttelte den Kopf und rührte sich nicht von der Stelle. »Wenn ich jetzt schon fahre, bekomme ich vielleicht noch ein paar Stunden Schlaf, bevor ich morgen ins Büro muss.«

Liz nahm den Kochlöffel aus dem Topf und legte ihn auf die Arbeitsplatte. Es war eine seltsame Vorstellung, dass Ethan gleich nicht mehr hier sein würde. Heute vor einer Woche war sie ihm auf dem Parkplatz begegnet. Eine Woche, die ihr eintöniges Leben plötzlich durcheinandergebracht hatte. »Hast du dich von allen verabschiedet?« Sie musterte ihn.

Er fuhr sich mit der Hand über den Nacken und stöhnte leise. »Von fast allen.«

Sie konnte sich denken, von wem er sich ferngehalten hatte.

»Wo ist Ollie?«

»Ich bin hier.« Lachend kroch der Kleine mit dem Welpen im Arm unter dem Tisch hervor. Vom ersten Moment an waren ihr Sohn und der Hund unzertrennlich gewesen. Immer wenn Quentin anderweitig beschäftigt war, kümmerte sich Ollie um das Tier. Doch bald würde die Ausbildung des Hundes beginnen. Schon jetzt nahm Quentin ihn mit zu den Schafen, damit er sich an sie gewöhnte. Trotzdem verbrachte der Welpe die meiste Zeit bei Liz und Ollie im Haus und stellte ständig Unfug an.

Liz beobachtete, wie Ethan auf den Tisch zuging und sich auf den Boden kniete. »Ich fahre jetzt zurück nach Sydney. Wir müssen uns also verabschieden«, erklärte er dem Jungen.

Ollie zog eine Schnute und verschränkte die Arme vor der Brust. »Und wann kommst du wieder?«

Flüchtig sah Ethan zu Liz, dann lächelte er dem Jungen zu. »Bald. Ich muss ein paar Dinge erledigen, dann komme ich wieder.«

»Versprichst du es?«

Er legte eine Hand auf die Brust. »Ich schwöre es sogar. Und dann kämpfen wir wieder.«

Jetzt strahlte Ollie und stand auf, während der Welpe in seinem Arm zappelte und sich aus dem ungeschickten Klammergriff befreite. »Dann winke ich dir gleich.«

»Das würde mich sehr freuen.« Langsam richtete Ethan sich auf und griff nach seiner Tasche, die gepackt vor dem Küchenschrank lag.

»Kommst du auch noch mit raus?« Verlegen lächelte er Liz an.

Liz spürte, wie ihre Knie weich wurden. Dieser Blick. Dieses Lächeln. »Natürlich.« Rasch zog sie die Schürze aus und nahm Ollie an die Hand.

»Pass auf dich und diesen Wirbelwind auf.« Ethan stand neben der offenen Autotür. Sie erkannte, dass er sich nicht sicher war, wie er sich von ihr verabschieden sollte.

Doch auch sie wusste nicht, ob unter den Umständen eine Umarmung angemessen war. Stattdessen nickte sie ihm nur zu. »Und du auf dich.« Mehr brachte sie nicht heraus.

»Hast du meinen Hut schon gesehen?« Würdevoll deutete Ollie auf seinen Kopf. »Den habe ich von Grandpa bekommen. Ich bin jetzt ein Farmer.«

»Ja, das bist du. Also hilf schön deiner Mutter und deinen Onkeln.« Ethan beugte sich hinunter, und Ollie warf sich in seine Arme. Liz hielt den Atem an. Offensichtlich hatte nicht nur sie ein etwas zu inniges Verhältnis zu diesem Mann entwickelt. Ollie würde enttäuscht sein, wenn sein neuer Lieblingsonkel sich lange Zeit nicht blicken ließe. Sie wusste nicht, was sie von seinem Versprechen, wiederzukommen, halten sollte. Über vier Jahre waren seit dem letzten Besuch vergangen. Schon ein paar Monate kämen für ihren Sohn einer Ewigkeit gleich. Doch es blieb ihr nichts anderes übrig, als abzuwarten und zu sehen, was passierte.

Ethan löste sich aus der Umarmung und klopfte dem Jungen zum Abschied auf den Hut. Dann stieg er ein und ließ den Motor an. Langsam rollte das Auto vom Parkplatz. Ollie rannte winkend hinter ihm her, während Fred versuchte, nach seinen Hosenbeinen zu schnappen. Der Wagen fuhr den Weg entlang und hinterließ eine Staubwolke. Endlich blieb Ollie stehen, noch immer winkend. Liz presste die Lippen aufeinander. Obwohl Ethan nur kurz hier gewesen war, fühlte seine Abreise sich wie ein Verlust an. Sie hatte die Unterhaltungen in den ersten Tagen mit ihm genossen. Er hatte ihr das Gefühl gegeben, besonders zu sein. Seit langer Zeit hatte sie sich wieder als Frau gefühlt, und nicht nur als Mutter, Schwiegertochter oder Schwägerin. Die Aufmerksamkeit, die er ihr entgegengebracht hatte, würde sie vermissen. Doch sie war auch etwas erleichtert. Als er ihr gestern Abend versichert hatte, sie zu mögen, hatte sie ihm geglaubt. Vielleicht war es naiv von ihr, aber Jim und John hatten ihm unrecht getan, da war sie sich inzwischen sicher. War es nicht möglich, dass ein Mann wie Ethan sich tatsächlich zu ihr hingezogen fühlte? War sie nicht trotz ihres eintönigen Daseins auf der Farm noch immer eine Frau, die etwas zu bieten hatte? Was wäre geschehen, auf was hätte sie sich eingelassen, wenn er länger hiergeblieben wäre?

»Jetzt wird hier endlich wieder alles wie immer.« Mit den

Händen in den Hosentaschen kam John über den Parkplatz gestapft, und Liz war sich sicher, dass er ihre Verabschiedung beobachtet hatte. »Er hat mir nicht einmal auf Wiedersehen gesagt.« Schnaubend stellte er sich neben sie und sah dem Auto nach.

»Was hast du erwartet, so wie du dich verhalten hast? Von allen anderen hat er sich verabschiedet.«

»Mit etwas Glück kommt er so schnell nicht wieder.« Er zog den Hut vom Kopf und wischte sich mit dem Ärmel seines Hemdes über die Stirn.

»Wir werden sehen.« Liz wandte sich ab. »Ich muss nach dem Essen schauen.« Rasch eilte sie zurück in die Küche, schloss die Tür und atmete tief durch. *Komm bitte wieder.*

***

Es war drei Uhr morgens, als er endlich das Auto in der Tiefgarage parkte und mit dem Aufzug zu seinem Apartment im 7. Stock hochfuhr. Müde ließ er die Tasche neben die Couch fallen und trat an die breite Fensterfront des offenen Wohnbereichs. Unter ihm funkelten die Lichter der Stadt. Ethan sah hinauf in den Himmel, doch die Sterne waren kaum zu erkennen. Seufzend ging er hinüber ins Bad und zog sich aus. Das hochmoderne Badezimmer stand im deutlichen Gegensatz zu dem in die Jahre gekommenen auf Silverwood. Statt einer Eisenbadewanne mit rostigen Füßen und einem Durchlauferhitzer, der das Einstellen einer gleichmäßigen Temperatur beinahe unmöglich machte, hatte er hier eine Dusche zur Verfügung, in der mindestens zwei Personen bequem Platz hatten. Einen Moment lang hielt er das karierte Flanellhemd, das Liz ihm von einem der Brüder organisiert hatte, in der Hand und roch daran. Ein Geruch nach Gras und Heu haftete an ihm. Er hatte ganz vergessen, sich vor der Fahrt umzuziehen. Bei seinem nächsten Besuch würde er das Hemd zurückbringen. Rasch stellte er die Dusche an und stieg unter das dampfende Wasser. Er stützte sich mit den Händen an den Fliesen ab und ließ es sich über den Kopf und den Rücken laufen.

Während der letzten Stunden auf der Fahrt hatte er immer wieder über Liz nachgedacht. Er sah sie vor sich, wie sie durch das Haus lief, Spielsachen und Wäsche einsammelte und am Herd stand. Sie war ihm nicht unglücklich erschienen, trotzdem musste dieses Leben sie doch zumindest etwas langweilen. Anders konnte er sich nicht erklären, dass es ein Highlight für sie darstellte, auf einer Parkplatzbank Chips zu futtern. Für seinen Vater und seine Brüder den Haushalt zu schmeißen konnte unmöglich ihr Plan für die Zukunft sein. Doch ihm war klar, warum sie dieses Leben gewählt hatte: für Ollie. Damit er, nachdem er schon seinen Vater verloren hatte, wenigstens bei seiner Familie aufwachsen konnte. Dort, wo bereits Samuel aufgewachsen war. Auch an ihn hatte Ethan gedacht, allerdings mit einem unguten Gefühl im Magen. Immerhin fühlte er sich zu der Frau seines Bruders hingezogen. Das kam Ethan so falsch vor. Und trotzdem hatte er das Verlangen, ihr nahe zu sein, er konnte nichts dagegen tun. *Du würdest mich schlagen, wenn du könntest.* Niemals hätte er Liz länger als nötig angesehen, wenn Samuel noch hier wäre.

Bis zu seinem aktuellen Besuch hatte Ethan nur eine vage Erinnerung an Liz und die wenigen Male, die er sie getroffen hatte. Aber er hatte ihren tiefen Schmerz bei der Beerdigung erkannt, als sie mit ihrem dicken Bauch am Grab gestanden und geweint hatte. Wie alleine sie sich damals gefühlt haben musste. Vielleicht war es tatsächlich richtig für sie, dass sie nun auf Silverwood lebte. Was sie von Beruf war, wusste er nicht. Er hatte sie nicht danach gefragt. In Wahrheit wusste er kaum etwas über sie. Warum hatte er sich nicht danach erkundigt? Immerhin war es ihm möglich gewesen, ihr von seinen Problemen zu erzählen. Und nun würde er in wenigen Stunden im Büro sitzen und mit den Kollegen alles daransetzen, die drohende Firmenübernahme zu verhindern. Sie hatten eine allerletzte Chance, und diese mussten sie nutzen. Nicht nur sein Job, auch der vieler anderer hing davon ab. All seine Pläne und die Arbeit von Jahren drohten zunichtegemacht zu werden.

Das Wasser lief über sein Gesicht, und Ethan atmete den warmen Dampf ein. Hätte er seiner Familie vielleicht einfach sagen sollen, was ihm möglicherweise bevorstand? Er war es gewohnt, alles mit sich alleine auszumachen, doch was, wenn das gar nicht nötig war? Sollte man sich nicht in der Familie gegenseitig unterstützen, einander aufbauen, wenn einem Mitglied die Dinge über den Kopf wuchsen? Doch hätte er so eine Unterstützung überhaupt verdient? Kräftig massierte Ethan das Shampoo ein. Als seine Familie ihn am meisten brauchte, hatte er sie im Stich gelassen. Auf einmal holte ihn die Erinnerung wieder ein. Am Tag von Samuels Beerdigung war Harry ein gebrochener Mann gewesen. Sein Vater, der normalerweise eine respekteinflößende Ausstrahlung hatte, schien um Jahre gealtert und in sich zusammengefallen zu sein. Sein eigenes Kind beerdigen zu müssen musste sein schlimmster Albtraum gewesen sein.

Doch Ethan hatte damals mit seinen eigenen Empfindungen zu kämpfen gehabt. Er wurde erdrückt von Schuldgefühlen, weil er nicht in der Nähe der Familie lebte. Er hatte sich nicht von Samuel verabschieden können, da er nicht ahnte, wie kurz dessen Tod bevorstand. Warum war er nicht öfter nach Hause gefahren? Dann hätte er sich selbst ein Bild davon machen können, wie der Zustand seines Bruders war, und wäre nicht von den kurzen Telefonaten mit Harry abhängig gewesen, in denen dieser ihm immer wieder versicherte, Samuel würde *das* schon packen. In Wahrheit hatte Harry einfach nicht wahrhaben wollen, wie ernst es um seinen Sohn stand. Und Ethan hatte es nicht bemerkt.

Sein Vater, Liz und die Brüder hatten eng beieinandergestanden, in ihrem Schmerz vereint, und Ethan war sich wie ein Außenseiter vorgekommen – so wie schon immer. Das Gefühl, nicht dazuzugehören, war an diesem Tag unerträglich gewesen. Wie gebannt hatte er auf den verwitterten Namen seiner Mutter auf dem Grabstein gestarrt. Harry hatte entschieden, Samuel neben ihr zur Ruhe zu betten. Unter den ausgeblichenen Buchstaben hatte frisch eingraviert der Schriftzug »Samuel Bennett« geleuchtet. Es war das erste Mal, dass Ethan den Friedhof, auf dem seine Mutter lag, betreten hatte. Nie hatte er an ihrem Grab gestanden, nie hatte er dort verweilt und mit ihr gesprochen. Harry brachte ihr jedes Jahr an Ethans Geburtstag – der zugleich ihr Todestag war – einen Strauß Wildblumen. John, Samuel und Jim hatten ihren Vater in manchen Jahren begleitet, doch Ethan hatte jedes Mal abgelehnt, wenn Harry ihn mitnehmen wollte. Verständnisvoll hatte sein Vater ihm auf die Schulter geklopft, den Hut abgenommen und nach den Blumen gegriffen. Einige Zeit später war er zurückgekehrt, hatte den Hut wieder aufgesetzt und das Eis aus dem Gefrierfach genommen, das es jedes Jahr zur Feier seines Geburtstages gab, da Ethan Kuchen nicht leiden konnte. Dann hatte Harry ein paar Löffel auf den Tisch geworfen, die ganze Familie hatte sich um diesen versammelt, sich über die Tischplatte gelehnt und das Eis direkt aus den großen Behältern herausgelöffelt. Schweigend hatte Harry das lebhafte Treiben beobachtet, und Ethan hatte jedes Jahr geahnt, wo er mit seinen Gedanken war: bei dem Tag, der ihm die Frau und seinen Söhnen die Mutter genommen hatte.

Samuels Beerdigung hatte einen Wirbelsturm an Emotionen in ihm hervorgerufen. All die Gedanken, die er sonst mühsam verdrängte, waren an die Oberfläche gekommen. Er hatte kein einziges Wort mit Harry gewechselt und stattdessen die Wildblumen fixiert, die neben dem Grabstein in einer Vase steckten. Hatte sein Vater Charlotte Blumen gebracht, als er ihr vom Tod ihres Kindes erzählte? Hatte er ihr berichtet, dass Samuel zu ihr kommen würde, dass es nun an ihr wäre, sich um ihn zu kümmern?

Ethan schluckte schwer und hatte den bitteren Geschmack von Shampoo auf der Zunge. Direkt nach der Beerdigung war er wieder abgereist, da am nächsten Tag ein wichtiges Meeting anstand und er die neue Stelle als Abteilungsleiter erst kurze Zeit zuvor angetreten hatte. Während das Wasser weiter über sein Gesicht rann, ballte sich Ethans rechte Hand zur Faust. Was hatte er damals nur gedacht? Er hätte wenigstens für ein paar Tage auf Silverwood bleiben sollen, um mit seinen Brüdern Erinnerungen über Samuel auszutauschen und darüber zu lachen. Er hätte Harry zeigen sollen, dass Ethan, egal, wie es zwischen ihnen stand, ein Teil der Familie war. Aber er hatte es nicht getan, sondern die Karriere vorgeschoben, um sich nicht der Situation und seinen Gefühlen stellen zu müssen. Vermutlich war es auch das, was ihn so lange von Silverwood ferngehalten hatte: sein schlechtes Gewissen. Es war zu leicht, allein Harry dafür verantwortlich zu machen, auch wenn er ebenfalls seinen Teil zu ihren Problemen beigetragen hatte.

Ethan stellte das Wasser aus und trocknete sich ab. Mit dem Handtuch um die Hüften ging er ins Schlafzimmer nebenan und warf einen flüchtigen Blick aus dem Fenster. Noch immer herrschte auf den Straßen ein reges Leben und Treiben. Feiernde auf ihrem Heimweg aus den Bars der Stadt, Autos, die vereinzelt hupten. Hier war es nie still, nicht einmal um diese Zeit. Mit brennenden Augen stellte er sich den Wecker. Drei Stunden Schlaf würden heute ausreichen müssen.

Kapitel 8

Konzentriert schob Liz mit jeder Hand einen der beiden randvoll gepackten Einkaufswagen zu Harrys Pick-up. Der Wocheneinkauf für so viele Leute war jedes Mal eine Herausforderung. Um nichts zu vergessen, plante sie die Gerichte im Voraus und schrieb einen ellenlangen Einkaufszettel. Da der Platz in ihrem Auto für die unzähligen Tüten nicht ausreichte, lieh sie sich dafür Harrys Wagen. Sie warf die erste Tasche auf die Ladefläche und wuchtete dann den Karton mit der Milch hinauf. Angespannt biss sie sich auf die Unterlippe und betrachtete die überquellenden Einkaufswagen. Warum nur störte sie es heute mehr als sonst, dass sie alles hier alleine machen musste? Sicherlich hatten die Männer keine Ahnung, wie viel Zeit jede Woche dafür draufging, alles zu besorgen und es dann daheim in den Schränken zu verstauen. Ganz zu schweigen von den Unmengen an Essen, die sie täglich zubereitete. Und dann die Stapel an Geschirr, die aus der Spülmaschine geräumt werden mussten. Energisch griff sie nach zwei weiteren Tüten und beförderte sie hinauf. Sie kochte und buk gerne, aber hin und wieder wäre es schön, wenn jemand auch mal für sie kochen würde. *Was ärgerst du dich? So ist es nun mal.*

Langsam fuhr sie auf dem Weg zum Kindergarten an der Grundschule vorbei. Einer der Parkplätze davor war frei, und bevor sie darüber nachdenken konnte, hatte sie den Wagen schon darauf zum Stehen gebracht. Liz lehnte den Kopf gegen die Kopfstütze und schloss die Augen. An manchen Tagen glaubte sie, dass ihr all die Arbeit über den Kopf wuchs. Wenn sie nur einen Tag die Wäsche liegen ließ, türmte sich die dreckige Kleidung. Wenn sie nicht aufräumte, blieb alles dort, wo es lag. Jeden Tag aufs Neue. Immergleiche Tage mit dem immergleichen Ablauf. Frühstück machen, Wäsche waschen, putzen, Lunch kochen, die Küche aufräumen, noch mehr putzen, Dinner machen und wieder stapelweise Geschirr wegräumen.

Liz schlug die Augen wieder auf und betrachtete die breite Eingangstür der Schule. Zwei Lehrerinnen traten heraus. Ausgelassen lachten sie und redeten miteinander, über Dinge, die in Liz' Leben keine Rolle mehr spielten. *Bist du glücklich?*, kamen ihr Ethans Worte in den Sinn. Gut zwei Wochen waren seit seiner Abreise nun vergangen, und seitdem erschien ihr das Haus leerer als sonst. Natürlich war Silverwood alles andere als ruhig, doch bei jedem Essen wurde wie immer über die Farm, die Arbeit und die Zucht philosophiert. Alles war wie immer. Noch einmal sah sie auf die beiden Frauen, die sich lachend verabschiedeten und mit ihren Taschen über der Schulter davongingen. Würde sie hier weiter arbeiten, wenn Samuel noch leben würde? Morgens durch diese Tür gehen, in ein Klassenzimmer voller lärmender Kinder treten und das Wissen vermitteln, das sie sich während des Studiums angeeignet hatte und das nun langsam, aber sicher in ihrem Hinterkopf zu verstauben drohte?

Liz sah auf die Armbanduhr und ließ eilig das Auto an, in fünf Minuten war der Kindergarten aus. Hoffentlich hatte Ollie heute wenigstens nichts ausgefressen.

Knirschend kam der Pick-up vor dem Haus zum Stehen. Ollie sprang kreischend hinaus und rannte direkt zum Seiteneingang. Dann stieg Liz langsam aus und schlug die Plane auf der Ladefläche zurück. Aus den Augenwinkeln sah sie eine Bewegung. »Quentin!«

Er drehte sich um und trat von dem Quad zurück, auf das er gerade aufsteigen wollte. »Was ist?«

»Kannst du mir mit den Einkäufen helfen?«

»Sorry.« Entschuldigend hob er die Hände. »Bei den Schafen ist die Wasserpumpe verstopft.«

»Es sind nur fünf Minuten«, protestierte sie und deutete auf die Ladefläche.

»Frag doch Jim, den habe ich eben in der Scheune gesehen.« Schnell stieg er auf das Quad und fuhr davon.

»Kleiner Mistkerl.« Murmelnd griff sie nach den ersten beiden Tüten und trug sie in die Küche. »Was zum …« Frustriert betrachtete sie die staubigen Stiefelabdrücke auf dem Küchenboden und die leeren Kaffeetassen auf dem Tisch. Schreiend stürmte Ollie mit seinem Schwert aus dem Flur herein und prallte gegen sie. Eine der Taschen rutschte ihr aus der Hand und kam mit einem scheppernden Geräusch auf dem Boden auf. Augenblicklich verteilte sich Milch über den Dielenboden.

»Pass doch auf«, fuhr sie ihren Sohn an und schleuderte die zweite Tasche auf den Tisch.

»Entschuldigung«, flüsterte das Kind und sah betroffen auf die größer werdende weiße Pfütze.

Liz atmete tief ein und schüttelte den Kopf. »Ist schon gut. Ich habe noch mehr Milch gekauft.« Sie zog den schmalen Körper in ihre Arme und schluckte.

»Soll ich dir helfen?« Fragend schielte Ollie zu ihr hinauf.

»Bist du stark genug, um die Einkäufe reinzutragen?«

»Natürlich.« Er deutete stolz auf seine Oberarme.

Lächelnd beugte sie sich hinunter und drückte ihm einen Kuss auf die Haare. »Dann auf!«

Mit ernstem Gesicht legte Ollie das Schwert auf den Tisch und flitzte aus der Küche.

Auf einmal war Schmatzen zu hören. Irritiert blickte sie neben sich und entdeckte den Welpen, der genüsslich die Milch aufschleckte. »Nicht, Fred, da können Scherben drin sein.« Vorsichtig hob sie den Hund hoch, trat mit ihm in den Flur und öffnete die Tür zum Büro. Harry saß hinter dem massiven Schreibtisch und blätterte in einem Landwirtschaftsmagazin.

Liz ging auf ihn zu und setzte den Welpen vor ihm auf der Tischplatte ab. »Sag Quentin, er soll sich was einfallen lassen, wie er den Hund unter Kontrolle hält, wenn er nicht da ist. Ich kann mich hier nicht um alles kümmern.«

Eilig packte Harry den Hund und beförderte ihn auf seinen Schoß. »Stimmt irgendwas nicht?« Mit gerunzelter Stirn betrachtete er sie prüfend.

»Nein.« Liz machte auf dem Absatz kehrt und ging hinaus. »Ist alles wie immer.«

***

Mit zusammengezogenen Augenbrauen sah Harry auf Ollies alten Laufstall, den Quentin in der Ecke der Küche aufgestellt hatte. Immer wieder biss der Welpe in die Stäbe, um sich gleich darauf auf die Spielzeuge und abgewetzten Kuscheltiere zu stürzen, die Quentin für ihn darin platziert hatte. Harrys Blick wanderte zu Liz, die mit zusammengepressten Lippen am Tisch saß und sich nicht an der Unterhaltung beteiligte. Irgendetwas stimmte mit seiner Schwiegertochter nicht. Liz hatte ein sonniges Gemüt und meistens ein Lächeln auf den Lippen, doch schon seit ein paar Wochen vermisste er dieses bei ihr. »Wie war dein Tag?«, sprach er sie an.

Überrascht zog sie die Augenbrauen hoch. »In Ordnung.«

Harry verschränkte die Arme vor der Brust. »Willst du nicht mal wieder ausgehen?«

»Ich?«

»Ja du.«

»Wie kommst du darauf?«

»Einfach so.«

Sie ließ die Hand mit der Gabel neben ihren Teller sinken. »Es gibt einen neuen Film, der in Dunham im Kino gezeigt wird, und die Rezensionen sind sehr gut. Vielleicht hat jemand Lust, ihn mit mir anzusehen?« Sie sah in die Runde.

»Was ist es denn?«, fragte River kauend.

»Ein Drama.«

Abwehrend schüttelte er den Kopf. »Hättest du jetzt Action gesagt, wäre ich dabei gewesen.«

Seufzend griff sie nach ihrer Gabel.

»Ich gehe mit dir«, sagte Jim.

Harry glaubte, ein kaum wahrnehmbares Nicken bei seinem Sohn zu erkennen.

»Wirklich?« Ein Lächeln zog sich über Liz' Gesicht.

»Ich war auch schon lange nicht mehr im Kino. Wir machen uns einen schönen Abend«, erwiderte Jim fröhlich.

Jims Reaktion bestärkte Harry in der Annahme, dass mit Liz etwas nicht stimmte. Im Gegensatz zu ihm nahm sein Sohn immer wahr, wenn etwas in der Familie nicht rundlief. Vielleicht würde es Jim gelingen herauszufinden, was es war. Er sah auf seinen Enkel. Wie sehr er diesen Jungen liebte. Ollie war alles, was ihm von Samuel geblieben war. Als sie damals eingezogen war, hatte Liz erklärt, dass die neue Wohnsituation nur vorübergehend wäre. Und dann waren aus Monaten Jahre geworden. Konnte es sein, dass sie hier nicht mehr glücklich war und mit dem Gedanken spielte auszuziehen? Er fuhr mit der Hand über seinen Schnauzbart. Niemals würde er ihr bei solch einer Entscheidung im Weg stehen, auch wenn er hoffte, dass sie hier wohnen bleiben würde. Liz kam aus der Großstadt und war nur Samuel zuliebe aufs Land gezogen. Harry war sich sicher, dass ihr vieles aus ihrem früheren Leben fehlte. Und mit ihren achtundzwanzig Jahren war sie noch immer verdammt jung. Überlegte sie etwa, mit dem Jungen nach Melbourne zurückzugehen? Nachdenklich betrachtete er die Dreckflecken auf Ollies Pulli und die winzigen Finger, unter deren Fingernägeln sich die Hälfte der Erde von Silverwood anzusammeln schien. Nein, dieses Kind gehörte nicht in die Stadt. Doch es war nicht an ihm, dies zu entscheiden, das stand nur seiner Mutter zu.

»Ehe ich es vergesse«, sprach Liz ihn an. »Da ist ein Brief vom Finanzamt gekommen.« Sie deutete auf die Ablage neben der Tür.

Quietschend schob er den Stuhl zurück, ging darauf zu und griff nach dem dicken Umschlag. Das musste der Steuerbescheid sein. Während er ihn aufriss, stapfte er zum Büro und schloss die Tür. Er ließ sich auf den Bürostuhl fallen und zog die Unterlagen heraus.

»Dieser Schlaumeier.« Überrascht betrachtete er den Betrag, der ihm in den nächsten Tagen überwiesen werden sollte. Bis auf den letzten Cent stimmte die Summe mit dem überein, was Ethan ausgerechnet hatte. Harry warf die Papiere auf die Tischplatte und öffnete das Kästchen mit den Zigarren. Gleichmäßig entzündete er den Tabak und zog kräftig daran. Ethan hatte einen ordentlichen Batzen Geld für ihn herausgeholt, nun stand der Gehaltserhöhung für seine Söhne nichts mehr im Wege. Er sollte Ethan anrufen und sich bedanken. Seufzend legte er den Kopf in den Nacken und nahm einen weiteren Zug. Sein Sohn hatte nicht daran gedacht, ihm endlich seine neue Handynummer zu geben. Oder aber er hatte es mit Absicht nicht getan.

***

»Der Tisch ist für sieben Uhr reserviert.«

Annes Stimme ließ ihn vom Bildschirm aufsehen. »Danke dir. Wenn du willst, kannst du Feierabend machen.«

»Nur wenn du auch Schluss machst.« Sie setzte ein bezauberndes Lächeln auf.

Seufzend sah Ethan auf die Uhr. »Ich habe noch was zu tun.«

»Wie läuft es denn mit dem Unternehmer, der Interesse daran hatte, hier einzusteigen?«

Ethan presste die Lippen aufeinander. »Hat abgesagt und sich entschieden, lieber bei der Konkurrenz zu investieren.« Obwohl er sich alle Mühe gegeben hatte, war es ihm nicht gelungen, ihn von der Investition in ihr angeschlagenes Unternehmen zu überzeugen.

Anne sah einen Augenblick zu Boden, dann ging sie auf

den Schreibtisch zu und setzte sich auf einen der schwarzen Ledersessel davor. »Muss ich mir einen neuen Job suchen?« Ihre Augen fixierten ihn.

Ethan rieb sich über den Nacken und lehnte sich zurück. Seit drei Jahren arbeitete Anne nun für ihn, und er schätzte sie für ihre perfektionistische Ader.

Auf keinen Fall wollte er Anne als Mitarbeiterin verlieren, doch er schuldete ihr eine ehrliche Antwort. »Ja.«

»Gibt's nichts, was ihr noch tun könnt?«

»Es ist ein Riesenchaos, und ich bin mir nicht sicher, ob wir es in den Griff bekommen.« Er lockerte die Krawatte und schüttelte den Kopf. »Ich werbe für uns bei jedem, der in Frage kommen könnte, aber bisher habe ich nicht eine Zusage.«

»So ein Mist.« Mit einer schnellen Bewegung löste sie das Haargummi, und die eben noch zu einem ordentlichen Dutt gebundenen Haare fielen ihr locker auf die Schultern. Sie stützte die Ellenbogen auf seinem Schreibtisch auf und legte den Kopf in die Hände. Auf einmal wirkte die selbstbewusste Büroangestellte wie ein trotziges Kind.

»Allerdings.« Er lächelte ihr aufmunternd zu. »Ich setze dir ein Empfehlungsschreiben auf. Auch wenn ich dich nicht gerne verliere, kann ich dir nur ehrlich raten, deine Fühler auszustrecken.«

»Und was hast du vor?«

»Keine Ahnung. Noch besteht ein wenig Hoffnung. Wenn das Schiff untergeht, werde ich mir was überlegen müssen.«

»Es gibt viele Jobs für jemanden mit deinen Referenzen in Sydney.« Sie stand auf und zupfte ihre Bluse zurecht. »Wir sehen uns morgen früh.« Sie zwinkerte ihm zu und stöckelte aus dem Raum.

Durch die Glastür konnte er beobachten, wie Anne nach ihrer Handtasche griff, den kleinen Spiegel herausnahm und wie jeden Nachmittag, wenn sie das Büro verließ, ihr Make-up überprüfte. Ein immergleiches Ritual, mit dem sie den Feierabend einläutete. Ja, er würde es vermissen, mit Anne zusammenzuarbeiten. Kurz darauf verschwand sie im Aufzug. Ethan stand auf und drückte den Rücken durch, worauf ein ungesundes Knacken zu hören war. In den letzten Wochen hatte er täglich mehr als zehn Stunden an diesem Schreibtisch oder in Meetings gesessen, und für sein übliches Sportprogramm am Abend war kaum Zeit geblieben. Er trat an die breite Fensterfront und sah auf die Häuser und Straßen unter ihm herab. Wie sehr ihn dieser Ausblick damals, als man ihm das schicke Eckbüro zuteilte, fasziniert hatte. Doch da man sich mit der Zeit eben an alles gewöhnte, nahm er die Aussicht inzwischen kaum noch wahr. Zügig ging er zum Schreibtisch zurück und setzte sich wieder. Eine Stunde hatte er noch, bis er losmusste, um pünktlich im Restaurant zu sein.

Die Tage wurden allmählich wieder länger. Langsam, aber sicher rückte das Ende des Winters näher. Mit der Aktentasche in der Hand und dem langen, gut sitzenden Mantel ging Ethan die Einkaufsstraßen entlang. Wenn er es schon nicht zum Sport schaffte, wollte er wenigstens den Weg zum Restaurant zu Fuß zurücklegen, anstatt ein Taxi zu nehmen. Wie immer waren die Straßen voller Menschen. Geschäftsleute, Touristen und Studenten vermischten sich in Sydneys Innenstadt zu einem bunten, lebhaften Durcheinander. Ethan wich einer Frau auf beeindruckend hohen Stöckelschuhen und mit allerhand Einkaufstaschen aus. Etwas in einem schmalen Schaufenster zog seine Aufmerksamkeit auf sich. Langsam beugte er sich ein wenig hinunter und betrachtete die zierliche, beinahe zerbrechlich wirkende blaue Blüte, eingefasst in einem schlichten, aus durchsichtigem Harz gefertigten Anhänger. Vor seinem inneren Auge erschien Liz in ihrem Blumenkleid und der blauen Strickjacke. Wie schön diese Kette auf ihrer hellen Haut aussehen musste. Er biss sich auf die Lippe. Es war nicht angemessen, seiner Schwägerin ein derartiges Geschenk zu machen, oder doch? Es war schließlich nur eine Kette. So oft hatte er in der Vergangenheit Frauen Schmuck geschenkt und sich nie wirklich darüber Gedanken gemacht. Und keine dieser Frauen hatte ihn annähernd so berührt wie Liz. Würde sie ein Geschenk von ihm überhaupt annehmen? Wieder betrachtete er die Kette. Sie war wie gemacht für Liz, daran bestand kein Zweifel. Er verstärkte den Griff um seine Tasche und trat durch die offene Tür des kleinen Geschäfts.

Die Verkäuferin nahm das Schmuckstück aus der Auslage und präsentierte es ihm auf dem Tresen. »Das ist ein Vergissmeinnicht«, erklärte sie mit einem verträumten Lächeln.

Ethan schluckte. »Ich nehme es.« Liz sollte ihn nicht vergessen. Spätestens jetzt wurde ihm klar, dass er das auf keinen Fall wollte. Auch wenn er nicht wusste, was genau das zwischen ihnen war.

»Soll ich es als Geschenk einpacken?«, riss die Verkäuferin ihn aus seinen Gedanken.

Ethan nickte zustimmend.

»Sie können eine Karte ausfüllen, und ich klebe sie an, wenn Sie das möchten.« Auffordernd schob sie ihm ein Kärtchen mit dem Logo des kleinen Ladens zu.

Zögernd griff Ethan nach dem Kugelschreiber. Welche Worte waren unverfänglich genug, um Liz einfach nur eine Freude zu machen, sie aber nicht in Verlegenheit zu bringen?

»Was ist los mit dir, du bist heute so still?« Thomas, sein ehemaliger Studienfreund, zog fragend die Augenbrauen hoch.

Ethan sah von seinem Weinglas auf und lauschte dem Stimmengewirr des gut besuchten Restaurants. Er rieb sich über das Gesicht. »Hab nur an was gedacht.« Eigentlich war er viel zu müde und ausgelaugt, um hier unverschämt teuren Wein zu trinken und winzige, aufwendig drapierte Gänge von viel zu großen Tellern zu essen. Doch es war Tradition, dass er sich einmal im Monat mit einigen seiner Unifreunde hier traf. Alle arbeiteten inzwischen in guten Positionen, und jedem von ihnen war anzusehen, dass er gerne zeigte, was er hatte. Alleine die Uhr an Thomas' Handgelenk musste so viel gekostet haben wie ein Kleinwagen. Nie zuvor hatten Ethan diese Dinge gestört, doch seit er vor einer Stunde hier angekommen war, sprachen seine Freunde nur über Projekte, Aktien und neue Investitionen. Hatte er sich nicht immer daran gestört, dass auf Silverwood nur über die Farmarbeit gesprochen wurde? Dabei war es hier ebenfalls nicht anders. Sie kreisten alle um die immergleichen Themen, das, was ihnen vertraut war. Lustlos schob er die merkwürdige Pilzmousse mit der Gabel hin und her. Wie gut das einfache Essen auf Silverwood im Gegensatz hierzu geschmeckt hatte. Und wie saftig erst die Steaks von den eigenen Rindern waren, die Harry im Sommer immer auf dem rostigen alten Grill grillte. Geduldig stand sein Vater dann mit einer Zigarre neben dem brutzelnden Fleisch und erwischte jedes Mal genau den richtigen Moment, es von den Flammen zu nehmen. Wie lange war es her, dass er eines von Harrys Steaks gegessen hatte?

»Die Arbeit?«, fragte Thomas nach und rückte seine Krawatte zurecht.

»Familie«, antwortete er knapp.

Sein Freund nippte am Wein. »Du hast nie von deiner Familie erzählt.«

»Wir hatten länger keinen Kontakt«, antwortete er ausweichend und griff nach seinem Handy, um Thomas zu signalisieren, dass er auch heute nicht über sie reden wollte. In der Aktentasche neben seinem Stuhl lag sorgsam eingepackt die Kette für Liz. Er würde Anne morgen früh bitten, sie über die Poststelle der Firma zu versenden, ehe er doch den Mut verlor, sie abzuschicken. Dieser Anhänger war wie für Liz gemacht, und vielleicht würde es irgendwann die Chance geben, sie an ihrem Hals zu bewundern.

***

Liz hielt neben dem Briefkasten, der neben der Einfahrt von Silverwood befestigt war. Prüfend sah sie in den wolkenverhangenen Himmel. Heute war es ungewöhnlich trüb, und vielleicht würde es später sogar etwas Regen geben. Die Klappe des Briefkastens öffnete sich quietschend, und Liz nahm mehrere Umschläge und ein kleines Päckchen heraus. Irritiert betrachtete sie ihren Namen auf dem Adressaufkleber. Wer schickte ihr denn ein Paket? Meist war die Post für Harry, sie selbst bekam nur hin und wieder offizielle Schreiben. Eilig setzte sie sich zurück ins Auto und löste das Klebeband mit dem Autoschlüssel. Dann nahm sie das kleine in lilafarbenes Geschenkpapier gewickelte Päckchen vorsichtig heraus und schlug die beiliegende Karte auf.

Hör zwischen all dem Unkraut nie auf zu blühen. E.

Liz hielt die Luft an. Mit zitternden Fingern riss sie das Papier auf und starrte auf das Schmuckdöschen. Ihr Mund wurde trocken. Ethan schickte ihr Schmuck? Unsicher zog sie den Deckel ab und atmete tief ein. Wie in der Zeit eingefroren, leuchtete ihr eine hellblaue Blüte entgegen. »Du meine Güte«, flüsterte sie, ließ das Döschen sinken und betrachtete den Anhänger in ihrer Hand. Nie hatte sie eine schönere Kette gesehen. Rasch klappte sie die Sonnenblende hinunter und legte die Kette an. Selbst in dem staubigen kleinen Spiegel war zu erkennen, wie gut ihr die zierliche Silberkette mit dem Anhänger stand. Wie kam Ethan nur dazu, ihr so ein Geschenk zu machen? Sie runzelte die Stirn und sah erneut in den Spiegel. War das nicht ein Vergissmeinnicht? Wollte Ethan damit ausdrücken, dass sie ihn nicht vergessen sollte, wo sie sich doch alle Mühe gab, genau das zu tun? Langsam berührte sie das glatte Harz. Durfte sie diese Kette tragen? War sie nicht viel zu schön, um nicht getragen zu werden? Was, wenn einer der Brüder oder Harry darauf aufmerksam würde? Glucksend lachte sie auf. Keiner der Männer, mit denen sie zusammenlebte, würde jemals ein neues Schmuckstück an ihr bemerken. *Unkraut.* Ethans Bezeichnung für seine Brüder ließ ihr Lachen noch lauter werden. Mit Tränen in den Augen startete sie den Motor. Lange hatte sie nichts mehr derart amüsiert.

Als sie auf den Parkplatz fuhr, eilte Quentin auf sein Motorrad zu. Mit einem Satz sprang Liz aus dem Wagen und lief auf ihn zu. »Einkäufe reintragen«, forderte sie ihn auf.

»Muss zu John, er hat mich eben angefunkt.«

Liz verschränkte die Arme vor der Brust. »Einkäufe!«, wiederholte sie mit fester Stimme.

Quentin sah sie überrascht an und befestigte den Helm am Lenker. »Ja, Ma'am.« Schnell lief er auf Harrys Pick-up zu.

»Geht doch.« Schmunzelnd folgte sie ihm. »Hab auch Bier gekauft.« Leicht boxte sie ihn gegen den Oberarm.

»Was würden wir nur ohne dich machen«, lachte Quentin und legte den Kopf schief. »Neue Kette?«

»Das fällt dir auf?«

»Warum hast du so rote Wangen?« Neugierig sah er erneut auf ihren Hals.

»Trag endlich die Sachen rein.«

»Schon gut.« Er griff mehrere Tüten und eilte auf den Weg ums Haus.

Hektisch öffnete sie die Fahrertür, knüllte das Geschenkpapier zusammen und steckte es mit dem kleinen Karton in ihre Handtasche. Vielleicht schätzte sie die Jungs manchmal doch falsch ein. Einen Moment lang hielt sie inne und berührte den Anhänger mit den Fingerspitzen. Sie würde die Kette trotzdem tragen. Sie passte perfekt zu ihren Frühlingskleidern. Wenn es endlich wärmer würde, konnte sie diese wieder öfter tragen. Beschwingt richtete sie sich auf und hob einen Teil der Einkäufe von der Ladefläche.

»Riecht sehr gut«, hörte sie Harrys tiefe Stimme hinter sich.

Lächelnd wandte sie sich vom Herd ab und sah ihn mit einer Tasse Kaffee in der Küchentür stehen. »Dein Lieblingseintopf.«

Er brummte zustimmend und kam auf sie zu. »Du hast gesummt.«

»Ich habe was?«

»Gesummt«, wiederholte er. »Eben beim Kochen.«

»Habe ich das?« Hell lachte sie auf und schüttelte über sich selbst den Kopf. »Das habe ich gar nicht gemerkt.«

»Ist schön, dass du wieder besser drauf bist«, sagte er und schielte an ihr vorbei in den großen Topf.

Überrascht blickte sie in seine wachen dunklen Augen unter den buschigen Augenbrauen. »Was meinst du?«

Er zuckte mit den Schultern. »Du warst unausgeglichen in letzter Zeit.« Er runzelte die Stirn, und die Furchen wurden noch tiefer als üblich. »Oder nicht?«

Seufzend wandte sie sich dem Eintopf zu und gab Salz hinein. »Vielleicht hast du recht.«

»Du weißt, du kannst mit mir über alles sprechen?«, brummte ihr Schwiegervater. »Sollte dir irgendwas auf der Seele liegen, dann sag es einfach.«

»Es ist alles gut«, antwortete sie eine Spur zu schnell.

»In Ordnung.«

Er verließ schlurfend die Küche. Noch nie hatte Harry ihr ein solches Gespräch angeboten. Es rührte sie, dass er sich offensichtlich Gedanken um sie machte. Er hatte ihr Stimmungstief der letzten Wochen bemerkt. Doch selbst wenn sie den Mut hätte, mit ihm über ihre Gefühle zu sprechen, wusste sie doch selbst nicht, was das eigentliche Problem war. Wurde nicht jeder hin und wieder etwas melancholisch, oder ging es nur ihr so? Und über was sollte sie sich beschweren? Dass die Jungs das Haus verdreckten, selten halfen und ihr Leben eintönig und langweilig war? Sie hatte genau gewusst, auf was sie sich einließ. Sie hatte die Zustände, den Staub und das Chaos auf Silverwood schon bei ihrem ersten Besuch hier mit Samuel gesehen. Und immerhin bezahlte Harry sie für ihre Arbeit. Es gab nichts, was er für sie tun konnte. Es lag an ihr. Die ersten Jahre nach Ollies Geburt hatte sie kaum Zeit gehabt, über sich nachzudenken. Doch jetzt, da er älter war, in den Kindergarten ging und sie etwas mehr Freiraum hatte, spukten immer wieder diese Gedanken durch ihren Kopf. Daran, was hätte sein können, wenn alles nicht so verflucht mies gelaufen wäre.

Sie tauchte den Kochlöffel in den Eintopf. Auch vorhin hatte sie bei der Fahrt durch Firefly Creek wieder verstohlen auf die Grundschule geschielt. Jeden Monat stotterte sie einen kleinen Betrag ihres Studiendarlehens ab. Geld, das sie für eine Ausbildung bezahlt hatte, die sie nicht nutzen konnte. Stattdessen kochte sie Eintopf, wischte Böden und kämpfte sich täglich durch Wäscheberge. Nichts hatte sich geändert. Und doch war da anscheinend dieses Summen gewesen, und tatsächlich fühlte sie sich etwas beschwingter. Sie lächelte. Seit sie auf der Rückfahrt Ethans Päckchen entdeckt hatte, fühlte sie sich leichter. Weil es schön war, dass jemand an sie gedacht hatte. Beim Anblick der Kette verspürte sie das gleiche Gefühl von Lebendigkeit wie in den Gesprächen mit ihm, als er hier plötzlich so unerwartet aufgetaucht war. Ihr Blick wanderte durch das Fenster auf den Hof. Unzählige dunkle Flecken bildeten sich auf dem trockenen, sandigen Boden. »Es regnet endlich.« Lächelnd trat sie zurück und ging in die Waschküche. Liz öffnete einen der vier Wäschekörbe und zog die Kleidungsstücke heraus. Sie beugte sich hinunter, um nach dem letzten Hemd zu greifen. Irritiert hielt sie inne und betrachtete den hochwertigen Stoff in ihrer Hand. Dieses Hemd war nicht von den

Brüdern. Langsam drückte sie den Stoff an ihr Gesicht und atmete ein. Es roch nach Ethans Rasierwasser. Einen Augenblick glaubte sie, sich in dem Duft zu verlieren. Hektisch schleuderte sie es in die Waschmaschine. Mit flinken Bewegungen steckte sie die restliche Wäsche hinein und füllte das Waschmittel ein. Wie kam sie nur dazu, an seinem Hemd zu riechen? Vielleicht war es doch keine gute Idee, die Kette von ihm zu tragen.

Liz kramte in ihrer Handtasche, zog den wattierten Umschlag heraus und betrachtete den Versandaufkleber. »Kein Absender«, flüsterte sie und stopfte ihn in den Mülleimer. Einen Augenblick lang überlegte sie, dann ging sie in den Flur und klopfte an Harrys Bürotür.

»Was ist«, tönte es durch das dunkle Holz.

Zögernd öffnete sie und trat ein. »Ethan hat eines seiner Hemden hier vergessen. Hast du seine Adresse, damit ich es ihm nachschicken kann?«

Die Augenbrauen ihres Schwiegervaters zogen sich zusammen. »Nein.« Er atmete schwer aus. »Er wird genug Hemden haben. Lass es hier liegen, falls er noch mal vorbeikommt.«

»Falls?« Glaubte Harry etwa, dass sein Sohn nicht wiederkommen würde?

»Er wird schon irgendwann hier aufschlagen«, grummelte ihr Schwiegervater.

»Dann lege ich es in den Schrank im Gästezimmer«, antwortete sie leise und huschte hinaus.

Etwas an Harrys Blick sagte ihr, dass er nicht ganz überzeugt von seiner Aussage war. Würde Ethan sein Versprechen Ollie gegenüber doch nicht halten? Sollte die Kette am Ende so etwas wie ein Abschiedsgeschenk sein?

»Ist das Essen fertig?« John stapfte in den Flur hinein.

»Ich werde euch schon rufen, wenn es fertig ist. Wenn du vorher hungrig bist, kannst du dir ein Brot machen«, fuhr sie ihn an.

Er runzelte die Stirn. »Hab nur gefragt, damit ich weiß, ob ich vorher noch den Pferdestall ausmisten kann.« Angespannt musterte er sie einen Moment, dann ging er hinaus.

»Verdammt.« Vorbei war es mit der guten Laune. Sie sah hinüber zur Waschmaschine, in der das Waschmittel schäumend Ethans Geruch aus dem Hemd wusch und damit die letzte Erinnerung an ihn tilgte. Liz schluckte und spürte den Anhänger der Kette auf ihrer Haut. Nein, eine Erinnerung an ihn würde ihr bleiben. Auch wenn sie nicht verstand, warum Ethans Besuch sie derart aus der Bahn geworfen hatte. Sie musste sich dringend zusammenreißen. Die Situation war, wie sie war, und das hier war eben ihr Leben.

Kapitel 9

Seit er aus dem Besprechungsraum gekommen war, saß er auf dem Bürostuhl und starrte auf den schwarzen Bildschirm. Die Zimmertür, die sich öffnete und wieder schloss, ließ ihn aufsehen. Mit angespanntem Gesichtsausdruck kam Anne auf ihn zu und ließ sich auf einen der Ledersessel fallen. »Stimmt es? Wir werden von Whitewood gekauft?«

»Geschluckt«, antwortete er und klappte den ausgeschalteten Laptop zu. »Wir werden für einen Spottpreis verkauft, sie werden das Unternehmen zerschlagen, und am Ende wird es das alles hier nicht mehr geben.«

Energisch schüttelte sie den Kopf. »Und was heißt das für uns?«

»Die meisten aus dem Management haben eben nach der Bekanntgabe ihre fristlosen Kündigungen bekommen«, brachte er heraus.

»Du auch?«, fragte sie leise nach.

Ethan nickte und deutete auf den Umschlag auf der Tischplatte.

»Wenn sie dich nicht mehr brauchen, brauchen sie auch deine Sekretärin nicht mehr«, stellte sie nüchtern fest.

»Du wirst deine Kündigung heute ebenfalls erhalten, fürchte ich.« Er beobachtete, wie sie ihre Pumps abstreifte, so wie sie es immer tat, wenn sie sich für ein Gespräch zu ihm setzte. Anne war eine seiner wenigen Vertrauten und auf Ethans Wellenlänge. »Hast du dich nach einem neuen Job umgesehen?«

»Das habe ich, und dank deines Empfehlungsschreibens habe ich gleich zwei Stellen in Aussicht. Allerdings wusste ich nicht, ob ich zusagen soll, falls das hier doch noch ein gutes Ende nimmt.«

»Jetzt kannst du zusagen«, stellte er trocken fest.

»Vielleicht können wir auch weiterhin zusammenarbeiten.« Lächelnd zog sie eine Augenbraue hoch.

»Wie meinst du das?«

»Du hast doch sicher auch ein paar Eisen im Feuer.« Sie zwinkerte ihm zu. »Ich könnte dir folgen und wieder deine Sekretärin sein.«

Schmunzelnd löste er seine Krawatte und warf sie auf den Schreibtisch neben den Umschlag mit der Kündigung. »Ich denke, ich will weg aus Sydney.«

»Wirklich?« Neugierig lehnte sie sich vor. »Das überrascht mich.«

»Mich auch.« Bisher hatte er diesen Gedanken noch nicht ausgesprochen, nicht einmal vor Anne. »Ich weiß nicht, warum, aber wenn ich schon einen Neuanfang mache, dann auch richtig.« Er machte eine Pause und rieb sich über den Nacken. »Ich habe heute fast alles verloren, was ich mir erarbeitet habe.«

»Es ist nur ein Job, Ethan, kein Weltuntergang. Du hast deine Wohnung und findest wieder eine neue Arbeitsstelle.«

»Die Wohnung werde ich wohl verkaufen müssen.«

Irritiert sah Anne ihn an. »Du hast doch sicher Ersparnisse, um notfalls ein paar Monate zu überbrücken, bis du einen neuen Job hast?«

»Ich habe dir da was verschwiegen.« Mühsam schluckte er.

»Was?«, fragte sie nach, und er erkannte die Sorge in ihrem Blick.

»Ich habe in das Unternehmen investiert«, sagte er leise. »Ich habe Aktien gekauft …«

Anne runzelte die Stirn. »Wie viel hast du verloren?«

»Fast alles, was ich hatte. Die Kurse sind schon vor Wochen in den Keller gegangen. Ich hatte gehofft, sie fangen sich wieder, wenn wir die Firma sanieren können. Aber wie sich heute gezeigt hat, hat all die Arbeit der letzten zwei Monate nichts gebracht.«

»Verdammt.«

»Ganz genau.« Kaum merklich schüttelte Ethan den Kopf. »Ich habe mich richtig verzockt.«

»Du bist voll auf Risiko gegangen«, bestätigte sie. »Was willst du jetzt machen?«

Mit einer fahrigen Bewegung öffnete er den obersten Knopf seines Hemdes. »Ich weiß es nicht. Ich habe keinen Plan B. Noch nicht.« Er lächelte ihr müde zu. »Am Sonntag dürfen wir Abteilungsleiter noch mal antanzen, um unsere Unterlagen zu übergeben, und dann können wir unsere Sachen packen. Ab Montag wird sich hier einiges ändern, aber davon werden wir nichts mehr mitbekommen.«

»Danach solltest du gründlich nachdenken«, riet sie ihm und stand auf. Sie sah auf ihn herab und kniff ihre Augen leicht zusammen. »Ich habe da eine Freundin …«

Mit demonstrativem Stöhnen stützte er sich auf die Tischplatte. »Schon wieder eine, die ich unbedingt kennenlernen sollte?« Wie oft würde Anne es noch versuchen, ihn zu verkuppeln? Vermutlich dachte sie, ein Date würde ihn ablenken.

»Sie ist echt nett. Und sehr hübsch, wie ich finde.«

»Da bin ich mir sicher.« Er lachte auf.« Aber wie schon die letzten Male lehne ich dankend ab.«

»Du meinst, weil du das auch alleine gut hinbekommst?« Sie lachte. »Deine letzte halbwegs ernsthafte Beziehung, wenn man das überhaupt so nennen kann, ist doch schon über zwei Jahre her«, rief sie ihm unnötigerweise in Erinnerung.

»Es gibt da jemanden«, murmelte er.

»Tatsächlich?« Perplex sah sie ihn an. »Los, erzähl schon!«

»Ich habe keine Freundin. Aber sie geht mir nicht mehr aus dem Kopf.« Er überlegte, wie er ihr die Situation erklären sollte. »Ich weiß auch nicht, was das mit Liz ist. Sie lässt mich einfach nicht los.«

»Liz?« Irritiert trat Anne näher an den Schreibtisch heran. »Die Liz, der ich vor Wochen das Päckchen geschickt habe?«

Er nickte nur zustimmend und bemühte sich, sich nicht zum wiederholten Mal vorzustellen, wie die Blüte auf Liz' Haut aussehen würde.

»Liz Bennett«, murmelte Anne. »Ich dachte, das wäre deine Mutter oder deine Schwester.«

Seit drei Jahren arbeitete er Tag für Tag mit Anne zusammen. Mit der Zeit waren sie Freunde geworden und besuchten mindestens einmal im Monat eine neue Kunstausstellung, was zu einem liebgewonnenen Ritual in ihrem stressigen Alltag geworden war. Und dennoch wusste sie nicht, dass er weder Mutter noch Schwester hatte. Weil er diesen Teil seines Lebens stets für sich behalten hatte. Mit Sicherheit wusste Anne nicht einmal, dass er auf einer Farm aufgewachsen war. Niemand hier hatte eine Ahnung davon.

»Sie ist die Witwe meines verstorbenen Bruders«, erklärte er tonlos.

»Oha.« Geplättet verschränkte sie die Arme vor der Brust. »Das klingt kompliziert.«

»Das ist es.« Er lächelte ihr zu. »Reicht dir das als Erklärung, warum ich deine sicher bezaubernde Freundin nicht treffen möchte?«

Anne lachte amüsiert auf. »Allerdings. Ich finde schon einen anderen Kerl für sie. Ich werde nachher mit ihr losziehen und ein paar Cocktails zu viel auf meine Kündigung trinken.«

»Das klingt nach einem guten Plan.« Diese Frau war nicht kleinzukriegen und würde schon bald einen neuen dankbaren Chef haben. »Ich werde es vermissen, mit dir zu arbeiten«, sagte er.

»Ich auch. Aber auch wenn wir keine Kollegen mehr sind, sind wir noch immer Freunde. Und wir können weiterhin gemeinsam ins Museum gehen. Ruf mich an, wenn dir die Decke auf den Kopf fällt und du reden möchtest.« Sie schenkte ihm ein Lächeln und rauschte aus dem Büro.

»Du bist ein totaler Idiot«, schimpfte er leise mit sich und griff nach seiner Aktentasche. Er hatte nicht nur seinen Job verloren und sich verzockt, er verschenkte auch die Chance auf ein Date mit einer Frau, von der Anne zu glauben schien, dass sie zu ihm passen müsste. Und das nur, weil er nicht anders konnte, als an Liz zu denken, die absolut tabu für ihn war. Fahrig packte er das Kündigungsschreiben und die Krawatte in die Tasche und ging zum Fahrstuhl. Morgen würde er endlich wieder ins Fitnessstudio gehen und danach gründlich über seine Zukunft nachdenken.

Nun war es vorbei. Die Firmenübergabe war schnell und überraschend schmerzlos über die Bühne gegangen. In weniger als einer Stunde war die Sache erledigt gewesen. Ethan hatte alle Daten ausgehändigt und anschließend seine wenigen Habseligkeiten in einem Pappkarton aus dem Büro getragen. Missmutig sah er auf den Barhocker neben sich, wo die Kiste wie ein Zeichen seines Versagens stand. Ein paar persönliche Unterlagen lagen darin, das Arbeitszeugnis, das ihm vorhin in die Hand gedrückt worden war, die Kaffeetasse, von der er nicht wusste, warum er sie überhaupt mitgenommen hatte, und der halb vertrocknete Kaktus von der Fensterbank. Kopfschüttelnd richtete er den Blick auf sein Bier. Nicht einmal ein Kaktus überlebte lange bei ihm, und dabei war er auf dem Land aufgewachsen. Fiona, ihr Kindermädchen, hatte damals den Gemüsegarten hinter dem Haus angelegt. Sie hatte die Jungs miteinbezogen, ihnen gezeigt, wie man Samen aussäte und den Garten pflegte. Dann war sie irgendwann plötzlich verschwunden, und die Pflanzen waren vertrocknet, bis Harry eines Tages den gesamten Bereich umpflügte. So, als ob es Fiona nie gegeben hätte. Bis heute wussten Ethan und seine Brüder nicht, was damals vorgefallen war. Harry hatte ihnen nie eine vernünftige Erklärung dazu geliefert, auch wenn sie die erste Zeit immer wieder nach Fiona gefragt hatten. Irgendwann hatten sie einfach aufgegeben und es akzeptiert. Und jetzt schaffte Ethan es noch nicht einmal, sich um einen Kaktus zu kümmern.

Frustriert nahm er einen großen Schluck. Dass er alleine, ohne Freunde, und noch dazu mitten am Tag eine Bar aufsuchte, war selten, doch heute konnte er die Stille seiner Wohnung nicht ertragen. Zumindest nicht nüchtern. Seufzend zog er sein Handy aus der Hosentasche und suchte die Mailadresse der Maklerin heraus, die ihm vor zwei Jahren seine Wohnung vermittelt hatte. Er musste es schnell hinter sich bringen, sie um den Verkauf des Apartments zu bitten, ehe er den Mut dazu verlor. Aber es gab keine andere Möglichkeit. Die zentral gelegene Wohnung konnte er sich schlicht nicht mehr leisten.

Wenig später trat er aus der düsteren Bar und stand im grellen Sonnenschein inmitten der Menschenmassen. Als hätte jemand einen Schalter umgelegt, hatte vor ein paar Tagen plötzlich der Frühling begonnen. Die Temperaturen waren milder, und die Sonne brannte auf seiner Haut. Er sah auf die Uhr, doch es war erst halb zehn am Morgen. So früh am Tag hatte er noch nie ein Bier getrunken, doch wann, wenn nicht heute? Er war nun offiziell arbeitslos und hatte keine Ahnung, was er mit sich und der freien Zeit anfangen sollte. Langsam schlurfte er mit dem Karton unter dem Arm die wenigen Straßen zu seiner Wohnung. Wie ihn das alles hier plötzlich einzuengen schien. Die Häuser, die Menschen, der Trubel. Als er den Aufzug betrat, wurde ihm klar, was er jetzt brauchte. Hier zu sitzen, auf ein Jobangebot und den Verkauf des Apartments zu warten kam nicht in Frage. Ethan stellte den Karton unsanft auf dem Schreibtisch ab und griff nach seiner Tasche. Eilig packte er frische Kleidung ein, als Letztes das zerschlissene Flanellhemd. Dann nahm er den Ersatzschlüssel und warf ihn in den Briefkasten der netten älteren Dame, die neben ihm lebte. Während der Fahrt würde er sie anrufen und sie bitten, den Schlüssel an die Maklerin zu übergeben. Wie jeden Dienstag käme morgen die Putzfrau, die Wohnung würde auch ohne seine Anwesenheit vorzeigbar sein. Es gab keinen

Grund für ihn hierzubleiben, aber gleich mehrere, um ins Auto zu steigen.

***

Der Tag war lang gewesen, nachdem Ollie bereits um halb sechs entschieden hatte, dass es Zeit zum Aufstehen war. Liz hatte Ollie ins Bett gebracht und war neben ihm eingenickt, bis eine zufallende Tür im Haus sie aufgeschreckt hatte. Sie lief gähnend die Treppe hinunter und sah auf die Uhr. Erstaunt stellte sie fest, dass es schon beinahe Mitternacht war, und betrat die Küche, wo sie frustriert den Stapel mit schmutzigem Geschirr auf der Arbeitsplatte betrachtete. War es wirklich so schwer, es direkt in die Spülmaschine zu räumen? An manchen Tagen war ihr danach, alle Bennetts an die Wand zu klatschen. Kam hier eigentlich niemand auf die Idee, dass ihr auch so etwas wie ein Wochenende zustand? Wenigstens sonntags sollte es doch möglich sein, ihr etwas unter die Arme zu greifen. Stattdessen konnte wieder mal Liz das Schlachtfeld beseitigen, wenn sie nicht morgen früh die doppelte Arbeit haben wollte. Um das hier zu schaffen, brauchte sie dringend ein wenig Musik zur Motivation und suchte daher im Radio ihren Lieblingssender. Jedes Mal stellte Harry wieder auf einen der unsäglichen Lokalsender zurück, die nur Countrymusik spielten. Mit Popmusik im Ohr ging alles leichter, selbst um diese Zeit. Beschwingt spülte sie die verkrusteten Teller vor. Als das Lied zu Ende war und die ersten Töne von *Budapest* durch den Raum schallten, schloss Liz die Augen. Wie sie diesen Song und den rauen Gesang liebte. Sanft wiegte sie sich hin und her. Es war, als würde ihr Körper ganz mit der Musik eins werden. Beschwingt wagte sie eine Drehung und verlor prompt das Gleichgewicht. Sie riss die Augen auf und schaffte es gerade rechtzeitig, sich an der Tischplatte festzuhalten. Glucksend strich sie sich ihr Kleid glatt. Es war ihr Lieblingskleid, aus leichtem Stoff, mit einem Muster aus kleinen Rosen, und eigentlich noch viel zu luftig für den beginnenden Frühling. Aber sie hatte am Morgen nicht widerstehen können, als ein Zipfel des Stoffes im Schrank zwischen ihren Strickjacken hervorgelugt hatte. *Das Geschirr.* Beinahe hatte sie vergessen, was sie dringend erledigen musste. Als sie sich umdrehte, bemerkte sie einen Schatten hinter der Fliegentür. Irritiert sah sie, wie er mit einem verschmitzten Lächeln die Tür öffnete.

»Ethan … was tust du hier?« Sie lächelte ihn eine Spur zu breit an.

Er trat in die Küche und stellte seine Tasche auf dem Tisch ab. »Ich wollte sehen, ob du die Kette auch trägst.« Er deutete auf ihren Hals. »Sie steht dir noch besser, als ich angenommen habe.«

»Und deswegen bist du zurückgekommen?«, fragte sie. Ihr Herz schien einen kleinen Freudensprung zu machen, wofür sie sich sogleich in Gedanken tadelte.

»Nein, das hat andere Gründe. Gründe, die ich noch nicht wirklich verstehe. Irgendwie hielt ich es für eine gute Idee. Ich schätze, ich brauche noch etwas mehr Abstand zur Stadt.« Er machte eine Pause. »Und ich habe Ollie doch versprochen, ihn zu besuchen.«

»Verstehe.« Verlegen sah sie ihn an. »Wie lange hast du an der Tür gestanden?«, platzte es aus ihr heraus.

»Lange genug. Es war ein reizvoller Anblick.« Da war es wieder, das Grinsen, das er eben schon auf den Lippen getragen hatte.

Liz schlug sich stöhnend die Hände vor die Augen. »Das ist so peinlich.«

»Nein, ist es nicht.« Er sah sich in der Küche um. »Das hier ist peinlich«, sagte er und deutete auf das dreckige Geschirr und die Töpfe auf dem Tisch. »Sind meine Brüder wirklich solche Ferkel?«

Sie zuckte mit den Schultern und öffnete die Spülmaschine. »Sie wissen es nicht besser.«

»Das sollten sie aber.« Ethan trat neben sie und griff nach dem Schwamm, um die Töpfe zu spülen.

»Das musst du nicht tun«, sagte sie überrascht.

»Ich helf dir gerne. So kann ich mich noch etwas davor drücken, Harry zu fragen, ob ich eine Weile hierbleiben kann.«

Er wollte tatsächlich länger bleiben? Hastig nahm sie das dreckige Besteck, um es einzuräumen. Sie freute sich darüber, und dabei brachte es sie erneut in das Dilemma, sich von ihm fernhalten zu müssen, obwohl sie seine Anwesenheit sehr genossen hatte. Ethan hatte etwas Abwechslung in ihren trüben Alltag gebracht, mit ihm hatte sie über Themen sprechen können, die sich nicht um die Farm drehten. Während sie das Besteck einsortierte, rechnete sie nach, wie lange er fort gewesen war. Waren es tatsächlich nur zwei Monate gewesen? Es hatte sich deutlich länger angefühlt.

»Was machst du denn hier?« Harrys Stimme polterte durch den Raum.

Liz konnte erkennen, wie Ethan tief einatmete und sich umdrehte.

»Kann ich für einige Zeit hierbleiben?«, fragte er leise.

»Natürlich.« Harry nahm sich eine Wasserflasche aus dem Kühlschrank. Als er an Ethan vorbeiging, klopfte er ihm auf die Schulter und verließ den Raum.

»Das war doch gar nicht so schlimm«, bemerkte sie kichernd.

»Ich weiß gar nicht, wann er mir das letzte Mal auf die Schulter geklopft hat.« Noch immer sah er zum Flur, in den Harry verschwunden war.

»Das ist doch eine Entwicklung, die Mut macht.« Es stimmte, ein Schulterklopfer war bei ihrem Schwiegervater schon beinahe eine Liebesbekundung.

»Das liegt sicher daran, dass ich ihm eine Menge Steuern erspart habe.« Lachend stellte er den Topf auf das Abtropfgestell und griff nach dem Putzlappen.

»Zum Teufel!«

Erschrocken fuhr Liz herum.

Mit wütendem Blick kam John auf sie beide zu.

»Es heißt willkommen, falls du es vergessen hast«, sagte Ethan grimmig.

John baute sich vor ihm auf. Er überragte seinen jüngeren Bruder nur um wenige Zentimeter. »Harry sagt, du würdest hierbleiben. Was soll der Mist?«

»Was ist daran nicht zu verstehen?«, fragte Ethan auffallend ruhig.

Liz schnappte nach Luft. Es fehlte nicht viel und die beiden würden übereinander herfallen. Und zum Teil wäre es ihre Schuld. Auch wenn die Brüder nie gut miteinander ausgekommen waren, so wusste sie, warum John derart überreagierte. Sie hatte diesen Ärger verursacht, wie auch immer er von der Sache mit ihr und Ethan erfahren hatte. Sanft legte sie ihre Hand auf Johns Arm. »Beruhige dich, bitte.«

John schüttelte sie ab und funkelte Ethan erneut an. »Ich rate dir, keinen Ärger zu machen.«

»Der Einzige, der hier Ärger macht, bist du«, gab Ethan gelassen zurück.

Dass Ethan so entspannt blieb, überraschte sie. Zwischen den Brüdern reichten häufig Kleinigkeiten aus, um eine Schlägerei auszulösen. Meist maßen die Zwillinge ihre Kräfte auf diese Art, doch auch John und Jim waren in der Vergangenheit oft aneinandergeraten. Offensichtlich war es ihre Art, Differenzen zu klären. Danach genügte meist ein Bier, und alles war wie vorher, bis auf ein blaues Auge und eine aufgeplatzte Lippe. Ethan allerdings wischte in Seelenruhe die Krümel auf dem Tisch zusammen.

John schien nach einer Antwort zu suchen, dann schnaubte er entrüstet, nahm seinen Hut vom Haken und warf knallend die Fliegentür hinter sich zu.

»Ist das eigentlich in allen Familien so?«, fragte Ethan sie amüsiert.

»Ich glaube nicht.« Erleichtert atmete sie aus. »Danke fürs Helfen. Ich muss dringend ins Bett.« Sie lächelte ihm zaghaft zu. »Bis morgen.« Sie musste schnellstens raus aus dieser Situation. Sein unangekündigtes Auftauchen löste einen Wirbelsturm der Gefühle in ihr aus.

Ethan nickte und wusch den Lappen aus.

Verwirrt ging Liz die Treppe hoch und ins Bad. Einen Moment lang starrte sie ihr Spiegelbild an. Unter ihren Augen prangten dunkle Ringe, durch die Müdigkeit wirkte ihre Gesichtshaut fahl, und ihre Haare waren alles andere als ordentlich. Stöhnend griff sie nach der Zahnbürste. Ethan war wieder da. Einfach so. Und dann war da diese Sache, die sich überraschend bei ihr ergeben hatte. Sie hatte völlig unerwartet einen Anruf von der Grundschule in Firefly Creek bekommen, in dem man ihr eine Stelle als Lehrerin anbot.

Anscheinend fiel eine ältere Lehrerin aus gesundheitlichen Gründen länger aus, vermutlich würde sie direkt in den Vorruhestand gehen. Liz dachte zurück an damals, als sie nach Firefly Creek gezogen war. Etwas über ein Jahr hatte sie als Aushilfe an der örtlichen Grundschule gearbeitet und die Anstellung schließlich aufgrund von Samuels Erkrankung aufgegeben, um an seiner Seite zu sein. Und nun hatte die Schulleiterin sie einfach angerufen und ihr die Stelle sozusagen auf dem Silbertablett serviert. Das Vorstellungsgespräch würde eher eine Formalität sein. Bis vorhin hatte sie gezögert, ob sie die Chance ergreifen sollte, und auch der Schulleiterin signalisiert, dass sie noch darüber nachdenken musste. Für übermorgen war das Gespräch anberaumt worden. Seit Tagen dachte sie darüber nach, ob es eine gute Idee war, ob sie wirklich hingehen sollte. Doch dann hatte sie eben die wieder einmal total verdreckte Küche gesehen, und es hatte ihr endgültig gereicht. Energisch spuckte sie die Zahnpasta aus und spülte nach. So ging es nicht weiter. Immer mehr fühlte sie sich wie eine Haushälterin und weniger wie ein Familienmitglied, dem man mit Respekt begegnete. Die Männer schlurften mit ihren Stiefeln durchs Haus und verteilten den Dreck von draußen, gleich nachdem sie gewischt hatte. Inzwischen schafften es die Zwillinge nicht einmal mehr, ihre Wäsche in den Wäschekorb zu tun, stattdessen durfte Liz täglich die dreckigen Klamotten vom Boden aufsammeln. Sie war kurz davor, einen Waschstreik auszurufen, sollte sich dieses Verhalten nicht endlich ändern. Es war ja nicht so, dass sie viel von den anderen erwartete, aber sie hatte doch zumindest etwas Respekt und Rücksichtnahme verdient. Ihre Freundin Melly beschwerte sich immer, dass ihr Mann seine Socken neben dem Bett liegen ließ – was sie wohl zu den Zuständen hier sagen würde? Liz ließ das erfrischend kalte Wasser in ihre Hände laufen und wusch sich das Gesicht. Nein, diese Möglichkeit durfte sie sich nicht entgehen lassen. Sie würde ihre ordentliche Stoffhose aus dem Schrank holen, Schuhe anziehen, die zu fein für Silverwood waren und seit Jahren eingestaubt in einer Kiste lagen, hingehen, um sich alles anzuhören, und entscheiden, was sie wollte. Es war lange her, dass sie an sich selbst gedacht hatte. Höchste Zeit, dies zu ändern.

***

Etwas Hartes pikste ihn in die Seite. Grummelnd drehte Ethan sich auf den Rücken. Wieder bohrte sich das Ding in seine Haut, dieses Mal am Bauch. Blinzelnd schlug er die Augen auf und brauchte einen Moment, um sich zu orientieren.

»Mum sagt, du bist wieder da. Sie hat nicht gelogen«, sagte Ollie strahlend.

»Natürlich hat sie nicht gelogen, so etwas machen Mütter nicht.« Müde rappelte Ethan sich auf und betrachtete seinen Neffen. »Hast du Haargel benutzt?«

Selbstbewusst nickte der Kleine. »Das von Quentin. Er hat es am Waschbecken stehen lassen. Sieht gut aus, oder?«

»Oh ja, sehr interessant«, bestätigte Ethan amüsiert über die verklebten Haare, die wild von Ollies Kopf abstanden und inzwischen wieder einen Schnitt vertragen konnten.

»Hat deine Mum das schon gesehen?«

»Nein, sie macht Frühstück. Wenn ich nicht hochgekommen wäre, hättest du es verpasst.«

Ethan stand auf und nahm seine Hose vom Stuhl. »Nett, dass du an mich denkst.«

»Finde ich auch. Mum meinte, ich soll dich schlafen lassen, aber ich wusste, du willst auch Frühstück.«

»Hörst du eigentlich jemals auf das, was deine Mum dir sagt?«

»Manchmal.« Nachdenklich legte er seine Stirn in Falten. »Nur wenn mir gefällt, was sie sagt.«

Ethan lachte auf. »Das klingt logisch.«

»Also kommst du jetzt endlich?«, fragte Ollie ungeduldig.

»Geh schon runter, ich muss noch kurz ins Bad.«

Ollie nickte. »Ein klein wenig Haargel habe ich übrig gelassen. Du kannst es nehmen.«

»Sehr lieb von dir.«

Schmunzelnd beobachtete Ethan, wie der Junge aus dem Raum stürmte und das Holzschwert, mit dem er ihn eben gepikt hatte, weit nach vorne streckte. Immerhin freute sich der kleine Racker über seine Rückkehr. Um frische Luft hereinzulassen, öffnete er das Fenster und atmete tief ein. Ja, hier roch es anders als in Sydney. Nach der Zeit auf der Farm war ihm die Stadtluft stickiger vorgekommen als sonst. Nachdem er bereits gestern Abend die Begrüßung von seinem Vater und John hinter sich gebracht hatte, würde das Frühstück hoffentlich friedlicher verlaufen. Wenn er Glück hatte, wäre John schon draußen unterwegs. Suchend sah er zum Paddock hinter dem Pferdestall hinüber. Zumindest war von diesem Teufelspferd nichts zu sehen, also standen die Chancen gut, dass sein Bruder weg war. An der Wäscheleine im Hof flatterte die Kleidung im Wind. Zwischen all den Männerhemden und Hosen schien es so, als würde Liz' Kleid tanzen. Es war dasselbe, das sie gestern Abend getragen hatte. Gerührt dachte er an ihren Anblick zurück. Wie sie völlig in die Musik vertieft, mit geschlossenen Augen dagestanden und sich hin und her gewiegt hatte. Obwohl sie müde gewirkt hatte, war die Küche durch sie voller Leben gewesen. Sie sollte nicht in einer Küche tanzen, sie sollte ausgehen und Spaß haben, so wie sie es verdiente. Dass die Wäsche um diese Zeit an der Leine hing, bedeutete, dass sie schon wieder im Morgengrauen auf gewesen war. Im Vergleich dazu kam er sich wie ein Müßiggänger vor, jetzt, da er nicht mehr täglich zehn Stunden im Büro sitzen musste. Aber es war nicht seine Entscheidung gewesen, dass alles so gekommen war. Und mit etwas Glück würde er bald eine neue Stelle haben und von vorne anfangen. Seufzend trat er vom Fenster weg. *Von vorne.* So viel Zeit hatte er in seine Karriere gesteckt, kaum Freizeit gehabt, und das nur, um voranzukommen. Doch wofür? Für eine schicke Wohnung, ein teures Auto, Essen in angesagten Restaurants? Und jetzt war alles weg. Hoffentlich würde es ihm hier auf der Farm gelingen, neue Energie zu tanken, um erneut durchzustarten. Seit Monaten schon hatte er sich ausgebrannt gefühlt, war häufiger müde gewesen als sonst und weniger motiviert. Dann war in der Firma alles zusammengebrochen, und es hatte ihm den Boden unter den Füßen weggezogen. Ja, es war die richtige Entscheidung gewesen hierherzukommen. Er brauchte Abstand von alldem und musste sich darüber klarwerden, wie er weitermachen wollte.

Als Ethan in die Küche kam, war seine Familie fast fertig mit dem Frühstück. Wie vermutet, war John nicht da, doch der Rest saß am Tisch. Seine Brüder begrüßten ihn fröhlich und schienen sich ehrlich zu freuen, ihn erneut zu sehen.

»Da hast du ja was Schönes angerichtet.« Die Hände in die Hüfte gestemmt, stand Liz hinter ihrem Sohn und betrachtete seine Haare. »So kannst du nicht in den Kindergarten gehen. Auf keinen Fall«, stellte sie bestimmt fest.

»Wir müssen aber wirklich los, eigentlich sollten wir schon seit zehn Minuten unterwegs sein. Wenn ich noch mal zu spät in der Werkstatt auftauche, kann ich mir vom Chef was anhören«, sagte River, stand auf und griff nach dem Rucksack seines Neffen.

Suchend sah Liz sich um. »Warte, nur eine Minute.« Hastig kramte sie eine Gabel aus der Küchenschublade und kämmte Strähne für Strähne das getrocknete Gel aus Ollies Haaren. In kleinen weißen Flocken fiel es ihm auf die Schultern, und er verzog das Gesicht.

Die Zwillinge beobachteten ihre ungewöhnliche Maßnahme unter schallendem Gelächter, und selbst bei Harry zuckten die Mundwinkel.

»Klopf ihn draußen bitte noch mal ab, River. Besser geht es jetzt nicht. Und Quentin«, sie sah ihn streng an, »lass das Gel bitte nicht noch mal rumstehen.«

»Ja, Ma'am«, gab sein Bruder grinsend zurück.

Ethan setzte sich auf einen freien Stuhl und winkte Ollie zu, während River ihn aus der Küche zog. Quentin verabschiedete sich ebenfalls, um nach den Schafen zu sehen. Wortlos tranken die Verbliebenen den Rest des Kaffees, während Jim die Zeitung durchsah. Gerade als Ethan etwas sagen wollte, um die Stille zu durchbrechen, räusperte sich Harry.

»Wenn du hier wohnst, dann kannst du auch mithelfen.« Abwartend sah sein Vater ihn an.

»Du weißt, ich bin nicht wirklich gut in diesen Dingen, aber ich werde mir Mühe geben«, versprach Ethan. Er wollte schließlich nicht den ganzen Tag hier rumsitzen und Däumchen drehen.

»Du kannst doch einen Pinsel halten, oder?«, fragte Harry mit einem belustigten Unterton.

»Was soll ich tun?« Ethan schwante nichts Gutes.

»Die Scheune könnte schon lange einen neuen Anstrich vertragen, wir kommen einfach nicht dazu.«

»Die Scheune?« Fassungslos starrte er seinen Vater an. »Die ganze?«

»Eine Scheune, die zur Hälfte gestrichen ist, sieht etwas blöd aus, meinst du nicht?« Knallend stellte Harry die leere Tasse ab und stand auf. »Im hinteren Teil findest du die Farbe und was du sonst noch brauchst.« Der alte Mann griff nach seinem Hut und schlurfte hinaus.

»Die Scheune streichen«, wiederholte Ethan ernüchtert.

»Das schaffst du schon.« Aufmunternd schlug Jim ihm auf die Schulter und stellte seinen Teller in die Spüle. »Hast du eigentlich noch einen Hut?«

»Einen Hut?«, fragte Ethan irritiert.

»Na, jetzt wirst du viel Zeit draußen verbringen, und wie du weißt, kann die Sonne auch im Frühling ganz schön brennen.«

Daran hatte Ethan nicht gedacht. Seufzend schüttelte er den Kopf. Einen Hut hatte er seit Jahren nicht mehr, und der, den Liz ihm bei seinem letzten Besuch gegeben hatte, passte nicht richtig. Er wusste nicht einmal, wo er seinen eigenen damals beim Auszug gelassen hatte.

»Ich habe noch einen alten rumliegen, den gebe ich dir später«, erklärte Jim, stieg in die Arbeitsstiefel und verließ die Küche ebenfalls.

»Das wird dir vielleicht guttun«, bemerkte Liz.

»Wie meinst du das?« Irritiert sah Ethan sie an.

Sie schien einen Moment nachzudenken. »Anscheinend

gibt es da etwas, das dich belastet. Sicher bist du nicht ohne Grund wieder hier.« Sie machte eine Pause. »Das Streichen könnte dir dabei helfen, deine Gedanken zu ordnen.«

»Ich habe meinen Job verloren.« Endlich sprach er es aus. Es war, als würde ein Gewicht von seinen Schultern abfallen.

»Also habt ihr keinen Geldgeber gefunden.« Sie nickte betroffen. Dann setzte sie sich neben ihn und musterte ihn. »Wenn du mal jemanden zum Reden brauchst, bin ich für dich da. Auch wenn dieses Haus immer voller Leute ist, deine Familie spricht nur ungern über Probleme, das weiß ich nur zu gut«, sagte sie und lachte hell.

Ein Lächeln huschte über Ethans Lippen. Es musste hier manchmal ziemlich einsam für sie sein. Alleine unter Männern, die nur an die Arbeit dachten. »Kommst du hier auch mal raus?«

»Raus?«

»Gehst du aus?«

Liz machte eine abwehrende Geste. »Selten. Ab und zu mal auf einen Kaffee mit einer Freundin. Aber eigentlich ist immer was zu tun.«

Das hatte er sich gedacht. Kein Wunder, dass sie alleine in der Küche tanzte. Wie gerne würde Ethan sie stattdessen durch die Luft wirbeln und ihr Lachen hören. »Solange ich hier bin, kann ich gerne mal auf Ollie aufpassen, wenn du was unternehmen willst.«

Nachdenklich runzelte sie die Stirn. »Da ist tatsächlich etwas, das ich morgen Nachmittag erledigen müsste. Ich hätte sonst Harry gebeten, Ollie im Auge zu behalten, aber wenn du was mit ihm machen möchtest?«

»Das mache ich gerne.«

Ihr Gesicht hellte sich auf. »Da wird er sich freuen.« Dankbar legte sie ihm für einige Sekunden die Hand auf den Arm, dann stand sie auf und ließ Wasser in die Spüle einlaufen.

»Die ganze beschissene Scheune«, murmelte Ethan, als er im Halbdunkeln die sieben großen Farbeimer betrachtete. Die Lichtstrahlen, die durch die Ritzen der Holzwände ins Innere der Scheune fielen, reichten gerade aus, um sich zurechtzufinden. Vielleicht hätte er besser das große Tor an der Vorderseite geöffnet, durch das die Anhänger und Traktoren gefahren wurden, doch er hatte nur die kleine Nebentür genommen. Bis hier, an die hintere Wand der Scheune, reichte das einfallende Licht nicht. Er griff mehrere Pinsel und eine Malerrolle vom Regal und trug den ersten Farbeimer hinaus.

Stöhnend sah er an der Scheunenwand hinauf. Er würde eine Leiter brauchen. Mit der Hand fuhr er über das raue, ausgeblichene Holz. Er erinnerte sich an den Sommer, als Harry gemeinsam mit John diese Scheune gebaut hatte. John war damals etwa elf gewesen, hatte aber geschuftet wie ein Erwachsener. Es stimmte, ein neuer Anstrich war längst überfällig. Doch alleine würde Ethan dafür eine Ewigkeit brauchen. Er öffnete den Deckel und griff nach einem schmalen Stock, um die Farbe umzurühren. *Braun.* Das alte Hemd, das er inzwischen wieder trug, würde in einigen Tagen vermutlich über und über mit Flecken bedeckt sein. Allerdings hatte er keine Arbeitshose und musste wohl seine Jeans opfern. Er durfte nur nicht daran denken, was er für die Designerhose bezahlt hatte. Die teure, gut sitzende Jeans schien geradezu ein Sinnbild für diese widersprüchliche Situation zu sein: Er, der Geschäftsmann, der in unverschämt teuren Klamotten auf die Farm zurückgekommen war, auf der er einst geboren worden war. Zum Glück hatten seine

Brüder keine Ahnung, was er in der Stadt für Dinge wie Kleidung und Essen in Restaurants ausgegeben hatte. Bisher hatte es ihn nicht gestört, nein, er hatte gerne Geld in schöne Sachen für sich investiert und nie darüber nachgedacht, ob es nicht doch zu teuer oder unnötig war. Wieder rührte er die Farbe um und beobachtete, wie der Farbton immer gleichmäßiger und die hellen Schlieren in der zähen Flüssigkeit dünner wurden. Doch jetzt war alles anders. Für eine Weile zumindest würde es keine Restaurantbesuche oder sonstige Annehmlichkeiten mehr geben. Das war einfach nicht mehr drin. Ohne mit der Wimper zu zucken, hatte er alle Rechnungen für die Frauen, mit denen er in den letzten Jahren ausgegangen war, übernommen. Hatte ihnen teure Geschenke gemacht und das, obwohl es ihm mit keiner dieser Frauen wirklich ernst gewesen war. Es hatte darunter nur eine Beziehung gegeben, die etwas ernster wurde, aber auch diese hatte nur wenige Monate gehalten. Lediglich Anne war ein fester Bestandteil seines Lebens in Sydney gewesen, doch sie war mehr wie die Schwester, die er nie gehabt hatte.

Es war ein gutes Gefühl gewesen, großzügig zu sein. Zu zeigen, dass er es sich leisten konnte. Und die Frauen nahmen es gerne an, ließen sich von ihm verwöhnen. Doch er hatte keine von ihnen wirklich an sich herangelassen, hatte ihnen nie von Silverwood, seiner Familie oder der Kindheit auf dem Land erzählt. Das hatte nicht zu seinem Bild von einem erfolgreichen Mann in der Stadt gepasst. Doch warum eigentlich? Schämte er sich etwa für das alles hier? Wieder sah er an der Scheunenwand hoch. Was würden seine früheren Dates über ihn denken, wenn sie ihn gerade sähen – wie er Farbe anrührte und Wände strich. Hätte er in solch einem Hemd überhaupt eine Chance bei ihnen gehabt? Vielleicht hatte ihm aber auch nur der Mut gefehlt, sich ihnen ganz zu zeigen, und er hatte ihnen unrecht getan. Gut möglich, dass es so war. Anders war nicht zu erklären, dass er nicht einmal Anne von Silverwood erzählt hatte. Hatte er sich für seine Herkunft geschämt? Ethan schüttelte den Kopf und nahm die Farbrolle. Was brachte es, über diese Dinge nachzudenken? Es war, wie es war, und er musste lernen, mit der neuen Situation umzugehen. Zumindest so lange, bis er sich seinen gewohnten Lebensstandard wieder erarbeitet hatte.

Energisch steckte er die Farbrolle in den Eimer und fuhr dann mit ihr die erste Holzlatte an der Seitenwand entlang. Schmatzend löste sich die Farbe von der Rolle, und die ausgeblichene Oberfläche verschwand unter einer frischen braunen Schicht.

***

Immer wieder schielte Liz aus dem Küchenfenster zur Scheune hinüber. Seit über drei Stunden war Ethan nun schon draußen, und der gestrichene Teil der ersten Wand ließ bereits erkennen, wie gut die Scheune am Ende aussehen würde. Schmunzelnd beobachtete sie, wie er mit Jims altem Hut auf dem Kopf die Leiter neu positionierte und hinaufstieg. Er sah ganz anders aus als damals bei ihrer Begegnung auf dem Parkplatz. Ein wenig wirkte es wie eine Verkleidung. Dieser Mann war kein Farmer, das war auf den ersten Blick zu erkennen. Sein akkurater Haarschnitt, seine Bewegungen, seine ganze Art verrieten es.

Seufzend nahm sie einen Schluck von ihrem Tee. Wie jeden Tag gönnte sie sich kurz vor dem Mittagessen eine kleine Pause, ehe die ganze Meute wieder in die Küche einfiel und sich auf das Essen stürzte. *Gehst du aus?*, hatte er sie gefragt. In der letzten Zeit hatte sie sich zunehmend wie gefangen gefühlt hier auf der Farm. Die Brüder gingen zwar abends öfter in den Pub, doch sie wurde nur selten gefragt, ob sie Lust hätte, sie zu begleiten. Vermutlich dachten sie nicht einmal daran, dass auch Liz mal etwas Spaß nötig haben könnte. Nein, für die Männer in diesem Haus war sie einfach Samuels Witwe und Ollies Mutter. Doch auch sie war noch in ihren Zwanzigern. Vorsichtig blies sie in den heißen Tee. Was würde die Familie sagen, wenn sie von ihren beruflichen Plänen erfuhr? An Harrys Reaktion traute sie sich nicht einmal zu denken. Aber es war ja nicht so, dass sie die Familie im Stich ließ, aber so wie es jetzt war, konnte es nicht dauerhaft bleiben. So konnte und wollte sie nicht länger weiterleben. Ollie war nun alt genug, dass sie sich auch wieder etwas auf sich und ihre Bedürfnisse konzentrieren konnte. Wie schön es wäre, wieder anderen Kindern als nur ihrem eigenen Wissen zu vermitteln und anregende Gespräche mit Kollegen zu führen. Allerdings war sie inzwischen sicherlich eingerostet, was das Unterrichten anging. Traute sie sich das überhaupt noch zu? So lange schon war sie aus ihrem Beruf raus. Morgen war der große Tag der Entscheidung. Nervosität machte sich in ihr breit.

Mit energischen Schritten lief John am Fenster vorbei und trat in die Küche. Aus den Augenwinkeln sah er sie an, dann hängte er seinen Hut weg. An seinem Blick war zu erkennen, dass er schlechte Laune hatte, und sie konnte sich denken, woran es lag.

»Es gibt einen Braten«, sagte sie bemüht fröhlich.

»Es riecht schon großartig«, gab er wenig begeistert zurück und stellte sich neben sie.

Sein Blick ging nach draußen, und Liz konnte erkennen, wie er die Zähne aufeinanderbiss. »Genießt du die Aussicht?«, wollte er gereizt wissen.

»John.« Sie legte eine Hand auf seinen Arm.

Er atmete hörbar aus und lächelte dann gezwungen. »Schon gut, ich versuche, mich zurückzuhalten.«

»Er ist dein Bruder«, sagte sie sanft.

»Auch wenn man es kaum glauben mag.« John legte für einen Augenblick seine Hand auf ihre, dann setzte er sich an den Tisch und fuhr sich durch die staubigen Haare. »Die anderen sind in wenigen Minuten auch hier.« Er brummte unzufrieden. »Diese verdammte Dürre macht mir langsam wirklich Sorgen. Es gibt jetzt schon die ersten Buschbrände in New South Wales, dabei ist es erst Ende Oktober. Wenn es so weitergeht, steht uns allen ein harter Sommer bevor.«

»Wie gut, dass wir von Elderberry mit Wasser versorgt werden«, versuchte sie, ihn aufzubauen. Es war ein Glück, dass das Land der Holts seit Jahrzehnten Silverwood mit ihrem Grundwasser speiste.

»Trotzdem, ich habe ein mieses Gefühl«, beharrte John.

Seufzend stellte Liz die Tasse ab und ging zum Schrank, um die Teller herauszunehmen. Die zweite Raubtierfütterung des Tages stand an, und ein Job außerhalb des Hauses erschien ihr immer verheißungsvoller.

Das Schweigen am Tisch schien heute noch ausgedehnter zu sein als sonst. Da River mittags im Ort aß, fehlte während des Lunchs das Gequatsche der Zwillinge. Liz' Blick wanderte von einem zum anderen.

Schließlich durchbrach Harry das Schweigen. »Kannst du

nachher zur Elderberry-Farm rüberfahren?« Er sah Ethan fragend an.

»Ich?« Überrascht ließ Ethan die Gabel sinken.

»Ich habe Graham erzählt, wie du mir mit der Steuererklärung geholfen hast, und er meinte, er sei auch spät dran damit. Vielleicht kannst du dir das mal ansehen? Ich fürchte, er hat noch weniger Ahnung von der ganzen Sache als ich.«

»Sicher. Ich streiche noch etwas weiter, und dann fahre ich hin.«

Liz konnte sehen, wie Johns Augen schmaler wurden. Dass Ethan nun auch noch Erins Vater bei den Finanzen helfen sollte, schien ihm nicht zu passen. Natürlich nicht. Ganz offensichtlich war alles, was mit Ethan zu tun hatte, für ihn ein rotes Tuch. Und jetzt kam auch noch Erin ins Spiel, für die John scheinbar seit langem eine gewisse Zuneigung empfand. Zumindest hatte Liz diesen Eindruck, doch wer wusste schon, was wirklich in dem Mann vorging? Immerhin war er überhaupt zum Mittagessen aufgetaucht. Irgendwie musste es doch möglich sein, dass die Brüder sich wieder annäherten. Allerdings war ihr noch immer nicht klar, was die Ursache ihrer Differenzen war. Vielleicht könnte Liz es herausfinden und etwas dagegen unternehmen.

Kaum war das Essen beendet, leerte sich die Küche schlagartig. Unauffällig griff Liz Jim am Ärmel und hielt ihn sanft zurück. »Hast du einen Moment?«

Er nickte und wartete ab, bis sie alleine waren. »Was gibt's?«

Liz suchte vergeblich nach den richtigen Worten. »John und Ethan …«

Seufzend verschränkte er die Arme vor der Brust. »Sie gehen schon wieder aufeinander los, oder?«

»Ja, und ich verstehe es einfach nicht. Was genau ist das Problem?« Fragend sah sie ihn an.

»Da bin ich mir selbst nicht sicher. Mit Ethan hatte ich lange keinen Kontakt, und du weißt, wie wenig John von sich preisgibt. Aber sie haben sich noch nie gut verstanden. John war immer enger mit Samuel, als wir noch Kinder waren.«

»Und du und Ethan?«, fragte sie interessiert nach.

»Wir haben viel Zeit miteinander verbracht. Aber wie gesagt, das ist lange her.«

Dass nicht einmal Jim wusste, was hier vor sich ging, überraschte sie. Normalerweise hatte er eine gute Beobachtungsgabe und wusste, was in diesem Haus los war. Er war der Erste, der erkannte, wenn die Zwillinge auf blöde Ideen kamen, und vermittelte oft genug zwischen Harry und John, wenn sie sich in die Haare kriegten. Doch offensichtlich war er in diesem Fall genauso ahnungslos wie Liz. »Können wir da irgendwas machen?«

Er schüttelte den Kopf. »Ich fürchte, das müssen die beiden alleine klären. Immerhin haben sie jetzt, wo Ethan eine Weile hierbleibt, die Gelegenheit dazu.« Er runzelte die Stirn. »Weißt du, warum er ausgerechnet jetzt nach Hause gekommen ist?«

»Nein«, gab sie eilig zurück. Auf keinen Fall wollte sie verraten, was Ethan ihr im Vertrauen erzählt hatte. Aber sie hoffte inständig, dass er auch bald den Rest der Familie einweihte. Vielleicht würde ihm das helfen, mit seiner belastenden Situation umzugehen.

»Dann hoffen wir, dass die Stimmung hier bald wieder besser wird.« Aufmunternd fuhr Jim ihr über den Arm. »Mach dir nicht so viele Gedanken um diese Chaoten, ja?«

Sie lächelte. »Ich versuche es.«

Nachdem auch Jim gegangen war, begann Liz, den Tisch abzuräumen. Sollte sie Ethan auf seine Probleme mit John ansprechen? Doch vermutlich war es besser, sich ein wenig von ihm fernzuhalten. Nachdenklich stellte sie die Auflaufform ins Waschbecken und ließ Wasser einlaufen. Wenn es nur nicht so schön wäre, mit ihm zu reden.

***

Graham Holt hatte wirklich keine Ahnung von Buchhaltung. Seit zwei Stunden wühlte Ethan sich durch die Unterlagen im chaotischen Arbeitszimmer des Farmers und machte sich Notizen. Was war das nur mit diesen Männern, die Tag für Tag hart arbeiteten, um ihre Farmen am Laufen zu halten, dann aber die geschäftlichen Dinge völlig vernachlässigten? Er nahm ein weiteres Blatt vom Stapel und überflog es, während Graham schnarchend im Sessel in der Zimmerecke saß. Anfangs hatte Ethan ihm Frage um Frage gestellt, doch plötzlich hatte er nur noch Grahams gleichmäßige Atemzüge gehört. Sie waren zuvor auch auf die Pumpe zu sprechen gekommen, die das Wasser aus der tiefliegenden Wasserader heraufbeförderte und seit Jahrzehnten nicht nur Elderberry, sondern auch Silverwood versorgte. Anscheinend hatte Erin das Teil schon viel zu oft reparieren müssen, und Graham zeigte in ihrem Gespräch tatsächlich Interesse für eine solarbetriebene Pumpe. Ethan hatte versprochen, ihm die nötigen Förderanträge aus dem Internet auszudrucken und ihn bei der Wahl des richtigen Modells zu beraten. Wenigstens war sein Wissen über Solartechnik noch einmal von Vorteil. Offensichtlich war Graham leichter von Neuerungen zu überzeugen als Harry. Nein, er tat seinem Vater unrecht.

Harry zog das mit der Umstellung auf biologische Rinderhaltung allem Anschein nach durch, und Ethan war stolz auf seine Weitsicht. Seinen Vater konnte man nicht einfach zu etwas überreden, er musste erst überzeugt werden, dass etwas wirklich richtig war. Und offensichtlich hatte Ethan tatsächlich mal etwas richtig eingeschätzt in den Augen des alten Sturkopfes. Die Tür öffnete sich, und Erin schob ihren Lockenkopf ins Zimmer.

»Schläft Dad etwa?« Leise lachend trat sie hinter Ethan und betrachtete die Unterlagen.

»Seit einer Weile. Ist nicht verkehrt, so kann ich mich besser konzentrieren«, erklärte er.

»Ist es schlimm?«, wollte sie wissen und deutete auf seine Notizen.

»Es ist ein Riesenchaos. Und er hat genau wie Harry sicherlich seit Jahren eine Menge Geld verschenkt.«

Sie zog sich einen Stuhl heran und setzte sich. »Das habe ich befürchtet.«

»Kannst du mir erklären, warum die Farmer hier keine Steuerberater engagieren?«

»Sie trauen keinem, der nicht selbst Farmer ist, schätze ich.«

»Ich bin auch kein Farmer«, stellte er fest.

»Aber du bist einer von uns. Du bist hier geboren, und dein Vater ist ein angesehenes Mitglied dieser Gemeinde.«

»Tatsächlich?« Es überraschte ihn, sie so von sich sprechen zu hören.

»Du bist ein Bennett. Das reicht Männern wie meinem Vater.« Sie überflog seine Notizen, und Ethan konnte erkennen, wie ihr Blick bei den Fragen zu ihrer Pferdezucht hängenblieb.

»Du baust eine Pferdezucht auf?« Graham hatte es erwähnt, und aus den Unterlagen ging hervor, dass Erin im letzten Jahr drei Stuten gekauft hatte.

»Ich probiere es zumindest.«

»Du konntest schon immer gut mit Pferden«, erinnerte er sich. »Allerdings hast du die Zucht nicht angemeldet, oder?«

»Nein, ich habe erst fünf Stuten. Ich dachte, das lohnt sich nicht.«

Seufzend rieb er sich über die müden Augen. Die Arbeit an der Scheune hatte ihm zugesetzt, und jetzt spürte er die aufsteigende Müdigkeit. »Ich müsste prüfen, ob es eine Mindestanzahl an Tieren gibt, um einen Zuchtbetrieb anzumelden. Aber wenn du die Vorgaben erfüllst, könntest du eine Menge Steuern sparen.«

»Wirklich?« Mit hochgezogenen Augenbrauen sah sie ihn an.

»Du könntest nicht nur Futter und Zubehör absetzen, sondern auch diese unverschämt teuren Decktaxen, die du bezahlt hast«, zählte er auf.

»Eine professionelle Zucht macht nur Sinn, wenn man in einen guten Hengst investiert«, erwiderte Erin und fuhr sich durch die kurzen Locken.

»Das sehe ich auch so. Trotzdem solltest du es anmelden, um all deine Ausgaben absetzen zu können.«

Sie verschränkte die Arme und schien zu überlegen. »Kannst du mir bei den Anträgen helfen? Das ist einfach nicht mein Ding.«

Ethan schüttelte den Kopf. »Was ist nur mit euch allen hier los?« Dann lächelte er ihr zu. »Natürlich helfe ich dir. Ich bereite alles vor, und du musst nur noch unterschreiben. In Ordnung?«

»Das würdest du tun?« Ein Strahlen erhellte ihr Gesicht.

Erin konnte also auch lächeln. Meist hatte sie nur einen frechen Spruch auf den Lippen oder gab Anweisungen. Sie stand ihren Mann besser als die meisten Kerle, die er kannte. Er wusste von früher, wie hart sie hier arbeitete. Vermutlich verstand sie sich deshalb so gut mit John. Vielleicht waren die beiden doch zusammen? Passen würde es sicherlich, doch irgendwie hatte sein Bruder es schon in der Jugendzeit nicht geschafft, ihrer Nachbarin seine Gefühle zu zeigen. Und dabei hingen sie ständig miteinander rum und fachsimpelten über Rinderzucht und andere Dinge. Ethan dachte daran, wie gern sie sich gegenseitig neckten und aufzogen. Erin war die Einzige, abgesehen von Harry, die sich traute, John offen die Stirn zu bieten.

Ein Räuspern war zu hören. Verwirrt richtete Graham sich in seinem Sessel auf. »Bin ich eingeschlafen? Das verdammte Alter, sage ich euch«, schimpfte er und stand auf. »Also, wie sieht es aus?«

»Es gibt viel zu tun. Ich muss einen Teil der Papiere mitnehmen, damit ich alles richtig eintragen kann. In ein paar Tagen bringe ich es dir zurück«, sagte Ethan und stapelte die Unterlagen aufeinander.

»Das ist sehr anständig von dir. Dein Vater kann stolz auf dich sein.« Graham nickte ihm anerkennend zu und nahm eine Holzschachtel aus dem Regal. Dann reichte er ihm mehrere Scheine. »Das ist für deine Arbeit.«

»Ich nehme kein Geld von dir, das ist Nachbarschaftshilfe.« Abwehrend hob Ethan die Hände.

»Stell dich nicht so an, Junge. Jemand anderes hätte ich auch entlohnen müssen, und ich bin mir sicher, es wird sich auszahlen.«

»Ich kann kein Geld von dir annehmen«, wiederholte Ethan.

»Dein Vater bezahlt mich auch für das Heu, das er ab und zu von mir nimmt. Das hier ist genau das Gleiche.« Bestimmt drückte Graham ihm die Scheine in die Hand. »Wenn du mit meinen Unterlagen fertig bist und noch etwas Zeit hast, dann könnte mein Bruder auch deine Hilfe gebrauchen.« Er deutete auf ein Bild an der Wand, das ihn mit einem etwa gleichaltrigen Mann zeigte. »Er hat eine große Schaffarm in Westaustralien und hat keine Zeit, sich um solche Dinge zu kümmern. Natürlich wird er auch dafür bezahlen.« Er sah Ethan fragend an. »Und erzähl ihm von den neuen Pumpen. Bei der Hitze dort sollte er sich auch so eine anschaffen.«

»Ich schätze, wenn ich schon mal dabei bin, kann ich das auch noch machen. Und ich hätte auch noch ein paar Vorschläge für dich zu Investitionen, die staatlich gefördert werden. Wenn ich dir die Unterlagen zurückbringe, sprechen wir darüber. Und über Erins Zucht.« Ethan reichte Graham die Hand.

»Ich begleite dich raus.« Erin öffnete die Tür und brachte ihn zur Haustür. »Tut mir leid, dass er dir gleich die nächste Sache aufhalst«, bemerkte sie.

»Nein, das ist wirklich in Ordnung. Ich kann etwas Beschäftigung gebrauchen, und solche Dinge machen mir Spaß, auch wenn es eigentlich nicht ganz mein Bereich ist.«

»Das glaube ich gerne.« Grinsend sah sie ihn an. »Du bist nicht so ein Arsch, wie dein Bruder immer behauptet.«

Ethan lachte auf. Das war die Erin, die er von früher kannte. Schonungslos ehrlich und direkt. »Du kannst ihm das bei Gelegenheit gern mal sagen.« Er zwinkerte ihr zu und ging zu seinem Auto. Als er in der Dunkelheit vom Hof fuhr, hielt er einen Moment neben dem Paddock an und betrachtete ihre Stuten, die im Mondschein ruhig dastanden. Sie züchtete tatsächlich Araber auf einer Farm wie dieser, die eigentlich Pferde eines anderen Schlages benötigte. Die edlen Tiere waren ein ungewöhnlicher Anblick, und selbst einem Laien wie ihm fiel ihre Anmut und Schönheit auf. Rasch startete er den Motor erneut, es war höchste Zeit fürs Bett.

Kapitel 10

Ollie möchte gerne ein Picknick mit dir machen, deshalb habe ich ein paar Kleinigkeiten eingepackt«, Liz reichte ihm einen Rucksack und griff dann nach ihrer Handtasche. »Ich bin mir nicht sicher, wie lange ich weg sein werde.«

»Wir kommen schon zurecht, mach dir keinen Stress«, erklärte Ethan und betrachtete sie unauffällig. Sie hatte sich die Haare hochgesteckt, trug eine schicke Stoffhose und eine hellblaue Bluse. Wie anders sie wirkte im Vergleich zu sonst. Sie hatte nicht erwähnt, was genau sie vorhatte, und er wollte sie nicht in Verlegenheit bringen und nachfragen.

»Also«, sie beugte sich zu Ollie hinunter, »bau keinen Mist, während ich weg bin, und hör auf deinen Onkel.«

Ollie nickte eifrig und strahlte ihn an, während Liz zum Parkplatz ging.

»Ein Picknick also?«, fragte Ethan nach. »Und wo?«

»Am Stausee«, sagte der Kleine begeistert. »Dann können wir Steine ins Wasser werfen.«

»Das klingt nach einem guten Plan. Aber wir müssen ein ganzes Stück laufen, schaffst du das?«

»Wieso laufen? Wir reiten.«

»Ich kann nicht so gut reiten, sollen wir nicht doch lieber laufen?«

»Nein«, stellte Ollie resolut klar und hielt sein Holzschwert hoch. »Wir reiten wie echte Ritter. Ich sitze vor dir im Sattel, so wie Grandpa das immer mit mir macht.« Ohne Ethan die Chance zu geben, etwas einzuwenden, stürmte er aus der Küche und rannte auf den Stall zu.

Fluchend setzte Ethan den Rucksack auf und folgte seinem Neffen. Babysitten war ja in Ordnung, aber reiten?

Ethan öffnete den Auslauf und fasste Nero am Halfter, um ihn zu satteln.

»Nicht Nero, der ist doch schon ein Opa und langsam.«

»Entweder ihn oder keinen«, sagte Ethan und führte das Pferd zur Sattelstelle. Mit ungelenken Bewegungen knotete er den Strick an der Stallwand fest und ging dann in den kleinen Nebenraum, um Trense und Sattel zu holen. Zum Glück war das Zubehör beschriftet, und er fand in dem schwachen Licht das richtige Zaumzeug.

»John kann auf Buster viel schneller reiten als wir auf Nero«, wandte Ollie ein, während er dabei zusah, wie Ethan das Pferd sattelte.

»Du weißt, dass dieses Pferd gefährlich ist, oder?«, fragte er besorgt.

»John sagt, ich darf ihn nicht anfassen, und er nimmt mich auch nicht auf ihm mit«, antwortete Ollie.

»Und daran hältst du dich auch?« Mit hochgezogenen Augenbrauen betrachtete Ethan das unbekümmerte Gesicht des Jungen. Mit Buster war nicht zu spaßen. Eigentlich war es verantwortungslos, ihn so nahe am Haus zu halten, wenn Ollie sich hier rumtrieb. Zwar hatte dieses Teufelstier seinen eigenen Auslauf weiter hinten, aber trotzdem drehte sich ihm der Magen um, wenn er daran dachte, dass Ollie sich ihm aus Neugier nähern könnte.

»Natürlich. Wenn John es ganz ernst sagt, dann muss ich auf ihn hören.«

Erleichtert nickte Ethan. Er konnte nur hoffen, dass es wirklich so war. »Also gut, dann setz ich dich schon mal rauf.« Auffordernd hielt er seinem Neffen eine Hand hin.

Ollie ließ sich von ihm in den Sattel heben, während er sein Schwert weiter festhielt. Mit steifen Bewegungen stieg Ethan hinter ihm auf und lenkte das Pferd vom Hof. Der Stausee lag auf der hintersten Weide und somit ein ganzes Stück entfernt. Über den Winter wurde dort Wasser angestaut, das in der heißen Jahreszeit als zusätzliche Wasserquelle für die Rinder diente.

Jetzt am Nachmittag war es heißer, als er erwartet hatte. Wie schnell die Sonne doch nach dem Winter an Kraft zunahm. Eigentlich sollte das Gras um diese Jahreszeit noch saftig grün sein, doch aufgrund der anhaltenden Trockenheit sah es bereits fast wie im Hochsommer aus. Harry musste sicherlich mehr zufüttern, als es ihm gefiel. Mit Mühe lenkte Ethan das Pferd auf den Pfad entlang des langen Weidezauns, hinter dem eine der Rinderherden graste.

»Du kannst wirklich nicht gut reiten«, stellte Ollie vorwurfsvoll fest. »Vielleicht nehme ich die Zügel?«

Ethan reichte sie ihm mit einem mulmigen Gefühl. »Du bist erst vier, kannst du überhaupt schon reiten?«

»Grandpa hat mir schon ganz viel beigebracht.« Zum Beweis ließ er Nero in Schlangenlinien über den Weg gehen.

»Das machst du gut. Wirklich gut.« Ethan war beeindruckt und traute sich, seine Hände auf die Beine sinken zu lassen.

»Ich werde mal ein Farmer«, sagte sein Neffe.

»Ganz bestimmt wirst du das.«

»Und warum bist *du* keiner?«

Ethan sah in die Ferne, dorthin, wo bald der Damm in Sichtweite kam. »Ich kann andere Sachen besser.«

»So wie meine Mum. Sie kann auch andere Sachen besser.« Verständnisvoll nickte er.

»Was kann sie denn besser?«, hakte Ethan nach.

»Sie ist eine Mum. Das ist nicht leicht«, sagte Ollie im Brustton der Überzeugung.

Ethan musste grinsen. Dieser Junge war einfach herrlich. Bisher hatte er Kinder eher als nervig empfunden, doch Ollie war super, daran bestand kein Zweifel. Er rückte den kleinen Hut auf seinem Kopf zurecht und klopfte ihm auf die Schulter. Ja, sein Neffe war einmalig.

***

Ihr Herz schlug wie wild vor Aufregung. Seit dem Vorstellungsgespräch waren ihre Gefühle in Aufruhr: Sie war gleichzeitig nervös, begeistert und ängstlich. Doch man würde ihr eine Chance geben, und Liz hatte fest vor, sie zu nutzen. Sie parkte und ging ins Haus. Alles war ungewöhnlich still. Ollie musste noch mit Ethan unterwegs sein. Plötzlich hatte sie Lust, beide zu sehen. Sie musste irgendetwas tun, um all die Energie loszuwerden. Wie lange war sie schon nicht mehr geritten? Sicherlich war es Monate her. Sachte klopfte sie an Harrys Bürotür.

Er sah sie überrascht an. »Du siehst gut aus. So schick«, stellte er fest und schaltete hastig den kleinen Fernseher auf dem Sideboard aus, in dem ein Rugbyspiel lief. Sicherlich war es ihm unangenehm, dass sie sah, wie er sich eine Auszeit von der Farmarbeit nahm, doch Liz war sich sicher, dass ihn wieder Rückenschmerzen plagten. Harry war nicht mehr der Jüngste, auch wenn er es sich nicht eingestehen wollte.

»Ich war nur in der Stadt«, sagte sie hastig. »Darf ich mir dein Pferd ausleihen, um nachzusehen, wo Ollie und Ethan sind?«

Harry runzelte die Stirn und musterte sie weiter. Liz versuchte, sich ihre Aufregung nicht anmerken zu lassen. Heute wollte sie dieses Gespräch mit ihm nicht führen, dazu war sie viel zu aufgekratzt. Heute wollte sie sich einfach nur freuen.

»Du kannst ihn nehmen. Er sollte eh mal wieder bewegt werden«, brummte er. »Ich glaube, sie sind beim Stausee, zumindest habe ich gesehen, wie sie in diese Richtung geritten sind, und du weißt ja, wie sehr dein Sohn diese Stelle mag.«

Sie bedankte sich und schloss die Tür wieder. Ethan war geritten? Hasste er das Reiten nicht? Vermutlich hatte Ollie ihn dazu überredet. Mit den Fingern strich sie über ihre feine Bluse. Eigentlich sollte sie sich umziehen, doch sie wollte sofort los. *Ach egal.* Schnell schlüpfte sie aus den hochhackigen Schuhen und in ihre Farmboots. Dann würden ihre Sachen eben dreckig werden. Beschwingt lief sie über den Hof und begann, Harrys Wallach zu satteln.

Es war wunderbar. Gleichmäßig trabte das Pferd über die Weiden in Richtung Stausee. Die Sonne stand jetzt schon tiefer und brannte nicht mehr so. Und die Grillen zirpten – wie sehr sie dieses Geräusch liebte. Es kündigte den Sommer mit seinen lauen Nächten an. Ein kurzes Stück traute sie sich sogar zu galoppieren. Warum machte sie das eigentlich nicht öfter? *Natürlich.* Weil es immer so viel zu tun gab. Weil sich ihre Tage um Wäsche, Haushalt und Kochen drehten. Und um ihren Sohn. Trotzdem nahm Liz sich vor, sich in Zukunft öfter die Zeit zum Ausreiten zu nehmen. Als sie den Hügel erreichte, hinter dem der Damm lag, verlangsamte sie das Tempo. Schnaubend lief der Fuchs den kleinen Hang hinauf. Immer wieder riss er sich Büschel des dichten Grases ab, und Liz ließ ihn gewähren. Sanft strich ihre Hand immer wieder über das glatte, verschwitzte Fell, das in der Abendsonne glänzte. Auf einer Anhöhe legte sie die Hand über die Augen und suchte die Umgebung ab. In der Ferne konnte sie erkennen, wie Ethan mit einem Stock in der Hand gegen Ollie mit seinem Schwert kämpfte. Das laute Lachen ihres Sohnes schallte bis zu ihr herüber. Lächelnd beobachtete sie, wie Ethan, vom Schwert getroffen, theatralisch zu Boden sank. Kaum lag er da, stürzte sich Ollie schon auf ihn. Ethan packte ihn, sprang auf und hielt seinen Neffen mit dem Kopf nach unten über das Wasser. Laut kreischend ruderte Ollie mit den Armen. Schließlich ließ Ethan sich mit ihm ins Gras fallen, und sie schienen sich zu unterhalten. Ollie gestikulierte wild, vermutlich erzählte er eine von seinen ausgedachten Abenteuergeschichten.

Liz glaubte, einen Stich im Herzen zu spüren. Es war wunderbar, ihren Sohn so glücklich und ausgelassen zu sehen. Genau diese Momente hätte er in einer perfekten Welt mit seinem Vater erleben sollen. Aber das Leben war nicht perfekt, und Samuel war nicht hier. Sie schluckte und trieb das Pferd an. Langsam ritt sie auf die beiden zu.

Mit roten Wangen blickte ihr Sohn zu ihr auf, als er das Geräusch der Hufe vernahm.

»Wir haben den ganzen Nachmittag gespielt«, verkündete er und rannte auf sie zu.

Rasch stieg sie ab und küsste ihn auf die Wange. »Und dein Onkel ist jetzt bestimmt ziemlich müde.«

Ethan stützte sich auf die Ellenbogen und schüttelte den Kopf. »Noch geht es, aber eine Stunde mehr, und ich müsste zur gleichen Zeit ins Bett wie dieser Wirbelwind«, bemerkte er lachend.

Das Pferd begann zu grasen, und Liz setzte sich neben Ethan. »Danke, dass du auf ihn aufgepasst hast.«

»Es hat Spaß gemacht, wirklich.« Er betrachtete ihre Kleidung. »Bist du nicht etwas zu schick angezogen für einen Ausritt?«

»Ach«, sie klopfte sich die Pferdehaare von der Hose, »ich war zu aufgeregt und wollte einfach ausreiten«, antwortete sie verlegen.

»Und weshalb warst du aufgeregt?«, wollte er wissen.

Sie sah sich nach Ollie um, doch der war nicht in Hörweite und rannte am Wasser entlang zu einem alten Baumstamm, der schon vor Jahren umgefallen war und nun ins Wasser ragte. »Ich hatte gerade ein Vorstellungsgespräch«, platzte es aus ihr heraus.

»Wirklich?« Ethan setzte sich auf. »Und als was?«

»Als Lehrerin. In der Grundschule von Firefly Creek wurde eine Stelle frei, und man hat sie mir angeboten.« Sicherlich klang sie furchtbar stolz, aber das war sie auch.

»Ich wusste gar nicht, dass du Lehrerin bist.«

»Ja, das bin ich. Also, ich war es früher jedenfalls. Bevor …«, sie stockte.

»Ich verstehe.« Mitfühlend lächelte er ihr zu. »Und wann geht es los?«

»Übernächste Woche schon. Nur an drei Vormittagen in der Woche, aber immerhin.«

»Du siehst glücklich aus«, stellte er fest.

»Das bin ich auch. Allerdings weiß Harry noch nichts davon«, sagte sie. Augenblicklich drohte sich ihre gute Laune aufzulösen.

»Machst du dir seinetwegen etwa Sorgen?«

Sie zuckte mit den Schultern. »Ich weiß es nicht. Wir haben damals die Abmachung getroffen, dass ich mich um das Haus kümmere, dafür ein Gehalt bekomme und mit Ollie hier leben kann.«

»Und du fürchtest, dass er nicht mit deinem neuen Job einverstanden sein könnte?«

Wieder zuckte sie mit den Schultern. »Ich kann ihn manchmal schlecht einschätzen. Er war immer gut zu mir, aber wer weiß, wie er jetzt reagieren wird.«

»Und trotzdem wirst du mit ihm reden müssen«, bemerkte Ethan. »Ich bin sicher, das wird schon. Bring es einfach hinter dich, dann ist es raus.«

»Da hast du wohl recht.«

Er legte sich wieder ins Gras, verschränkte die Hände hinter dem Kopf und sah in den Himmel. Sein Gesicht wies bereits nach zwei Tagen eine leichte Bräunung auf, die ihm gut stand. Seine hellen Augen leuchteten noch mehr als sonst. Rasch wandte Liz sich ab und beobachtete ihren Sohn, der auf dem umgekippten Baumstamm balancierte. Plötzlich war ein Kreischen zu hören, und sie sah, wie Ollie neben dem Stamm ins Wasser fiel. Augenblicklich sprang sie auf und rannte auf die andere Seite. Auf halber Strecke überholte Ethan sie, und als sie keuchend ankam, hatte er sich bereits ins Wasser geworfen und kraulte auf ihren Sohn zu, der wild mit den Armen ruderte, während sein Kopf immer wieder für kurze Momente unter Wasser tauchte. Liz glaubte, ihr Herz müsse stehenbleiben. Panisch rief sie Ollies Namen und kletterte auf den Baumstamm, um näher an die Stelle zu gelangen. Doch schon war Ethan bei ihm und zog ihn nach oben. Er schleppte ihren Sohn in Rückenlage ab, während Liz eilig zurückbalancierte und auf den morastigen Boden sprang. Als Ethan Ollie auf dem Gras ablegte, kniete sie sich neben ihren Sohn und wischte sich hastig die Tränen ab.

»Alles gut, er hat sich nur etwas erschrocken«, sagte Ethan und fuhr Ollie über die nassen Haare.

Ollie grinste sie an und hob sein Schwert hoch. »Ich habe es festgehalten. Ist nicht davongeschwommen.«

Erleichtert atmete Liz aus. Sie konnte erkennen, wie Ethan sich zu Ollie hinunterbeugte und ihm etwas ins Ohr flüsterte, woraufhin sich ein Grinsen über das kleine nasse Gesicht zog. Plötzlich sprangen beide auf, fassten sie an den Armen und zogen sie Richtung Wasser. Kreischend versuchte Liz, sich zu befreien. »Das traut ihr euch nicht«, drohte sie lachend und sträubte sich mit allen Kräften. Doch es half alles nichts. Unter Ollies Begeisterungsschreien fasste Ethan Liz um die Taille und trug sie in den See hinein. Platschend hüpfte ihr Sohn um sie beide herum und spritzte sie nass. Ethan lachte kehlig, als er sie nach unten in das Wasser rutschen ließ. Zwar reichte es ihr nur bis zu den Knien, doch die Stoffhose saugte sich rasch voll, und Ollies Gespritze hatte auch ihre Bluse durchnässt.

»Ihr seid furchtbar. Alle beide!«, schimpfte sie und schlug glucksend nach Ethan, dessen Hemd an seinem Oberkörper klebte.

Grinsend reichte er ihr die Hand, um sie hinauszuführen. Fast hatten sie es geschafft, da rutschten ihr die Füße auf dem glitschigen Boden weg. Ihre Finger krallten sich in Ethans Arm, und im letzten Moment zog er sie hoch. Ihr Gesicht landete an seiner Brust, und sie spürte den feuchten Stoff seines Hemdes auf der Wange. Und seinen Herzschlag. Sie schluckte und sah hoch. Einen Moment lang sah er sie ebenfalls an, dann richteten seine Finger zitternd den Kragen an ihrer Bluse. »Wäre schade um das schöne Teil, wenn du im Matsch landest«, brummte er, doch sie erkannte, dass er hinter dem Witz etwas zu verstecken versuchte. Ihr Mund wurde trocken. Seine Hand fuhr ihren Arm entlang und umfasste die ihre. »Lass uns besser aus dem Wasser gehen«, schlug er vor und wich ihrem Blick aus. Unfähig, auch nur ein Wort zu sagen, stolperte sie neben ihm ans Ufer und löste sich dann von ihm.

»Jetzt sind wir alle nass«, stellte Ollie zufrieden fest und riss sie aus ihrer Starre.

»Das sind wir in der Tat. Und deshalb reiten wir sofort zurück, ehe es kälter wird«, sagte sie bemüht streng.

»Deine Mum hat recht.«

»Du bist unmöglich.« Endlich konnte sie wieder durchatmen und stieß Ethan kopfschüttelnd zur Seite, während sie zu den Pferden liefen.

»Aber du hast Spaß gehabt.« Ethan zwinkerte ihr zu, nahm Ollie an der Hand und rannte mit ihm voraus zu den Pferden.

Obwohl die Kälte langsam in ihr hochkroch, fühlte sie sich wunderbar. Wie gut es getan hatte, endlich wieder ausgelassen zu lachen. So hatte sich der Schreck rasch in Erleichterung aufgelöst. Und wie es in ihrem Bauch gekribbelt hatte, als Ethan sie hochgehoben und ins Wasser getragen hatte. Mit den Fingern versuchte sie, ihre Frisur notdürftig in Ordnung zu bringen.

***

John trat in die Küche und sah sich irritiert um. Die Zwillinge saßen mit ihren Handys am Tisch und tippten herum, während Jim es sich mit einem Bier und der Zeitung gemütlich gemacht hatte.

»Was ist hier los? Habe ich das Abendessen verpasst?«, wollte John wissen.

»Liz ist nicht da, keine Ahnung, wo sie ist«, sagte Jim, ohne aufzusehen.

»Verdammt, Jungs. Könnt ihr euch nicht einfach ein Sandwich machen?« Harry stapfte zum Kühlschrank und nahm Schinken und Käse heraus.

»Wo ist sie?«, fragte John.

»Ausreiten.« Mürrisch warf Harry die Packungen mit Aufschnitt auf den Tisch und nahm das Brot von der Ablage.

»Und Ollie?«, hakte John nach.

»Ist mit Ethan ausreiten.« Harry stemmte die Hände in die Hüften und sah von einem Sohn zum anderen. »Und jetzt bewegt euch endlich. Holt das Geschirr und schmiert euch die Brote«, donnerte er.

Hastig steckten Quentin und River die Handys weg und begannen, Teller auf dem Tisch zu verteilen, während Jim das Brot aufschnitt.

John nahm sich ein Bier und öffnete es mit zusammengezogenen Augenbrauen. Wann war Liz das letzte Mal ausgeritten? Und nun ausgerechnet dann, wenn auch Ethan mit dem Pferd unterwegs war? Knallend stellte er die Flasche auf den Tisch und setzte sich. Sein Bruder brachte nur Probleme, das hatte er gleich gewusst. Aber dass Liz sich mit ihm abgab, war kaum zu glauben. Er hatte ihr doch deutlich gesagt, dass sie sich von Ethan fernhalten sollte. Anscheinend gab sie nicht viel auf Johns Meinung. Rasch setzte er die Flasche an und leerte sie bis zur Hälfte.

Quietschend kam Ollie in die Küche gerannt und streckte sein Holzschwert nach oben. »Ich bin in den Stausee gefallen!«, verkündete er lauthals. Seine Kleidung hing triefend an ihm herab, und seine Haare klebten an seiner Stirn.

»Wie ist denn das passiert?« Harry nahm ihm den feuchten Lederhut ab und hängte ihn zum Trocknen an einen Haken an der Wand.

»Ich bin auf den Baumstamm geklettert und runtergefallen«, sagte er stolz.

»Der sollte dort schon lange weggeräumt werden. Setz das auf die Liste«, sagte Harry zu John.

Gereizt nickte der nur. Ethan nahm Ollie mit ans Wasser, und nun hatte John eine Sache mehr zu erledigen. Überrascht sah er auf, als Liz mit Ethan in die Küche kam. Mit leuchtenden Wangen stand sie unsicher mitten im Raum und zupfte an ihrer nassen Bluse herum, die an ihr klebte.

»Was zum …«, entfuhr es ihm.

»Ethan hat Mum ins Wasser geworfen, nachdem er mich rausgeholt hat. Jetzt sind wir alle nass«, erklärte sein Neffe.

John verzog den Mund und warf seinem Bruder einen vernichtenden Blick zu. Dieser stand, ebenfalls klatschnass, seelenruhig neben Liz und ignorierte ihn. Er sah zufrieden aus, verdammt zufrieden. *Was hast du getan?* Ein Stoß gegen sein Bein ließ ihn von Ethan wegsehen. Jim sah ihm fest in die Augen und schüttelte kaum wahrnehmbar den

Kopf. Wütend trank John den Rest des Bieres aus und griff nach einem Brot. Nein, er würde sich nicht noch einmal einmischen. Er hatte es versucht, aber offensichtlich machte hier jeder, was er wollte.

»Ich stecke dich jetzt lieber ganz schnell in die Badewanne, danach kannst du auch was essen.« Liz nahm Ollie an der Hand und ging in den Flur.

»Bin gleich wieder da, ich ziehe mir nur rasch trockene Sachen an.« Ethan lief aus der Küche und kam wenige Minuten später umgezogen zurück.

»Setz dich«, befahl Harry Ethan und schob ihm einen Teller hin. »Wird Zeit, dass der Junge schwimmen lernt. Ich sollte mich dringend darum kümmern.«

»Du hast doch nicht vor, es ihm auf die gleiche Art beizubringen wie uns damals?« Erschrocken sah Quentin ihn an.

»Ihr habt alle innerhalb kürzester Zeit schwimmen gelernt, so falsch kann meine Technik nicht gewesen sein«, sagte Harry.

»Welche Technik? Du hast uns in den Stausee geworfen und uns Befehle zugebrüllt. Ich dachte damals, ich würde ersaufen.« Kopfschüttelnd lachte Jim.

»So hat das schon mein Vater mit mir gemacht, und wenn es eng wurde, habe ich euch rausgezogen.«

»Trotzdem macht man das heute anders«, pflichtete Quentin Jim bei.

»Mit diesen Schwimmkursen, die das Kind spielerisch ranführen sollen, nehme ich an?« Skeptisch zog Harry eine Augenbraue hoch. »So viel Zeit haben wir hier nicht.«

»Ich kann das übernehmen und mit ihm am See üben, wenn es wärmer wird«, sagte Ethan.

»Willst du jetzt etwa dauerhaft hier rumhängen? Hast du nichts Besseres zu tun?«, blaffte John ihn an.

»Was gibt es Besseres, als meinem Neffen schwimmen beizubringen?« Ethan grinste.

»Er hat recht. Besser einer von uns macht es, als dass Harry seine Farm-Schwimmschule erneut eröffnet«, kommentierte Jim und zog einen düsteren Blick seines Vaters auf sich.

Schnaubend stand John auf und ging hinaus. Mit schnellen Schritten trat er in die teilweise gestrichene Scheune, um im schwachen Lichtschein nach der Kettensäge zu suchen. An irgendetwas musste er dringend seine Wut auslassen. Wenn schon nicht an Ethan, dann eben an diesem verfluchten Baumstamm.

***

Liz knotete den Gürtel des Bademantels zu und trat aus dem Bad. Die heiße Dusche hatte nach dem Ritt in nassen Klamotten mehr als gutgetan. Vorsichtig linste sie durch Ollies Tür, doch er schlief tief und fest. Sie starrte einen Moment auf den Boden, dann fasste sie sich ein Herz, ging die Treppe hinunter und klopfte an Harrys Bürotür.

Vorsichtig schob sie sie auf, und er winkte sie hinein. »Was gibt's?«

Langsam ging sie auf den Schreibtisch zu und setzte sich auf den Sessel davor. »Ich muss mit dir über etwas sprechen.«

Mit gerunzelter Stirn griff Harry nach der Zigarre und nahm einen Zug. Abwartend sah er sie an.

»Ich …«, stammelte sie und fuhr sich mit der Hand hektisch über den Arm. »Ich wollte nur sehen, ob ich noch was für dich tun kann?«

Noch immer lag seine Stirn in Falten. »Du tust schon genug für mich.«

Liz biss sich auf die Lippe. Sie brachte es einfach nicht über sich, es auszusprechen. Noch nicht. Rasch stand sie auf. »Dann möchte ich dich nicht weiter stören«, sagte sie leise.

»Du störst mich nie«, gab ihr Schwiegervater mit tiefer Stimme zurück.

Ein zaghaftes Lächeln huschte über ihre Lippen. »Danke.« Von sich selbst enttäuscht, verließ sie das Zimmer und schloss die Tür. Warum hatte sie es nicht einfach gesagt?

»Und?« Ethans Stimme ließ sie zusammenzucken. Er lehnte an der Wand und musterte sie. »Was hat der alte Mann gesagt?«

Sie schüttelte den Kopf. »Ich konnte es nicht sagen.«

Seufzend ging er auf sie zu und nahm sie am Arm. Sie ließ sich von ihm ins Wohnzimmer führen und setzte sich aufs Sofa, während er die Tür zumachte.

»Hast du Angst vor ihm?«, fragte er und setzte sich neben sie.

Nein, das hatte sie natürlich nicht. »Ich habe es einfach nicht über mich gebracht. Ich möchte ihn nicht enttäuschen und will nicht, dass er mich für undankbar hält«, sagte sie. »Du weißt nicht, wie es ist, ohne Familie aufzuwachsen. Es gab immer nur mich. Da war niemand, der mich geliebt hat, der mich haben wollte. Keine meiner Pflegefamilien hat je einen Antrag gestellt, um mich zu adoptieren.« Mühsam schluckte sie, wie um den Schmerz ihrer Kindheit loszuwerden.

»Du hast es wirklich nicht leicht gehabt.« Ethan sah sie mitfühlend an.

»Ja, es war nicht schön. Und dann, nach Samuels Tod, war da plötzlich diese Familie, die bereit war, mich aufzunehmen. Und ich hatte das Gefühl, keine andere Wahl zu haben. Ich hatte nie eine Familie und sollte plötzlich bald eine alleinerziehende Mutter sein. Da es hier keine Kinderbetreuung für unter Dreijährige gab, konnte ich nicht weiter an der Schule unterrichten. Darum habe ich überlegt, nach Melbourne zurückzugehen, um dort wieder als Lehrerin zu arbeiten, aber dann wäre ich mit Ollie allein gewesen. Das habe ich mir damals einfach nicht zugetraut. Ich wusste nicht, ob ich wirklich eine gute Mutter sein könnte, wo ich doch selbst nie eine hatte. Und es war auch kaum Geld da. Das Haus in Firefly Creek hatten wir noch nicht lange, und ich konnte den Kredit nicht weiter bedienen. Als ich es verkauft habe, blieb nicht genug übrig, um uns durchzubringen. Die Kosten für Samuels Behandlung wurden nicht komplett von der Krankenkasse übernommen, und auch wenn Harry immer wieder Geld zugeschossen hat, fraß es unsere Ersparnisse auf.« Sie presste die Lippen zusammen, um nicht loszuheulen. Das wollte sie auf keinen Fall – nicht jetzt, wo endlich alles besser werden sollte. Unerwartet hatte sich eine Chance ergeben, und sie sollte sich gefälligst darüber freuen.

Ethan atmete hörbar ein. »Du bist doch nicht undankbar, nur weil du wieder in deinem eigentlichen Beruf arbeiten möchtest. Mein Vater hat sicher nicht erwartet, dass eure damalige Absprache für die Ewigkeit sein würde.«

»Es ist ja nicht nur Harry. Es sind alle hier. Sie verlassen sich auf mich, und ich weiß nicht, wie sie reagieren, wenn sie es erfahren. Es fällt mir schwer, mit anderen offen zu reden und meine Gefühle zu zeigen. Ich habe sie so lange für mich behalten müssen, auch wegen Ollie. Ich konnte nicht einfach zusammenbrechen und heulen. Alle hier haben um Samuel getrauert, nicht nur ich.«

»Aber mir hast du es erzählt«, sagte er und musterte ihr Gesicht.

»Mit dir kann ich reden.« Sie wandte den Kopf ab. Sie spürte deutlich seine Nähe. »Und wie geht es dir?« Seinen Job zu verlieren, für den er sicherlich hart gearbeitet hatte, musste ein herber Schlag für ihn sein.

Ethan zuckte mit den Schultern. »Jetzt muss ich wohl von vorne anfangen. Ich habe mehrere Bewerbungen geschrieben, an Unternehmen im ganzen Land. Einige haben schon Interesse angemeldet, aber irgendetwas hält mich davon ab, mich weiter darum zu kümmern.«

»Du lässt dir diese Möglichkeiten entgehen?« Fassungslos sah sie ihn an. »Stattdessen bist du hier und verbringst deine Zeit damit, eine Scheune zu streichen?«

Er lachte heiser auf. »Ist das nicht verrückt? Ich kann es nicht mal erklären. Ich saß das ganze Wochenende in meiner Wohnung, die bald nicht mehr mir gehören wird, und alles, woran ich denken konnte, war Silverwood. Und dabei bin ich hier noch nicht einmal willkommen.«

»Hast du über das nachgedacht, worüber wir bei deinem letzten Besuch gesprochen haben? Dass du einen Burn-out haben könntest?« Sie machte sich Sorgen um ihn. Nach allem, was sie über Ethan wusste, sah es ihm nicht ähnlich, die Jobsuche schleifen zu lassen. So schön es auch war, ihn wieder hierzuhaben, es war vermutlich kein gutes Zeichen.

»Könnte sein, dass ich auf einen zusteuere. Und ich nehme an, es gibt hier einfach Dinge, die ich noch klären muss. Dinge, die ich jahrelang verdrängt habe: meine Beziehung zu Harry, der von mir enttäuscht ist, weil ich die Farm verlassen habe. Mein Verhältnis zu John …«, erneut schluckte er. »Ich wollte immer von hier weg und habe nie zurückgeschaut. Inzwischen weiß ich nicht einmal mehr genau, warum.«

Ethans Offenheit rührte sie. »Danke, dass du mir das alles erzählst.«

»Da ist noch mehr«, flüsterte er und sah sie an. »Ich glaube, ich wollte dich wiedersehen.«

Liz hielt die Luft an. Hatte er das eben wirklich gesagt? Augenblicklich stellten sich die Härchen an ihren Armen auf. Ethan hatte ihr auch gefehlt. Nachts, wenn sie im Bett lag, hatte sie immer wieder an ihn denken müssen. Mit aller Macht musste sie sich dagegen wehren, sich nicht in diesen Mann zu verlieben. In den Bruder ihres toten Mannes. »Ich habe an dich gedacht«, flüsterte sie. »Dabei hätte ich das nicht tun sollen.«

»Ich komme einfach nicht dagegen an. Es quält mich, in deiner Nähe zu sein. Obwohl ich ein schlechtes Gewissen habe, will ich es unbedingt.« Er griff nach ihrer Hand und drückte sie ein wenig zu fest.

Sie hatte das Verlangen, ihn zu berühren. Sie wollte nicht mehr alleine sein wie all die letzten Jahre. Alleine in einem Haus, das voller Menschen war. Langsam drückte sie sich an ihn und legte ihr Gesicht an seinen Hals. Da war er wieder, dieser Geruch, wie an seinem Hemd damals.

Ethan ließ ihre Hand los, legte den Arm um ihren Rücken und zog sie an sich. Sanft küsste er sie auf die Haare. Ihre Lippen strichen über seinen Hals zu seiner Wange hinauf und fanden schließlich seinen Mund. Er küsste sie so sanft, dass sich alles um sie herum aufzulösen schien. Wann hatte sie sich das letzte Mal so wohl gefühlt, so sicher? Ethan zog sie auf seinen Schoß, und Liz legte beide Hände an sein Gesicht. Einen Augenblick betrachtete sie ihn einfach nur, dann küsste sie ihn erneut.

»Wir dürfen das nicht tun.« Seine Worte holten sie in die Gegenwart zurück. »Das geht nicht«, setzte er hinzu.

Das Herz wurde ihr schwer. Er hatte recht. Natürlich hatte er das. Wie hatte sie das nur geschehen lassen können? Hektisch rutschte sie von seinem Schoß und ging in die Mitte des Raumes. In ihren Ohren rauschte es laut. Was hatte sie nur getan? Fassungslos sah sie ihn an, dann stürzte sie aus dem Raum und rannte die Treppe hoch.

Zitternd stand Liz in ihrem Zimmer und starrte auf das Hochzeitsfoto, das an der Wand hing. Samuel hielt sie im Arm und grinste zufrieden in die Kamera. Sie sah diesen Augenblick vor sich, als wäre er gestern gewesen. Es war nur ein Jahr vor seiner Diagnose gewesen. Und jetzt hatte sie seinen Bruder geküsst. Sie drehte den Ring an ihrem Finger, dann bahnten sich Tränen den Weg über ihre Wange. Warum war das Leben nur so beschissen ungerecht? Erst wurde ihr der Mann genommen, den sie geliebt hatte, und jetzt durfte sie nicht bei dem sein, in dessen Gegenwart sie sich lebendig fühlte. War das ein schlechter Witz des Schicksals? Wütend streifte sie den Bademantel ab und kroch in Unterwäsche unter die Bettdecke. Sie wollte sich einfach nur noch vergraben. Alleine sein und verdauen, was eben geschehen war.

***

Mit großen Schritten ging Ethan im Wohnzimmer auf und ab. Innerlich verfluchte er sich dafür, dass er Liz geküsst hatte. Was tat er ihr damit nur an? Doch auch sie hatte es gewollt, sich an ihn geschmiegt. Natürlich hätte er es besser wissen sollen, auch wenn ihre Nähe zu verlockend gewesen war. Nach all dem, was sie ihm eben über ihr Leben erzählt hatte, hatte er das Bedürfnis gehabt, sie an sich zu ziehen. Der Schmerz in ihren Augen hatte Ethan erschüttert. Liz hatte kein leichtes Leben gehabt, nein, es war verdammt hart und voller Rückschläge gewesen. Endlich verstand er, weshalb sie das alles hier tat. Warum sie seinen Brüdern ihren Kram hinterhertrug und für sie das Hausmädchen spielte. Weil Liz nicht wusste, dass es in einer Familie auf andere Dinge ankam. Dass sie hier auch ohne Leistung willkommen wäre. So eigen Harry auch war, nie würde er von Liz erwarten, dass sie gegen ihren Willen hier für ihn arbeitete, da war er sich sicher. Doch Ethan konnte verstehen, dass sie sich vor der Reaktion seiner Familie fürchtete, auch wenn die anderen sicherlich trotz des neuen Jobs weiterhin für sie und Ollie da wären. Viel problematischer erschien ihm die Frage, wie sie reagieren würden, wenn sie von Liz' Zuneigung zu ihm wüssten. Und wenn Ethan sein Verhältnis mit John ins Reine bringen wollte, sollte er die Sache mit Liz vergessen. Liz hatte recht. Alle hier hatten um Samuel getrauert. John würde nie über den Verlust seines Bruders und besten Freundes hinwegkommen. Niemals würde er das mit ihm und Liz akzeptieren. Und auch Harry wäre vermutlich alles andere als begeistert. Ethan durfte ihr nicht noch mehr Last auf ihre schmalen Schultern laden. So schwer es sein würde, sich von ihr fernzuhalten, hatte er keine andere Wahl.

Was sollte er jetzt tun? Sich so verhalten, als sei nichts

zwischen ihnen passiert? Irgendwie wurden seine Probleme hier nur mehr, dabei hatte er sich nach einer Auszeit, nach Ruhe gesehnt, um wieder zu sich selbst zu finden. Er konnte jetzt nicht einfach ins Bett gehen, so wie sein Puls raste.

Ethan ging zur Scheune hinüber, öffnete fluchend den Deckel eines Farbeimers und griff nach der Rolle. Mit etwas Glück würde es ihn beruhigen, hier etwas zu streichen. Kaum hatte er sein Werk begonnen, war Harrys alter Pickup zu hören. John parkte ihn vor der Scheune, stieg aus und trug die Kettensäge hinein. Seine Hose war bis zu den Knien feucht, und Ethan konnte den zerteilten Baumstamm auf der Ladefläche erkennen. Offensichtlich hatte auch er sich abreagieren müssen, weshalb auch immer. Als er wieder herauskam, warf John ihm einen finsteren Blick zu. »Du arbeitest freiwillig um diese Zeit?« Seine Stimme hatte einen spöttischen Unterton.

»Provozier mich nicht. Nicht heute«, gab Ethan ernst zurück.

»Ich mache hier, was ich will«, blaffte John und ging auf ihn zu.

»Nicht heute«, wiederholte Ethan bemüht ruhig.

»Sonst was?« John kam mit seinem Gesicht unangenehm nah an seines heran.

Ethan packte ihn am Kragen und drückte ihn gegen die frisch gestrichene Holzwand. »Ich weiß nicht, was du für ein Problem hast, aber langsam ist es genug!«, zischte er ihm zu.

John riss sich los und versetzte Ethan einen Stoß. Taumelnd machte er einen Schritt zurück und warf den Farbeimer um. Das war genug. Wütend funkelte Ethan seinen ältesten Bruder an und stieß ihn zu Boden. Keuchend rangelten sie miteinander, doch noch hatte keiner zugeschlagen. Ethan wusste, dass es gleich passieren würde, die Frage war nur, wer zuerst zuschlug.

Ethan hörte ein Brüllen und spürte, wie ihn jemand am Hemd packte und hochzog.

»Lasst den Scheiß, ihr Idioten. Was ist nur mit euch los?«, schrie Jim und stellte sich zwischen sie beide.

John rappelte sich auf, schien etwas sagen zu wollen, presste dann aber die Zähne aufeinander und stapfte wütend davon. Mit Genugtuung betrachtete Ethan die braune Farbe auf seinem Rücken.

»Also, was ist hier los?«, wollte Jim erneut wissen.

Ethan löste sich aus seinem Griff und trat einen Schritt zurück. »Keine Ahnung. Er lässt mich einfach nicht in Ruhe. Egal, was ich mache, es passt ihm nicht.«

»Und was machst du um diese Zeit hier draußen?«

»Ich wollte die Scheune weiterstreichen.«

»Es ist fast dunkel.«

»Ich brauche Ablenkung«, sagte Ethan.

»In Ordnung. Dann helfe ich dir.« Jim ging zum Auto und machte die Scheinwerfer an, so dass die Scheunenwand in helles Licht getaucht war. Danach stellte er den umgekippten Eimer wieder auf und tauchte die Farbrolle hinein.

Ethan wusste, dass Jim sich nicht weiter in seine Probleme einmischen würde. Dass er ihm hier half, war seine Art, ihn zu unterstützen. Schweigend strichen sie, bis die letzte Wand in frischem Braun glänzte.

»Danke.« Mehr brachte Ethan nicht heraus.

»Kein Ding. Geht es dir jetzt besser?«, fragte Jim.

»Schätze schon.«

»Und was ist mit dieser einen Latte?« Jim deutete auf eine Holzlatte, die noch ungestrichen war. Dort hatte Ethan sich am Tag zuvor mit Ollie verewigt, indem sie ihre Hände in Farbe getunkt und ihre Abdrücke auf dem Holz hinterlassen hatten. »Die bleibt so«, sagte er bestimmt.

»Wie du willst.« Jim trug die leeren Eimer in die Scheune, und Ethan betrachtete die braune Wand. Es war geschafft. Ordentlich gestrichen stand das alte Gebäude vor ihm, und er verspürte Genugtuung und Stolz. Selten hatte er bei seiner Arbeit andere Ergebnisse als Zahlen auf dem Papier gesehen. Dies hier war eigentlich eine nette Abwechslung gewesen.

Mit müden Beinen stapfte er die Treppe hinauf. Vor Liz' Zimmer hielt er an und horchte. Es war nichts zu hören, natürlich nicht. Nachts um zwei Uhr schlief sie, was hatte er erwartet? Einen Augenblick lang stellte er sich vor, wie sie in ihrem Bett lag, und spürte ein Ziehen im Magen. Zu gerne würde er jetzt neben ihr liegen. An ihren Haaren riechen und ihre Wärme spüren. Doch das war nicht möglich, egal, wie sehr er es wollte.

»Alles klar?« Ohne dass er seine Schritte gehört hatte, stand Jim hinter ihm.

»Ich habe nur nachgedacht«, sagte er.

Irritiert sah sein Bruder auf die Tür ihrer Schwägerin und dann auf Ethan. »Ich frage lieber nicht weiter nach«, bemerkte er, klopfte ihm auf die Schulter und verschwand im Bad.

Na wunderbar. Noch ein Paar Augen mehr, das ihn von nun an beobachten würde. Rasch trat Ethan in sein Zimmer und ließ sich aufs Bett fallen. Er war zu müde, um sich auszuziehen. Duschen konnte er auch morgen früh noch. Augenblicklich fiel er in einen unruhigen Schlaf. Bilder tauchten blitzartig vor seinem inneren Auge auf. Liz am Damm, mit nassen Kleidern und einem Lächeln im Gesicht. Kurz darauf glaubte er, Ollies Lachen zu hören. Und dann meinte er, ihre Lippen auf seinen zu spüren. Als Letztes schwebte Samuels Gesicht vor ihm. Schließlich umgab ihn nur noch Dunkelheit.

Kapitel 11

Liz stand an der Spüle und wusch das Geschirr. Obwohl er leise war, hörte sie, wie Ethan eintrat. Für einen Moment spannte sich ihr Körper an, dann spülte sie weiter. Sie war sich sicher, dass er bewusst das Frühstück verpasst und gewartet hatte, bis alle aus dem Haus waren. Kurz darauf hatte sie die Dusche oben gehört. »Auf dem Tisch steht ein Teller mit Eiern und Speck für dich«, sagte sie bemüht gleichgültig.

»Danke.«

Sie hörte, wie er seinen Stuhl zurechtrückte, und sah unsicher auf ihre Hände hinab. Die Teekanne war längst sauber. Sie musste aufhören, so zu tun, als ob sie noch spülte, und sich der Situation stellen. Nervös griff sie nach der Kaffeekanne und ging auf ihn zu. Offensichtlich war er ebenso angespannt wie sie. Flüchtig sah er sie an, dann griff er nach der Tasse, die sie ihm eingeschenkt hatte.

»Können wir reden?«, murmelte er nach dem ersten Schluck.

Stumm setzte sie sich an die andere Seite des Tisches. Er hatte recht, sie mussten dringend reden. Es war nicht möglich, das, was am Vorabend geschehen war, einfach zu ignorieren, auch wenn es genau das war, was sie eigentlich tun sollte.

»Bist du mir böse?«, wollte er wissen und traute sich nun doch, sie anzusehen.

Liz schloss ihre Augen für einen Moment. Dann hob sie den Kopf und hielt seinem Blick stand. »Ich bin dir nicht böse, ich war genauso an dem Kuss beteiligt wie du.«

»Lizzie, es tut mir leid, dass ich dir das antue«, platzte es aus ihm heraus.

Sie schnappte nach Luft. *Lizzie.* Dies war Samuels Kosename für sie gewesen. Aber das konnte Ethan nicht wissen. Wie lange war sie so nicht mehr genannt worden?

»Was ist?« Verunsichert sah er sie an.

»Nichts«, sagte sie und versuchte, sich zusammenzureißen.

»Was wäre, wenn er nicht mein Bruder gewesen wäre?«, fragte Ethan.

»Das weiß ich nicht.« Es war die Wahrheit. Sie hatte nie gedacht, dass sie für den Rest ihres Lebens alleine bleiben würde, aber Theorie und Praxis waren zwei Dinge.

»Ich mag dich. Sehr«, flüsterte er und starrte in seine Tasse.

»Und ich mag dich.« Das Herz schlug ihr bis zum Hals. »Trotzdem sind die Umstände mehr als ungünstig. Es ist alles so …«

»Beschissen?« Heiser lachte er auf.

Ein Lächeln zuckte über ihre Lippen. »Das trifft es ganz gut.«

»Und was machen wir jetzt?«, fragte er.

Ehe sie antworten konnte, flog die Fliegentür auf, und Harry steckte den Kopf in die Küche. »Du bist endlich wach. Gut«, stellte er fest. »Wir können deine Hilfe gebrauchen.«

»Meine?« Überrascht sah Ethan ihn an.

»Wir müssen eine Herde zu einer neuen Weide treiben und

brauchen jeden Mann«, sagte ihr Schwiegervater. »Also, iss schnell fertig, und dann sattle dein Pferd«, befahl er und verschwand wieder.

Ethan tat ihr leid. Mit einem unglücklichen Gesichtsausdruck aß er schweigend seine Eier. Ganz offensichtlich hatte er durch Harrys Aufforderung sogar seine letzte Frage vergessen. Leise stand sie auf und begann, den Geschirrspüler einzuräumen. Da sie keine Antwort auf Ethans Frage wusste, war sie dankbar für den Aufschub.

Kaum hatte Ethan sich seinen Hut geschnappt und war zum Pferdestall gehastet, sackte Liz auf einem der Stühle zusammen. Sie schloss die Augen und stützte ihren Kopf in die Hände. *Was wäre, wenn er nicht mein Bruder gewesen wäre?* Ethans Worte gingen ihr nicht aus dem Kopf. Ernüchtert öffnete sie die Augen und betrachtete den abgenutzten Holzboden. Sie war auf dem besten Weg, sich in ihren Schwager zu verlieben, und wusste nicht, was sie dagegen machen sollte. Was würden die anderen Brüder dazu sagen? Und was Harry? Sicherlich würde es Ollie verwirren. Und was für eine Zukunft hätten sie schon? Ethan hasste das Farmleben, und sie wollte hier leben, damit ihr Sohn bei seiner Familie aufwachsen konnte. Könnte es für diese Situation eine Lösung geben? Eine, die niemanden unglücklich machen würde?

***

Schwerfällig stapften die beinahe dreihundert Rinder über das weite, offene Land. Immer wieder versuchten einige, aus der Herde auszubrechen, und wurden von den Reitern gestoppt. Aus den Augenwinkeln beobachtete Ethan, wie

John auf seinem Hengst die Tiere im Galopp umrundete. Buster schien genau zu ahnen, wann eine Kuh abhauen wollte. Resolut stellte er sich ihr in den Weg und trieb sie zurück. Ganz anders der alte Gaul, auf dem Ethan ritt. Schwerfällig musste er Nero ununterbrochen antreiben und hatte große Probleme, die ausgebüxten Rinder wieder zurückzubringen. Harry hielt sich auffällig in seiner Nähe auf und schritt immer dann ein, wenn Ethan eines entwischte.

»Gute Arbeit übrigens mit der Scheune«, rief ihm sein Vater über die glänzenden Rinderrücken hinweg zu.

War das etwa ein Lob gewesen? Obwohl er sich hier so hilflos aufführte und nicht von großem Nutzen war? Schon wieder lösten sich zwei Kühe aus der Herde, und Ethan folgte ihnen, stellte sich vor sie und versuchte, sie mit lauten Schreien zurückzutreiben. Endlich bewegten sich die sturen Viecher und trotteten zurück. Ethan ließ seinen Blick über die Ebene gleiten. Wie weit das Land hier draußen war. Sie würden an die zwei Stunden brauchen, um die ganze Herde von der alten Weide zu einer neuen zu bewegen. Tief atmete er den Geruch nach Gras und Rindern ein, den Geruch seiner Kindheit. Er weckte Erinnerungen an gute und schlechte Zeiten. Ja, vielleicht tat ihm der Aufenthalt auf der Farm doch gut, trotz der Sache mit Liz. Für einen Moment war er unachtsam und sah nicht auf den Boden, da stolperte Nero erneut über einen großen Stein. Doch dieses Mal fing sich das Pferd nicht wie sonst, sondern sackte zur Seite weg. Ethan rutschte aus dem Sattel und wurde gegen die Rinder geschleudert. Ein stechender Schmerz durchfuhr seinen rechten Oberarm. Panisch rappelte er sich auf und sprang zur Seite, um nicht von den schweren Körpern niedergetrampelt zu werden. Er ließ sich keuchend ins Gras fallen und griff nach seinem

Arm. Das Hemd war aufgerissen, und Blut sickerte durch den groben Stoff hindurch. Ein Horn musste ihn getroffen haben. Doch es war zu schnell gegangen, um zu reagieren.

»Halt«, grollte Harrys Stimme durch die Luft.

Unter Rufen kamen die Rinder zum Stehen. Sein Vater sprang neben ihm vom Pferd und kniete sich hin. Dann schob er den Riss im Hemd auseinander und betrachtete die Wunde. »Glück gehabt, das hätte schlimmer enden können«, stellte er ruhig fest. Harry zog sein Halstuch aus und wickelte es stramm um das Hemd und die Wunde. »Du reitest besser zurück und lässt die Wunde von Liz reinigen. Wir haben alles zu Hause, was man dafür braucht. Ich glaube nicht, dass es genäht werden muss.« Ebenso schnell, wie er gekommen war, war er auch schon wieder weggeritten.

John warf Ethan aus einiger Entfernung einen Blick zu und pfiff laut, damit sich die Herde wieder in Bewegung setzte. Fluchend rappelte Ethan sich auf und ging zu Nero. Seelenruhig graste das Pferd, als sei nichts passiert. Mühsam zog er sich mit einem Arm in den Sattel. Das war's. Noch einmal würde er nicht auf ein Pferd steigen. Dieser Mist war einfach nichts für ihn, und er würde nicht erneut den Hobbycowboy geben.

Mit zittrigen Knien und einem Stechen im Arm stolperte er in die Küche und rief nach Liz. Als sie den Raum betrat, fiel ihr Blick auf seinen Arm.

»Was ist passiert?« Hastig öffnete sie einen Küchenschrank und zog eine Kiste heraus.

»Ich bin runtergefallen, und eine Kuh hat mich erwischt«, sagte er und setzte sich.

»Du hast Glück gehabt, dass du nicht stärker verletzt bist«, sagte sie und nahm Verbandsmaterial und ein Desinfektionsspray aus der Kiste. »Zieh das Hemd aus, dann sehen wir uns das mal genauer an.«

Mühsam löste er das Halstuch und zog sich das Hemd über den Kopf. Im Unterhemd saß er da und beobachtete, wie das Blut wieder zu tropfen begann.

Mit schnellen Bewegungen tupfte Liz es ab, sprühte das Spray auf die Stelle und zog vorsichtig die Wunde ein wenig auseinander. »Ist kein Dreck drin, und es ist nicht so tief, wie es aussieht. Das muss wohl nicht genäht werden«, befand sie. Dann drückte sie ein Stück Stoff auf den Schnitt und begann, einen Druckverband anzulegen.

»Du kennst dich aus, machst du so was öfter?«, wollte Ethan wissen.

»Du kennst ja deine Brüder. Es vergeht kaum ein Monat, ohne dass sich jemand verletzt oder prügelt«, sagte sie trocken. »Meistens sind es die Zwillinge, wenn mal wieder einer ihrer Motorrad-Stunts schiefging oder sie im Pub zu viel getrunken und sich mit irgendjemandem angelegt haben. Ich glaube, ich habe bei den beiden in den letzten Jahren schon so ziemlich jedes Körperteil verarztet.« Leise kicherte sie und knotete den Verband zu. »So, das war's, Cowboy«, sagte sie und grinste ihn an.

Ethan betrachtete sie. Wieder trug sie ein luftiges buntes Sommerkleid mit einer bequemen Strickjacke. Bei ihrem Anblick breitete sich eine wohlige Wärme in ihm aus. Sie zu sehen war, wie nach Hause zu kommen. »Was, wenn er nicht mein Bruder gewesen wäre?«, wiederholte er seine Frage von zuvor.

Erschrocken legte sie den Rest des Verbands weg und bewegte sich nicht. »Das weißt du«, sagte sie leise.

Ethan griff nach ihrer Hand. Er war sich fast sicher, dass sie sie wegziehen würde, doch sie ließ sie in seiner liegen.

»Musst du im Unterhemd so verdammt gut aussehen?«, hauchte sie und sah ihn mit geröteten Wangen an.

»Ich bin ein Kerl, der nicht reiten kann, der von einer blöden Kuh umgerannt wurde und der nach Ansicht seiner Familie zu nichts taugt. Ich habe aktuell nicht gerade das Gefühl, besonders männlich zu sein.« Lachend strich er mit der anderen Hand über ihren Arm.

»Du bist männlich, nur auf eine andere Art«, sagte sie noch immer mit leiser Stimme.

»Und du bist die schönste Frau, die ich je gesehen habe. Du bist einfach wunderbar, und ich fühle mich in deiner Nähe unglaublich wohl«, antwortete er.

Es war zu erkennen, wie sie mit sich rang. Ihre Augen gingen von seinem Gesicht auf den Boden und zurück. Mit einer leichten Bewegung brachte sie ihn dazu aufzustehen.

Er sah auf sie hinab. Vorsichtig legte sie den Kopf an seine Brust und schloss die Augen. Das Atmen fiel ihm schwer. Es war zu schön, sie zu spüren. »Nicht hier, lass uns hochgehen.«

Liz löste sich von ihm und nickte. Er ließ ihre Hand nicht los, als sie nach oben in sein Zimmer gingen. Endlich traute er sich, sie zu küssen. Lange und ausdauernd, er wollte nie wieder aufhören, und berührte mit seinen Lippen immer wieder die ihren. Ein leises Seufzen war zu hören, als er die Arme um sie legte und sie eng an sich zog. Es war, als würden alle Sorgen von ihr abfallen, als könnte er sie in eine andere Welt entführen, in der sie sich keine Gedanken machen musste. Und auch ihm kamen seine Probleme plötzlich so unbedeutend vor. Das Einzige, was in diesem Moment zählte, war Liz. Mutig ging er rückwärts zu seinem Bett und setzte sich, woraufhin sie auf seinen Schoß rutschte. Langsam zog er ihr die Strickjacke über die Schultern und knöpfte ihr Kleid auf. Unsicher kicherte sie, doch dann zog sie auch ihm das Unterhemd über den Kopf. Als sie aus ihrem Kleid schlüpfte, nahm seine Erregung zu. Zu schön war sie mit ihrer hellen Haut und der fliederfarbenen Spitzenunterwäsche. Unaufdringlich und verführerisch zugleich. Ethan drückte sie auf die Matratze, und seine Küsse wanderten zu ihrem Schlüsselbein hinab. Dann stützte er sich auf und betrachtete sie im hellen Licht.

»Was machst du?«, fragte sie nervös.

»Ich genieße deinen Anblick.« Seine Hand strich über ihre Brust zu ihrem Bauch hinunter.

Liz presste die Lippen aufeinander und sah ihn verlegen an. »Ich habe ein Kind bekommen, das ist alles nicht mehr so knackig, wie es mal war.«

Er folgte ihrem Blick und schaute auf einige kleine Dehnungsstreifen auf ihrem Bauch. Mit einem Finger fuhr er sie entlang. Dann beugte er sich hinunter und küsste die Stellen. »Es ist alles genau richtig«, sagte er schließlich. Und es war die Wahrheit. Sie war nicht perfekt, und gerade das machte sie so perfekt in seinen Augen. Sie war eine Frau, die gelebt, die Leid ertragen und ein Kind bekommen hatte. All das hatte sie zu dem gemacht, was sie jetzt war. Zu dem, was er mochte.

Sie griff an ihren Rücken und öffnete den BH. Gespannt sah er zu, wie sie ihn ablegte und ihn einfach nur betrachtete. Als seine Hände endlich über ihre Rundungen strichen, war es um ihn geschehen. Diese Frau hatte ihn in den Bann gezogen, und spätestens jetzt gab es kein Zurück mehr. Ethan öffnete seine Hose, und ihre Hand fuhr hinein. Stöhnend drückte er sich noch ein wenig enger an sie. Das hier war ein Wunder. Ein Wunder, das er dringend gebraucht hatte, um wieder ins Leben zurückgeholt zu werden.

***

Hufgetrappel auf dem Hof ließ Liz aufschrecken. Die letzten Stunden hatte sie eng an Ethan geschmiegt in seinem Bett gelegen. Sie hatten geredet und gelacht. Endlich war diese Anspannung weg, die sie in seiner Gegenwart gespürt hatte. Doch die Wirklichkeit war gerade auf dem Weg ins Haus. Hektisch sprang sie auf und linste aus dem Fenster. Die Männer brachten ihre Pferde in den Stall und würden in wenigen Minuten das Haus betreten. Ethan rührte sich nicht, er war eingeschlafen. Schnell sammelte sie ihre Kleider zusammen und zog sich an. Während sie die Treppe hinunterrannte, bemühte sie sich, ihre Haare mit den Fingern zu ordnen. In der Küche stellte sie den Wasserhahn an und spritzte sich das kühle Wasser ins Gesicht. Kaum dass sie sich abgetrocknet hatte, öffnete sich bereits die Fliegentür, und John sah sie an. Sein Blick wanderte von ihrem Gesicht über ihr Kleid, das nur notdürftig zugeknöpft war, bis zu ihren nackten Füßen. »Was ist hier los?«, schnaubte er.

»Ich habe Kopfschmerzen und bin eingeschlafen«, erklärte sie und spürte, wie ihr Gesicht heiß wurde.

»Ist es jetzt besser?«, wollte Jim wissen, der ebenfalls in die Küche schlurfte und sich an seinen angestammten Platz setzte.

»Etwas.«

»Warum hast du so rote Wangen?« Mit schmalen Augen sah John sie fest an.

»Das muss der Kreislauf sein. Ich sagte doch, es geht mir nicht gut«, erwiderte sie patzig.

Missmutig setzte John sich auch und beobachtete, wie sie Brot und Schinken auf den Tisch stellte.

Als Harry eintrat, sah Liz ihn eingeschüchtert an. »Entschuldige, mir ging es nicht gut, und ich habe nichts vorbereitet«, sagte sie leise.

»Ich hoffe, du wirst nicht krank?«, wollte er wissen. »Und wie geht es dem Verletzten?«

Wieder spürte sie Johns Blick auf sich. »Gut, denke ich. Ich glaube, er hat sich hingelegt.«

Harry nahm ihr die Teller aus der Hand und verteilte sie auf dem Tisch. Liz wandte sich ab und knöpfte schnell ihr Kleid bis oben zu. John ahnte etwas, da war sie sich sicher. Aber ihr Privatleben ging ihn nichts an, auch wenn er es anders sah. Sie hatte noch nicht einmal selbst Gelegenheit gehabt, über das nachzudenken, was eben zwischen Ethan und ihr passiert war, sie würde sich auf keinen Fall auch noch wegen ihm den Kopf zerbrechen.

Pfeifend betrat Ethan den Raum und setzte sich zu den anderen. Sie warf ihm nur einen flüchtigen Blick zu, doch das Grinsen in seinem Gesicht entging ihr nicht. Wieder spürte sie das Kribbeln, das seine Berührungen vorhin ausgelöst hatten. *Reiß dich zusammen.* Sie stellte die Wasserkanne auf den Tisch und setzte sich.

»Der Arm ist also noch dran«, stellte Harry fest.

»Er wurde gut versorgt«, bemerkte Ethan entspannt und griff nach dem Brot.

Klirrend ließ John sein Messer auf den Teller fallen. Grimmig starrte er seinen Bruder an, ohne etwas zu sagen. Liz konnte erkennen, wie Ethan zu ihm hinüberblickte, sich jedoch nicht aus der Ruhe bringen ließ. Sie atmete tief ein und nahm sich ebenfalls von dem Brot. Sie fühlte sich, als wäre sie am Verhungern. Schmunzelnd widerstand sie dem Bedürfnis, Ethan zu beobachten. Sicherlich erging es ihm ebenso, nachdem sie sich so verausgabt hatten.

Während der Fahrt zum Kindergarten hatte Liz endlich Gelegenheit, in Ruhe über die Sache mit Ethan nachzudenken. Noch immer fühlte sie sich aufgekratzt und beschwingt. So viele Jahre war sie nicht mehr mit einem Mann zusammen gewesen. Und sie hatte keine Ahnung gehabt, wie sehr sie es vermisst hatte. Nicht bis zu dem Moment, als Ethan sie berührte. Seine Hände auf ihrer Haut, auf ihrem Körper hatten ein Verlangen geweckt, das sie beinahe vergessen hatte. Er war liebevoll und zärtlich gewesen, hatte sie verwöhnt und ihr das Gefühl gegeben, die schönste Frau der Welt zu sein. All ihre Unsicherheit hatte sich in seiner Gegenwart aufgelöst.

Sie verbat sich bewusst den Gedanken daran, wie es nun mit ihnen weitergehen würde. Für einen Moment wollte sie es einfach nur genießen. Sie sehnte sich schon jetzt wieder nach ihm. Doch es würde schwierig sein, Zeit mit ihm alleine zu verbringen. Solange sie nicht wussten, wo das mit ihnen hinführte, durfte keiner etwas mitbekommen – und schon gar nicht John, der sie mit Argusaugen beobachtete. Wie er dazu kam, sich so aufzuführen, verstand sie nicht. Ja, er war immer für sie da gewesen, hatte sie unterstützt und war wie ein Ersatzvater für Ollie gewesen. Mehr als die anderen hatte er sich um ihren Sohn gekümmert. Und trotzdem hatte er kein Recht dazu, sie zu bevormunden.

Sie parkte das Auto vor dem Kindergarten und suchte den

Garten nach Ollie ab, der im Stehen wild auf der Schaukel schwang. Als er sie sah, hellte sich sein kleines Gesicht auf, und er sprang mit einem großen Satz hinunter. Liz hielt die Luft an, doch er kam lachend auf dem Boden auf und rannte ihr entgegen. Dieser kleine Wildfang war nicht zu bremsen und stellte ihre Nerven täglich auf die Probe.

»Hattest du einen schönen Tag?«, wollte sie wissen und beugte sich hinunter.

»Ja. Ich habe ein Bild gemalt«, sagte er und zog sie zu seinem Rucksack, der an der Hauswand lag.

Mit ernster Miene nahm er ein Blatt Papier heraus und hielt es ihr hin. Liz betrachtete es, doch sie war sich nicht sicher, ob es wirklich das darstellte, was sie glaubte. »Und wer ist das?«, fragte sie deshalb nach.

»Das sind Ethan, du und ich am Damm. Du lachst ganz laut, und Ethan trägt dich im Arm.« Stolz wartete er auf ein Lob.

Liz fuhr mit der Hand über das Blatt. Er hatte sie mit einem lachenden Mund gemalt, der größer war als ihr Kopf. Lächelnd steckte sie es wieder in den Rucksack. »Danke, ich freue mich wirklich darüber.«

»Das ist nicht für dich«, stellte er klar, während er nach ihrer Hand griff und sie zum Auto gingen. »Das ist für Ethan.«

»Für Ethan?« Überrascht sah sie ihn an. »Er wird sich sicher freuen.«

»Das ist für wenn er wieder geht. Damit er uns nicht vergisst und schnell wieder zurückkommt.«

Die Worte ihres Sohnes trafen sie unvorbereitet, aber es stimmte. Ethan würde irgendwann wieder gehen. Er hatte hier keine Zukunft. Er war kein Landmensch, das war mehr als offensichtlich. Eben noch hatte sie sich so glücklich gefühlt wie seit langem nicht, doch jetzt sah sie dieses Glück wieder aus ihren Händen gleiten. Diese Sache mit ihr und Ethan würde nicht von Dauer sein. Besser, sie akzeptierte dies von Anfang an. Möglicherweise sollte sie einfach den Moment genießen, das Kribbeln und die Aufregung. Und nicht zu viel hineininterpretieren. Ja, sie musste auf ihr Herz aufpassen und auf ihren Verstand hören.

***

»Ich habe was für dich.« Mit roten Wangen hielt Ollie Ethan ein Blatt Papier hin.

Ethan kniete sich auf den Boden und betrachtete es. »Sind das wir drei? Deine Mum, du und ich?«, fragte er nach.

Zustimmend nickte der Kleine. »Damit du uns nicht vergisst.«

Ethan sah ihn an und fuhr ihm über die Haare. »Dich könnte ich nie vergessen. Du bist der tollste Junge auf der Welt.«

Glucksend umarmte ihn Ollie und schlang seine Hände um seinen Nacken. Dann löste er sich wieder und sah ihn ernst an. »Ich muss jetzt mein Schwert finden, ich habe es leider verloren.« So schnell ihn seine Beine trugen, lief er die Treppe hoch.

Erneut betrachtete Ethan die Zeichnung. Es rührte ihn, dass sich der Kleine so viel Mühe gegeben hatte.

»Er mag dich sehr.«

Liz' Stimme riss ihn aus seinen Gedanken. Rasch stand er auf und sah sie an, wie sie schüchtern ihm gegenüber im Flur stand und verlegen lächelte.

»Ich mag ihn auch sehr.«

Liz trat auf ihn zu, sah sich um und stellte sich auf die

Zehenspitzen, um ihn zu küssen. Ein leises Stöhnen entfuhr ihm, als sie sich leidenschaftlich an ihn schmiegte. Das Geräusch der zuschlagenden Fliegentür ließ sie zusammenzucken. Panisch machte sie einen Satz zurück und sah sich um.

Wenige Sekunden später stand Erin vor ihnen. »Hallo zusammen.« Sie umarmte Liz leicht und hielt Ethan die Hand hin.

»Ich lasse euch mal alleine«, sagte Liz und ging die Treppe hinauf.

»Ich habe alles vorbereitet, du brauchst nur noch zu unterschreiben, dann ist deine Zucht angemeldet.« Es gelang Ethan nur mit großer Mühe, sich auf Erin und den Grund ihres Kommens zu konzentrieren.

Sie folgte ihm in Harrys Arbeitszimmer, und Ethan überreichte ihr die Papiere. Das Bild von Ollie legte er auf die Ablage, damit es nicht zerknittert wurde.

»Und hier«, er streckte ihr einen dicken Umschlag entgegen, »ist die fertige Steuererklärung für deinen Vater. Ich habe alle Stellen markiert, an denen er unterzeichnen muss. Sorg dafür, dass er sie schnell abschickt, sie ist eh schon überfällig. Ich habe ihm auch die Informationen zu einer geeigneten Pumpe ausgedruckt und den Förderantrag ausgestellt. Das kann er sich in Ruhe durchlesen. Falls er noch Fragen hat, habe ich meine Visitenkarte reingelegt, er kann mich jederzeit anrufen.«

»Ich weiß nicht, wie ich dir danken soll«, sagte Erin und deutete verlegen auf einen Umschlag, der unter ihrem Arm klemmte. »Das hier kam heute mit der Post. Es sind die Papiere von meinem Onkel. Dad hatte dich ja gefragt, ob du es dir mal ansehen könntest.«

»Ja, stimmt, kein Problem.« Sie gab ihm den Umschlag, und Ethan warf einen Blick hinein. »Ich schätze, ich könnte langsam als Steuerberater arbeiten«, sagte er lachend.

»Du könntest Farmer beraten. Viele wissen mit solchen Dingen nicht viel anzufangen. Ich wäre nie auf die Idee gekommen, meine Zucht jetzt schon anzumelden.« Sie neigte sich zu ihm und senkte ihre Stimme. »Und auch wenn John nicht begeistert davon ist, ich glaube, die Idee mit den Biorindern ist ein genialer Schachzug.«

»Das mit dem Steuerberater war ein Witz.« Lachend lehnte er sich gegen den Schreibtisch. »Farmen sind eigentlich nicht mein Bereich.«

»Farmen sind letztlich auch Unternehmen, Ethan, das hast du hier auf Silverwood gut erkannt. Ein so cleveres Köpfchen wie du könnte uns allen nützen. Die Zeiten sind hart, und wir alle müssen uns irgendwie auf dem Markt positionieren.« Erin machte eine Pause und überlegte. »Aber sicher lohnt sich dein Job in der Großstadt mehr als die Beratung von Farmern«, sagte sie und nickte ihm zu. »Danke jedenfalls, und bitte maile meinem Onkel deine Kontonummer, damit er dir das Geld dafür überweisen kann.« Ohne auf eine Antwort zu warten, rauschte sie schon wieder hinaus. Ethan betrachtete die staubige Spur, die ihre schweren Arbeitsstiefel auf dem Boden hinterlassen hatten. Mit der rechten Hand fuhr er sich nachdenklich über den Mund. Er dachte glücklich daran, wie Liz ihn gerade geküsst hatte. Zuvor hatte er Sorge gehabt, dass sie bereuen könnte, was zwischen ihnen passiert war. Doch so wie es aussah, war das nicht der Fall. Langsam ging er auf Ollies Bild zu und betrachtete gerührt die krakeligen Strichmännchen. Es sah aus wie das Bild einer glücklichen Familie. Genau das waren sie auch – eine

Familie. Nur auf eine andere Art, auf eine komplizierte, die alles ziemlich schwierig machte. Ihm kam in den Sinn, wie Liz eben erschrocken von ihm abgelassen hatte, als sie ein Geräusch hörte. Es war offensichtlich, dass sie verhindern wollte, dass es jemand mitbekam. Und er konnte es ihr nicht verübeln. Es war ihr Leben, das dadurch schwierig werden konnte. Bei dem Gedanken an die Reaktion seiner Familie wurde ihm schlecht. John würde ihm vorwerfen, Samuel zu verraten, Jim schien ebenfalls etwas zu ahnen, und Harry – Harry würde ihn vermutlich hochkant aus dem Haus werfen. Er wäre für alle ein Verräter.

Ethan ließ sich auf Harrys Bürostuhl sinken und öffnete den Laptop. Seit mehreren Tagen hatte er seine E-Mails nicht abgerufen. Er überflog die Betreffzeilen und blieb an einer hängen. Nervös öffnete er sie und las die Nachricht. Mit einem Seufzer lehnte er sich zurück und legte die Hände in den Nacken, wobei sich die Wunde an seinem Arm schmerzhaft bemerkbar machte. Man bot ihm für diesen Nachmittag ein Vorstellungsgespräch per Videocall für einen Job in Adelaide an. Die Position war genau das, was er sich erhofft hatte: anspruchsvoll und mit guten Aufstiegschancen. Sollte er nicht eigentlich vor Begeisterung übersprühen? Stattdessen wollte sich einfach keine Euphorie einstellen. Sicher, Adelaide war nicht Sydney, und sein ganzes Leben würde sich dadurch ändern, doch hatte er sich nicht nach einem Tapetenwechsel gesehnt? »Drei Stunden«, murmelte er vor sich hin. Drei Stunden war Adelaide von Silverwood entfernt. Näher als Sydney, aber trotzdem eine weite Strecke. Doch jeder Job, der für ihn in Frage käme, wäre weit entfernt von diesem Fleckchen Erde. Konnte es etwa sein, dass er nicht von hier wegwollte? Wegen Liz?

Aber er hatte keine Wahl. Rasch beantwortete er die E-Mail und bestätigte die vorgeschlagene Uhrzeit für das Gespräch. Seine Unterlagen lagen dem Personalchef bereits vor, nun musste er ihn nur noch persönlich überzeugen. Seine Referenzen sprachen für ihn, das wusste er. Vermutlich waren seine Chancen besser, als er dachte. Oder hoffte. Ernüchtert klappte er den Laptop wieder zu. Das war die Gelegenheit für ihn, wieder mit beide Füßen auf den Boden zu kommen. Er würde sich nicht ewig auf der Farm verstecken und sich als Aushilfsfarmer betätigen können.

Und was Liz anging, was hätte er ihr schon zu bieten? Sein Geld war weg, hier gab es keinen Job für ihn, und die Familie würde sie beide für das verachten, was sie getan hatten. An eine Zukunft mit ihr zu denken war ein schöner Traum, aber unrealistisch, erkannte er bitter. Er durfte sie nicht weiter an sich heranlassen, es würde die Trennung später für sie beide nur noch schlimmer machen. Auf keinen Fall wollte er ihr das Herz brechen. *Was hast du da nur getan?* Mit der Hand schlug er auf die Tischplatte und schluckte. Es war wie immer: Er hatte nur an sich gedacht und nicht an die Menschen, die er mit seinen Handlungen verletzte. So schwer es war, es würde besser sein, es zu beenden, solange er es noch konnte.

Kapitel 12

»Was machst du denn hier?« John war dabei, Buster zu striegeln, als Erin auf den massiven Holzzaun kletterte und sich auf das oberste Brett setzte.

»Ich habe die Steuererklärung für Dad abgeholt und Ethan die Unterlagen von meinem Onkel gebracht«, sagte sie.

John konnte ein Schnauben nicht unterdrücken. »Dass ihr euch ernsthaft von dem helfen lasst«, brummte er genervt.

»Sei nicht so empfindlich. Dein Bruder hat wirklich was drauf.«

»Heute Morgen ist er vom Pferd gefallen und hat sich beinahe tottrampeln lassen.« Er lachte heiser. »Wenn du mich fragst, ist er zu nichts nutze.«

»Warum bist du immer so gemein zu ihm?«

John versuchte, ihrem Blick auszuweichen. Er hatte damals niemandem von dem Anruf erzählt. Doch warum eigentlich? Wollte er nicht, dass der Rest der Familie ebenso enttäuscht von Ethan wäre wie er? Und dann war da noch die Sache mit Liz, ganz sicher bildete er sich das nicht ein. »Ich glaube, da läuft was. Zwischen ihm und Liz.« Vielleicht war es gut, es endlich auszusprechen. Mit dem Striegel fuhr er kräftig über das staubige Fell des Hengstes.

»Ernsthaft?« Sie klang überrascht, jedoch nicht halb so schockiert, wie er es erwartet hätte.

»Ja. Und es ist falsch«, zischte er.

»Und wer entscheidet, was falsch ist? Du?« Mit hochgezogenen Augenbrauen sah sie ihn an.

Er schleuderte den Striegel weg und ging auf sie zu. »Samuel war unser Bruder, hast du das vergessen?«

»Glaubst du, das könnte ich?« Herausfordernd funkelte sie ihn an. »Hat Liz denn keinen Anspruch auf etwas Glück? Oder zumindest ein bisschen Spaß?«

»Aber nicht mit Ethan.« Er baute sich vor ihr auf und hakte die Daumen in den Hosenbund. »Ethan würde sie unglücklich machen. Und er ist ihr Schwager. Das ist einfach nicht richtig.«

»Warum glaubst du, dass er sie unglücklich machen würde?«, fragte Erin mit ruhiger Stimme nach.

Diese Unterhaltung ging ihm langsam, aber sicher gegen den Strich. Er war keiner, der viel sprach, schon gar nicht über solche Dinge. Doch dass sie ihn offensichtlich nicht verstehen wollte, versetzte ihn zunehmend in Rage. »Er ist ein Blender. Einer, der sich für was Besseres hält. Und ich bin mir sicher, er hat in der Stadt an jedem Finger eine Frau. Er war noch nie ein Kind von Traurigkeit, ich glaube nicht, dass sich das geändert hat.«

»Und wenn doch?«

»Hat es nicht«, antwortete er bestimmt.

»Lass das Liz entscheiden, es ist ihre Sache.«

»Und wenn es die falsche Entscheidung ist?«

»Entscheidest du, was für sie richtig ist?«

»Das ist meine Aufgabe. Ich habe es Samuel versprochen«, sagte er und stützte sich mit den Ellenbogen auf den Zaun.

»Dass du ihre Männer aussuchst?« Erins Ton war herausfordernd. Nur sie traute sich, so mit ihm zu sprechen.

»Dass ich auf sie und Ollie aufpasse.«

»Hmm.« Sie nickte und schob die Unterlippe vor. »Aber so hat er das vermutlich nicht gemeint.«

»Woher willst du wissen, was mein Bruder wollte?« Wütend nahm er den Hut vom Kopf und starrte sie an.

»Du vergisst doch wohl nicht, dass auch ich ihn sehr gut kannte. Er war mein Freund. Wir alle kennen einander hier. Manchmal zu gut«, gab sie zu bedenken. »Und nur weil du nicht an die Liebe glaubst, kannst du nicht entscheiden, dass andere es auch nicht tun sollen.«

Diese Frau machte ihn noch wahnsinnig. Sie wusste genau, wie sie ihn treffen konnte, doch er schätzte Erin zu sehr, um ihr lange böse zu sein. »Wer sagt denn, dass ich nicht an die Liebe glaube?«, sagte er.

»Glaubst du denn daran? Wann warst du das letzte Mal mit einer Frau zusammen?«

»Ich glaube nicht daran, dass die Liebe gut ausgeht. Ich habe zu oft erlebt, dass es übel ausging. Und woher willst du wissen, wann ich mit einer Frau zusammen bin?«

»Firefly Creek ist ein kleiner Ort, Johnny. Hier bleibt nichts lange geheim. Und ich kenne dich einfach zu gut.« Sie legte den Kopf schief. »Du bist nicht Harry. Nicht jede Beziehung muss in einem Drama enden wie bei deinem Vater.«

Stöhnend setzte er den Hut wieder auf. »Lassen wir dieses Thema, das führt zu nichts.«

»Denk einfach noch mal darüber nach, ob es das wert ist, es dir endgültig mit Ethan zu verscherzen.« Sie sprang vom Zaun und lief zu ihrer Stute. Nach ein paar Schritten hielt sie an und drehte sich noch einmal um. »Und wenn du noch mal Redebedarf hast, dann komm doch auf ein Bier vorbei. Du weißt, wo du mich findest.«

Noch immer auf den Zaun gelehnt, beobachtete er, wie sie aufstieg und davonritt. Die zierliche kleine Araberstute tänzelte elegant den Weg entlang. Kopfschüttelnd sah er ihr nach. *Weil du nicht an die Liebe glaubst.* Diese Frau kannte ihn besser, als ihm lieb war.

***

Lachend rannte Liz hinter Ollie her, der kreischend durchs Haus lief. Immer wenn sie ihn fast eingeholt hatte, verlangsamte sie ihre Schritte unauffällig, damit er wieder einen Vorsprung bekam. So ausgelassen hatte sie sich seit langem nicht gefühlt. Es war, als wäre eine Last von ihr abgefallen, von der sie nicht einmal gewusst hatte, dass es sie gab.

»Achtung.« Im letzten Moment wich Ethan dem Jungen aus, als sie durch den Flur jagten. Überrascht sah sie ihn an. Er trug ein schickes Hemd und eine Krawatte, nur die Jeans passte nicht recht ins Bild. Seine Haare waren akkurat gekämmt, und allem Anschein nach war er frisch rasiert.

»Hast du etwas vor?«, fragte sie verdutzt.

»Ich habe gleich ein Vorstellungsgespräch via Videocall«, erklärte er und wich ihrem Blick aus.

»Wirklich? Das klingt gut.« Sie lächelte ihm aufmunternd zu.

»Kannst du dafür sorgen, dass Ollie so lange ruhig ist? Ich mache den Anruf vom Büro aus, und es wäre gut, wenn ich nicht gestört werde.«

»Natürlich.« Sie griff nach der Hand ihres Sohnes. »Wir gehen so lange raus.«

»Danke«, murmelte Ethan und ging an ihr vorbei.

»Viel Glück«, rief sie ihm fröhlich nach, doch er nickte

nur und sah sie einen Augenblick ernst an, bevor er die Tür schloss.

»Was ist mit Ethan los? Er hat so komisch geschaut«, fragte Ollie.

»Er ist angespannt, weil er ein ganz wichtiges Gespräch führen muss«, sagte sie zu ihm. Doch er hatte recht, irgendetwas an seinem Blick war komisch gewesen. Liz atmete tief durch und lächelte ihren Sohn an. »Wir gehen jetzt ganz leise raus, und dann fange ich dich auf dem Hof, ja?«

Auf Zehenspitzen tippelte Ollie los und zog sie hinter sich her.

»Wie ist es gelaufen?«, rief sie Ethan zu, als sie ihn eine Stunde später im Vorgarten entdeckte. Außer Atem ging sie zu ihm hinüber und setzte sich an das kleine Metalltischchen.

»Gut, schätze ich. Die Stelle klingt interessant, und meine Referenzen scheinen sie zu überzeugen«, sagte er.

»Und wo ist der Job?«

»Adelaide«, gab er kurz angebunden zurück.

»Adelaide«, wiederholte sie. Natürlich würde eine neue Stelle weit weg von hier sein. Mühsam zwang sie sich zu einem Lächeln, doch Ethan erwiderte es nicht. Mit starrem Gesichtsausdruck sah er an ihr vorbei.

»Wie siehst du denn aus?«, platzte John in die Unterhaltung, während er vom Stall kam. Mit hochgezogenen Augenbrauen betrachtete er seinen Bruder. »Bedeutet diese Aufmachung, dass du uns endlich wieder verlässt?«

Liz hielt die Luft an. Genau diese Frage beschäftigte sie gerade. Doch Ethan sah John nur flüchtig an, stand auf und verschwand wortlos im Haus.

»Er gehört nicht hierher«, bemerkte John trocken und setzte sich zu ihr. »Vergiss das nicht.«

»John Bennett, du kannst ein richtiger Arsch sein!«, entfuhr es ihr deutlich zu laut. Unter seinem ungläubigen Blick sprang sie auf und rauschte ins Haus.

Schnell ging sie die Treppe rauf und klopfte an Ethans Tür. Als er sie öffnete, ging sie unaufgefordert an ihm vorbei ins Zimmer. »Was ist los?«, fragte sie mit ernster Stimme.

Ethan sah kurz in den Flur, dann schloss er die Tür. »Es ist kompliziert.«

»Ist es das nicht immer?«, gab sie gereizt zurück.

»Es ist wirklich kompliziert, Lizzie, ich mache mir Sorgen.«

Lizzie. Augenblicklich fühlte sie sich etwas ruhiger. Sie ging auf ihn zu und griff nach seiner Hand. »Was ist denn plötzlich los?«

Endlich sah er sie an. Was eben abweisend gewirkt hatte, erschien ihr jetzt eher wehmütig. »Es kann nicht funktionieren. Das mit dir und mir«, sagte er leise.

Liz ließ seine Hand los und starrte ihn an. »Jetzt plötzlich? Noch vor ein paar Stunden …«, mehr brachte sie nicht heraus.

»Es ist mir klargeworden, als ich das Stellenangebot gesehen habe. Das hier ist nicht real. Ich kann nicht hierbleiben, bei dir. Sosehr ich es mir wünsche. Ich hätte nichts, was ich dir und Ollie bieten könnte. Ich habe kein Geld mehr, hier kann ich nicht arbeiten, und unsere Familie wird es nicht verstehen.«

»Du hast uns nichts zu bieten?« Wut breitete sich in ihr aus. War er etwa so blind, dass er nicht sehen konnte, was er zu geben hatte? Oder wollte er einfach nur diesen Job annehmen und irgendwie aus der Sache mit ihr wieder rauskommen?

»Es tut mir leid«, murmelte er und sah auf den Boden.

Liz hielt die Luft an. Seine Ablehnung traf sie wie ein Schlag. Endlich hatte sie es geschafft, sich zu öffnen, und nun wies er sie zurück. Sie machte auf der Stelle kehrt und stürzte aus dem Zimmer. Noch konnte sie ihre Tränen zurückhalten, aber nicht mehr lange. Schnurstracks ging sie hinunter und zu John hinaus. »Sag deinem Vater, ich habe mir sein Pferd ausgeliehen. Und tu mir einen Gefallen und pass für eine halbe Stunde auf Ollie auf!«, rief sie ihm im Vorbeigehen zu.

»Was hat er getan?«, schrie John ihr hinterher, doch sie ignorierte ihn. Sie musste schnellstens hier weg, ehe sie die Tränen nicht länger zurückhalten konnte.

Der frische Wind strich durch ihre Haare, während sie den Fuchs immer weiter antrieb. Wiehernd warf das Pferd den Kopf in den Nacken und galoppierte ausgelassen über das offene Grasland. Dass der Wallach noch am Morgen einen anstrengenden Arbeitseinsatz gehabt hatte, merkte man ihm jetzt nicht mehr an. Liz schmeckte die salzigen Tränen auf ihren Lippen. Es fiel ihr schwer, die Schönheit um sie herum durch ihre tränennassen Augen wahrzunehmen, doch sie vertraute dem Pferd, dass es den richtigen Weg finden würde. Sie hatte kein Ziel, sie wollte einfach nur weg. Ohne dass sie es bemerkt hatte, hatte der Wallach sie zum Damm getragen. Erst als er langsamer wurde und ans Wasser hinunterlief, erkannte sie, wo sie waren. Dort, wo der alte Baumstamm gelegen hatte, war nur noch eine trockene, kahle Stelle zu erkennen. Vorsichtig stapfte das Pferd ans Ufer und trank ausgiebig. Liz wischte sich mit dem Handrücken über das Gesicht und stieg ab. Matt ließ sie sich ins Gras fallen und starrte in den Himmel. Die Wolken, die schnell vorüberzogen, nahm sie kaum wahr. Alles, woran sie denken konnte, war Ethan. Wie glücklich und gelöst sie sich in seinen Armen gefühlt hatte. Und jetzt dieser plötzliche Sinneswandel bei ihm. Weil er sie doch nicht wollte? Hatte es ihm nicht so gefallen wie ihr? War ihr Körper nicht so gewesen, wie er es sich erhofft hatte? Übelkeit stieg in ihr auf. Vielleicht hatte John doch recht gehabt, als er sie vor ihm gewarnt hatte. Ihre Augen brannten, und das Schlucken fiel ihr schwer. Wenn es wirklich so war, dann musste sie sich eingestehen, dass sie sich schmerzhaft in ihm geirrt hatte. Bei dem Gedanken daran, ihm wieder zu begegnen, zog sich ihre Brust zusammen. Doch es half nichts. Sie durfte sich auf keinen Fall etwas anmerken lassen. Es fehlte jetzt nur noch, dass die anderen etwas davon mitbekamen. Das könnte sie nicht auch noch ertragen. Hatte sie sich nicht heute Mittag noch eingeredet, dass die Sache mit Ethan nur ein wenig Spaß für sie sein sollte? Und jetzt saß sie hier und heulte wie ein kleines Mädchen. Aber Liz hatte auch nicht damit gerechnet, dass Ethan sie kaltherzig und mit vorgeschobenen Gründen einfach abservieren würde. Mühsam rappelte sie sich auf und stieg in den Sattel. Sie musste nur noch durchhalten, bis sie sich nachher endlich in ihrem Zimmer verkriechen konnte. Wie es dann weitergehen würde, stand auf einem anderen Blatt.

***

Vom Fenster aus beobachtete Ethan, wie Liz zurückkehrte. Erleichtert atmete er auf, als sie schließlich das Pferd in den Stall führte und dann zum Haus ging. Doch ihr Gesicht sprach Bände: Er hatte sie verletzt. Noch mehr als angenommen. Vermutlich hatte er sich nicht richtig ausgedrückt, und sie hatte nicht verstanden, warum das mit ihnen nicht funktionieren konnte. Oder aber das Problem war das, was er nicht gesagt hatte: dass er verrückt nach ihr war. Dass er sich ein Leben ohne sie kaum vorstellen konnte, dass er aber keine Lösung sah, die ihr oder Ollie nicht schaden würde. Er musste noch einmal mit ihr reden, wenn sich die Gelegenheit dazu bot.

Ihm war nicht danach, zum Abendessen runterzugehen, doch wenn er es nicht tat, würde er Johns Misstrauen nur noch verstärken. Ethan musste so tun, als sei alles in Ordnung, um Liz nicht noch mehr Probleme zu bereiten, egal, wie er sich selbst fühlte. Trotzdem zögerte er einen Moment, als seine Hand die Türklinke berührte. Mit festen Schritten ging er nach unten. Anscheinend hatte Liz in Windeseile die Reste des gestrigen Abendessens aufgewärmt und einen großen Salat gezaubert. Gut, denn wenn noch ein Essen ausfiele, würde auch den anderen auffallen, dass etwas nicht stimmte. Ohne etwas zu sagen, setzte er sich an den Tisch.

Kaum sah er auf, funkelte John ihn bereits an. »Was hast du getan?«, zischte er ihm leise zu.

Ethan schüttelte den Kopf und ging nicht auf seinen Bruder ein.

Knallend stellte Liz einen Teller vor ihn hin. An ihrem Blick war zu erkennen, dass sie sich nur mit Mühe zusammenreißen konnte. Es tat weh, sie so zu sehen. Wären sie alleine gewesen, hätte er sie in den Arm genommen und über ihre Haare gestrichen. Aber in diesem Augenblick gab es nichts, was er für sie tun konnte.

Liz hatte ihn das ganze Essen über ignoriert. Hier und da hatte sie sich an den Gesprächen beteiligt und dennoch abwesend gewirkt. Nun war sie dabei, Ollie ins Bett zu bringen, und Ethan war in sein Zimmer geflüchtet, um eine weitere Konfrontation mit John zu vermeiden.

Fast zwei Stunden lag er auf seinem Bett und starrte an die Decke. Als er sich schließlich aufsetzte, war es schon lange dunkel. Im Haus waren alle Geräusche verstummt. Vermutlich waren all seine Brüder auf ihren Zimmern und Harry im Büro. Ethan griff nach der Jogginghose und ging ins Bad. Doch auch die heiße Dusche ließ ihn nicht zur Ruhe kommen. Als er sich abgetrocknet hatte, starrte er in den Spiegel. Matt und ausdruckslos sah er aus, genau so, wie er sich auch fühlte. Wütend presste er die Zähne aufeinander, um dem Drang zu widerstehen, den Spiegel zu zerschlagen. Er musste etwas tun, mit ihr reden. Noch einmal versuchen, ihr alles zu erklären. Damit sie ihn nicht hassen würde. Er zog die Jogginghose über und ging zu Liz' Zimmertür.

***

Das Klopfen war leise gewesen, doch sie hatte es gehört. Natürlich. Sie lag wach in ihrem Bett und rührte sich nicht. Erneut klopfte es, doch Liz wollte nicht gestört werden. Zu sehr hatten ihre Gefühle sie überrollt, seit sie hier in der Stille lag. Doch dann öffnete sich die Tür, und sie sah einen Schatten, der in ihr Zimmer kam. Ihr war sofort klar, wer da vor ihrem Bett stand.

»Geh wieder«, sagte sie leise.

»Können wir bitte reden?« Ethan setzte sich ans Fußende.

»Du hast alles gesagt, worauf es ankommt.« Sie richtete sich auf und sah auf die Umrisse seines Körpers.

»Das habe ich nicht. Bitte.« Seine Stimme hatte etwas Flehendes.

»In Ordnung. Du hast eine Minute.« Länger könnte sie es nicht ertragen, mit Ethan in einem Raum zu sein.

Sie hörte, wie er tief Luft holte. »Ich wollte dich nicht verletzen, das ist das Letzte, was ich möchte.«

»Und deshalb sagst du mir, nur ein paar Stunden nachdem wir miteinander geschlafen haben, dass du mich nicht willst? Dass es keinen Sinn hat?« Sie musste sich Mühe geben, nicht zu schreien. »War es wirklich so schrecklich?«, setzte sie hinzu und stützte den Kopf in die Hände.

»Schrecklich?« Ethan klang überrascht. »Wie kann das schrecklich gewesen sein? Du warst doch dabei. Wie kommst du auf so eine Idee? Es war wunderbar, schöner, als ich es mir je hätte vorstellen können.« Seine Stimme überschlug sich beinahe.

Liz war sich nicht sicher, ob sie ihm glauben konnte. Doch es klang ehrlich. »Und warum willst du dann nicht, dass wir …?«

Stöhnend rutschte er ein kleines Stück an sie heran. »Ich will es mehr als jemals irgendetwas in meinem Leben. Ich will dich, Lizzie. Aber es kann nicht funktionieren. Ich habe keinen Job mehr, und wenn ich einen bekomme, dann wird der weit weg von hier sein, ich habe kein Geld, und die Familie wird mich dafür hassen, dass ich dich liebe.«

Liz hielt die Luft an. »Was hast du da gesagt?«, fragte sie fassungslos.

»Dass ich dir nichts bieten kann. Sosehr ich es mir wünsche«, sagte er.

»Sie werden dich dafür hassen, dass du mich liebst?«, wiederholte sie seine Worte.

»Ich fürchte schon. Du kennst sie, sie …«

»Du liebst mich?«, unterbrach sie ihn laut.

Einen Augenblick lang schwieg er, dann rutschte er noch ein wenig näher an sie heran. »Natürlich, wie könnte ich das nicht?«

Sie wusste nicht, ob sie weinen oder lachen sollte. Dieser Mann hatte ihr gerade seine Liebe gestanden. Zwar auf eine recht ungewöhnliche Art, aber alles, was zählte, war, dass er sie liebte. Also hatte sie sich nicht in ihm geirrt. Sie atmete aus und schloss die Augen. »Ich liebe dich auch«, brachte sie hervor, streckte ihre Hand aus und fuhr über seinen Rücken. »Musstest du hier unbedingt oben ohne auftauchen?«, wollte sie glucksend wissen.

»Ich habe gerade geduscht. Ist das ein Problem? Ich ziehe mir ein Hemd über, wenn es dich stört.«

»Stören?« Sie rutschte hinter ihn und legte ihr Gesicht an seinen Rücken. »Es bringt mich fast um den Verstand, deine bloße Haut zu spüren.«

»Dann bleibe ich lieber so.« Lachend legte er eine Hand auf ihr Bein hinter ihm. »Und was machen wir jetzt? Ich kann dir und Ollie noch immer nichts bieten.«

»Warum sprichst du immer davon, dass du uns was bieten müsstest?« Liz löste sich von ihm und griff nach seiner Hand. »Mir ist es egal, was du beruflich machst oder ob du Geld hast.«

»Und trotzdem kann ich nicht ewig hier rumsitzen und nichts tun, das weißt du doch genauso gut wie ich.«

»Dann werden wir uns irgendwie mit einer Fernbeziehung arrangieren müssen«, sagte sie.

»Du glaubst, das funktioniert?«

»Das muss es wohl.« Stöhnend fuhr sie sich durch die Haare. »Um ehrlich zu sein, weiß ich auch nicht, was wir machen sollen.«

»Und was ist mit den anderen? Wie sollen wir es ihnen nur beibringen?«

Plötzlich sank ihr Mut wieder. Eben noch hatte sein Liebesgeständnis sie überglücklich gemacht, doch jetzt verspürte sie Angst. »Ich habe mich noch nicht einmal getraut, von meinem neuen Job zu erzählen«, murmelte Liz.

»Wir müssen uns irgendwas überlegen, um es ihnen zu erklären, damit sie es nicht falsch verstehen. Du weißt, dass ich Samuel geliebt habe und dass ich mich nie zwischen ihn und dich gedrängt hätte, oder?« Seine Stimme klang besorgt.

»Das weiß ich. Genauso, wie ich ihn trotz dir nicht vergessen werde.« Nein, das würde sie nicht. Niemals. Samuel war ihre erste große Liebe gewesen, der Vater ihres Kindes. Doch es war Zeit, endlich nach vorne zu schauen. Zu Ethan.

»Darf ich dich küssen?«, hörte sie ihn flüstern.

Anstatt einer Antwort drückte sie ihn in die Matratze und legte sich auf ihn. Stürmisch begann sie, ihn zu küssen. Nach all der Aufregung, den Sorgen und der Trauer wollte sie ihn einfach nur noch spüren. Ethan legte seine Arme um sie und atmete schwer. Er wollte mehr, das war zu erkennen. Und sie wollte es auch. Hastig streifte sie ihr Nachthemd ab und stöhnte auf, als er sein Gesicht an ihre Brüste schmiegte.

Seine Hand legte sich über ihren Mund. »Sei nicht zu laut«, mahnte er leise und umspielte ihre Brustwarzen mit der Zunge. Sie biss sich fest auf die Unterlippe. Als seine

Hand in ihr Höschen glitt, ließ sie sich neben ihn sinken und drückte den Hinterkopf in die Matratze. Dieses Mal wollte sie ihn noch mehr als am Vormittag. Weil er sie liebte. Und sie ihn.

***

Vorsichtig gab er ihr einen Kuss auf die Haare. Liz lag schlafend neben ihm. Es war Zeit, das Zimmer zu verlassen, auch wenn er mit jeder Faser seines Körpers bei ihr bleiben wollte. Doch es würde Ollie verwirren, wenn er ihn hier am Morgen entdeckte. Besser, er schlich sich jetzt raus. »Ich liebe dich, Lizzie«, flüsterte er in ihr Ohr und stand auf. Mit der Hand suchte er neben dem Bett nach seiner Hose und zog sie an, dann öffnete er leise die Tür.

Der Schlag war unvermittelt und hart. Taumelnd krachte Ethan mit dem Rücken gegen die Wand. In der Dunkelheit sah er einen Schatten auf sich zukommen, dann spürte er erneut eine Faust in seinem Gesicht. Ein bleierner Geschmack breitete sich in seinem Mund aus. Fluchend rappelte er sich auf und griff in dem fahlen Mondlicht nach seinem Gegner. Mit voller Wucht schlug Ethan John in den Bauch. Keuchend stürzte sich John erneut auf ihn. »Ich wusste es!«, brüllte er laut und versetzte Ethan einen Schlag in die Seite.

Ethan schloss schmerzerfüllt die Augen, dann rammte er seinen Kopf nach vorne. Der Aufschrei, der folgte, zeigte, dass er seinen Bruder gut getroffen hatte.

»Das geht dich nichts an, also lass uns in Ruhe!«, schrie er zurück.

Türen wurden aufgerissen, und etwas Helligkeit drang aus den Räumen. Schritte und Stimmen kamen auf sie zu. Dann sah er, wie das Blut aus Johns Nase auf dessen nackten Oberkörper tropfte. Wild funkelte sein Bruder ihn an. »Es geht mich etwas an, mehr als du glaubst«, gab John knurrend zurück.

»Weil du eifersüchtig bist?« Höhnisch verzog Ethan sein Gesicht zu einem Grinsen.

Der nächste Schlag traf ihn am Auge. Fluchend stützte er sich an der Wand ab und hörte, wie Liz laut auf beide einredete. Doch was sie sagte, nahm er nicht wahr. Alles, was er wahrnehmen konnte, war John. Und der Hass, den sie in diesem Moment füreinander empfanden.

Das Licht wurde eingeschalten, und Ethan blinzelte einen Augenblick, ehe er seine Faust erneut in den Oberkörper seines Bruders rammte. Brüllend stürzte sich Jim zwischen sie. Mit einem Arm packte er John an der Schulter, mit dem anderen Ethan am Nacken. »Hört sofort auf mit dem Mist!« Seine Finger krallten sich in Ethans Haut, der versuchte, sich aus dem Griff zu winden.

John hatte es bereits geschafft und schlug an Jim vorbei erneut auf Ethan ein, doch dann packten die Zwillinge ihn an den Armen. Ihr Gebrüll hallte durch den breiten Flur. Wer genau was schrie, ging in dem Lärm unter. Erst als Jim Ethan mit beiden Armen fixierte und auch John sich nicht aus Quentins und Rivers Griff lösen konnte, wurde es ruhiger.

»Was zum Teufel geht hier vor?«, wollte Jim mit lauter Stimme wissen.

»Nichts, was dich was angeht«, blaffte Ethan.

»Sag es ihnen«, forderte John ihn auf, »los.« Ethan funkelte ihn an.

Ethan presste die Zähne aufeinander. Noch immer lockerte Jim den Griff nicht.

»Er hat mit Liz geschlafen«, platzte es aus John heraus.

Mit einem Stöhnen schloss Ethan die Augen. Das war's. Hinter sich hörte er Liz schluchzen, doch er konnte sich noch immer nicht befreien und sie nicht ansehen.

»Du hast *was*?«, flüsterte Jim fassungslos. »Ist das wahr?«

Langsam nickte Ethan.

Die Zwillinge ließen John los und starrten Ethan an. »Wie konntest du das nur tun?«, wollte Quentin wissen.

»Ich liebe sie«, sagte er ruhig. Was hatte er schon zu verlieren? Da sie es nun wussten, konnte er auch ehrlich zu ihnen sein.

»Sie ist unsere Schwägerin. Sie ist wie eine Schwester für uns!«, brüllte John sich erneut in Rage. River legte ihm eine Hand auf die Schulter, um ihn zu beruhigen.

»Aber sie ist nicht unsere Schwester. Und für mich ist sie einfach die Frau, die ich liebe«, sagte Ethan bestimmt.

»Du verlässt auf der Stelle dieses Haus!« John trat einen Schritt auf ihn zu. »Du gehst sofort.«

»Wo ist Harry?«, fragte Ethan.

»Bei Graham Holt, wie jeden Mittwochabend. Ich habe hier das Sagen, und ich rate dir zu verschwinden, ansonsten hole ich die Schrotflinte, und du kannst die Bleikugeln aus deinem Arsch sammeln.«

»Das kannst du nicht machen.« Wieder versuchte Ethan, sich aus Jims Griff zu befreien.

»*Wir* können das«, sagte John und richtete sich auf. »Vier gegen einen, Bruder.«

»Seid ihr alle total übergeschnappt?«, hörte er Liz rufen.

»Vielleicht schaust du besser nach, ob dein Sohn noch schläft«, befahl John ihr.

»Ich …«, Ethan hörte ein Schluchzen, dann nichts mehr.

»Lizzie! Kümmer dich um Ollie, das ist schon in Ordnung«, rief er in der Hoffnung, dass sie noch da war und ihn hörte.

»Und jetzt raus.« Kalt grinste John ihn an. »Packt seine Sachen und werft ihn hier raus.«

Als John nach ihm greifen wollte, schob Jim sich zwischen sie. »Ich bringe ihn raus. Du bist total durchgeknallt«, stellte er ernst fest. Dann ließ er Ethan los und hielt ihn nur noch am Arm. »Komm jetzt mit, es ist besser so.«

Ethan sah sich um. Liz war nicht zu sehen. Er nickte Jim zu und ging neben ihm die Treppe runter und verließ das Haus.

»War es das wert?« Jim sah ihn von der Seite an, während Ethan sich mit schmerzverzerrter Miene gegen sein Auto stützte.

»Jede Minute.«

»John ist total durchgedreht, aber er hat sich schon immer um Liz gesorgt«, versuchte er, dessen Verhalten zu erklären. »Ich werde morgen mit ihm reden, vielleicht bringt es ja was.«

»Das kannst du dir sparen. Er hasst mich. Das führt zu nichts.«

Dann kamen seine anderen drei Brüder mit seiner Tasche, seinem Laptop und einer Kiste mit seinen Unterlagen auf ihn zu. John warf ihm den Autoschlüssel zu. »Wenn du willst, dass Liz und Ollie hier weiter ungestört leben können, dann kommst du nie wieder zurück.«

Fassungslos sah er ihn an. »Sie liebt mich.«

»Nein, sie liebt Samuel. Du warst nur ein Ausrutscher. Und jetzt mach, dass du wegkommst«, brüllte John.

Ethan öffnete das Auto und stieg ein. Seine Sachen wurden

unsanft in den Kofferraum geworfen, und dann standen seine Brüder nur da und sahen ihn an. *Vier gegen einen.* Ethan rieb sich über das Gesicht und startete den Motor. Das hier war der Tiefpunkt seines Lebens. Nicht der Moment, an dem er erkannt hatte, dass all sein Geld verloren war. Nicht, als er die Maklerin bat, seine Wohnung zu verkaufen. Das hier war der schlimmste Augenblick. Der, an dem er Liz verlor. Und seine Familie.

Kapitel 13

Leise huschte Liz in das Zimmer ihres Sohnes. Erleichtert nahm sie seine gleichmäßigen Atemzüge wahr. Trotz des Lärms war er nicht aufgewacht. Sie sank auf sein Bett und legte sich neben den kleinen, warmen Körper. Noch immer hörte sie die Stimmen der Männer. Plötzlich hallte Ethans Stimme durch das Haus. Er rief ihr zu, dass alles in Ordnung sei, sie solle sich um Ollie kümmern. Heiß rannen die Tränen über ihr Gesicht. Das alles war ein Albtraum. Sie hatte viele Auseinandersetzungen in diesem Haus erlebt, aber keine war so heftig gewesen. Wie zwei Verrückte waren John und Ethan aufeinander losgegangen. Hatten sich geschlagen, bis das Blut auf den Boden getropft war. Jetzt waren Schritte auf der Treppe zu hören. Sie schmissen Ethan also tatsächlich aus dem Haus. Liz unterdrückte ein Schluchzen und legte ihre Wange an Ollies weiche Haare. Das hier würde nicht gut ausgehen. Sie würden Ethan und ihr nie verzeihen. Für die Brüder stand fest, dass sie beide Samuel verraten hatten, doch sie hatten keine Ahnung, wie falsch sie damit lagen. Wenn nur Harry da gewesen wäre, dann hätte er einschreiten und seine Söhne zur Vernunft bringen können. Aber er war nicht da.

Sie hörte, wie ein Auto davonfuhr. Seine Brüder hatten Ethan wirklich von der Farm gejagt. Liz wusste nicht, wie es jetzt weitergehen würde. Ob sie ihn noch mal wiedersehen würde und wie sie weiter hier in diesem Haus leben sollte, nachdem die Brüder sich derart aufgeführt hatten. Sie hatten einfach über ihren Kopf hinweg entschieden, als wäre sie ein Kind, über das sie bestimmen konnten. Aber das war sie nicht. Vorsichtig, um Ollie nicht zu wecken, zog sie die Decke über sich. Immerhin ihren Sohn hatte sie noch. Sie kuschelte sich enger an ihn und schloss die Augen. Die Stille, die sie umgab, war kaum zu ertragen.

»Ich möchte, dass du hier oben bleibst, bis ich dich hole«, sagte sie ernst zu ihrem Sohn.

»Aber ich habe Hunger«, protestierte Ollie.

»Ich muss mit deinem Grandpa und deinen Onkeln sprechen, und das ist wirklich nur für Erwachsene. Wenn wir fertig sind, mache ich dir ein großes Frühstück. Und danach bringe ich dich in den Kindergarten. Einverstanden?«

Ollies Augen weiteten sich. »*Du* fährst mich heute, nicht River?«

»Ja, mein Schatz.« Sie küsste ihn auf die Stirn. »Spiel doch etwas mit deinen Ritterfiguren, bis ich komme. In Ordnung?«

Ihr Sohn nickte angestrengt. »Ich baue mit den Bauklötzen eine Burg für die Ritter.«

Sie lächelte ihm zu und schloss die Tür. Noch immer trug sie nur ihr Nachthemd, doch es war ihr egal. Für das, was sie vorhatte, spielte es keine Rolle, was sie trug. Es interessierte sie überhaupt nicht mehr, was die Männer von ihr dachten. Wichtiger war, was sie von ihnen hielt. Und das musste sie dringend loswerden. Langsam ging sie über den Flur zur Treppe. Auf den Holzdielen klebten getrocknete Blutspritzer. Ob Harry sie entdeckt hatte? Wusste er inzwischen Bescheid?

Leise ging sie die Treppe nach unten. Stimmengewirr drang aus der Küche. Sicherlich saßen die vier dort und warteten, dass sie kommen und ihnen das Frühstück servieren würde. Erneut verspürte sie Wut. Vermutlich war Harry wie meistens am Morgen noch in seinem Büro. Häufig war er der Erste, der auf war, und vergrub sich bis zum Frühstück dort. Sie klopfte kräftig an seine Tür und blickte hinein. Er saß am Schreibtisch und sah sie überrascht an. »Bist du krank?« Sein Blick glitt über ihr Nachthemd.

»Kannst du bitte in die Küche kommen, wir müssen etwas besprechen.« Ihre Stimme war klar und fest. Sie würde nicht den Kopf in den Sand stecken. Dieses Mal waren die Männer dieser Familie zu weit gegangen.

»Sicher«, murmelte er und stand auf. Zügig folgte er ihr in die Küche. Offensichtlich hatte er keine Ahnung, was während seiner Abwesenheit vorgefallen war.

»Was ist hier los?«, entfuhr es ihm, als er John ansah.

Auch Liz zuckte bei seinem Anblick zusammen, obwohl sie damit gerechnet hatte, dass ihm die Prügelei mit Ethan anzusehen wäre. Ein dunkler Bluterguss zog sich von seiner Nase bis zum rechten Auge. An seiner Lippe prangte eine Wunde, und er hing schief auf dem Stuhl.

John sagte nichts und starrte sie nur an.

Harry sah von einem seiner Söhne zum anderen, bis er einen Verdacht zu haben schien. »Wo ist Ethan?«

Keiner sagte etwas. Betroffen starrte Jim auf die Zeitung, während die Zwillinge ihre Handys wegsteckten.

»Wo ist Ethan?«, donnerte Harry.

»Ich habe ihn rausgeworfen«, erklärte John gelassen.

Harry presste die Lippen aufeinander. Liz konnte erkennen, wie sehr er sich bemühte, ruhig zu bleiben. »Du hast *was*?«

»Es waren alle vier«, bemerkte Liz. »Ich habe mich in ihn verliebt und er sich in mich. Deshalb haben sie ihn aus dem Haus geschleift.« All ihre Traurigkeit war in diesem Moment verflogen, stattdessen fühlte sie Ernüchterung.

»Er hat mit ihr geschlafen«, sagte John und starrte sie an.

Aus den Augenwinkeln konnte sie erkennen, dass Harry sie ebenfalls ansah. »Ist es dir ernst mit Ethan?«, fragte er sie.

»Ja.« Liz richtete sich auf und ließ ihren Blick über die Männer schweifen. »Was bildet ihr euch eigentlich ein?«, brach es aus ihr heraus. »Seit vier Jahren lebe ich hier. Seit vier Jahren kümmere ich mich jeden Tag um euch. Oft genug habt ihr nichts Besseres zu tun, als mich wie eure Putzfrau zu behandeln. Ihr sitzt hier und habt noch nicht einmal Kaffee gemacht.« Ihre Stimme wurde immer lauter. »Stattdessen freut ihr euch darüber, dass ihr euren Bruder rausgeworfen habt, und erwartet, dass ich komme und euch euer Frühstück serviere.«

»Hast du Samuel etwa schon vergessen?«, zischte John und rutschte aufgebracht auf dem Stuhl hin und her.

»Lass die Frau ausreden«, ermahnte Harry ihn.

John schüttelte den Kopf und lachte spöttisch.

»Glaubst du wirklich, ich könnte Samuel jemals vergessen? Glaubt ihr das?« Ihr Blick wanderte von einem zum anderen. »Ich wollte mein gesamtes Leben mit ihm verbringen. Doch es kam anders. Vier Jahre ist es jetzt her, seit mein Mann …« Ihre Stimme erstarb. »Ich denke noch immer jeden Tag an ihn. In Ollie lebt ein Teil von ihm weiter.

Soll ich den Rest meines Lebens alleine bleiben, weil mein Mann gestorben ist? Meint ihr, es ist mein Traum, für euch den Haushalt zu schmeißen? Ich bin dankbar dafür, dass wir beide hier leben können. Aber das bedeutet nicht, dass es für immer so bleiben wird, wie es jetzt ist. Ich bin noch nicht einmal dreißig und darf mich nicht mehr verlieben?« Sie sah John ernst an.

»Er ist unser Bruder. Das ist einfach falsch«, gab er zurück.

»Dir würde keiner passen, den Liz anschleppt«, sagte Jim leise, doch Johns Blick fixierte sie nach wie vor.

»Samuel hat mit mir darüber gesprochen, als es zu Ende ging. Auch wenn ich damals nichts davon hören wollte, hat er mir gesagt, dass ich mich eines Tages wieder verlieben würde und dass das in Ordnung sei.« Sie schluckte und sah auf den Ring an ihrem Finger. »Er sagte, ich solle mein Leben nicht alleine verbringen. Alles, was er wollte, war, dass ich glücklich werde.«

John sagte nichts mehr. Doch in seinem Blick loderte weiterhin die Wut, die sie in diese Situation gebracht hatte.

Jim rieb sich über das Gesicht und lehnte sich im Stuhl zurück. »Du bist zu weit gegangen, John.«

»Unsere Situation war auch ohne euch schon schwierig genug«, fuhr Liz fort. »Habt ihr euch mal gefragt, warum Ethan hergekommen ist? Habt ihr ihn je danach gefragt?«

Seufzend setzte Harry sich an den Tisch. »Ich habe geahnt, dass etwas nicht stimmt, aber mir schien, dass er nicht darüber sprechen wollte.«

»Ethan hat Probleme, große Probleme. Das Unternehmen, für das er gearbeitet hat, hatte Probleme, und letztlich wurde es von einer anderen Firma geschluckt. Er hatte sein ganzes

Geld in Unternehmensaktien investiert, und jetzt steht er vor dem Nichts. Er hat nicht nur all sein Geld verloren, sondern auch seinen Job.«

»Soll mir das etwa leidtun? Er hat die dicke Kohle gemacht, und wenn er es verbockt hat, ist das sein Problem. Vielleicht kommt er so endlich mal von seinem hohen Ross runter«, brummte John.

»Dafür hat er auch hart gearbeitet und lange studiert.« Fassungslos sah Liz ihn an. »Hast du wirklich so wenig Mitgefühl mit ihm?«

»Dann sucht er sich eben einen neuen Job, was ist schon dabei«, gab John zurück.

»Das macht er gerade. Nur ist ihm klar, dass jeder Job in seinem Bereich weit weg von hier wäre, in einer großen Stadt. Weit weg von mir. Und ich kann hier nicht weg, weil Ollie bei seiner Familie aufwachsen soll. Außerdem hatten wir Angst, dass ihr unsere Liebe nicht akzeptieren würdet, also wussten wir nicht, wie es weitergehen soll. Und jetzt ist er weg. Endgültig.« Sie ließ sich auf einen Stuhl fallen. Auf einmal spürte sie, wie sich unter dem Tisch eine raue Hand auf ihre legte. Überrascht sah sie zu Harry, der diese fest drückte und ihr ermutigend zunickte.

»Da ist noch was«, sagte sie leise. »Ich habe eine Teilzeitstelle an der Grundschule angenommen. Natürlich hatte ich vor, mich hier trotzdem noch um vieles zu kümmern, aber ich brauchte einfach eine Veränderung. Allerdings weiß ich im Moment gerade nicht mehr, ob ich hier überhaupt noch leben will oder kann …«

Ein weiteres Mal drückte Harry ihre Hand, dann ließ er sie los und legte die Ellenbogen auf den Tisch. »In Ordnung. Jetzt weiß ich Bescheid.« Mit einem Finger fuhr er über die

Ritzen in dem alten Tisch. »Hier habe ich euch großgezogen, an diesem Tisch. Sechs Söhne. Alleine. Ich wusste immer, dass ich es nicht perfekt gemacht habe, aber das hier«, er stockte, »hätte ich nicht von euch erwartet.«

»Harry …«, setzte John an, doch der alte Mann hob die Hand.

»Du bist der Älteste. Du hast früh eine Menge Verantwortung tragen müssen. Viel zu früh. Für die Farm und für deine Brüder. Vermutlich glaubst du wirklich, dass du das Richtige getan hast. Aber du liegst falsch.« Harry schloss die Augen für einen Moment, dann fuhr er fort. »Von sechs Söhnen sind mir fünf geblieben. Jetzt sitzen hier noch vier. Es war nicht an dir, Ethan aus dem Haus zu werfen. Es ist sein Geburtsrecht, hier zu sein, so wie das jedes anderen von euch. Du hast ihn geschlagen, in Ordnung, damit kann ich leben und er sicher auch. Aber ihn wie einen Hund davonzujagen …«

»Von dem Moment an, als er hier aufgetaucht ist, hat er sich in alles eingemischt. Du hast ihm die Unterlagen der Farm gezeigt und dich sogar auf diese Schnapsidee mit der Biohaltung eingelassen. Und dann«, John sah Liz an, »konnte er seine Finger nicht bei sich behalten.«

»Ja, er hat einen Blick auf die Finanzen der Farm geworfen und mir einige Versäumnisse aufgezeigt. Ich musste mir eingestehen, dass ich mit der Buchführung überfordert bin und alles kurz davor war, den Bach runterzugehen. Wenn Ethan schon immer eins konnte, dann war es, mit Zahlen umzugehen. Er hat uns eine Menge Geld gespart und so dafür gesorgt, dass ich euch endlich eine Gehaltserhöhung geben kann. Das war ihm ein großes Anliegen – und das, obwohl er, wie wir jetzt erfahren haben, selbst alles verloren hat.« Er machte eine Pause. »Wenn es uns gelingt, Silverwood zu retten, dann ist das das Verdienst von uns allen gemeinsam. Das erste Mal seit vielen Jahren hat jeder seinen Teil für eine Sache beigetragen, und ich dachte wirklich, das wäre ein gutes Zeichen.«

Liz betrachtete Harrys wettergegerbtes Gesicht. Wann hatte ihr Schwiegervater jemals so viel auf einmal gesagt?

»Die Liebe fällt, wohin sie will. Damit habe ich genug Erfahrung«, er lachte auf. »Sechs Söhne von zwei Frauen. In diesem Haus hat es schon immer gemenschelt. Menschen verlieben sich, ob es ihnen passt oder nicht. Wenn man Pech hat, steht man plötzlich mit zweijährigen Zwillingen und vier älteren Kindern alleine da, weil die Frau das Leben hier nicht aushalten kann. Dann gibt man sein Bestes und macht weiter. Liz hat ein Anrecht darauf, ihre eigenen Entscheidungen zu treffen. Und wenn sie einen Fehler macht, muss sie auch die Konsequenzen tragen. Nicht du.« Er fixierte John und danach seine anderen Söhne. »Und ihr auch nicht.« Erneut ergriff er Liz' Hand. »Es tut mir leid, dass das mit dir und Ethan nicht funktionieren kann. Ich hätte es euch von Herzen gegönnt. Aber leider lässt sich im Leben nicht immer alles so hinbiegen, wie man es gern hätte. Dass du wieder als Lehrerin arbeiten willst, ist eine gute Entscheidung. Und ich würde mich sehr freuen, wenn du weiter hier leben möchtest, trotz allem, was vorgefallen ist.« Er sah sie aus seinen dunklen Augen an. »Ich habe mich oft genug in meinem Leben für meine Söhne entschuldigen müssen, aber nie habe ich es so ehrlich gemeint wie jetzt. Es tut mir leid, Liz. Dieses Haus gehört der ganzen Familie. Und du und Ollie werdet immer ein Teil davon sein.«

Obwohl sie sich vorgenommen hatte, nicht zu weinen, lief ihr nun doch eine Träne über die Wange. Niemals hätte sie diese Worte von Harry erwartet. »Ich muss darüber nachdenken«, war alles, was sie herausbrachte. Dann stand sie auf und ging zur Treppe.

»Und ihr Kindsköpfe könnt nicht mal einen Kaffee machen?«, hörte sie Harry schimpfen. »Es würde mich nicht wundern, wenn Liz ihre Sachen packt und abhaut. Benehmt euch endlich wie Männer und erledigt euren Kram gefälligst selbst.«

Wider Willen musste Liz grinsen. Sie hatte gerade Rückendeckung von unerwarteter Seite bekommen.

***

Das Wasser brannte auf der aufgeschürften Haut, und Ethan unterdrückte ein Stöhnen, als er sein Gesicht im dreckigen Spiegel des Toilettenhäuschens betrachtete. Die rechte Augenbraue war aufgeplatzt, und er hatte ein blaues Auge. Bei jeder Bewegung schmerzten seine Rippen. John hatte in seiner Wut hart zugeschlagen. Noch einmal tauchte Ethan die Hände ins Wasser und wusch sein Gesicht. Immerhin war das angetrocknete Blut jetzt abgewaschen, doch er sah aus, als sei er in eine Gruppenschlägerei geraten. In gewisser Weise war er das auch, nur dass er alleine gegen seine Brüder gestanden hatte. Er stellte das Wasser aus und trat auf den verlassenen Parkplatz hinaus. Hier, auf dem Weg nach Sydney, war die Landschaft trockener als auf der Farm. Große Eukalyptusbäume ragten aus dem staubigen Boden, und außer dem Gezwitscher der Vögel war nur das Geräusch des Windes zu hören.

Anfangs hatte er nicht wegfahren wollen. Er hatte einen Teil der Nacht im Auto auf dem Parkplatz in Firefly Creek verbracht, wo Liz und er sich damals begegnet waren. Immer wieder war dieser eine Satz von John durch seinen Kopf geistert. *Wenn du willst, dass Liz und Ollie hier weiter ungestört leben können, dann kommst du nie wieder zurück.* Es hatte sich wie eine Drohung angehört, meinte John das wirklich ernst? Würde er Liz das Leben zur Hölle machen, wenn sie mit Ethan zusammen wäre? Erschöpft lehnte er sich gegen sein Auto. Schon ohne John und seine Brüder hatten ihre Chancen nicht gut ausgesehen. Zu viele Umstände sprachen gegen ihre Beziehung. Auch wenn Liz gesagt hatte, Ethan müsse ihr nichts bieten können, wollte er doch zumindest für sie und Ollie sorgen können. Schon damit sie sich nicht genötigt fühlen würde, seine Brüder auch zukünftig weiter zu bedienen. Doch genau das war momentan unmöglich. Mit dem Fuß scharrte er in der orangefarbenen Erde. Es half nichts. Er brachte ihr nur Ärger und Unfrieden. Nach Samuels Tod würde sie nicht auch noch einen Bruch mit der Familie verkraften. Zu lange hatte sie mit ihnen allen unter einem Dach gelebt, und Ollie war dort glücklich. Energisch öffnete Ethan die Autotür und stieg ein. Ein paar hundert Kilometer hatte er schon zwischen Liz und sich gebracht, jetzt lagen weitere endlose Stunden der quälenden Stille vor ihm.

Kaum hatte er die Tür geschlossen, glaubte er, Liz wieder zu riechen. Ob es Einbildung war oder ihr Geruch tatsächlich noch an seiner Haut haftete? Es war so schön gewesen, neben ihr zu liegen. Auch wenn es nur ein Tag gewesen war, an dem sie sich lieben konnten, war es das wert gewesen. Die Erinnerung an sie, an ihr Lachen und an ihren Körper würde ihm bleiben. Das war etwas, das John ihm nicht nehmen konnte.

Bedächtig schwenkte Ethan das Glas in seiner Hand, in dem honigfarben der Whisky schwappte. Er warf einen Blick aus dem Fenster. In der Dämmerung war die Aussicht aus seinem Apartment beeindruckend. Unter ihm, in den Straßen der Stadt, brummte das Leben. Doch hier oben war es ruhig, viel zu ruhig. Während Silverwood stets voller Leben gewesen war, war es hier einfach nur bedrückend still. Er nahm einen Schluck und spürte, wie die Hitze sich in seinem Magen ausbreitete.

Kaum war er zurück gewesen, hatte er das Bedürfnis verspürt, joggen zu gehen, so wie er es an mindestens vier Tagen in der Woche tat. Doch das Stechen in seinen Rippen hielt ihn davon ab. Im Aufzug hatte ein Nachbar ihn auffällig gemustert. Die Blutergüsse in seinem Gesicht waren inzwischen noch dunkler geworden, aber das war egal, die körperlichen Schmerzen konnte er aushalten. Für alles andere brauchte er den Whisky. Mit etwas Glück würde er ihm zumindest heute Abend dabei helfen, nicht ununterbrochen an Liz zu denken. Da war noch etwas, was ihm zunehmend zu schaffen machte: Er hatte sich nicht einmal von Ollie verabschieden können. Für ihn musste es so wirken, als sei sein Onkel einfach abgehauen. Ethan schloss die Augen und sah das Gesicht des Jungen vor sich. Er würde dieses Kind mehr vermissen, als er es jemals erwartet hätte. Ollie hatte etwas in ihm berührt. Sein fröhliches Lachen, seine Energie. Vielleicht würde er ihn eines Tages wiedersehen können, wenn Gras über die Sache gewachsen wäre. Wenn Liz auch ohne ihn glücklich war. Irgendwann würde sie sicher einsehen, wie unmöglich ihre Liebe war. Trotzdem stand eines fest: Er würde nie über sie hinwegkommen. Noch nie hatte er für eine Frau auf diese Weise empfunden. Sie war anders als jede Frau, mit der er vorher zusammen gewesen war. Liz war weich, fürsorglich und wunderbar. Immer dachte sie an andere. Die Frauen, mit denen er früher etwas gehabt hatte, waren nichts im Vergleich zu ihr. War er all die Jahre, ohne es zu wissen, auf der Suche nach jemandem wie Liz gewesen? Wenn ja, dann war es kein Wunder, dass er sich nie wirklich auf eine feste Beziehung hatte einlassen können. Liz war es, die in seinem Leben gefehlt hatte. Und nun sollte sie das auch weiterhin tun. Mit einem weiteren Schluck leerte er das Glas und griff nach der Flasche.

Ein Klopfen riss ihn aus dem traumlosen Schlaf. Ethan brauchte einen Moment, bis er wusste, wo er war. Und sofort kam die Erinnerung an das Vorgefallene zurück. Wieder klopfte es, dieses Mal energischer, dann drehte sich ein Schlüssel im Türschloss. Irritiert rappelte er sich auf, doch schon hörte er, wie sein Name gerufen wurde. *Anne.* Natürlich, sie hatte noch immer den Wohnungsschlüssel, für den Fall, dass sie ihn brauchen würde. Er hatte ihn nie zurückgefordert, nachdem sie vor einem halben Jahr für einige Wochen in einer Notsituation bei ihm untergekommen war.

»Ich bin hier.« Sein Mund war trocken, und er hustete.

Die Schritte näherten sich und stockten vor der angelehnten Zimmertür. »Bist du angezogen?«, fragte Anne, und er konnte hören, dass sie dabei schmunzelte.

Er sah an sich hinunter. Noch immer trug er die Jogginghose, die er beim Rauswurf auf Silverwood getragen hatte, und ein zerknittertes Hemd, das seine Brüder in die Reisetasche gestopft hatten. »Komm schon rein«, gab er mürrisch zurück und rieb sich die schmerzende Stirn.

»Um Himmels willen!« Mit aufgerissenen Augen starrte

seine Freundin ihn an. »Wogegen bist du denn gelaufen?« Sie flitzte um das Bett herum und hob mit der Hand sein Kinn an, um die Verletzungen zu begutachten.

»Gegen die Faust meines Bruders.« Ethan schüttelte ihre Hand ab. »Ist was passiert, dass du den Schlüssel benutzt?«, erkundigte er sich besorgt.

Anne schüttelte den Kopf. »Alles ist in Ordnung. Ich versuche dich nur seit Tagen zu erreichen, aber es geht immer die Mailbox ran. So langsam habe ich mir Sorgen gemacht – ganz offensichtlich nicht ohne Grund.« Erneut musterte sie sein Gesicht mit hochgezogenen Augenbrauen. »Ich wusste nicht mal, dass du einen Bruder hast. Also außer dem, der gestorben ist. Von ihm hast du mir damals im Büro erzählt. Und von deiner Schwägerin.«

»Habe das Handy ganz vergessen«, erklärte Ethan. »Ohne Job kommen auch keine wichtigen Anrufe mehr.«

Sie seufzte und setzte sich neben ihm aufs Bett. »Du stinkst übrigens.«

»Das wundert mich nicht. Ich bin gestern den ganzen Tag lang Auto gefahren und danach wie ein Stein ins Bett gefallen.«

»Wo warst du überhaupt?«

»Bei meiner Familie. In Südaustralien.«

»Auf Silverwood«, hauchte Anne und sah verträumt an die Wand.

Ethan drückte den Rücken durch. »Woher kennst du den Namen?«

»Na, ich habe doch damals das Päckchen an deine Schwägerin weggeschickt. Der Name klingt so wunderbar romantisch. Wie aus einem Märchen. Ist das der Landsitz deiner Familie?«

Er brach in schallendes Gelächter aus, woraufhin Anne ihn verwirrt ansah. Was wiederum seinen beinahe hysterischen Lachanfall weiter verstärkte, bis ihm seine schmerzenden Rippen Einhalt geboten. Ganz offensichtlich hielt Anne ihn für den Spross einer wohlhabenden Familie. Hatte er sich einen derart dicken Panzer zugelegt, dass nicht einmal sie ahnte, aus welchen Verhältnissen er kam? »Es ist eine Rinderfarm, Anne. Ich bin der Sohn eines Farmers. Und ich würde nicht unbedingt sagen, dass unsere Farm ein Luxusleben bietet.«

Sie sah ihn einen Moment perplex an und brach dann ebenfalls in Gelächter aus. Glucksend wischte sie sich eine Träne aus dem Augenwinkel. »Darauf wäre ich nie gekommen.«

»So ist es aber.« Er versuchte, die Bilder von Silverwood aus seinen Gedanken zu verscheuchen.

»Und du hast also einen Bruder, mit dem du dich nicht sonderlich gut verträgst?« Sie tätschelte seine Schulter. »Hat das was mit deiner Schwägerin zu tun? Dieser Liz?«

Ethan nickte.

»Du hast dich in sie verliebt, und deinem Bruder passt das nicht?«, mutmaßte sie.

»Ist das so leicht zu erraten?«

»So unglücklich, wie du dreinschaust, muss doch eine Frau dahinterstecken.«

»Liz und ich …« Er stockte. »Wir lieben uns, und meine Familie kann es nicht akzeptieren. Sie haben mich von der Farm geworfen.«

»Herrje.« Anne stand auf, reichte ihm die Hand und zog ihn hoch. »Du gehst jetzt duschen, ich mache uns einen Kaffee, und dann reden wir.« Sie lächelte ihm aufmunternd zu. »Über alles. Keine Geheimnisse mehr, Ethan.«

»Danke.« Mehr brachte er nicht heraus.

»Du hast mir vor sechs Monaten durch eine harte Zeit geholfen. Jetzt bin ich dran.« Anne verschwand in die Küche, und Ethan suchte frische Kleidung heraus. Nach der Dusche würde er ihr endlich von der Farm und seiner Familie erzählen. Von Samuel, von seinem schlechten Gewissen und natürlich von Liz. Es war falsch gewesen, Silverwood aus seinem Leben zu streichen, das war ihm jetzt klar. Doch diese Erkenntnis kam zu spät.

***

Fluchend warf John den Hammer auf den Boden. Nicht einmal einen Nagel konnte er heute gerade einschlagen. Den ganzen Tag über lief es schon so, alles, was er anfasste, ging schief. Und in seiner Seite stach es unablässig. Ethan konnte stärker zuschlagen, als er es ihm zugetraut hätte. Vielleicht steckte doch ein Bennett in ihm. Den Zaun an Busters Auslauf würde er besser morgen verstärken, für heute war es genug. Auch sein Pferd spürte seine Anspannung, immer wieder warf es den Kopf hoch und legte die Ohren an.

»Ist ja gut, mein Freund. Ich lasse dich in Ruhe«, raunte er ihm zu.

John bückte sich und hob den Hammer wieder auf. Während er zur Scheune rüberging, sah er unauffällig zum Haus hinüber. Seine Brüder waren schon zum Abendessen hineingegangen. Gleich würde er sich Liz stellen müssen. Wann immer er ihr heute begegnet war, hatte sie den Blick abgewandt. Als er zum Lunch gekommen war, war sie mit dem Auto unterwegs gewesen. Sie wollte ihm aus dem Weg gehen, das war offensichtlich. Eine Weile hatten sie auf Liz gewartet, dann hatten sie sich Sandwiches zubereitet. Harry verschanzte sich schon den ganzen Tag im Büro und schien sich nicht darum zu kümmern, welche Arbeiten heute erledigt werden mussten. Hatte er es überhaupt schon einmal erlebt, dass sein Vater sich aus dem Farmalltag heraushielt?

Stöhnend legte John Hammer und Nägel ins Regal. Alle waren wütend auf ihn. Selbst Jim war ihm in den Rücken gefallen. Was die Zwillinge von der Sache hielten, konnte er nicht einschätzen. Sie waren entsetzt gewesen, als sie letzte Nacht begriffen hatten, was zwischen Ethan und Liz vorgefallen war. Doch wer wusste schon, wie sie heute darüber dachten. Meist sprachen sie über solche Dinge nur untereinander.

Als er wieder nach draußen trat und die Sonne in seinen Augen brannte, sah er blinzelnd auf die Seitenwand der Scheune. Jedes Mal störte ihn der Anblick. Diese eine Holzlatte war ihm ein Dorn im Auge. Was hatte Ethan sich nur dabei gedacht, sie auf diese kindische Art zu verzieren? Irgendwann würde er sich Farbe und Pinsel schnappen und Ethans Hinterlassenschaft überstreichen. Aber nicht heute. Missmutig schlurfte er zum Haus und öffnete die Fliegentür. »Gibt es Abendessen?«, brummte er seinen Brüdern zu, die um den Tisch versammelt saßen.

»Liz ist eben erst mit Ollie zurückgekommen. Sie hat kein Wort gesagt und ist mit ihm nach oben verschwunden, aber sie hatte eine Tüte vom Pub in der Hand. Nehme an, sie hat sich was zu essen geholt«, sagte Quentin.

»Sie will uns wohl zur Strafe hungrig ins Bett schicken«, witzelte River.

»Und Harry?«, hakte John nach.

»Vergräbt sich noch immer im Büro«, sagte Jim und stand auf. »Wir hauen einfach ein paar Steaks auf den Grill.«

John zog den Hut ab und nahm sich eine Wasserflasche aus dem Kühlschrank. Wie lange Liz es wohl durchziehen würde, sie zu ignorieren? Er nahm einen großen Schluck und richtete sich auf. Es spielte keine Rolle. Irgendwann würde sie zur Vernunft kommen und erkennen, dass er das alles nur für sie tat.

Jim legte die Steaks auf den Tisch und warf ihm das Feuerzeug zu. »Zündest du den Grill an?«

Nickend stellte er die Flasche weg und ging in den Vorgarten. Leise strömte das Gas aus dem Brenner und entzündete sich zu einer orangen Flamme mit blauem Rand. Das Fleisch zischte, als er es auf den Rost legte. Durch das offene Kinderzimmer im ersten Stock drang Ollies lautes Lachen. John presste die Lippen aufeinander und starrte weiter ins Feuer.

»Das ist ein ganz schönes Chaos hier«, bemerkte Jim, als er sich neben ihn stellte.

»Es ist, wie es ist«, gab John zurück.

»Es wäre nicht nötig gewesen, Ethan so zu verprügeln. Wie ich das verstanden habe, hatten beide schon eingesehen, dass sie wegen der Umstände nicht zusammen sein können. Vermutlich hätte sich die Sache mit etwas Zeit von alleine erledigt.«

»Er hat sie *gevögelt*«, stieß John hervor. Ihm kam wieder der Moment in den Sinn, als er auf dem Weg ins Bad eindeutige Geräusche aus Liz' Zimmer gehört hatte. Es hatte ihn einige Mühe gekostet, nicht direkt in das Zimmer zu stürmen und Ethan von ihr herunterzuziehen. Als er seinen Bruder schließlich halb nackt aus ihrem Zimmer kommen sah, hatte John die Wut übermannt.

»Ich bin auch nicht begeistert davon, aber es ist ihre Entscheidung, mit wem sie etwas anfängt.«

»Würdest du das auch Samuel ins Gesicht sagen?« Herausfordernd sah John seinen Bruder an.

»Woher willst du wissen, wie er das finden würde? Du hast doch gehört, was Liz gesagt hat: Er wollte nicht, dass sie alleine bleibt.«

»Aber an Ethan hat er dabei sicher nicht gedacht.« Wütend drückte John seinem Bruder die Grillzange in die Hand und stapfte in die Küche. Er starrte auf die Zwillinge, die sich irgendein Motorradvideo auf dem Handy ansahen und es angeregt kommentierten. »Packt das Teil weg und deckt gefälligst den Tisch«, fuhr er sie an.

Beide warfen sich einen Blick zu, dann standen sie auf und nahmen eilig das Geschirr aus dem Schrank. John lehnte sich gegen die Küchenzeile und rieb sich über den Nacken. Egal, was die anderen dachten, er hatte das Richtige getan.

Kapitel 14

Die Tage vergingen schleppend, jeden Morgen galt Liz' erster Gedanke Ethan. Er musste sich furchtbar fühlen. Seine Familie hatte sich gegen ihn gestellt, und das nur wegen ihr. Liz sehnte sich danach, sich an ihn zu schmiegen. Alles, was sie wollte, war ihr Gesicht an seine Brust zu legen und alles andere um sich herum auszublenden. Doch Ethan war weg. Immer wieder rang sie mit sich, ob sie versuchen sollte, ihn zu kontaktieren. Auch wenn sie seine Nummer nicht hatte, so sollte es zumindest möglich sein, seine Adresse herauszufinden. Mehrfach hatte sie seinen Namen in eine Suchmaschine eingegeben, dann aber doch nicht den Mut gehabt, auf »Suchen« zu drücken. Ihr war klar, dass sie die Adresse, sobald sie diese vor sich sehen würde, nicht mehr vergessen könnte. Täglich erinnerte sie sich daran, warum es besser war, ihrer Sehnsucht zu widerstehen: weil es keinen Sinn hatte. Weil es keine Lösung für all die Dinge gab, die zwischen ihnen standen. Und sie war sich sicher, dass Ethan unverzüglich hier auftauchen würde, wenn sie ihm sagte, wie schrecklich sie ihn vermisste. Doch worauf würde das hinauslaufen? Auf eine weitere Prügelei mit John? Die erneute Erkenntnis, dass es noch immer keine Möglichkeit gab, wie sie zusammen sein könnten? Nein, jeder Kontakt würde es nur noch schwerer für sie machen, das Unabänderliche zu akzeptieren. Und Liz wollte, dass Ethan nach vorne sehen konnte und sich frei fühlte, einen neuen Job anzunehmen, wohin ihn dieser auch immer führen sollte. Sie wollte kein Klotz an seinem Bein sein und seine Karriere behindern. Es war wichtig, dass er beruflich wieder auf die Füße kam. Obwohl sie die Männer in diesem Haus momentan kaum ertragen konnte, war es dennoch keine Alternative für sie, von Silverwood wegzugehen. Oder zumindest aus Firefly Creek. Ihr Sohn brauchte seine Familie und Harry seinen Enkel. Liz hatte gesehen, wie sehr Harry der Tod seines Sohnes getroffen hatte. Sie wollte einem alten Mann, der so viel verloren hatte, nicht auch noch seinen Enkel nehmen, der die letzte Verbindung zu Samuel darstellte. Und Ollie vergötterte seinen Grandpa.

Was wäre, wenn sie sich trotz allem für ein Leben mit Ethan und fern von Silverwood entschied und es dann nicht mit ihnen funktionieren sollte? Reichte die wenige Zeit, die sie miteinander verbracht hatten, aus, um ihr Leben auf den Kopf zu stellen? Sollte sie wirklich die Chance vertun, wieder in der Grundschule zu arbeiten, und ihren Sohn aus seinem gewohnten Umfeld reißen, nur um dann einzusehen, dass die Liebe zwischen Ethan und ihr in der Realität nicht so funktionierte, wie sie es sich erträumt hatte?

So schwer es Liz fiel, ihre Beziehung zu Ethan endgültig aufzugeben, irgendwie gelang es ihr weiterzumachen. Nicht aufzugeben. Einen Tag nach dem anderen zu schaffen. Eineinhalb Wochen waren nun seit jener schicksalhaften Nacht vergangen, und Liz riss sich nur für Ollie zusammen. Der Kleine war entsetzt gewesen, als er von Ethans Abreise erfahren hatte. Jeden Tag fragte er erneut nach, wann sein Onkel wiederkommen würde. Wenn John Ethan doch nur die

Zeit gelassen hätte, sich von dem Jungen zu verabschieden – ihr selbst die Möglichkeit gegeben hätte, ihn ein letztes Mal zu umarmen.

Liz schluckte die Bitterkeit herunter, stellte den gebratenen Speck auf den Tisch und ließ ein Stückchen für Fred fallen, der auffordernd an ihrem Hosenbein zerrte. Noch immer herrschte am Tisch eine bedrückte Stimmung. Nicht einmal Quentin und River witzelten herum wie üblich. Nur Ollie erzählte seine Rittergeschichten und durchbrach damit die Stille. Seit jenem Abend hatte sie nicht mehr mit John gesprochen, sie konnte ihm einfach nicht verzeihen. Sein Bluterguss hatte inzwischen einen dunklen Gelbton angenommen, vermutlich sah es bei Ethan ähnlich aus.

Morgen war Liz' erster Tag an der Schule. Sie hoffte, dass die neue Aufgabe sie ablenken würde und ihr neuen Antrieb gab. Lärmende Kinder um sich zu haben war jetzt vielleicht genau das Richtige. Noch immer brachte sie Ollie morgens selbst in den Kindergarten. Vermutlich war es kindisch, sich diese Aufgabe nicht von River abnehmen zu lassen, doch auch er hatte Ethan nicht zur Seite gestanden – keiner hatte es getan. Nur Harry, doch da war es bereits zu spät gewesen.

Ihr Blick wanderte zu ihrem Schwiegervater, der schweigend seinen Kaffee trank. Noch immer zog auch er sich zurück, so dass sie sich langsam Sorgen um ihn machte. Sein Verhältnis zu Ethan war nicht immer einfach gewesen, doch sicherlich machte er sich Gedanken um seinen Sohn und darum, wie es in Zukunft mit ihnen weitergehen würde. Vielleicht fühlte er sich sogar in gewisser Weise mitschuldig. Harry hatte sich nun wirklich kein Bein ausgerissen, um mit Ethan ins Gespräch zu kommen. Und das, obwohl er geahnt hatte, dass seinen Sohn etwas bedrückte. Ob Harry auch mit sich rang, ob er sich bei Ethan melden sollte? Wollte er abwarten, bis etwas Gras über die Sache gewachsen war? Es war kaum möglich, die Gedanken ihres Schwiegervaters zu erraten, und doch war deutlich zu erkennen, dass auch er litt. Seine Wangen wirkten eingefallen, und er verließ kaum noch das Büro, nicht einmal um die trächtigen Kühe zu begutachten. Immerhin trugen sie die ersten Kälber, die nach den Richtlinien des Biosiegels aufgezogen werden sollten.

Seufzend sah sie zu Jim. Auch er musterte seinen Vater, und es war nicht schwer, seine Gedanken zu erahnen. Harry war bereits fünfundsechzig, und sein Leben war alles andere als einfach gewesen. Wie viel Bitterkeit und Trauer konnte dieser Mann wohl noch ertragen, ohne dass es ihm auf die Gesundheit schlagen würde? Harry Bennett war berüchtigt für seinen Starrsinn und seine Willenskraft, aber er lebte nur für seine Familie. Liz hoffte, dass Harrys Kampfgeist noch nicht vollends erschöpft war. Vor einigen Tagen hatte Jim abends an ihre Zimmertür geklopft, um sich bei ihr zu entschuldigen. Weil auch er Ethan nicht zur Seite gestanden und nicht dafür gesorgt hatte, dass sie an diesem Abend die Gelegenheit bekam, sich selbst zu der Sache zu äußern. Sichtlich geknickt hatte er in ihrem Zimmer gestanden und immer wieder den Kopf geschüttelt. Augenblicklich hatte sich ihre Wut auf Jim gelegt, der wesentlich mitfühlender und einsichtiger war als der Rest ihrer Schwager. Er war der Einzige, der sich erkundigte, wie es ihr ging, und ihr anbot, ihr Ollie jederzeit abzunehmen, wenn sie etwas Zeit für sich benötigte.

Nur John wirkte nach wie vor selbstsicher, fast schon arrogant. Vor zwei Tagen hatte er sie beiläufig angesprochen, vermutlich in der Absicht, das Eis zu brechen. Doch sie hatte ihn einfach stehenlassen. Nein, sie würde ihm nicht verzeihen.

Liz betrachtete den tropfenden Wasserhahn, aus dem dicke Tropfen in gleichmäßigem Rhythmus in das Waschbecken fielen. Sie könnte einen der Brüder bitten, sich darum zu kümmern, doch sie wollte sie nicht fragen. Sie wollte gar nichts mehr von ihnen. Rasch ging sie hinüber zur Scheune, um nach einer Zange zu suchen. Die Sonne schien jeden Tag an Stärke zuzunehmen. Schon jetzt am späten Vormittag schwitzte sie in ihrem leichten Pulli. Bald würden sich die ersten kleinen Sommersprossen auf ihrer Nase abzeichnen, so wie jedes Jahr. Gerade als sie die Seitentür öffnen wollte, entdeckte sie etwas an der Scheunenwand. Wie gebannt starrte sie auf die letzte Holzlatte an der Ecke und ging darauf zu. All die Emotionen, die sie seit letzter Woche zu unterdrücken versuchte, kamen ihr hoch, als sie die beiden braunen Handabdrücke auf dem ausgeblichenen Holz erblickte: eine kleine weiter unten und eine große darüber. Zitternd legte sie ihre Hand auf Ethans Abdruck. Mit der Handfläche fuhr sie über die raue Oberfläche, hinab zu Ollies kleinem Händchen. Wie rührend es war, dass beide sich hier verewigt hatten. Schluchzend sackte sie auf dem Boden zusammen.

Es war einfach so ungerecht: Ethan liebte nicht nur sie, er hatte auch ihren Sohn ins Herz geschlossen. So wie er damals mit ihm beim Damm herumgetollt war, gab es daran keinen Zweifel. Unter anderen Umständen, in einem anderen Leben hätte aus ihnen vielleicht so etwas wie eine Familie werden können. Nicht der Verwandtschaftsgrad, der sie jetzt schon verband, sondern eine eigene kleine Einheit.

Allerdings war all das nur eine Spinnerei, ein Tagtraum, der sich nie verwirklichen würde.

Sie hörte Hufgetrappel und sah auf. Eine zierliche Stute kam neben ihr zum Stehen, und Erin stieg ab. Einen Augenblick lang musterte sie Liz, dann fiel ihr Blick auf die Abdrücke. Murmelnd nahm sie den Lederhut vom Kopf und ließ sich neben Liz fallen. Ohne etwas zu sagen, griff Erin nach ihrem Arm und drückte ihn mitfühlend.

»Ich weiß nicht, wie ich weitermachen soll«, flüsterte Liz.

»Das alles tut mir so leid. Jim hat mir eben erzählt, was passiert ist, als wir uns am Grenzzaun begegnet sind. Ich habe mich schon gewundert, warum John sich momentan nicht bei mir blickenlässt.«

»Erwähn diesen Namen nicht«, platzte es aus Liz heraus.

»Ich habe noch versucht, ihm gut zuzureden, aber offensichtlich hat es nichts gebracht.«

»Bei John bringt nichts irgendetwas. Er sieht die Welt, wie er es will, und daran lässt sich nicht rütteln. Aber dass er das wirklich getan hat …«

»Er wollte dich beschützen«, sagte Erin leise.

»Das ist nicht seine Aufgabe«, gab Liz mürrisch zurück und wischte sich mit dem Handrücken die Tränen von der Wange.

»Aber genau das glaubt er. Und so wie ich das sehe, ist er kurz davor, die Familie damit auseinanderzubringen. Sein Sturkopf war schon immer beachtlich, aber jetzt kann selbst ich ihn nicht mehr verstehen.«

Liz lehnte den Kopf gegen Erins Schulter und schloss die Augen. Sie waren keine engen Freundinnen, aber sie schätzten einander. Dass sie ihr in dieser Situation Trost spendete, rührte Liz.

»Was willst du jetzt machen?«, fragte Erin.

»Ich kann nichts machen, außer weiter durchzuhalten. Vielleicht tut es mit der Zeit ja weniger weh, an Ethan zu denken. Ich versuche, mich abzulenken, und morgen beginnt mein neuer Job. Aber Ollie wartet jeden Tag darauf, dass Ethan zurückkommt. Ich habe keine Ahnung, was ich ihm sagen soll.«

»Wenn du Hilfe brauchst, dann melde dich bei mir. Auch dann, wenn dir diese sturen Bennett-Männer auf den Geist gehen.«

»Hast du schon mal einen Wasserhahn repariert?« Liz sah sie hoffnungsvoll an.

»Nein, das habe ich nicht. Aber ich bin sicher, das bekommen wir hin.« Lachend stand Erin auf und zog sie hoch.

Gemeinsam suchten sie in der Scheune nach einer passenden Zange und versuchten danach, den Hahn neu festzuziehen.

»Siehst du, dafür brauchst du keinen Bennett-Mann.« Erin zwinkerte ihr zu.

»Nein, aber die Bennetts brauchen Liz, und das werden sie schon noch begreifen«, donnerte hinter ihnen Harrys Stimme.

Liz fuhr herum und sah ihren Schwiegervater in der Tür stehen.

»Da gebe ich dir recht, Harry.« Erin nickte ihm zu, umarmte Liz und ging wieder nach draußen.

»Wieso bist du damit nicht zu mir gekommen? Ich bin alt, aber nicht zu alt, um einen Wasserhahn zu reparieren«, bemerkte er vorwurfsvoll und trat an die Kaffeemaschine, um seine Tasse aufzufüllen.

»Ich wollte dich nicht stören«, sagte Liz.

»Ich habe dir schon mal gesagt, dass du mich nie störst.« Er nahm eine Tasse und sah sie von der Seite an. »Wirst du weiter bei uns wohnen bleiben?«

Seine direkte Frage überraschte sie. In den letzten Tagen hatte sie genau darüber nachgedacht. Sie könnte sich im Ort eine kleine Wohnung mieten, und ihr Sohn würde auch weiterhin seinen Grandpa besuchen. Doch Ollie, der Wildfang, in einer Wohnung? Noch war sie zu keiner Entscheidung gekommen. »Ich hoffe, ich schaffe es irgendwie hierzubleiben«, sagte sie ruhig. Wieder stand sie vor der gleichen Frage wie vor über vier Jahren. Damals hatte sie geglaubt, keine andere Wahl zu haben, als hier einzuziehen. Doch vielleicht hätte sie es auch alleine geschafft? Das Muttersein war letztlich nicht so schwierig gewesen wie angenommen. Natürlich war es anstrengend, aber in dem Augenblick, als die Hebamme ihr das verklebte Baby auf den Bauch gelegt hatte, war etwas mit ihr geschehen. Plötzlich hatte sie keine Angst mehr davor gehabt, Mutter zu sein. Als wäre sie nie zu etwas anderem bestimmt gewesen, kam es ihr von einer Sekunde auf die andere völlig natürlich vor, sich um dieses winzige Menschlein zu kümmern. Hätte sie vielleicht doch schon vor Jahren ausziehen sollen, so wie sie es sich anfangs vorgenommen hatte? Was genau hatte sie hier so lange gehalten?

»Nimm dir die Zeit, die du brauchst. Lass die Wäsche einfach liegen und hör auf zu putzen. Es wird Zeit, dass die Jungs sich selbst darum kümmern.«

Lachend schüttelte sie den Kopf. »Ich kann mich noch gut an das Chaos erinnern, das hier geherrscht hat, als ich eingezogen bin. Ich glaube, da hoffst du auf etwas, das unmöglich ist. Aber ich werde ihnen ganz sicher nicht mehr alles hinterhertragen.«

»Wenn es sein muss, schließe ich das Bier weg, bis sie ihren Anteil an der Hausarbeit erledigt haben.« Harry sah sie nachdenklich an. »Man merkt, dass sie ohne Frau im Haus aufgewachsen sind.«

Mitfühlend legte sie ihm die Hand auf den Arm. Harry hatte sein Bestes gegeben, da war sie sich sicher. Aber Farmer und zugleich Vater von einem Rudel Jungs zu sein war eine Herkulesaufgabe gewesen. Tatsächlich verband sie und ihren Schwiegervater ein gemeinsames Schicksal. »Du hast es auch ohne Frau geschafft. So, wie ich es ohne Mann schaffen musste. Nur habe ich hier Unterstützung, die du damals nicht gehabt hast.«

»Es waren harte Jahre. Vor allem, als die Jüngsten noch klein waren.« Gedankenversunken blickte er in seine Tasse.

»Und trotzdem hast du nie aufgegeben«, sagte sie lächelnd. »Versprich mir, dass du das auch nicht tun wirst. Egal, wie schwierig die Umstände sind.« Harry sah sie an, und seine dunklen Augen funkelten. »Eine Bennett gibt niemals auf.«

Zum ersten Mal hatte sie das Verlangen, ihren Schwiegervater zu umarmen. Trotzdem brachte sie es nicht über sich. Harry war sonst nicht derart mitteilsam. Ethans Weggang musste alte Wunden bei ihm aufgerissen haben. Aber das Funkeln in seinen Augen ließ sie aufatmen – dieser Mann war noch lange nicht bereit aufzugeben. Und sie würde tun, was er sich von ihr erhoffte: weitermachen und den Kopf über Wasser halten. »Das werde ich nicht, versprochen.« Sie griff nach der Zange, um sie in die Scheune zurückzubringen. »Und ich glaube, ich werde diesem Haufen Farmer heute sogar etwas kochen. Allerdings werde ich Johns Anteil anbrennen lassen.«

Harrys dröhnendes Lachen folgte ihr, als sie das Haus verließ, um die Zange zurückzubringen.

***

Ethan zappte lustlos durch die Fernsehprogramme, als sein Handy klingelte. Annes Name leuchtete auf dem Display auf. »Ja?«, brummte er hinein.

»In einer halben Stunde beim Imbiss an der Ecke«, schallte ihre Stimme an sein Ohr.

»Ich bin noch in Jogginghose«, protestierte er.

»Es ist halb eins. Zieh dich endlich an. Besser noch: Geh erst duschen«, befahl sie und legte auf, ohne ihm die Möglichkeit zu geben, sich eine andere Ausrede einfallen zu lassen.

Wenn er nicht auftauchte, würde Anne ohne Zweifel hier auf der Matte stehen. Missmutig rappelte Ethan sich vom Sofa auf und schleppte sich ins Bad.

Nur wenige Minuten zu spät betrat er den kleinen Imbiss und setzte sich zu Anne an den winzigen Tisch. Sie schob ihm ein Stück Pizza hin und musterte ihn. »Ich kann mich einfach nicht daran gewöhnen, dich ohne Anzug zu sehen«, kommentierte sie seine Aufmachung. Er trug ein schlichtes Shirt und eine Jeans.

»Ich bin arbeitslos, wofür sollte ich einen Anzug anziehen?«

»Für ein Vorstellungsgespräch zum Beispiel?« Sie zeigte auffordernd auf die Pizza. »Was ist mit dem Job in Adelaide?«

»Den kann ich wohl haben«, murmelte er.

»Das klingt ja sehr begeistert.«

»Ich weiß einfach nicht, ob es das Richtige für mich ist.«

»Dann such nach etwas anderem.«

»Hab zu viel zu tun.« Unzufrieden biss er in die Pizza.

»Mit Fernsehen und Im-Selbstmitleid-Baden?«

»Du weißt nicht, wie das ist«, platzte es aus Ethan heraus, und er bereute es sofort.

Anne wandte den Blick ab.

»Tut mir leid.« Mit der Hand fuhr er über ihren Arm. Anne hatte selbst vor nicht allzu langer Zeit eine schwere Phase durchgemacht. Und er wusste, dass sie sich alle Mühe gab, ihn aufzubauen. Sie wollte ihm in den Hintern treten, damit er sich aufraffte und sich einen neuen Job suchte, so wie sie. Sie opferte gerade ihre knappe Mittagspause, um sicherzugehen, dass er nicht den ganzen Tag alleine in seinem Apartment herumhing.

»Wenn nicht Adelaide, dann vielleicht doch Sydney?«, fragte sie kauend nach.

Kopfschüttelnd nahm er sich noch ein Stück von ihrem Teller. »Ich will weg von hier. Das Einzige, was mir fehlen wird, bist du«, sagte er und lächelte ihr zu, in der Hoffnung, seine unbedachte Bemerkung von eben wiedergutzumachen.

»Und du willst noch immer nicht auf Silverwood anrufen?«

Ethan ließ die Pizza sinken. »Nein.«

»Und was, wenn dein Vater mit dir sprechen möchte?«

Der Gedanke an Harry jagte ihm einen Schauer über den Rücken. »Das Letzte, was ich jetzt brauche, sind weitere Vorhaltungen von Harry, was für eine furchtbare Enttäuschung ich für ihn bin.« Er seufzte. »Und es würde auf Liz zurückfallen, wenn sich durch meinen Anruf die Stimmung dort weiter verschlechtert.«

Sie nickte nachdenklich.

»Wie ist dein neuer Job?«, wechselte er das Thema.

»Mein neuer Chef ist nicht halb so nett wie mein alter.« Sie zwinkerte ihm zu. »Aber es ist gut. Ich gehe gerne hin.«

»Das freut mich ehrlich für dich.«

Sie tupfte sich den Mund an der Serviette ab. »Jetzt müssen wir uns nur noch um dich kümmern.«

»Ich brauche einfach noch etwas Zeit, um zu überlegen, wie ich weitermachen möchte.« Schweigend aß er den Rest der Pizza.

»Wenn du tun könntest, was du willst, was würdest du machen?«

Zu Liz fahren. Sie in den Arm nehmen und nie wieder loslassen. »Ich weiß nicht.«

»Nimm dir eine Auszeit, aber verbringe sie nicht damit, in deinem Apartment zu sitzen und dich selbst zu bemitleiden«, riet sie ihm.

»Ich habe jeden Grund dazu.« Er lehnte sich zurück und sah sich um. An den anderen Tischen saßen Geschäftsleute und Touristen. Jeder schien es eilig zu haben, schnell etwas zu essen und dann wieder aufzubrechen. Schnell zurück ins Büro zu kommen oder sich die Stadt anzusehen. Nie hatte er so viel freie Zeit gehabt wie jetzt gerade, und er hatte keinen blassen Schimmer, was er mit dieser Zeit anfangen sollte.

»Ich muss leider wieder los«, riss Anne ihn aus seinen Gedanken. »Heute Abend rufe ich dich an, okay?«

Er nickte ihr lächelnd zu. »Danke, dass du versuchst, mir zu helfen.«

Sie nickte ihm aufmunternd zu. »Das hast du damals auch

für mich gemacht. Und jetzt geh heim, zieh deine Sportsachen an und lauf eine Runde. Du könntest etwas Sonne vertragen.«

Ethan sah ihr nach, wie sie aus dem Imbiss lief, ihren Pferdeschwanz richtete und dann aus seinem Blickfeld verschwand. Er blickte auf den Fernseher über dem Tresen und betrachtete die Bilder der Brände, die überall im Land ausgebrochen waren. Erleichtert stellte er fest, dass Südaustralien bisher weitgehend verschont geblieben war. Er stand auf und trat hinaus in den Sonnenschein. Ihm war nicht nach Sport zumute. Er würde sich einfach wieder auf die Couch verziehen und abwarten, bis auch dieser Tag vorüber war.

Kapitel 15

Das Unterrichten lenkte Liz tatsächlich ab. Nach so vielen Jahren in ihren Beruf zurückzufinden war eine Herausforderung für sie, doch die lebhaften Kinder halfen ihr, zumindest für ein paar Stunden nicht an Ethan zu denken. Noch immer wusste sie nicht, wie es Ethan ging. Nach seinem Rauswurf hatte sie nichts mehr von ihm gehört. Sicher wollte er ihr das Leben auf Silverwood nicht zusätzlich erschweren, so wie sie seinen Plänen nicht im Weg stehen wollte. Und auch jetzt, nach über drei Wochen, vermisste sie ihn schmerzlich. Im Haus hatte sich die Stimmung etwas gebessert: Jim sprach wieder mit John, nachdem er ihm die letzten Wochen demonstrativ aus dem Weg gegangen war. Auch Harry ließ sich wieder öfter außerhalb des Büros blicken.

Nur Ollie sprach weiterhin beinahe täglich von Ethan, auch ihr Sohn konnte diesen Mann nicht vergessen, und jedes Mal krampfte sich ihr Herz zusammen. Doch seine Frage, wann Ethan zurückkommen würde, konnte sie nur ausweichend beantworten. Es überraschte sie, dass ihr Sohn sich so sehr für seinen Onkel interessierte. Das Haus war voller Männer, aber er wollte ausgerechnet den sehen, der nicht da war.

Und da war noch etwas anderes, eine ungute Vorahnung. Wenn sie recht hatte, würde ihre Lage noch schwieriger werden, als sie es schon war. Liz schluckte und lenkte das

Auto vom Supermarktparkplatz auf die breite Hauptstraße. Die Dämmerung zog bereits auf, der Wocheneinkauf hatte länger als üblich gedauert, weil sie mit ihren Gedanken weit weg war. Ständig hatte sie in einem Gang zurücklaufen müssen, um noch etwas aus den Regalen zu holen. Als sie am Ortsschild vorbeifuhr, riss sie das Lenkrad herum, und das Auto rollte auf den verlassenen Parkplatz. Liz starrte durch die Windschutzscheibe zu der Bank, auf der ihr Samuel einst den Antrag gemacht und auf der sie sich sechseinhalb Jahre später an jenem Abend mit Ethan unterhalten hatte. Mit zitternden Fingern zog sie den Schlüssel ab und stieg aus. Sie konnte noch nicht zurück nach Silverwood und wollte sich ein paar Minuten der Ruhe gönnen.

Als sie sich gerade auf die Bank setzen wollte, fiel ihr Blick auf den Bachlauf. Grünliche Punkte tanzten über dem beinahe bewegungslosen Wasser. Mit all dem Chaos, das in ihrem Leben und ihren Gedanken herrschte, hatte sie die Glühwürmchen-Zeit völlig vergessen. Mit einem Lächeln trat sie ins hohe Gras, lief weiter bis zu einem Baum am Rand des Baches und sackte auf den Boden. An den knorrigen Stamm gelehnt, beobachtete sie das märchenhafte Schauspiel. Unzählige Lichtlein schwirrten um sie herum. Es war, als befände sie sich in einer Traumwelt. Ein wenig wollte sie diesen Anblick noch genießen, ehe sie in die Realität zurückmusste.

»Ich helfe dir.« Jim ging um das Auto herum und öffnete den Kofferraum. Er griff sich mehrere Tüten und trug sie ins Haus.

Liz hievte weitere hinaus und folgte ihm, bis der komplette Tisch mit Einkäufen zugestellt war. Sie lief schnell nach oben, um sich bequemere Kleidung anzuziehen. So schön es war, sich für die Arbeit etwas schicker zu kleiden als üblich, so wenig taugte das Outfit für die Farm. Bald würde Harry, der mit Ollie ein paar Besorgungen machte, zurückkommen, und dann wurde es Zeit fürs Abendessen.

Als sie zurück in die Küche kam, hatte Jim bereits mehrere Einkaufstaschen ausgepackt. Unsicher sah er sie an. »Ich glaube, diese hier ist eher …«, er machte eine Pause, »privat?« Dann reichte er ihr eine kleine Tüte.

Liz spürte, wie ihr Gesicht heiß wurde. Zitternd griff sie danach und legte sie ganz oben ins Regal.

»Gibt es etwas, das ich für dich tun kann?«, fragte Jim ruhig und mit Mitgefühl in der Stimme.

»Wenn du nicht alles ungeschehen machen kannst, dann nicht.« Liz schluckte und begann, das Gemüse auszuräumen.

Jim trat neben sie und griff nach ihrem Arm. Dann zog er sie an sich heran. Sie wollte sich wehren, doch es fühlte sich gut an, sich endlich an jemanden anlehnen zu können. Mit feuchten Augen vergrub sie ihr Gesicht in seinem Hemd, während er sie festhielt. Wie alle Bennetts war er groß, doch er hatte von allen den breitesten Rücken und die kräftigsten Arme. Wie ein Schutzschild umfing sie sein warmer Körper, während sie laut schluchzte. Leise, mit seiner unverkennbar rauchigen Stimme, begann er, einen alten Countrysong zu singen. Endlich konnte sie die Tränen zulassen, die sie seit Wochen unterdrückte. Sie spürte, wie sein Hemd nass wurde, und lauschte den tiefen Tönen.

Schließlich fühlte sie sich ruhiger, und das Schluchzen ebbte ab.

Jim schob sie ein Stück von sich weg und lächelte ihr aufmuntemd zu. »Wenn es hilft, dann bin ich gerne bereit, John den Arsch zu versohlen«, witzelte er, während er mit dem Daumen die Tränen von ihrer Wange strich.

Mit seiner ruhigen Art wirkte er meist wie ein gemütlicher Brummbär, doch sie wusste nur zu gut, dass tief in ihm der gleiche Hitzkopf schlummerte wie in den restlichen Brüdern. Nur brauchte es bei Jim deutlich mehr, damit er aus der Haut fuhr. Wenn es allerdings so weit war, dann gab es kein Halten. Vor zwei Jahren hatte sie einen seiner seltenen Wutanfälle mitbekommen. Quentin und River waren mit den Motorrädern über eine Weide gefahren, die Jim gerade frisch eingesät hatte. Nach unzähligen Runden war der Boden komplett umgegraben. Jim war daraufhin wortlos in seinen Truck gestiegen und kurzerhand über die vor dem Haus geparkten Bikes gefahren. Die Zwillinge hatten keinen Ton gesagt, aber seitdem dachten sie genauer darüber nach, wo sie ihre Rennen veranstalteten. Vermutlich war das auch der Grund, warum John sich Jim gegenüber wesentlich respektvoller verhielt als gegenüber den Zwillingen oder Ethan. Selbst Harry hatte ihr einmal zugeraunt, dass dort, wo Jims Pranken hinschlugen, kein Gras mehr wuchs. Doch zum Glück war Jim von Natur aus sanftmütig und mitfühlend. Sie wusste, wie sehr ihn Unfrieden in der Familie belastete.

»Das klingt reizvoll, aber ich glaube, das hilft mir auch nicht weiter«, sagte Liz und lächelte ihn dankbar an. Harry, der ihr zur Seite stand, jetzt Jim, der sie tröstete – war es das, was eine Familie ausmachte? Damals, als Samuel gestorben war, hatte sie sich nicht getraut, ihren Schmerz zu zeigen. Doch jetzt tat sie es und wurde aufgefangen. Es war ein kleiner Lichtblick.

»Das Angebot steht, falls du darauf zurückkommen möchtest«, sagte Jim grinsend und fuhr fort, die Taschen auszuräumen.

»Das hat gutgetan, ich fühle mich schon besser. Vielleicht musste ich mich einfach mal richtig ausheulen.« Liz brachte das Gemüse zum Kühlschrank.

»Und was ist damit?« Jim deutete auf die Tüte im Regal.

»Ich weiß es nicht. Vielleicht möchte ich es auch gar nicht wissen.«

Jim sah sie mit hochgezogenen Augenbrauen an. »Aussitzen kann man so was wohl nicht«, sagte er trocken.

»Das fürchte ich auch.« Es half nichts, sie musste sich der Situation stellen.

***

John beobachtete, wie Liz die Eier für das Frühstück in die Pfanne schlug. Die Küche war erfüllt von Stimmengewirr, doch er beteiligte sich nicht an der Unterhaltung. Seit vier Wochen hatte seine Schwägerin kaum ein Wort mit ihm gewechselt, und er musste zugeben, dass ihn ihr Durchhaltevermögen überraschte. Zwar kochte sie fast jeden Tag wieder für die Familie, doch seine gewaschene Kleidung wurde nicht wie bisher in seinen Schrank geräumt, sondern lag nun vor seiner Tür. Wollte sie nun nicht einmal mehr sein Zimmer betreten, oder war es wegen ihres neuen Jobs? Inzwischen übernahm jeder von ihnen Aufgaben im Haushalt: saugen, die Küche aufräumen oder den Boden putzen. Harry achtete genauestens darauf, dass Liz nicht zu viel zugemutet wurde. Vermutlich hatten sie sich in den vergangenen Jahren wirklich zu sehr von ihr bedienen lassen.

Als Liz die Eier umrührte und kurz zu Ollie blickte, bemerkte John ihr bleiches Gesicht. Sie rieb sich kurz den Bauch.

»Ist alles in Ordnung?«, fragte er in ihre Richtung.

Liz drehte sich von ihm weg, ohne zu antworten. Plötzlich stürzte sie zur Spüle und beugte sich darüber. Ihr Körper wurde von einem Würgen geschüttelt, und sie erbrach sich heftig.

John sprang auf und griff nach ihren Haaren. Vorsichtig hielt er sie zurück, bis es vorüber war. Während sie das Wasser anstellte und alles hinunterspülte, reichte er ihr ein Handtuch und ein Glas. »Du bist krank, du solltest wieder ins Bett gehen«, sagte er.

Inzwischen stand auch Harry neben ihnen und führte Liz vorsichtig zu einem Stuhl, auf den sie sich ermattet fallen ließ, um sich dann mit dem Handtuch über den Mund zu wischen.

Mit großen Augen starrte Ollie seine Mutter an.

John setzte sich neben ihn. »Das passiert manchmal. Mums können auch krank werden«, erklärte er dem Kind.

»Ich bin nicht krank«, zischte Liz und funkelte ihn wütend an.

Irritiert von ihrem harschen Ton runzelte John die Stirn.

»Nein, das bist du nicht.« Harry lehnte sich gegen den Küchenschrank und verschränkte die Arme vor der Brust. »Ich habe mich schon gefragt, wann du es uns sagst«, bemerkte er gelassen.

»Was soll sie sagen?« Verwirrt sah John seinen Vater an.

»Ich habe sechs Söhne. Ich erkenne eine schwangere Frau, wenn ich sie sehe.«

Ein Rauschen breitete sich in Johns Ohren aus. Fassungslos wanderte sein Blick zurück zu Liz, die den Kopf in die

Hände stützte und nicht widersprach. Das konnte nicht sein. Es durfte einfach nicht wahr sein. »Stimmt das?«, flüsterte er.

Sie nickte nur und sah ihn nicht an. Dann stand sie auf und stürzte aus dem Raum.

Seufzend legte Jim sein Besteck weg und rieb sich über das Gesicht. »Vor ein paar Tagen hat sie einen Test gekauft, ich habe ihn zufällig entdeckt, als ich ihr mit den Einkäufen geholfen habe. Aber ich habe mich nicht getraut, sie nach dem Ergebnis zu fragen. Schätze, er war positiv.«

Die Zwillinge starrten stumm auf ihre Teller.

»Das ist eine verdammte Katastrophe«, fluchte John laut.

»Nein!«, grollte Harrys Stimme durch den Raum. »Das ist ein verdammter Segen!«

»Wie konnte Ethan ihr das nur antun?«, gab John grimmig zurück.

»Das passiert eben, die Hälfte von euch war nicht geplant«, antwortete sein Vater. »Und jetzt esst euer Frühstück auf. River soll den Kleinen in den Kindergarten bringen, und ihr«, er blickte einen nach dem anderen streng an, »macht euch gefälligst an die Arbeit.« Mit festen Schritten ging Harry nach draußen und warf die Fliegentür zu.

»Also ist Mum nicht krank?«, fragte Ollie neugierig.

»Nein, ist sie nicht. Das ist nichts, was nicht in neun Monaten wieder weggeht«, antwortete River amüsiert über seinen eigenen Witz.

»Halt dich bloß zurück«, zischte John ihm zu.

»Nein, *du* wirst dich von nun an zusammenreißen. Akzeptier endlich, was vorgefallen ist. Sie braucht uns jetzt. Uns alle.« Geräuschvoll schob Jim seinen Stuhl zurück und begann, sein Geschirr einzuräumen.

»Die Hälfte von uns war ungeplant? Und wer genau?«, überlegte Quentin laut.

»Dass ihr im Doppelpack kommt, war mit Sicherheit nicht beabsichtigt«, antwortete Jim trocken.

John nahm die Stimmen wie aus einer weiten Entfernung wahr. Jetzt war er es, dem übel wurde. Hastig stand er auf, griff nach seinem Hut und lief zum Stall.

»Was willst du hier?«, fragte Erin wenig begeistert, während sie den Pferdestall ausmistete.

Schulterzuckend lehnte John sich gegen die Gitterstäbe der Box. »Du meintest, ich könnte auf ein Bier vorbeikommen, wenn ich eins brauche.«

»Es ist acht Uhr morgens«, sagte sie mit hochgezogenen Augenbrauen. »Was ist passiert?«

»Liz ist schwanger«, brachte er hervor.

»In Ordnung.« Sie stellte die Mistgabel weg und ging an ihm vorbei. »Du bekommst dein Bier.«

Er folgte ihr hinüber zum Haus und setzte sich auf die Hängebank auf der breiten Holzterrasse. Im Auslauf gegenüber standen Erins Zuchtstuten, und auch wenn er noch immer nicht verstand, warum sie ausgerechnet diese Rasse züchtete, musste er die Anmut der Tiere bewundern, deren weiße Körper in der Sonne glänzten. Munter stellten sie die Ohren auf und neckten sich gegenseitig.

»Hier ist es.« Erin kam aus dem Haus und reichte ihm das Bier.

Sein Blick fiel auf die zweite Flasche in ihrer Hand. »Du auch?«

»Das kann nach dieser Nachricht nicht schaden«, bemerkte sie. »Ich nehme nicht an, dass du auf deinen neuen Neffen oder deine Nichte anstoßen möchtest?« Grinsend sah sie ihn an.

»Willst du mich verarschen?«, knurrte er.

»Nur etwas aufziehen.«

»Spar dir das.«

»Du bist zu *mir* gekommen, was hast du erwartet?« Lachend hob sie die Flasche zum Mund.

»Dass noch jemand außer mir erkennt, was das für ein Desaster ist.«

»Also sind die anderen nicht so schockiert wie du?«

»Harry nennt es einen Segen.« John schloss die Augen und nahm einen Schluck. »Wie kann das ein Segen sein? Jetzt wird sie zwei Kinder haben, die sie alleine aufziehen muss.«

»Ist das so?« Fragend sah Erin ihn an.

»Natürlich. Ethan ist weg, und Liz muss jetzt mit den Konsequenzen seiner Handlungen leben.« Fluchend schleuderte er den Kronkorken weg.

»Ich nehme an, er weiß es noch nicht?«

»Nein. Woher auch?«

»Vielleicht sollte man es ihm sagen?«

»Damit er sie dann trotzdem sitzenlässt und sich irgendwo in einer Großstadt einen Job sucht?« Die Vorstellung von seinem Bruder, wie er im Anzug in einem schicken Büro saß, ließ seine Wut nur weiter anwachsen.

»Würde Ethan das denn tun?«, fragte Erin spitz. »Oder nimmst du das nur an?«

»Er hat sich jahrelang einen Dreck um die Familie geschert, warum sollte das hier anders sein? Und wie ich erfahren habe, ist er pleite und verliert seine Wohnung. Da hat Liz sich einen echten Gewinner geangelt.« Er lachte bitter.

Dann öffnete sich die Haustür, und Graham trat hinaus. »Ihr trinkt um diese Zeit?« Missbilligend betrachtete er beide.

»Es gibt einen guten Grund dafür, Dad.«

»Dann werde ich es mal durchgehen lassen.« Er sah John an. »Kannst du mir die Bankverbindung von Ethan besorgen? Er hat meinem Bruder die Unterlagen zurückgeschickt und ihm wohl eine beachtliche Menge Geld eingespart. Er konnte sogar einen ordentlichen Rabatt für eine neue Brunnenanlage beim Hersteller heraushandeln, und mein Bruder ist ganz begeistert von seiner Arbeit. Allerdings weigert er sich, ihm seine Kontonummer zu nennen.«

»Onkel Dan möchte ihn unbedingt für seine gute Arbeit bezahlen«, bestätigte Erin und sah John mit hochgezogenen Augenbrauen an. »John hat die Kontonummer nicht, Dad.«

»Das ist schade.« Enttäuscht verschwand der Farmer wieder im Haus.

»Spielt mein Bruder hier jetzt für alle die Sekretärin?«, fragte John hämisch.

»Er hilft einfach nur. Wenn du mich fragst, hat er so etwas wie eine Marktlücke entdeckt. Die Farmer sind doch alle überfordert mit diesen Dingen und gerne bereit, für seine Unterstützung zu bezahlen. Zu schade, dass er es nicht annehmen will.« Sie trank einen weiteren Schluck und sah in die Ferne. »Ich werde meinem Onkel sagen, er soll mir das Geld überweisen, damit ich es Liz geben kann. Sie wird es gut brauchen können.«

John nickte. Was war das nur für ein verdammtes Chaos? Er hatte von Anfang an gewusst, dass die Sache schlecht ausgehen würde. Doch nun, da sich diese Annahme bestätigte, tat Liz ihm unglaublich leid. Sicherlich hatte Samuel sich von ihm mehr erhofft. Doch John hatte nicht verhindert, dass Liz verletzt wurde, und jetzt verspürte er Schuldgefühle.

»Spricht sie inzwischen eigentlich wieder mit dir?«, wollte Erin wissen.

»Nein«, seufzend drehte er die Flasche in der Hand. »Sie ignoriert mich noch immer.«

»Warst du schon mal verliebt?«

Überrascht sah er sie an. »Was hat das damit zu tun?«

»Warst du es schon mal?«, wiederholte sie ihre Frage.

»Ich glaube nicht. Ich möchte mich nicht verlieben.«

»Das erklärt vielleicht, warum du dich wie ein totaler Arsch aufführst«, sagte Erin.

»Ich mache *was*?« Aufgebracht richtete John sich auf.

Sie griff nach seinem Arm und sah ihn eindringlich an. »Liz liebt Ethan. Ich habe sie weinen gesehen. Du weißt nicht, wie es ist, jemanden so zu lieben, dass man glaubt, nicht ohne ihn leben zu können. Es spielt dann keine Rolle, was dagegenspricht. Du willst einfach nur mit der Person zusammen sein.«

Er sah auf ihre Hand und schluckte. Noch nie hatte sie ihn auf diese Art berührt, und dabei verbrachten sie seit Jahrzehnten viel Zeit miteinander. Die ungewohnte Geste fühlte sich merkwürdig gut an, was ihn zusätzlich verwirrte. Hatte er Erin jemals über Gefühle sprechen hören? John schätzte sie, weil sie geradeheraus war, hart arbeiten konnte und einen besonderen Humor hatte, den die meisten nicht verstanden. Er kannte sie schon sein ganzes Leben lang, dennoch hatte er diese Seite an ihr noch nie erlebt. Er konnte sich ein Leben ohne sie nicht vorstellen. Der Gedanke, nicht einfach zu ihr reiten zu können, wie er es seit seiner Kindheit gewohnt war, erschien ihm unerträglich. Samuel, Erin und er waren früher die besten Freunde gewesen. Sie waren alle drei zusammen aufgewachsen, hatten eine Menge Mist gebaut und Spaß gehabt, bevor sein Leben so verdammt kompliziert wurde und Harry seine Unterstützung mehr denn je brauchte. Samuel hatte er verloren, doch Erin war weiterhin in jeder Lebenslage an seiner Seite gewesen. Sie war es, zu der er flüchtete, wenn ihm der Trubel auf Silverwood zu viel wurde. Ihr musste er nie viel erklären, sie verstand ihn ohne viele Worte.

»Vertraust du mir?«, fragte sie leise.

John hielt die Luft an. »Ich habe weiß Gott genug Pfähle gehalten, die du eingeschlagen hast. Wenn das kein Vertrauen ist, was dann?«

»Dann vertrau mir auch jetzt. Du hast versucht, deine Familie zu beschützen, das weiß ich. Nur hast du es von der falschen Seite aufgezogen. Du hast dich auf Liz konzentriert und Ethan keine Chance gegeben. Woher weißt du denn, dass er noch so ist, wie du es ihm vorwirfst? Wie willst du es herausfinden, wenn du ihm keine Chance gibst?«

War es ihre Hand auf seinem Arm, oder waren es ihre Worte, die ihn berührten? Zum ersten Mal musste er sich eingestehen, dass er Ethan vielleicht wirklich keine Möglichkeit gegeben hatte, sich zu beweisen. Noch auf dem Weg hierher hatte er sich verflucht, dass er ihn nicht schon am ersten Tag von der Farm geworfen hatte. Plötzlich war John sich nicht mehr sicher, ob er seinem Bruder nicht wirklich unrecht getan hatte. »Jetzt ist es zu spät. Ich kann nicht mehr herausfinden, was er wirklich denkt. Ich glaube fast, ich kenne meinen Bruder nicht mehr. Vielleicht habe ich ihn nie gekannt. Er hat uns verlassen, ohne je zurückzublicken, und danach war er für mich gestorben.«

Stöhnend beugte er sich vor und stützte den Kopf in die Hände. Aber da war noch die Sache mit dem Anruf kurz vor Samuels Tod. Hätte er Ethan einfach zur Rede stellen sollen? Sein Bruder hatte ihn mehrfach gefragt, was für ein Problem er mit ihm hatte. Warum zum Teufel hatte er Ethan nicht direkt zur Rede gestellt? Weil es keine Entschuldigung für das gab, was Ethan damals getan hatte. Oder vielmehr, was er nicht getan hatte.

»Meinst du, du kannst das wieder hinbiegen?« Erin lehnte sich ebenfalls nach vorne und musterte ihn.

»Wir haben nicht mal seine Telefonnummer. Selbst wenn Harry sterben würde, könnten wir ihn nicht erreichen.« Mit einem heiseren Lachen schüttelte er den Kopf. »Was sind wir nur für eine Familie?«

»Die stärkste, die ich kenne. Was ihr alles in eurer Kindheit zusammen durchgestanden habt, ist mehr, als andere in einem ganzen Leben aushalten müssen. Dass ihr euch ab und zu an die Gurgel geht, ist doch normal bei so viel Testosteron in einem Haus.« Aufmunternd klopfte sie ihm auf die Schulter. »Wenn du bereit bist, Ethan eine neue Chance zu geben, dann habe ich seine Visitenkarte in meinen Unterlagen.«

»Du hast seine Nummer?« Überrascht sah er sie an.

»Natürlich und seine Adresse auch.«

»Ich muss darüber nachdenken. Erst einmal möchte ich sehen, wie es Liz geht.«

»Wird sie dir das denn sagen?«

»Ich fürchte, nicht. Aber vielleicht wird sie es Jim erzählen.«

»Vielleicht springst du auch endlich über deinen Schatten und entschuldigst dich bei ihr? Fall vor ihr auf die Knie und tu, was nötig ist, damit sie dir verzeiht.«

John schüttelte ihre Hand von seinem Arm ab. »Du findest also wirklich, dass nur mich alleine die Schuld trifft? Und du meinst nicht, dass die beiden nie etwas miteinander hätten anfangen sollen?«

»Du drehst dich im Kreis, Johnny. Je eher du das einsiehst, desto eher kannst du es wieder hinbiegen. Liz ist sensibel und hat in ihrem Leben schon viel durchgemacht. Das Letzte, was sie in dieser Situation gebrauchen kann, ist Ärger mit dir. Denk an das Kind.«

Erin überraschte ihn tatsächlich, und ihre Worte ließen ihn nicht kalt. Er neigte sich ein wenig zu ihr hinüber. »Du bist wohl auch sensibel, immerhin hast du mir gerade den Arm gestreichelt.«

»Treib es nicht zu weit, Bennett«, warnte sie ihn und stand auf. »Weißt du eigentlich, dass ich dich immer um deine Brüder beneidet habe?«

»Wirklich? Du hast doch hautnah mitbekommen, wie es bei uns zuging.«

Lachend strich sie sich die Locken aus dem Gesicht. »Genau, bei euch war immer was los. Es war nie langweilig. Ich war Einzelkind und so neidisch auf euch.«

Wie kam es, dass er das nicht mitbekommen hatte? Sie stand ihm näher als sonst jemand. Von ihr war er bereit, Kritik anzunehmen. So wie gerade eben. »War ich nicht wie ein Ersatzbruder für dich?« Er knuffte sie leicht in die Seite.

»Ein ziemlich lausiger Ersatz, aber immerhin etwas«, antwortete sie neckisch und begleitete ihn zu seinem Pferd, das am Zaun angebunden war.

»Ich danke dir«, murmelte er ehrlich, als er aufstieg.

»Jederzeit, Bennett. Und denk daran, die Adresse liegt hier, falls du sie brauchst.«

John nickte ihr zu, und Buster lief los. Wenn er nicht schleunigst mit der Arbeit begann, würde Harry sicherlich einen seiner berüchtigten Wutanfälle bekommen.

***

Ethan umklammerte den Stift und unterzeichnete das Dokument. Dann schob er es dem Notar über den wuchtigen Schreibtisch zu und stand auf. Nun war es vorbei. Seine Wohnung war verkauft, und er hatte jetzt offiziell kein Zuhause mehr. Weder Silverwood noch sein Apartment. Zwei Monate blieben ihm noch, dann musste er ausziehen. Doch er zweifelte daran, dass er es noch so lange in der Wohnung aushalten könnte, die ihn täglich an sein Versagen erinnerte. Ethan schüttelte die Hand des Notars und trat aus dem Bürogebäude auf die Straße, wo die Mittagssonne unbarmherzig auf ihn niederbrannte. Immerhin war der Verkauf gut gelaufen, er hatte sogar trotz der Zinsen für den Bankkredit etwas Gewinn gemacht, da der Wert der Wohnung in den letzten Jahren angestiegen war. Trotzdem war es ein herber Rückschlag, sie tatsächlich zu verlieren. Seit ein paar Tagen konnte er sich endlich wieder aufraffen, Sport zu treiben. Er ging lange joggen und powerte sich im Fitnessstudio aus, um der Stille und seinen kreisenden Gedanken zu entkommen.

Am Rande des kleinen Parks setzte er sich auf eine Bank. Lachende Kinderstimmen schwirrten von dem nahegelegenen Spielplatz in der Luft und erinnerten ihn schmerzlich an Ollies ausgelassenes Quietschen, als sie mit den Schwertern gekämpft hatten. Wie sehr ihm der kleine Racker doch fehlte. Und seine Mutter erst.

Ethan widerstand dem Bedürfnis, in die nächste Bar zu

gehen und sich zu betrinken. Wie gern würde er seine Erinnerung zumindest für ein paar Stunden auslöschen. Stattdessen zog er den Brief aus dem Aktenkoffer, den er vor ein paar Tagen erhalten hatte. Er enthielt den Arbeitsvertrag für die Stelle in Adelaide, die er in zwei Monaten antreten sollte. Mit versteinerter Miene las er die Zeilen zum gefühlt zwanzigsten Mal durch. Es fehlte nur noch seine Unterschrift. Warum unterschrieb er nicht einfach und schickte den Brief ab? In einigen Wochen könnte er in einem neuen Büro sitzen, sich eine Wohnung mieten und sein neues Leben beginnen. Doch etwas hielt ihn zurück. Die Vorstellung, wieder so zu leben wie bis vor ein paar Monaten, behagte ihm nicht. Er sah sich um. Das alles hier hatte seinen Reiz verloren. Die lebhafte Großstadt, die Restaurants und die Annehmlichkeiten eines abgesicherten Lebens. Adelaide war zwar kleiner als Sydney, aber dennoch eine Großstadt. Allerdings wusste er nicht, was er stattdessen wollte. Silverwood lag nun in weiter Ferne und war keine Option mehr. Was sollte er nun mit sich und seinem Leben anfangen? Zerknirscht packte er den Brief wieder ein. Mit etwas Glück wäre er morgen bereit, ihn zu unterschreiben.

Am späten Abend hatte er endlich dem Wunsch nachgegeben, sich zu betrinken, nachdem er den ganzen Nachmittag Kartons gepackt und seine Habseligkeiten verstaut hatte. Auch wenn er das Apartment nicht sofort räumen musste, so wollte er wenigstens die Sachen einpacken, die er nicht täglich benötigte. Auf einmal hatte er die Ruhe nicht mehr ertragen können. Nun saß er in seiner Stammbar, wenige Straßen von seiner Wohnung entfernt, und starrte auf seinen zweiten Whisky. Das Stimmengewirr um sich herum nahm er nicht wahr. Wie viele Gläser würde es brauchen, um seine Erinnerung auszulöschen? Zwar waren seine Augenlider inzwischen schwer und seine Bewegungen fahrig, doch er wollte noch nicht zurück in die Einsamkeit seines Apartments.

»Ethan?« Eine helle Frauenstimme riss ihn aus seinen Gedanken.

»Amber«, murmelte er überrascht.

Eine junge Schönheit im eleganten kurzen Rock betrachtete ihn. In den letzten Jahren hatten sie hin und wieder ein unverbindliches Tête-à-Tête, dann wieder vergingen Monate, bis sie sich erneut über den Weg liefen. Ungefragt setzte sie sich zu ihm an den kleinen Ecktisch.

»Lädst du mich auf einen Drink ein?«, fragte sie.

»Sicher.« Sein Blick fiel auf ihren pinken Nagellack, den auffälligen Lippenstift und das freizügige Oberteil. Die meisten Frauen, mit denen er verkehrt hatte, hatten diesen Aufwand betrieben, und er kam nicht umhin zuzugeben, dass ihn das gereizt hatte. Er nahm einen weiteren Schluck von seinem Whiskey. Warum hatte er auf derlei Dinge so viel Wert gelegt? Hatte er sich überhaupt je die Mühe gemacht, die Person dahinter zu ergründen? Nein, das hatte er nicht. Erst Liz hatte bei ihm den Wunsch geweckt, alles über sie zu erfahren. Vom ersten Moment auf dieser Parkbank an hatte Ethan wissen wollen, was in dieser Frau vorging. Mit ihrer natürlichen Schönheit und ihrer liebenswürdigen Art hatte sie ihn berührt wie keine Frau zuvor.

Amber bestellte einen Cocktail und betrachtete ihn erneut. »Ich habe dich länger nicht gesehen.«

»Ich war eine Weile nicht in der Stadt und bin seitdem nicht ausgegangen«, sagte er.

»Beruflich?«

Seufzend lehnte er sich zurück. »Privat.«

»Hast du deine Familie besucht?«, wollte sie wissen.

Er nickte nur.

»War es schön?« Mit einem charmanten Lächeln sah sie ihn an.

»Es war kompliziert.«

»Sind Familien das nicht immer?«, lachend legte sie ihm die Hand auf den Arm. »Und wo lebt deine Familie?«

Silverwood tauchte vor seinem geistigen Auge auf: das alte Steinhaus, die Weiden und die Rinder. Fast glaubte er, die würzige Landluft zu riechen. »Auf einer Farm in Südaustralien. Mitten im Nirgendwo.«

Sie lachte auf. »Du kommst von einer Farm? Wirklich?«

»Ob du es glaubst oder nicht«, antwortete er und bedeutete der Bedienung, ihm ein weiteres Glas zu bringen.

»Das hast du nie erwähnt«, stellte sie fest.

»Du hast nie gefragt.« Nein, weder hatte sie sich für ihn interessiert noch er sich für ihre Lebensumstände. Er war tatsächlich ein so oberflächlicher Kerl gewesen, wie John ihn einschätzte. Und doch irrte sein Bruder sich, wenn es um Ethans Absichten in Bezug auf Liz ging. Er wollte nicht mit Amber hier sitzen, er wollte bei Liz sein. In ihrer Gegenwart war es ihm gelungen, sich zu öffnen und nicht wie sonst den erfolgreichen Geschäftsmann zu markieren. Und dennoch war es schön, zumindest für einen Moment nicht alleine zu sein.

»Wir haben nie viel geredet«, flüsterte sie ihm zu. »Wir haben uns auch ohne Worte gut verstanden.« Langsam beugte sie sich zu ihm. »Hast du heute noch was vor?«

Ethan schüttelte den Kopf und sah auf die Tischplatte. »Ich habe meinen Job und meine Wohnung verloren«, stellte er mit ruhiger Stimme fest. »Meine Ersparnisse sind weg, und ich weiß nicht, wie es weitergeht.« Er sah sie an. »Früher habe ich dich in teure Restaurants ausgeführt, bin mit dir shoppen gegangen. Das geht jetzt nicht mehr.«

Amber hielt einen Augenblick inne, dann legte sie ihr Gesicht an seins und flüsterte ihm ins Ohr: »Hast du deinen Schwanz auch verloren?«

Ethan lachte heiser auf. »Er war noch da, als ich das letzte Mal nachgesehen habe.«

»Das ist das Einzige, was mich je interessiert hat. Kommst du mit zu mir?«, fragte sie leise.

Ihre Haare kitzelten an seiner Wange, und er roch ihren wohlbekannten Duft. Ihr Angebot versprach immerhin etwas Ablenkung. Mit etwas Glück würde er sich danach besser fühlen. Trotzdem sträubte sich alles in Ethan dagegen. Das war nicht der Geruch, nach dem er sich sehnte. Amber war elegant und attraktiv, aber er wollte nur Liz: ihre sanfte Art, ihre liebevollen Küsse, und vor allem wollte er ihr helles Lachen hören. Mit geschlossenen Augen schüttelte er den Kopf. »Ich kann das nicht mehr, sorry.«

Als er die Augen öffnete, sah Amber ihn überrascht an. »Bist du dir sicher?«

Entschlossen nickte er. »Ich wünsche dir alles Gute. Wenn es dir recht ist, würde ich jetzt gerne weiter in Selbstmitleid versinken und in Ruhe diesen Whisky trinken.«

»Da kann man wohl nichts machen.« Sie stand auf und tätschelte ihm die Schulter. »Pass auf dich auf, Ethan.«

»Glaub mir, mich überrascht es ebenso.« Müde lächelte er sie an.

Mitleidig betrachtete sie ihn einen Augenblick lang, dann verschwand sie im Gedränge der Bar.

Er hob das Glas und spürte, wie der Whisky brennend seine Kehle hinabrann.

In seinem Kopf dröhnte es. Blinzelnd öffnete Ethan die Augen und sah an die Decke. An den gestrigen Abend hatte er nur noch schemenhafte Erinnerungen. War da nicht irgendetwas mit Amber gewesen? Er sah auf die andere Bettseite, doch sie war leer. *Gott sei Dank.* Immerhin hatte er keinen Fehler gemacht, den er heute hätte bereuen müssen. Stöhnend setzte er sich auf und wartete einen Moment, bis das Rauschen in seinen Ohren leiser wurde. Es war nicht nötig gewesen, sich derart abzuschießen, was war nur mit ihm los? Mit weichen Knien ging er in die Küche und stellte die Kaffeemaschine an. Ein doppelter Espresso würde seine Lebensgeister hoffentlich wieder wecken. Ethan beobachtete, wie die dampfende dunkle Flüssigkeit in die Tasse lief. Dann stellte er sie auf den Tresen, nahm den Arbeitsvertrag aus der Tasche und setzte sich auf den Barhocker. Doch auch heute hielt ihn etwas davon ab zu unterschreiben. Seufzend nahm er einen Schluck und schob das Dokument zur Seite. Wenn er diese Stelle nicht wollte, was sollte er dann mit seinem Leben anfangen? Genau das hatte Anne von ihm wissen wollen. Seit er die Farm damals kurz nach dem Schulabschluss verlassen hatte, hatte er seine Zeit erst damit verbracht zu lernen und dann mit Arbeiten. Auch wenn er nebenbei die Annehmlichkeiten des Stadtlebens genossen hatte, hatte er doch immer eine Menge Überstunden gemacht und sich voll auf seine Karriere konzentriert. Studieren und arbeiten, mehr hatte es für ihn praktisch nicht gegeben. Nie war ihm die Frage in den Sinn gekommen, ob er dabei etwas verpasst haben könnte. War es vielleicht so?

Wenn er also nicht wieder den Großteil seiner Zeit in einem Büro verbringen wollte, was sollte er dann tun? Seine Studienkollegen hatten sich fast alle irgendwann eine Auszeit genommen, um zu reisen. Nur er hatte verbissen sein Studium durchgezogen und in den Ferien Praktika in verschiedenen Unternehmen absolviert, um Kontakte zu knüpfen. Vielleicht war jetzt der richtige Augenblick, um das Verpasste nachzuholen. Sein Auto war abbezahlt und noch eine Menge Geld wert. Er könnte es verkaufen, sich einen Campingbus zulegen und das Land erkunden. Wie die unzähligen Backpacker, die jedes Jahr durchs Land reisten. Seine meisten Reisen waren geschäftlich gewesen, was hatte er überhaupt schon von Australien gesehen? Nein, das war verrückt. So etwas Unüberlegtes passte nicht zu ihm. Trotzdem war es ein verlockender Gedanke, einfach abzuhauen und durch das Land zu fahren, bis sein Geld aufgebraucht war – wieder zu sich selber zu finden und Abstand zu allem zu gewinnen. Sein Blick wanderte von der Tasse zum Vertrag. Es wäre unverantwortlich, diesen Job auszuschlagen. Oder nicht?

Kapitel 16

Liz hielt die Luft an und starrte auf den Bildschirm. Da war es. Winzig klein und wie eine Bohne geformt – ihr Baby. Erst als die Ärztin das Ultraschallgerät so platzierte, dass der Herzschlag zu erkennen war, atmete Liz aus. Sie schloss die Augen und schluckte. Jetzt war es wirklich real. Sie wurde noch einmal Mutter.

»Es sieht alles sehr gut aus«, bestätigte die Ärztin. »Sie sind in der neunten Woche, und der voraussichtliche Geburtstermin ist Mitte Juli.« Warm lächelte sie ihr zu.

Liz nickte erleichtert, doch sie brachte kein Wort heraus. Zu sehr überwältigten sie die Emotionen in diesem Moment. Dieses Kind war der Beweis ihrer Liebe zu Ethan. Dass er, auch wenn er weg war, ein Teil von ihr war. Durch das Kind mit ihr verbunden. Wieder sah sie auf den Monitor und spürte, wie ein Lächeln über ihre Lippen huschte. Aus dieser Bohne würde ein kleiner Mensch werden, den sie in einigen Monaten in den Armen halten würde. Sie würde sich wieder von einer Sekunde auf die andere unsterblich verlieben, so wie damals bei Ollies Geburt. Sie würde an dem kleinen Köpfchen riechen und den unvergleichbaren Neugeborenenduft einatmen, und ihr Herz würde vor Glück fast zerspringen. Wie viel ihr dieses Kind plötzlich bedeutete. Es war kein weiteres Problem, wie sie anfangs gedacht hatte – es war eine neue Chance. Ihre Welt würde sich um eine weitere Person drehen, und wenn sie jetzt auf das zuckende kleine Wesen sah, dann spürte sie ein unbeschreibliches Kribbeln.

»Wir sind für heute fertig, Sie können sich jetzt anziehen«, hörte sie die Stimme der Ärztin wie aus weiter Entfernung.

Liz rutschte von dem Stuhl und griff nach ihrer Kleidung.

»Das hier ist für Sie.« Lächelnd reichte ihr die Ärztin ein kleines schwarz-weißes Bild.

»Danke«, flüsterte Liz und steckte das Foto vorsichtig in ihre Handtasche.

So ruhig wie lange nicht mehr fuhr Liz zurück zur Farm. Selbst die Wolken und der leichte Regen, der an diesem Vormittag unablässig hinabfiel und den staubigen Boden zu einer schmierigen Masse werden ließ, störten sie nicht. Die meisten Vorgärten von Firefly Creek waren inzwischen weihnachtlich dekoriert. Aufgeblasene Schneemänner standen auf der ausgedörrten Erde und im gelben Gras. Sie musste dringend mit Ollie abends eine Tour machen, um all die blinkenden bunten Lichter zu bewundern. Auch wenn bei ihr in diesem Jahr keine Weihnachtsstimmung aufkommen wollte, hatte sie dennoch das Bedürfnis, die glänzenden Augen ihres Sohnes zu sehen.

Als sie die Küche betrat, saß Quentin mit einer Tasse Tee am Tisch.

»Du trinkst Tee?«, fragte sie irritiert, während sie den dünnen Mantel ablegte und die nassen Schuhe auszog.

»Ich glaube, ich bekomme eine Erkältung. Verrat Harry nicht, dass ich hier rumhänge.«

Sie lachte und nickte ihm zu. Dann zog sie das Ultraschallbild aus der Handtasche und befestigte es mit den Magneten am Kühlschrank. Es sollten ruhig alle sehen. Früher oder später wurde es Zeit, dass sie sich an den Gedanken gewöhnten, ein neues Familienmitglied zu bekommen.

Quentin stand auf und trat neben sie. »Das ist also der neue Bennett?«

Sie nickte nur.

»Und ist alles dran, was drangehört?« Er beugte sich vor und betrachtete das Bild genauer. »Es sieht aus wie ein Shrimp«, stellte er fest.

»Es muss zu diesem Zeitpunkt so aussehen.«

»Und wann sieht man, was es wird?«

»Das dauert noch eine Weile. Aber ich glaube, ich möchte mich überraschen lassen«, überlegte sie laut.

»Es kann nur ein Junge werden.« Mit dem Finger fuhr er über das Ultraschallbild. »Sieht doch süß aus, mein Neffe.«

»Hast du in Biologie geschlafen?« Lachend ging sie zur Spüle und begann, sich die Hände zu waschen.

»Seit drei Generationen wurden in dieser Familie nur Jungen geboren. Die Chancen für ein Mädchen stehen also schlecht.«

»Noch einen von eurer Sorte ertrage ich nicht.« Grinsend legte Liz das Handtuch weg.

»Wir haben es dir schwergemacht in letzter Zeit«, stellte Quentin zerknirscht fest. »Ist es zu spät, um sich zu entschuldigen?«

Sie betrachtete seine wilden Locken und sein junges, freches Gesicht. Auch wenn sie die Männer hier in den Wahnsinn trieben, so mochte sie doch jeden einzelnen von ihnen. »Es ist nie zu spät.«

»Es tut mir leid. Wir haben an dem Abend alle nicht nachgedacht. Du kennst uns, das machen wir selten. Wir handeln und denken erst dann. Mit etwas Abstand finde ich es gar nicht mehr so schlimm«, er machte eine Pause, »das mit dir und Ethan.«

Gerührt sah sie ihn an. Er hatte den gleichen schuldbewussten Blick wie Ollie, wenn er etwas angestellt hatte. »Danke. Ich nehme die Entschuldigung an.«

»Kannst du auch John vergeben?«, fragte er leise und biss sich auf die Unterlippe.

Augenblicklich verflog Liz' gute Stimmung. Eben noch hatte sie sich einfach auf ihr Baby gefreut und darüber, dass Quentin sich darum bemühte, sich mit ihr zu versöhnen. »Nein.« Mit schnellen Schritten ging sie an ihm vorbei und hinauf in ihr Zimmer.

Die Daumen in den Gürtel eingehängt, stand Harry vor dem Kühlschrank. Während sie das Fleisch fürs Abendessen aufschnitt, beobachtete Liz aus den Augenwinkeln, wie er das Ultraschallbild betrachtete.

»Ein prächtiger Junge«, stellte er zufrieden fest.

Liz unterdrückte ein Lachen. Offensichtlich hatte er den gleichen Gedanken wie Quentin am Morgen. »Es könnte auch ein Mädchen sein«, antwortete sie ruhig.

»Dann werde ich Gott auf Knien dafür danken, nicht noch so einen Chaoten aufziehen zu müssen«, brummte er und setzte sich an den Tisch.

Die Runde stimmte in lautes Gelächter ein. Endlich war die Stimmung wieder ausgelassener. Ollie verstand zwar noch nicht, worum es ging, doch er beobachtete seinen Grandpa und seine Onkel zufrieden. Natürlich hatte er in den letzten Wochen gespürt, dass etwas nicht stimmte. Immer wieder hatte er seine Mum gefragt, warum sie nicht mehr lachte, und jedes Mal brach es Liz erneut das Herz. Doch sie hatte nicht lachen können, und es fiel ihr noch immer schwer. Aber irgendwie musste es ja weitergehen. Ihr Blick ging zum Kühlschrank. Sie durfte sich nicht in Selbstmitleid suhlen.

River stellte scheppernd eine Geldkassette auf den Tisch und nahm einen Zettel heraus. »Der Wetteinsatz beträgt zehn Dollar. Wer steigt ein?«

»Ich setze zehn Dollar auf einen Jungen«, sagte Quentin überzeugt. Er kramte in seiner Hosentasche und warf einen Schein in die Kassette.

River notierte es auf dem Zettel.

»Du nimmst Wetten auf das Geschlecht an?«, kopfschüttelnd sah Liz River an. »Gibt es eigentlich auch etwas, auf das du nicht wettest?«

»Wenig«, antwortete er grinsend. »Das ist super, ich bin mir sicher, hier will jeder einsteigen.«

Liz beugte sich über den Tisch und zog River den Zettel weg. Sie überflog seine Notizen. »Erin setzt auf Mädchen, ebenso wie der Doc?« Tadelnd sah sie ihn an. »Du lässt sogar den Tierarzt mitwetten?«

»Seiner Ansicht nach stehen die Chancen für ein Mädchen um ein Vielfaches höher, eben weil es so lange keines gab«, sagte Quentin.

»Sogar der Postbote?«, fragte sie, während sie die Namen las. »Und was, wenn jemand nach dem Vater fragt?« Unsicherheit machte sich in ihr breit. Sie hatte noch gar nicht daran gedacht, wie wohl die Menschen in ihrem Umfeld auf die Schwangerschaft reagieren würden. Was sollte sie über den Vater sagen?

»Du bist Witwe. Sie werden nicht offen fragen, aber ich bin sicher, es wird Gerede im Ort geben. Vermutlich werden sie einen von uns in Verdacht haben«, sagte John und sah sie an.

»John!«, wies Harry ihn zurecht. »Es ist mir egal, was andere denken. Das Kind gehört zu unserer Familie. Was glaubst du, was über mich geredet wurde, als die Mutter der Zwillinge von einem Tag auf den anderen abgehauen ist? Ich habe es ignoriert, und irgendwann hat sich der Wirbel gelegt.« Er stand auf und nahm seinen Geldbeutel aus dem Regal. Dann streckte er River einen Schein zu. »Wird ein Junge. Ganz sicher.«

Liz setzte sich und stellte Ollie sein Essen hin. Es kostete sie einige Mühe, John nicht wütend anzufunkeln. Doch sie hatte schon vor Wochen entschieden, dass er es nicht wert war, sich über ihn aufzuregen. Ihr Kind würde in ein Irrenhaus geboren werden, das stand fest. Sie überlegte und stand wieder auf. Vielleicht war es nicht angemessen, aber sie war ein Teil dieses Irrenhauses. Schnell fischte sie zehn Dollar aus ihrer Handtasche und warf sie auf den Tisch. »Mädchen«, verkündete sie überzeugt. Dann setzte sie sich und begann zu essen. Als sie aufsah, zwinkerte Jim ihr zu. Sie wusste, was er ihr damit sagen wollte: dass alles gut werden würde. Irgendwie.

***

Im schwachen Licht der vergilbten Glühbirne, die an einem langen Kabel von der Decke der Scheune hing, fuhr Harry immer wieder mit gleichmäßigen Bewegungen über das Nussholz. Mit einem kräftigen Atemzug blies er den abgeschliffenen Holzstaub weg und strich mit der Hand über das Seitenteil der Wiege. Zufrieden betrachtete er sein

Werk: Sie war glatt und mit einer wunderschönen Maserung und würde hoffentlich seinem zweiten Enkel und seiner Schwiegertochter gute Dienste erweisen. Damals, als Liz mit Ollie schwanger gewesen war, hatte ihm wegen Samuels Krankheit nicht der Sinn nach so einer aufwendigen Arbeit gestanden. Ein Möbelstück zu schreinern erforderte Ruhe und Geduld. Für John hatte er vor fünfunddreißig Jahren ebenfalls eine gebaut. In den Jahren danach hatte immer wieder ein neues Baby darin geschlafen. Anfangs hatten sogar die Zwillinge gemeinsam in sie gepasst. Er wusste nicht mehr, was danach mit der Wiege passiert war, vermutlich hatte er sie entsorgt oder verschenkt. Es war zu lange her, wie ein anderes Leben. Die Jahrzehnte waren einfach so wie Sand durch seine Hände geronnen. Immer hatte es zu viel zu tun gegeben, um die Gegenwart zu genießen. Doch allmählich änderte sich das: Wenn er abends und morgens in seinem Büro saß und die anderen durchs Haus laufen oder lachen hörte, dann erinnerte er sich an vergangene Zeiten. Wie er die Jungs abends viel zu spät ins Bett gebracht hatte. Im Sommer hatte er sie zuvor einen nach dem anderen mit dem Gartenschlauch abgespritzt, weil die Zeit für die Badewanne meist nicht reichte. Mit nassen Haaren und einem glücklichen Grinsen hatten sie wie die Orgelpfeifen nebeneinandergestanden, bis er ihnen die Handtücher zuwarf. Es war ein hartes Leben gewesen, eines mit vielen Rückschlägen, viel Herzschmerz, aber auch voller wunderbarer Momente. Irgendwie hatte er es geschafft, seine Söhne großzuziehen. Wenn er an die Männer dachte, die aus den kleinen Jungen geworden waren, dann schien es ihm all die Mühe wert gewesen zu sein. Noch immer dachte er jeden Tag an Charlotte. Sie war seine erste große Liebe gewesen.

Zwei Jahre hatte er um sie werben müssen, bis sie endlich nachgegeben und ihn geheiratet hatte. Sein Vater war kurz nach der Hochzeit verstorben, die Mutter bereits zwei Jahre zuvor. Plötzlich gehörte die Farm ihm, mitsamt all der Pflichten, die sie mit sich brachte. Ihm und Charlotte. Aber es war nicht lange ruhig geblieben: Kaum ein Jahr später hatte bereits John in der Wiege gelegen. Hatte seine Frau nicht immer gescherzt, dass Harry sie nur ansehen musste, damit sie schwanger wurde? Schmunzelnd ging er zum Regal. Sie war eine wunderbare Mutter gewesen – gütig und humorvoll und wunderschön. Anfangs, nach ihrem Tod, hatte er alles und jeden verflucht. Doch jetzt im Nachhinein erkannte er, dass das Schicksal es manchmal auf verzwickte Weise schaffte, ein trauriges Ereignis ins Positive zu wenden. Wäre Charlotte nicht gestorben, hätte er nicht vor Einsamkeit und Trauer eine Affäre mit Maggie begonnen, und die Zwillinge wären nie geboren worden. Sicherlich verdankte Harry den beiden Jüngsten die Hälfte seiner grauen Haare, doch auch sie waren auf ihre Art ein Segen gewesen. Die beiden Wirbelwinde hatten wieder Unbeschwertheit ins Haus gebracht. Zwar hielten sie ihn noch immer auf Trab und kamen ständig auf dumme Gedanken, doch auch aus ihnen würden gute Männer werden. Nein, sie waren schon gute Männer.

Harry griff nach Klarlack und Pinsel. Mindestens zwei Schichten würde er auftragen, besser drei. Noch waren es einige Monate hin bis zur Geburt, aber Liz würde sich über dieses Geschenk freuen. Und sie brauchte jetzt dringend wieder einen Anlass zur Freude. Er hatte bereits viele Schwangerschaften miterlebt und sorgte sich um sie. Ihre blasse Haut, die tiefen Augenringe und ihr melancholischer Blick waren nicht nur auf das Kind zurückzuführen, das in ihr heranwuchs. Zum zweiten Mal trug sie ein Kind aus, während sie eine Liebe verloren hatte. Knirschend presste er die Zähne aufeinander. Wie hatte ihm das mit ihr und Ethan nur entgehen können? Wenn er es bemerkt hätte, dann hätte er die Konsequenzen vorausahnen und vielleicht das Schlimmste verhindern können. Er kannte seine Söhne gut genug. Alle bis auf Ethan hatten ihr ganzes Leben hier verbracht und arbeiteten Seite an Seite mit Harry. Dass ausgerechnet John so über das Ziel hinausgeschossen war, überraschte ihn nicht. Sein ältester Sohn war ihm ähnlicher als die anderen, teilweise erschreckend ähnlich.

Und John hatte mit seiner Vermutung, dass die Leute im Ort sich über Liz das Maul zerreißen würden, nicht unrecht gehabt. Er biss die Zähne zusammen und versuchte, sich auf die Maserung des Holzes zu konzentrieren. Wieder einmal hatte er am Morgen eine unangenehme Begegnung mit Richard Smith beim Futterhändler gehabt. Dieser hatte ihm breit grinsend zu Liz' Schwangerschaft gratuliert und dann gefragt, ob John der Vater sei. Oder vielleicht doch ein anderer von Harrys, wie Richard sie nannte, unkontrollierbaren Söhnen. Harry hatte sich nur mühsam beherrschen können und sich erkundigt, ob Richards Tochter denn inzwischen endlich schwanger sei. Es war ein Schlagabtausch unterhalb der Gürtellinie, auf den Harry nicht stolz war, doch Richard setzte all seine guten Vorsätze außer Kraft. Dann war Harry wie seine Söhne: viel zu leicht reizbar. Er lachte in sich hinein. Von irgendwem mussten die Jungen ihr Temperament ja haben, ihren Müttern konnte er die Schuld daran nicht zuschieben.

Als sich die Seitentür quietschend öffnete, sah Harry über die Schulter und strich dann weiter.

John trat neben ihn und setzte sich auf eine Holzkiste. Mit gerunzelter Stirn betrachtete er die Wiege. »Sieht gut aus. Du hast lange nicht mehr geschreinert.«

»Es gab auch lange keinen Anlass dazu«, brummte Harry.

John kratzte mit dem Daumennagel am spröden Holz der Kiste und starrte vor sich auf den Boden. Es war nicht schwer zu erkennen, dass auch er unter der Situation litt. Er hatte sich in etwas hineingeritten und fand nun keinen Ausweg.

Harry richtete sich auf und streckte seine schmerzenden Knie durch. »Frauen vergessen nicht, diese Erfahrung habe ich machen müssen. Aber sie vergeben, wenn man sie aufrichtig darum bittet.«

»Du willst, dass ich mich entschuldige?«

»Ich will nur sagen, dass du es tun könntest. Dann sollte es allerdings ernst gemeint sein.«

»Es überrascht mich, dass dir so viel daran liegt. Sonst hältst du dich aus Streitereien meistens raus«, bemerkte John.

»Ich halte mich raus, wenn ich der Meinung bin, dass ihr es alleine regeln könnt. Es stört mich nicht, wenn ihr euch die Köpfe einschlagt, solange ihr euch danach wieder versöhnt. Aber wenn die Familie auseinanderbricht«, er machte eine Pause und legte den Pinsel weg, »dann ist es etwas anderes.«

»Und was ist mit Ethan? Mit seinem Anteil an der Geschichte? Was, wenn er es mit Liz nicht ernst gemeint hat? Sich gedankenlos mit ihr eingelassen hat?«

»Seine Sicht der Dinge kennen wir nicht. Aber du bist der Älteste, du wirst eines Tages die Farm leiten. Das bedeutet nicht nur, sich um das Land und die Tiere, sondern auch, sich um die Menschen in diesem Haus zu kümmern. Weisheit kommt mit den Jahren und durch Erfahrung. Das fehlt dir noch.« Und mir manchmal auch, ergänzte Harry in Gedanken.

»Ich bin kein kleiner Junge mehr, Harry.« John wurde laut und stand auf.

»Und trotzdem wirst du mit jedem Jahr dazulernen, glaub das einem alten Mann.« Harry legte eine Hand auf Johns Schulter. »Ich konnte mich immer auf dich verlassen. Du hast mir durch viele Krisenzeiten geholfen. Egal, ob damals mit deinen Geschwistern, in den Jahren, als die Farm nicht gut lief, oder heute, wo ich nicht mehr so mit anpacken kann, wie ich will.«

John schluckte und sah Harry an, ohne etwas zu sagen.

Verdammt. Er lobte seine Jungs so selten, dass sie nicht wussten, wie sie reagieren sollten, wenn er es einmal tat. Ethan hatte er auch zu selten gelobt – hatte er es überhaupt jemals getan? Vielleicht hatte er wirklich gute Gründe gehabt, die Farm zu verlassen. Obwohl Harry sein Vater war, wusste er nicht, was in Ethan vorging. Als er gesehen hatte, wie sein Sohn an seinem Schreibtisch die Unterlagen durchging und sie routiniert und konzentriert in kürzester Zeit einordnete, hatte er Stolz für ihn empfunden. Dieser Sohn, der so anders war als er selbst, der ihn mit seinem Aussehen, seiner Mimik und Gestik so sehr an Charlotte erinnerte, hatte es verdient, dass man stolz auf ihn war. Und dennoch hatte Ethan genau das nie zu spüren bekommen.

»Ich habe auch Fehler gemacht, die ich bereue. Manches liegt zu lange zurück, als dass ich es noch ändern könnte. Aber es gibt andere Dinge, für die ich auf eine zweite Chance hoffe«, sagte er ruhig.

»Ist das hier deine zweite Chance?« John deutete auf die Wiege.

»Ich fürchte, ich habe Ethan ungerecht behandelt. Das mindeste, was ich tun kann, ist, mich um sein Kind zu kümmern.«

»Glaubst du, er wird zurückkommen?« John sah ihn unsicher an.

»Ich weiß es nicht. Aber er ist vorher aus geringerem Anlass für vier ganze Jahre nicht heimgekommen. Würdest du einfach wieder hier aufschlagen, nachdem man dich aus dem Haus geprügelt hat?«

Statt einer Antwort rieb John sich nur über den Nacken.

»Ich hoffe, er kommt irgendwann wieder. Vielleicht entscheidet Liz sich auch, ihn zu kontaktieren und ihm von dem Kind zu erzählen. Aber ich fürchte, sie will sein Leben nicht noch komplizierter machen, als es momentan schon ist, und das muss ich respektieren. Auch wenn ich all meine Söhne gerne um mich hätte. Ihr habt euer eigenes Leben und trefft eure eigenen Entscheidungen. Manchmal kommt es mir so vor, als würde ich das alles nur aus der Ferne beobachten.« Seufzend drückte Harry den Deckel auf die Lackdose. »Ich fürchte, ich werde tatsächlich sentimental auf meine alten Tage, ist das zu glauben?« In Wahrheit dachte er seit Wochen darüber nach, Ethan anzurufen, nachdem Graham ihm von Ethans Visitenkarte erzählt hatte, die in seinem Büro lag. Doch Harry vermutete, dass Liz sich bewusst dagegen entschieden hatte, Kontakt mit seinem Sohn aufzunehmen, und versuchte, ihr Leben wieder in ruhigere Bahnen zu lenken. Und Liz' Wohlergehen hatte derzeit Vorrang vor Harrys Bedürfnis, sich mit seinem Sohn auszusprechen. Ja, selbst vor Ethans Befinden. Sie sollte tun, was sie für richtig hielt, und es war besser, wenn Harry sich nicht einmischte.

»Tu mir den Gefallen und werde mindestens hundert Jahre alt.« John grinste ihn an. »Das alles hier würde mich überfordern.«

Harry lachte donnernd. »Nein, du würdest es so gut machen, wie du kannst, und so wäre es in Ordnung. Mein Vater hat mich im Übrigen für absolut ungeeignet gehalten, eine Farm zu führen. Immer hat er darüber geschimpft, dass er nur einen Sohn bekommen hat und der die Dinge nicht richtig macht. Dann ist er einfach tot umgefallen, und ich habe mein Bestes gegeben. Ich nehme an, so ungeeignet bin ich doch nicht.« Er gab John einen Schubs und ging Richtung Tür. »Und jetzt machen wir, dass wir ins Bett kommen. Morgen müssen die Jungrinder ihr Brandzeichen bekommen, und es wird ein langer Tag werden.«

»Ja, Sir.« John stapfte hinter seinem Vater her und machte das Licht aus.

Kapitel 17

Wir fahren jetzt los. Die Weiden haben wir kontrolliert, und das Heu ist unter dem Dach aufgestapelt«, sagte Jim, während er nach dem Autoschlüssel griff.

»Nehmt Liz mit«, sagte Harry.

»Ich möchte nicht ausgehen.« Liz stellte den Topf aufs Abtropfgitter und hob abwehrend die Hände. »Mir ist nicht danach.« Nein, ihr Plan für den Abend sah vor, sich mit einem Buch in ihrem Bett zu verkriechen.

»Bald kannst du es nicht mehr«, gab er ruhig zu bedenken und sah auf die leichte Wölbung ihres Bauches.

Liz legte das Geschirrtuch weg. Ihr Blick ging zu Jim, der abwartend mit River neben der Tür stand.

»Und was ist mit Ollie? Er ist noch nicht im Bett.«

»Das bekomme ich schon hin«, sagte ihr Schwiegervater.

»Komm doch mit, es ist die jährliche Weihnachtsparty, das wird lustig.« Auffordernd grinste River sie an. »Und da du eh nichts trinken kannst, kannst du uns fahren.«

»Schlag nicht wieder über die Stränge«, knurrte Harry und griff nach der Zeitung.

Liz dachte nach. Vielleicht würde ihr etwas Ablenkung wirklich guttun. Sie liebte es, Jims Gesang zu hören, und Harry hatte recht, bald würde ihr Bauch so groß sein, dass sie abends sicher nur noch mit hochgelegten Füßen auf der Couch sitzen wollte. »Also gut. Gebt ihr mir ein paar Minuten, damit ich mich zumindest umziehen kann?« Zweifelnd fuhr sie über das straff sitzende Oberteil.

»Nimm dir die Zeit, die du brauchst. Ich muss erst in einer Stunde auf die Bühne.« Jim setzte sich demonstrativ entspannt auf den Stuhl und griff nach der Zeitung.

Liz zupfte an ihrem Kleid herum, während sie der Musik und dem Stimmengewirr im Pub lauschte. Sie hatte bereits jetzt zugenommen, schneller als damals bei Ollie. Aber natürlich sah sie noch nicht wirklich schwanger aus, eher ein wenig moppelig und unförmig, wie sie vorhin beim Blick in den Spiegel unzufrieden festgestellt hatte. In ein paar Wochen würde sie den Bauch nicht mehr verstecken können. Doch das hatte sowieso keinen Sinn. Schon den ganzen Abend über waren immer wieder Leute auf River zugekommen, um ihm Scheine zuzustecken. Die meisten versuchten, es unauffällig zu machen, damit sie es nicht mitbekam, doch war nicht zu übersehen, dass das Wettfieber mindestens den halben Ort erfasst hatte. Eifrig notierte River die Einsätze und zwinkerte Liz immer wieder dabei zu.

»Wie viel hast du schon eingesammelt?«, fragte sie und schielte auf sein Notizheft.

»360 Dollar. Die Wette ist ein echter Renner.«

»Du bist unmöglich, aber ich nehme an, das weißt du«, gab sie gespielt empört zurück.

»Nimmst du es mir übel?« Besorgt sah River sie an. »Ich dachte, es würde dir nichts ausmachen.«

Liz beugte sich ein Stück zu ihm vor, damit er sie bei der lauten Musik besser verstand. »Nein, ich nehme es dir nicht übel. Immerhin wissen jetzt alle Bescheid, und keiner spricht *mich* darauf an.«

»Angriff ist die beste Verteidigung.« River lachte ausgelassen über seinen eigenen Witz.

»Und wo treibt Quentin sich heute rum?« Es war ungewöhnlich, dass die Zwillinge nicht gemeinsam unterwegs waren. Nach dem Abendessen war er, in eine dicke Parfümwolke gehüllt, aus dem Haus gestürzt und mit dem Motorrad davongefahren.

River griff sichtlich genervt nach seinem Bier. »Er hat ein Date«, grummelte er.

Schmunzelnd nahm Liz einen Schluck von dem alkoholfreien Cocktail, den River ihr ausgegeben hatte. Wenn er so gereizt reagierte, dann musste ihm das Mädchen gefallen, mit dem Quentin unterwegs war. Es wäre nicht das erste Mal, dass die beiden sich in die gleiche Frau verguckt hatten. Diesmal hatte Quentin offensichtlich das Rennen gemacht.

»Bennett, du hast 'ne Wette laufen, in die man einsteigen kann?« Eine lallende Stimme riss Liz aus ihren Gedanken. Irritiert blickte sie die drei Männer an, die neben ihrem Tisch standen. Es waren Richards Schwiegersohn Philipp und Angestellte der High Valley Farm. Aufmerksam verfolgte sie Rivers Reaktion, der mit zusammengekniffenen Augen zu dem Mann aufsah, der ihn angesprochen hatte. Soweit sie wusste, waren River und dieser Philipp vor einigen Monaten schon einmal aneinandergeraten. Nun wurde auch die nächste Generation in Harrys alte Fehde hineingezogen.

»Du nicht, Philipp.« River lehnte sich auf dem Stuhl zurück und verschränkte die Arme vor der Brust.

»Ich wollte dir auch eigentlich nur sagen, dass du die Wette falsch aufgezogen hast.« Richards Schwiegersohn grinste seinen Begleitern zu und baute sich vor River auf.

»Ach ja?«

»Lass die Leute nicht auf das Geschlecht wetten, sondern auf den Vater.«

Liz schnappte nach Luft. Mit zittriger Hand stellte sie das schmale Glas auf dem Tisch ab.

River sah kurz zu ihr, dann funkelte er den Störenfried an. »Pass auf, was du da sagst«, zischte er.

Seine Freunde klopften Philipp ermutigend auf die Schultern, woraufhin sich dieser ein wenig zu ihnen herabbeugte. »Warum? Willst du mir nicht verraten, welcher Bennett für den Braten verantwortlich ist? Oder wisst ihr es nicht, weil ihr euch abwechselt?«, rief er.

Liz' Herz begann zu rasen. Die Leute von den Nachbartischen starrten herüber, und Liz wollte am liebsten im Boden versinken. Sie versuchte, nicht in Tränen auszubrechen, neigte sich zu River und flüsterte: »Ignorier ihn einfach. Das ist es nicht wert.« Doch sein Blick verriet ihr, dass es keinen Sinn hatte, ihn zu beruhigen.

River sprang auf, und sein Stuhl schlug knallend auf dem dreckigen Holzboden auf. Mit drohendem Blick fixierte er den Mann. »Sag so etwas nie wieder, oder wir bringen zu Ende, was wir letztes Jahr angefangen haben.«

»Dein Sidekick scheint heute nicht hier zu sein, meinst du, du schaffst das auch alleine?« Mit einem höhnischen Grinsen fuhr Philipp fort, ihn zu provozieren.

River packte seinen Widersacher am Hemd und schien blind vor Wut.

Liz stützte den Kopf in die Hände und schluckte. Sie wusste, was unweigerlich folgen würde. Und sie konnte nichts dagegen ausrichten.

»Quentin ist vielleicht nicht da, aber ich bin es«, hörte sie eine vertraute Stimme neben sich. Liz schloss die Augen.

»John. Natürlich. Einzeln bekommt man euch wohl nicht zu fassen«, sagte Philipp gereizt.

»Halt dich da raus, ich komme alleine klar«, sagte River.

»Das weiß ich, aber ich dachte, ihr wolltet euch hier einen netten Abend machen.«

Liz spürte Johns Hand auf ihrer Schulter. Seufzend sah sie auf und erkannte, dass River den Kerl noch immer am Hemd gepackt hielt. »Er hat recht, River, lass es gut sein. Das ist es nicht wert. Er will dich nur provozieren. Wenn er wirklich Mumm hätte, dann hätte er mich direkt gefragt.« Sie war überrascht, wie selbstsicher ihre Stimme klang.

Augenblicklich wich das Grinsen aus Philipps Gesicht. Verlegen sah er sie an.

»Los, frag mich doch!«, platzte es aus ihr heraus. Ermutigt durch seine Verunsicherung, sah Liz ihm fest in die Augen.

»Entschuldigung«, nuschelte Philipp leise.

River ließ sein Hemd los und stellte den Stuhl wieder auf. Liz spürte die Blicke der anderen Leute auf sich ruhen. Erst jetzt fiel ihr auf, dass keine Musik mehr zu hören war. Sie wandte sich zur Bühne und sah Jim an. Er nickte ihr zu und griff nach dem Mikrophon. »Eine waschechte Bennett, meine Freunde«, schallte seine Stimme durch den Raum.

Unter dem Gelächter der Pubgäste verließen die drei Unruhestifter die Bar.

Jemand rief einen Liedwunsch auf die Bühne, und Jim stöhnte ins Mikrophon. »Ich singe sicher nicht *Last Christmas*«, brummte er kopfschüttelnd.

Buhrufe erklangen, und Jim hob beschwichtigend die Hände. »Aber nur ein Mal, und dann ist Ruhe bis nächstes Jahr.« Gekonnt zupfte er die ersten Töne auf der Gitarre.

Liz atmete erleichtert auf. Dass so viel Courage in ihr steckte, hatte sie nicht erwartet. Hier und da nickte ihr jemand zu, und die Mutter eines Kindergartenfreundes von Ollie zeigte ihr lächelnd einen hochgereckten Daumen. »Verdammt, jetzt bräuchte ich wirklich einen richtigen Drink«, stellte sie fest.

»Das war eine ganz schöne Schlappe für diesen Idioten.« Belustigt griff River nach seinem Bier.

»Das hatte er verdient«, brummte John und setzte sich neben Liz.

»Was machst du überhaupt hier? Du kommst doch sonst fast nie zu Jims Auftritten«, fragte River.

»Ich dachte, es wäre ganz nett, was gemeinsam zu unternehmen.« Er sah Liz an.

Sie ging nicht darauf ein und spielte mit dem Schirmchen in ihrem Cocktail. Sie wusste, dass John litt. Und sie wusste, dass sie ihm wichtig war. Doch auch ihr ging es schlecht. Sie sehnte sich nach Ethan und sorgte sich um ihn. Warum sollte es John anders ergehen? Nein, sie war noch nicht bereit, ihm zu vergeben. Ob sie es jemals sein würde?

»Tut mir leid, was da eben passiert ist«, sagte John.

»Ist es nicht genau das, was du vorausgesagt hast?« Mit zusammengekniffenen Augen sah sie ihn an. »Es ist dir doch nur peinlich, dass die Leute sich tatsächlich fragen, wer der Vater ist. Aber weißt du, was? Es ist mir egal. Mir ist egal, ob es dir unangenehm ist oder dass sie sich das Maul über mich zerreißen. Ich kann es nicht ändern.«

»Es war bescheuert, was ich letztens darüber gesagt habe.

Ich habe nicht nachgedacht. Du kennst mich doch. So habe ich es nicht gemeint.«

Mit Mühe wich sie seinem warmen Blick aus. »Es spielt keine Rolle, wie du es gemeint hast, John. Es interessiert mich nicht.« Sie drehte den Stuhl von ihm weg, um besser auf die schmale Bühne sehen zu können. Allerdings half selbst Jims Stimme nicht, um die nagenden Gedanken in ihrem Kopf zum Schweigen zu bringen. Ihr war vielleicht egal, was die anderen Leute von ihr dachten. Doch was würde ihr Kind später einmal denken? Irgendwann würde es wissen wollen, wer sein Vater war. Ollie hatte Samuel nie kennengelernt, und trotzdem sprach er immer wieder von seinem Vater und lauschte gebannt den Erzählungen über Samuel. Er war ein Teil seiner Identität. Und auch Ollie würde sicherlich Fragen stellen. Fragen, auf die sie keine Antwort hatte.

***

Am Morgen suchte Ethan als Erstes, wie schon in den vergangenen Wochen, im Internet nach den Karten, die eine Übersicht über die Ausbreitung der aktuellen Buschbrände gaben. Im Hochsommer brannte es in Australien beinahe jedes Jahr, doch dieses Jahr war es schlimmer als jemals zuvor. Der Himmel über Sydney hatte an vielen Tagen einen unguten Gelbstich, hin und wieder glaubte er sogar, den Rauch riechen zu können. Natur und Menschen litten, und alles, was er tun konnte, war, zumindest ein wenig Geld zu spenden. Erleichtert legte er das Handy zur Seite: Die Karte zeigte noch keine Brände in der Region um Firefly Creek an. Der Gedanke, dass auch sein früheres Zuhause und seine Familie von den unkontrollierbaren Flammen bedroht werden könnten, schnürte ihm die Kehle zu.

Er stand auf und streckte den Rücken durch, dann nahm er ein neues Shirt aus der Kommode. Alle Hemden lagen inzwischen in Kartons verstaut, er brauchte sie nicht mehr. Und bei der sengenden Hitze, die auf den Straßen herrschte, waren T-Shirts allemal die bessere Wahl. Eilig schlüpfte er in die Hose vom Vortag und richtete sich die Haare vor dem Badezimmerspiegel. Mit schnellen Schritten lief er die Treppe hinunter und trat in den grellen Sonnenschein hinaus. Seine Augen brauchten einen Moment, um sich an die Helligkeit zu gewöhnen, dann schlug er den Weg zu seinem Lieblingscafé ein. Er musste dringend für die Feiertage einkaufen, doch zuerst brauchte er ein ordentliches Frühstück.

Fröhliche Weihnachtsmusik dudelte durch den Gastraum, als er sich mit seinem Teller an einen kleinen Ecktisch des Cafés setzte. Abwesend schnitt er die gekochten Eier an und starrte aus dem Fenster an der anderen Raumseite. *Weihnachten.* Ob es auf der Farm noch genauso gefeiert wurde wie früher, oder hatte Liz' und Ollies Einzug die Traditionen verändert? Er versuchte, sich vorzustellen, wie Ollie morgen früh mit großen Augen seine Geschenke unter dem alten Plastiktannenbaum auspacken würde. Er hatte nicht ein einziges Fest mit seinem Neffen erlebt, und daran war er selbst schuld. Statt auf die Farm zu fahren, hatte Ethan es in den letzten Jahren vorgezogen, in der Stadt zu bleiben, mit Arbeitskollegen essen zu gehen und auszuschlafen. Und jetzt gab es keine Möglichkeit mehr für ihn, zu seiner Familie zu fahren. Keiner wollte ihn dort haben. Kauend nahm er einen Schluck Kaffee. Ob Liz inzwischen auch fand, dass das mit ihm ein Fehler gewesen war? Mittlerweile sollte sie schon einige Wochen wieder als Lehrerin arbeiten, zumindest hoffte er das. Er wollte, dass sie glücklich war, doch er zweifelte daran und hatte ein schlechtes Gewissen. Das hier würde sein letztes Weihnachtsfest in Sydney werden, das Ende einer Ära. Noch immer hatte er den Vertrag nicht unterschrieben und um weiteren Aufschub gebeten. Wo würde er nächstes Jahr um diese Zeit sein? Jedenfalls nicht bei seiner Familie, das lag auf der Hand. Müde sah er hinüber zu dem Fernseher an der Wand und verfolgte, wie die Feuerwehrmänner gegen die Feuersbrunst ankämpften. Er musste dringend noch einmal spenden, das alles war ein Albtraum. Inzwischen war es möglich, Patenschaften für verletzte Koalas zu übernehmen, und genau das würde er nach dem Einkauf machen – zumindest dies sollte sein schmales Budget noch zulassen.

Ethan saß in dem stylishen Ledersessel an der breiten Fensterfront seines Wohnzimmers. Neben ihm stand der Teller mit den Resten des Fertiggerichts, das er sich eben in der Mikrowelle aufgewärmt hatte. Er hatte das Weihnachtsessen mit seinen Freunden kurzfristig abgesagt. Der Gedanke, in einem überteuerten Restaurant zu sitzen und Fragen zu seinen nicht vorhandenen beruflichen Plänen beantworten zu müssen, war ihm wenig verlockend erschienen. Anne hatte ihn tagelang versucht zu überzeugen, sie über die Feiertage zu ihrer Mutter in den Norden zu begleiten. »Auf keinen Fall lasse ich zu, dass du einsam zu Hause sitzt, so einen Mikrowellenfraß in dich reinstopfst und dich selbst bemitleidest«, hatte sie erklärt. Doch Ethan hatte abgelehnt und behauptet, er würde mit anderen Freunden ausgehen. Sie hatte es ihm geglaubt und war gestern schließlich ohne ihn nach Brisbane gefahren. So war es ganz sicher besser. Er wäre ohnehin nur körperlich anwesend gewesen und hätte vermutlich auch die Stimmung seiner Freundin getrübt.

Seine Gedanken wanderten immer wieder nach Silverwood, sosehr er sich auch dagegen wehrte. Vermutlich hatte Liz den halben Tag in der Küche gestanden, um der Familie ein Festessen aufzutischen. Und mit Sicherheit sah sie bezaubernd aus. Vor seinem geistigen Auge sah er das wehende gelbe Kleid, das sie damals im Pub getragen hatte. Ob sie wohl noch seine Kette trug? Er war sich sicher, dass seine Brüder und Harry ihr Vorwürfe machen würden, weil sie sich auf ihn eingelassen hatte. Und vielleicht empfand sie es nun, mit etwas Abstand, ebenfalls als Fehler. Und es konnte sein, dass es besser so wäre, dass es ihr dabei helfen würde, die Sache mit ihm zu vergessen. Weiterzumachen und nicht ständig an ihn zu denken, so wie es ihm mit ihr erging. Er seufzte und sah erneut auf die Lichter unter ihm. Das hier war das beschissenste Weihnachten aller Zeiten.

***

»Nicht schauen«, flüsterte Liz Ollie ins Ohr, während sie die Tür zum Wohnzimmer öffnete. Es war noch nicht einmal sieben Uhr morgens, doch ihr Sohn hatte mit seinen aufgeregten Rufen schon das ganze Haus geweckt. Ungeduldig zappelte ihr Sohn im Schlafanzug auf der Stelle und hielt sich die Hände vor die Augen. Die Männer hatten sich auf Sofa und Sesseln verteilt und beobachteten den Jungen amüsiert. Etwas ausgeblichen stand der imposante Plastikbaum, mit roten und goldenen Kugeln geschmückt, vor dem bodentiefen Fenster. Langsam, aber sicher wurde es Zeit für einen neuen.

»Jetzt!«, rief sie Ollie zu, der in den Raum stürmte.

Staunend betrachtete er einen Moment die Geschenke unter dem Baum, dann stürzte er sich auf eines mit seinem Namen. Die kleinen Hände rissen am Geschenkpapier, während Fred sich ebenfalls darauf stürzte und seine Zähnchen in dem Karton verbiss, in dem ein ferngesteuertes Auto auf seinen begeisterten Besitzer wartete.

Sie ging lächelnd zum Sessel, um sich zu setzen, doch Harry hielt sie zurück. »Ich habe was für dich«, murmelte er und deutete in eine Zimmerecke, wo eine alte Decke etwas Großes bedeckte.

»Für mich?« Ungläubig sah sie ihn an. Jedes Weihnachten steckte ihr Schwiegervater ihr einen Umschlag mit einigen Scheinen zu. Doch jetzt sollte sie von ihm tatsächlich ein richtiges Geschenk bekommen?

»Nur zu«, forderte er sie auf, und sie glaubte ein Lächeln unter dem dicken Schnauzer zu erkennen.

Sie ging darauf zu und zog die Decke hinunter. »Du meine Güte.« Gerührt fuhren ihre Fingerspitzen über das glänzende dunkle Holz. Die Wiege war wunderschön, mit einem am Kopfende eingravierten B für Bennett.

»Das muss viel Arbeit gewesen sein«, hauchte sie und konnte den Blick nicht abwenden.

»Das war es wert«, grummelte Harry und verschränkte zufrieden die Arme.

Mit einem Brennen in den Augen drehte sie sich um und schlang ihre Arme um den großen Mann. Er ließ ein überraschtes Brummen hören und strich ihr ungelenk über den Rücken.

»Du und das Kind, ihr verdient nur das Beste«, flüsterte er ihr ins Ohr.

»Ich wollte dir noch etwas sagen«, gab sie zurück und sah ihn an. »Ich habe mich entschieden, dass Ollie und ich noch eine Weile hierbleiben. Der Junge gehört nicht in den Ort.«

Harry nickte, während seine dunklen Augen auf ihr ruhten. »Das ist das beste Weihnachtsgeschenk, das du einem alten Mann machen kannst.«

Zärtlich strich Liz über die leichte Wölbung ihres Bauches. Das erste Trimester war endlich geschafft, und auch die zermürbende Morgenübelkeit ließ allmählich nach. Eben hatten Jim und River die Wiege in ihr Zimmer getragen, und nun stand sie davor und betrachtete Harrys Kunstwerk ein weiteres Mal andächtig. Dieses Kind war trotz der unglücklichen Umstände seiner Entstehung in der Familie willkommen, daran bestand kein Zweifel. Liz trat ans Fenster und sah hinunter in den Vorgarten. Harry stand mit einer Zigarre im Mund am Grill, wo die Skippyburger brutzelten, die er jedes Jahr am 25. Dezember zubereitete. Er verriet niemandem sein Rezept, alles, was sie wusste, war, dass sie im Wesentlichen aus Känguru, Rind und Lamm bestanden. Und sie waren vorzüglich. Harry kümmerte sich nur einmal im Jahr ums Essen, doch dann tat er es richtig. Dazu gab es selbstgemachte Soße, gebräunte Brötchen und einen Salat als Beilage. Durch das offene Fenster hörte sie die Zwillinge lachen. Liz lehnte sich ein wenig vor und linste hinunter. In bunten Shorts, Hawaiihemden und Flipflops standen sie bei ihrem Vater und scherzten ausgelassen. River sah zu ihr hinauf und zwinkerte ihr zu. Lächelnd hob sie ihre Hand und warf einen letzten Blick auf die Wiege.

Sie ging in die Küche hinunter und bestaunte den sorgfältig gedeckten Tisch.

»Geht das so, oder fehlt noch was?« Jims prüfender Blick wanderte über das Geschirr.

»Nur noch Servietten. Du hast ja sogar an Kerzen gedacht«, antwortete sie entzückt und setzte sich auf ihren Stuhl.

»Ich dachte, das würde dir gefallen.« Zufrieden nickte er und suchte die Servietten in der Schublade.

»Ihr gebt euch in letzter Zeit alle viel Mühe«, antwortete sie, während er die Stofftücher neben den Tellern platzierte.

»Ich schätze, wir haben endlich eingesehen, dass wir uns in den letzten Jahren wie ein Haufen fauler Säcke benommen haben.« Entschuldigend grinste er ihr zu. »Wir haben alle Angst, dass du bald ausziehen könntest.«

Überrascht stützte sie die Ellenbogen auf den Tisch und betrachtete seinen besorgten Gesichtsausdruck. »Und das fändet ihr nicht gut?«

»Natürlich nicht. Du gehörst doch zur Familie. Wenn du ausziehst, bricht hier sicherlich völlige Anarchie aus.« Dröhnend lachte er auf. »Du würdest uns wirklich sehr fehlen. Nicht nur wegen all der Dinge, die du für uns machst. Wir brauchen dein Lachen in diesem Haus. Und das von Ollie.«

Zum zweiten Mal an diesem Tag brannten Liz' Augen. »Ich habe wirklich mehrfach darüber nachgedacht auszuziehen. Es gab Momente, da hätte ich euch allesamt am liebsten zum Teufel geschickt.«

»Aber?«

»Als ich damals hier eingezogen bin, dachte ich, ich hätte keine andere Wahl. Jetzt weiß ich, dass ich diese sehr wohl habe. Es würde funktionieren, auch mit dem Baby.«

»Aber?«, fragte er erneut mit Sorge in der Stimme.

»Aber ich habe erkannt, dass ihr alle zu meiner Familie

geworden seid. Nicht nur weil Ollie euer Neffe und Enkel ist, sondern weil auch ich dazugehöre. Dass euch etwas an mir liegt. Und dass ich euch viel zu lange alles habe durchgehen lassen. Das ändert sich von nun an«, sagte sie entschieden.

»Also bleibst du?« Sein Gesicht hellte sich auf.

»Ich habe es Harry heute Morgen gesagt.« Erneut legte sie die Hand auf ihren Bauch. »Dieses Kind soll in einer großen Familie aufwachsen, so wie ich es mir selbst immer gewünscht habe. Und jetzt habe ich sie, und auch wenn ihr mir in der letzten Zeit das Leben schwergemacht habt, so möchte ich nicht ohne euch sein.«

Erleichtert atmete Jim aus und setzte sich neben sie. »Das ist die richtige Entscheidung. Und wir werden uns alle bessern, versprochen.«

Liz legte den Kopf schief und lächelte ihn an. »Das habt ihr schon.«

Jim wich ihrem Blick aus und kratzte mit dem Fingernagel an der Tischplatte. »Und hast du schon entschieden, ob du es Ethan sagen wirst?«

Mühsam schluckte sie. »Das werde ich nicht machen. Dein Bruder befindet sich gerade in einer Lebenskrise. Seine Arbeit war ihm wichtiger, als ihr es nachvollziehen könnt. Ich glaube, er hat sich darüber definiert, und nun ist alles futsch, und er kommt sich vor wie ein Versager. Wenn er nun auch noch erfährt, dass ich ein Kind von ihm erwarte, wird ihn das erst recht durcheinanderbringen. Und ich glaube, er ist momentan nicht in der Verfassung, noch mehr zu schultern. Ich wünsche mir für ihn, dass er einen neuen Job findet und sich das Leben aufbauen kann, das er führen möchte.« Wie oft hatte sie nachts wach gelegen und mit sich gerungen. Ethan vorzuenthalten, dass sie schwanger war, war nicht fair. Aber es erschien ihr besser, wenn sie ihm nicht die Wahrheit sagte.

»Willst du es ihm denn niemals sagen? Er wird doch irgendwann wieder herkommen. Ich glaube fest daran, dass er eines Tages wieder unangemeldet in der Tür stehen wird, wenn Gras über die Sache gewachsen ist.« Sie konnte die Zweifel in Jims Stimme erkennen.

»Ich denke, das Wichtigste ist momentan, dass er sich darüber klar wird, was er will. Wenn ich ihm sage, dass ich schwanger bin, wird er die Verantwortung übernehmen wollen und am Ende aus einem Gefühl der Verpflichtung heraus zurückkommen. Aber ich glaube, er steht gerade an einem Scheidepunkt in seinem Leben, und ich will, dass er die Entscheidung, wie er leben möchte, in Ruhe treffen kann, ohne Rücksicht nehmen zu müssen.« Müde lächelte sie ihn an. »Genau wie ich aus freiem Willen die Entscheidung treffen konnte, weiter hierzubleiben.«

»Er ist zurückgekommen, weil es ihm nicht gut ging, und dann ist dieses Chaos ausgebrochen?«

Sie nickte zustimmend. »Ich hoffe, er übersteht das alles.«

»Ich hätte mich an diesem Abend anders verhalten sollen.« Seine Faust donnerte auf den Tisch, und das Geschirr schepperte. »Das alles kam einfach derart überraschend, ich hatte keine Zeit nachzudenken, ehe John ihn schon aus dem Haus geworfen hat.«

Sie legte Jim die Hand auf den Arm. »Wir alle haben Fehler gemacht. Im Nachhinein weiß ich, dass ich meine Gefühle für ihn mit euch in Ruhe hätte besprechen sollen, anstatt sie zu verbergen. Dann hätte jeder die Gelegenheit gehabt, darüber nachzudenken. Und doch wäre das Ergebnis vermutlich ähnlich gewesen: Ich hätte nicht gewollt, dass Ethan nur mir zuliebe hierbleibt, wo er sich doch in der Stadt so viel wohler fühlt.« Sie nickte nachdenklich. »Die Zeit wird zeigen, ob es richtig ist, aber ich glaube, es ist das Beste, wenn er hiervon nichts erfährt.« Sanft tätschelte sie ihren Bauch.«

»Ich bin mir da nicht so sicher, Liz.« Wieder waren da die Zweifel in seinem Blick. »Du verschweigst ihm, dass er Vater wird. Das ist keine Kleinigkeit. Was ist, wenn er es irgendwann erfährt und dir sagt, dass er Anteil am Leben des Kindes hätte haben wollen?«

»Er ist bisher nicht zu mir zurückgekommen, Jim. Ich habe in den letzten Wochen immer wieder darauf gehofft, dass er eines Tages hier auftaucht, John in den Arsch tritt und sagt, dass er hierbleiben will. Bei mir. Aber er ist nicht gekommen. Und ich will ihn nicht dazu zwingen.« Nein, ihn zu etwas zu zwingen war das Letzte, was sie wollte. Wenn, dann sollte er zu ihr zurückkehren, weil er ohne sie nicht leben konnte. Doch er war nicht gekommen. Vielleicht hatte Ethan sich in der Stadt schon längst in die nächste Frau verguckt. Aber als er ihr seine Liebe gestand, hatte er es ehrlich gemeint, dessen war sie sich sicher. Wer wusste schon, was er nun, mit etwas Abstand, empfand? Seit jener furchtbaren Nacht kreisten ihre Gedanken immer wieder um diese Fragen. Meist versuchte sie, sie gar nicht erst zuzulassen, doch manchmal, so wie jetzt, konnte Liz sie nicht mehr unterdrücken.

»Lass uns mal schauen, was die Burger machen.« Jim bot ihr seine Hand an und zog sie hoch.

Gemeinsam traten sie vors Haus, wo sie auf John trafen, der vom Stall herüberkam. Griesgrämig sah er auf die Zwillinge und musterte ihre Aufmachung. »Jedes Jahr die gleichen bescheuerten kurzen Hosen an Weihnachten. Richtige

Männer tragen keine kurzen Hosen«, brummte er und lehnte sich gegen den Metallzaun.

»Das sagst du nur, weil du keine so perfekten Waden hast wie wir«, antwortete River mit einem Grinsen im Gesicht.

»Sicher sind deine Beine komplett weiß, weil du das letzte Mal als Zehnjähriger kurze Hosen anhattest«, fügte Quentin hinzu.

»Und das aus gutem Grund. Wir sind hier immerhin auf einer Farm und nicht am Strand.«

»Die beiden haben wirklich schöne Waden«, warf Liz ein und hakte sich bei Jim unter.

John verdrehte nur die Augen.

Ollie saß derweil neben seinem Grandpa und beobachtete angestrengt das Fleisch auf dem Grill. »Gehen wir nachher wieder schwimmen?«

»Natürlich. Es ist Tradition, an Weihnachten im Stausee zu schwimmen. Du legst deine Schwimmflügel an, wir fahren Harrys Pick-up bis ans Wasser, und dann springen wir von der Ladefläche«, sagte River.

Wie anders das Fest hier war, im Vergleich zu den Weihnachtsfeiertagen, die sie als Kind in Pflegefamilien oder später in der Wohngemeinschaft verbracht hatte. Sie hatte sich dabei immer mehr wie ein Beobachter gefühlt, als dass es ihr wirklich ein Gefühl von Gemeinschaft und Geborgenheit vermittelt hätte. Doch das hier, die Skippyburger, der alte Plastikbaum, das Schwimmen im See, das war richtiges Weihnachten. Und sie war ein Teil davon. Gerührt legte sie den Kopf an Jims Schulter und beobachtete, wie Harry das Fleisch wendete. Heute Abend würden die Zwillinge für zwei Wochen abreisen, um als Freiwillige bei der Bekämpfung der Buschfeuer zu helfen. Sie wusste, wie gerne auch

Jim gegangen wäre, doch weitere Arbeitskräfte konnte die Farm nicht entbehren. Harry unterstützte den Plan seiner Söhne und hatte Liz im Vertrauen gesagt, dass er hoffte, die Erfahrung werde die beiden etwas reifer machen.

So schwierig Liz' Situation auch war, so wurde Silverwood immerhin von keinem Feuer bedroht, und sie hatte endlich das Gefühl, dass sie ihren Platz gefunden hatte. Sie war ein Teil dieser Familie, und sie liebte jeden Einzelnen von ihnen. Ihr Blick wanderte zu John. Sogar ihn, auch wenn sie ihn momentan nicht ausstehen konnte.

Kapitel 18

Ethan blickte auf das grünblaue Meer hinaus. Die Wellen kräuselten die Wasseroberfläche und liefen schließlich schäumend am Strand aus. Die Luft roch herrlich salzig, und endlich bewegte eine frische Brise die heiße, trockene Luft, die in der Innenstadt nur zu stehen schien. Und doch war auch heute der Himmel dunkelgelb. Noch immer waren die Brände nicht gelöscht und versetzten den Kontinent weiterhin in Schrecken. »Der erste Januar«, murmelte Ethan. Statt sich wie üblich das überdimensionale Feuerwerk in der Innenstadt anzusehen, hatte er es vorgezogen, in seiner Wohnung zu bleiben. Ihm war in diesem Jahr nicht nach Feiern zumute, es erschien ihm einfach geschmacklos, in Anbetracht der Notlage des Landes ein Feuerwerk zu veranstalten. Lange hatte man darüber diskutiert, ob man es absagen sollte, doch die Verantwortlichen wollten sich die Einnahmen durch die unzähligen Touristen, die zu diesem Ereignis in die Stadt kamen, nicht entgehen lassen. Während überall im Land richtige Feuer den Nachthimmel erleuchteten und alles zerstörten, hatte Sydney in der vergangenen Nacht wie üblich geprotzt. Das alles störte ihn immer mehr. Nach dem Frühstück hatte er plötzlich das Bedürfnis gehabt rauszugehen. Seit seinem letzten Besuch auf Silverwood hatte er nicht mehr bis zum Horizont blicken können, nun erschien ihm der Blick auf das Meer hinaus wohltuend.

Der Weg bis zur Botany Bay war nicht weit, die Bucht lag fast vor seiner Haustür. Und trotzdem war er bisher nur vorbeigefahren und hatte sich nie die Zeit genommen, diesen besonderen Ort zu erkunden. Nun hatte er endlich das Denkmal gesehen, das die Stelle markierte, an der James Cook zum ersten Mal australischen Boden betreten und damit den Grundstein für die Besiedlung des Kontinents durch die Europäer gelegt hatte. Geschichte hatte ihn nie wirklich interessiert, und doch war es ergreifend, sich vorzustellen, wie es damals, vor fast zweihundertfünfzig Jahren, gewesen sein musste. Waren es Dinge wie diese, die er verpasst hatte? Besondere Orte zu besuchen, das Land kennenzulernen, sich einfach auf andere Dinge zu konzentrieren, als nur der nächsten Gehaltserhöhung und einem weiteren beruflichen Erfolg hinterherzujagen? Noch immer liebäugelte er mit der Idee, einfach abzuhauen – alles hinter sich zu lassen und dorthin zu fahren, wohin ihn die Straßen führten. Mit einer Hand griff er in den Sand und spürte die feinen Körnchen zwischen seinen Fingern. Wie lange saß er hier schon? Es mussten bereits Stunden vergangen sein. Und noch immer hielt er den Arbeitsvertrag in der anderen Hand. Ständig bekam er Anrufe vom Personalchef der Firma, der wissen wollte, ob Ethan die Stelle nun annehmen würde. Seine Qualifikation und seine Erfahrungen passten anscheinend perfekt zur ausgeschriebenen Stelle, und das Jahresgehalt war bereits zweimal angehoben worden, um den Anreiz zu erhöhen. Über drei Monate hielten sie die Stelle nun schon für ihn frei, und er musste sich endlich entscheiden.

Als er vor Wochen das Vorstellungsgespräch in Harrys Büro geführt hatte, erschien ihm Adelaide zu weit entfernt von Silverwood. Zu weit entfernt von Liz. Doch jetzt kamen ihm drei Stunden Fahrtzeit viel zu nah vor. Die Versuchung wäre groß, einfach ins Auto zu steigen und zur Farm zu fahren, um sie zu sehen. Auch wenn seine Familie ihn nicht dort haben wollte, fürchtete er, der Versuchung irgendwann zu erliegen. Und damit würde er Liz neue Probleme bereiten. Er würde Wunden aufreißen, die vermutlich schon am Heilen waren, und erneut Johns Zorn auf sich ziehen und auch auf Liz.

Es erschien ihm undenkbar, seinem Vater nach dieser Sache unter die Augen zu treten. Er konnte ihn fast vor sich sehen, die Ader, die an seinem Hals hervortrat, wenn er sich aufregte, wie er seine Stirn in Falten legte und Ethan mit stechendem Blick ansah. Nein, Silverwood war tabu für ihn. Und trotzdem sah er das Haus nachts in seinen Träumen. Er sah Liz, wie sie in ihrem Blumenkleid durch das Haus ging, glaubte, ihren Geruch zu riechen und ihre Stimme zu hören. Er liebte sie mehr, als er ertragen konnte. Erneut rollte er den Vertrag auseinander und starrte ihn an. Der Beginn des neuen Jahres sollte auch der Beginn eines neuen Lebens sein. Er konnte nicht nach Adelaide ziehen, es war zu nah an Silverwood. Energisch riss Ethan das Dokument in der Mitte durch, legte beide Teile aufeinander und zerriss sie erneut. Wenn er nicht wieder in Liz' Leben funken wollte, ihr nicht die Existenz verderben wollte, die sie für sich und Ollie auf Silverwood aufgebaut hatte, dann musste er genügend Abstand zwischen sie und sich bringen. Wenn es sein musste, den ganzen Kontinent.

Eine Woche lang hatte er über diese scheinbar verrückte Idee nachgedacht und es dann getan: Der Händler hatte ihm einen guten Preis für sein Auto gezahlt, mehr als er erwartet hatte. Wenn er sparsam lebte, müsste es für einen Campingbus und einige Monate des Reisens, vielleicht sogar ein ganzes Jahr reichen. Was würde er schon brauchen außer Benzin und Lebensmitteln? Lange genug hatte er im Überfluss gelebt, der Verzicht würde ihm hoffentlich helfen, sich auf das zu konzentrieren, was wirklich zählte – wieder zu sich selbst zu finden und den Verlust von Liz und seiner Familie zu verarbeiten. Es hatte mehr Mut erfordert, nach all den Jahren nach Silverwood zurückzukehren, als jetzt sein Leben in Sydney hinter sich zu lassen. Nichts davon brauchte er wirklich: weder die teure Kaffeemaschine, die ganzen Anzüge, alles fühlte sich inzwischen wie Ballast an. In seiner Kindheit hatten sie nie viel besessen. Als Viertgeborener hatte er immer nur die abgelegte Kleidung seiner Brüder getragen, die zerkratzten alten Fahrräder übernommen und kaum eigene Spielsachen gehabt. Das Geld war immer knapp gewesen, egal, wie viel Harry auf der Farm schuftete. War das der Grund, dass es Ethan so wichtig gewesen war, sich mit schönen, teuren Dingen zu umgeben, als er endlich das Geld dafür hatte? Seine Brüder störte es nicht, in dem alten Haus zu leben, doch er hatte eine schicke Wohnung gewollt und dafür jeden Monat mehr bezahlt, als seine Brüder auf der Farm verdienten. Auch das war ihm nun nicht mehr wichtig. Jetzt wäre er bereit, in der letzten Absteige zu wohnen, solange Liz jeden Abend neben ihm läge. Nur einige seiner Freunde würde er vermissen. Anne hatte ihn mit großen Augen angestarrt, als er ihr von seinem Plan erzählte. Doch sie kannte ihn gut genug, um schnell zu verstehen, warum diese Reise für ihn so wichtig war.

Ethan legte den Stift zur Seite und las die Zeilen durch, die er geschrieben hatte. Beinahe jeden Tag schrieb er Liz, was ihm in den Sinn kam, was ihn bewegte. Wie sehr sie ihm fehlte und dass er hoffte, sie wäre trotz allem glücklich. Sorgsam faltete er den Brief zusammen und steckte ihn in den Schuhkarton zu den unzähligen weiteren Briefen, die er ihr in den letzten Monaten geschrieben hatte. Einige waren auch an Ollie gerichtet, doch keinen einzigen hatte er abgeschickt. Seine Gedanken zu Papier zu bringen half ihm dabei, nicht wahnsinnig zu werden. Es gab ihm fast das Gefühl, mit Liz zu sprechen. Niedergeschlagen betrachtete er den Stapel Briefe, die seine intimsten Gedanken und Gefühle enthielten. Was sollte er damit machen? Sollte er am Ende seiner Reise den ganzen Karton verbrennen, um sich so von ihr zu verabschieden, und dann ein neues Leben beginnen? Eins ohne Familie, ohne Heimat und ohne Liebe? Ethan schloss den Deckel und stand auf. Darüber würde er nachdenken, wenn der Gedanke, sie nie wiederzusehen, ihn eines Tages nicht mehr so schmerzen würde.

***

»Können wir reden?« Die Hände in den Hosentaschen, stand er unsicher hinter ihr. Liz wirkte heute das erste Mal seit Wochen entspannter, und John hoffte, dass es der richtige Zeitpunkt war, um mit ihr zu sprechen. Er hatte gewartet, bis Ollie im Bett war und die anderen in ihren Zimmern waren. Jetzt stand sie mit dem Rücken zu ihm und räumte die Spülmaschine aus.

»Es gibt nichts zu besprechen«, antwortete sie knapp.

John widerstand dem Wunsch, sich einfach umzudrehen

und den Raum zu verlassen. Langsam ging er auf sie zu und nahm mehrere Teller aus der Spülmaschine.

»Ich kann das alleine«, sagte sie barsch. Noch immer vermied sie es, ihn anzusehen.

Er stapelte die Teller im Schrank und griff nach dem Besteckkasten. »Das kann nicht so weitergehen, Liz. Es ist inzwischen Mitte Januar, und seit mehr als drei Monaten sprichst du kaum ein Wort mit mir«, sagte er ruhig. »Wir sind doch eine Familie.«

»Sind wir das?« Mit hochgezogenen Augenbrauen sah sie ihn nun doch an.

»Natürlich. Egal, was passiert, das werden wir immer sein.«

»Du hast den Mann weggejagt, den ich liebe. Den Vater meines Kindes. Offensichtlich traut er sich nicht zurückzukommen. Und ich …«, sie stockte, »ich traue mich nicht, mich bei ihm zu melden. Ihm von dem Kind zu erzählen.«

Seufzend sortierte er das Besteck in die Schublade ein. »Vielleicht habe ich überreagiert. Aber du hast ja selbst gesagt, dass die Sache mit dir und Ethan keine Zukunft hat«, verteidigte er sich. Inzwischen wurde John immer mehr klar, dass er seinen Bruder nicht einfach aus dem Haus hätte jagen dürfen, sondern das Gespräch hätte suchen sollen. Warum hatte er Ethan nicht mit seinen Vorwürfen konfrontiert und sich angehört, was dieser dazu zu sagen hatte? Es war nicht unbedingt falsch gewesen, Ethan von Liz fernzuhalten, doch er hätte zumindest seine Annahmen überprüfen sollen. Seit Wochen nagte die Frage an ihm, ob vielleicht alle recht hatten, wenn sie sagten, dass er seinem Bruder nie wirklich eine Chance gegeben hatte. Doch sie wussten auch nicht, was *er* wusste.

»Und deshalb darfst du für uns entscheiden? Vielleicht hätten wir doch einen Weg gefunden. Einen, den wir bisher übersehen haben. Stattdessen wird noch ein Kind ohne Vater aufwachsen. War es das wert, John?« Mit feuchten Augen betrachtete sie ihn. »War es das wert, deinen Kopf durchzusetzen? Was soll ich später einmal meinem Kind erzählen, wenn es nach seinem Vater fragt? Und was soll ich Ollie sagen?«

»Wirst du mir je verzeihen können?«, fragte er. Ihre Worte gingen ihm an die Nieren. Sie war nicht einfach nur unglücklich, sie war am Boden zerstört. Und zum Teil war das seine Schuld.

Sie fuhr sich durch die Haare und sah zur Seite. »Das kann ich dir nicht sagen. Ich kenne dich so nicht. Du hast mich immer unterstützt, aber das gibt dir nicht das Recht, über mein Leben zu entscheiden.«

»Du weißt, ich wollte nur auf dich und Ollie aufpassen.«

»Aber nicht so. Nicht auf diese Art.« Sie schüttelte den Kopf und ging hinaus.

Fluchend trat er gegen den Küchenschrank, so dass das Geschirr schepperte. Genau das hatte ihm dieses Problem eingehandelt: sein Temperament. Er hatte sich nicht im Griff, auch wenn er es ungern zugab. Er hatte einfach rotgesehen und nicht an die Folgen gedacht, anstatt endlich mit seinem Bruder zu sprechen und herauszufinden, ob Ethan wirklich so ein mieser Sack war, wie er seit über vier Jahren dachte. Während er das dreckige Geschirr vom Abendessen einräumte, dachte er darüber nach, wie es hatte dazu kommen können, dass er seinen Bruder verprügelt und aus dem Haus geworfen hatte. Wie er zuvor beobachtet hatte, dass Ethan Liz eine Fluse aus den Haaren zupfte und sie ihn so merkwürdig innig ansah. Diese Blicke, die sie sich ständig zugeworfen hatten, vermutlich ohne es selbst zu bemerken. Das helle Lachen seiner Schwägerin, wenn Ethan etwas sagte. Hatte sie früher auch so viel gelacht oder erst, als sein Bruder ins Haus gekommen war? *Verdammt.* Krachend warf John die Spülmaschinentür zu. Jetzt sah Liz nur noch traurig aus. Traurig und erschöpft von der Schwangerschaft.

Er brauchte jetzt dringend einen Whisky, und zwar einen guten und nicht den Fusel, den seine Brüder tranken. Harry war bei Graham auf Elderberry, deshalb ging er in sein Büro und nahm die Flasche Single Malt aus dem Schreibtisch, die sein Vater dort vor seinen Söhnen versteckte. John goss die bernsteinfarbene Flüssigkeit in ein Glas und führte es an die Lippen. Augenblicklich fühlte er sich entspannter. Sein Blick fiel auf ein Bild, das auf der Ablage lag. Hatte Ollie etwa wieder heimlich hier drinnen gemalt? Das letzte Mal hatte er einen Stapel Rechnungen verziert, wovon Harry alles andere als begeistert gewesen war. John griff nach dem Blatt und betrachtete die krakelige Zeichnung. Es war unschwer zu erkennen, wen Ollie hier gemalt hatte: Wie eine kleine Familie hatte er seine Mutter, Ethan und sich selbst verewigt.

Mit dem Glas in der Hand setzte John sich in Harrys Sessel. War es möglich, dass er den größten Fehler seines Lebens begangen hatte? Hatte er Liz den Mann genommen und Ollie einen Ziehvater? Und dann war da noch das Baby. Wenn Liz nicht mehr mit John sprach, wer würde ihr dann mit dem Kind helfen, wenn es erst mal da war? Er dachte daran, wie er nachts mit Ollie im Auto rumgefahren war, bis er eingeschlafen war. Betrübt leerte John das Glas in einem Zug.

Nach einer unruhigen Nacht, in der er kaum ein Auge zugetan hatte, stieg John im Morgengrauen in sein Auto. Die Fahrt hinüber zur Elderberry-Farm dauerte nur eine Viertelstunde, und als er vor dem Haus stand, war es noch immer unverschämt früh. Er hob ein paar Kiesel auf und warf sie an Erins Fenster im ersten Stock. Klirrend schlugen sie gegen die Scheibe. Als sie endlich den Vorhang zur Seite zog und hinuntersah, bedeutete er ihr hektisch herauszukommen.

»Ist was passiert? Es ist erst halb fünf!« In Jogginghose und zerknittertem Shirt eilte sie aus dem Haus.

»Kannst du mir Ethans Visitenkarte geben?«

»Na endlich. Ich dachte schon, du fragst nie«, antwortete sie grinsend.

»Besser spät als nie«, murmelte er vor sich hin und beobachtete, wie sie im Haus verschwand.

»Hier ist sie. Willst du ihn anrufen?«, fragte sie neugierig, als sie ihm das Kärtchen in die Hand drückte.

»Ein Anruf reicht nicht aus, um das mit ihm zu klären. Ich fahre zu ihm.« Entschlossen steckte er die Karte in die Hosentasche.

»Du willst bis nach Sydney fahren?« Überrascht sah sie ihn an. »Wann?«

»Jetzt.«

»Willst du ihn zurückholen?«, fragte sie überrascht.

»Ich muss was überprüfen«, brummte er.

Sie nickte. »Du willst herausfinden, ob Ethan wirklich so ist, wie du glaubst.«

»Ich hätte früher mit ihm sprechen sollen. Ich hoffe, es ist noch nicht zu spät dazu.« John beugte sich vor und gab ihr einen Kuss auf die Wange. »Danke, dass du mir in den Arsch getreten hast.«

»Jederzeit wieder, Johnny«, sagte sie fröhlich. »Dann viel Glück.«

»Das kann ich gebrauchen«, brummte er und ging zum Wagen. »Jede Menge davon.«

War er schon mal so weit weg von der Farm gewesen? Vermutlich nicht. Vor einigen Jahren hatte er Melbourne besucht, als er Samuel begleitete, um Liz kennenzulernen. Und vor einer gefühlten Ewigkeit hatten sie eine Klassenfahrt nach Adelaide unternommen. Doch in Sydney war er noch nie gewesen. Städte reizten ihn grundsätzlich nicht. Die vielen Menschen, die Enge, der Lärm – das war nicht seine Welt. Doch als er am frühen Abend über die Harbour Bridge fuhr und das Opernhaus in der Sonne strahlen sah, stockte ihm der Atem. Das glitzernde Wasser und die Skyline waren ohne Frage eindrucksvoll. Erneut sah er auf das Navi. Noch einige Minuten durch den dichten Stadtverkehr, dann war er bei der Adresse angelangt, die auf der Visitenkarte stand.

Nachdem er endlich einen Parkplatz gefunden hatte, stieg John aus und streckte seinen Rücken durch. Sein ganzer Körper schmerzte nach der langen Fahrt. Er schloss das Auto ab und sah sich um. Selten hatte er sich so fehl am Platz gefühlt. Männer in Anzügen, Frauen in sommerlichen Kleidern und Touristen strömten durch die Straße. Er nahm seinen Hut ab und fuhr sich durch die Haare. Dann setzte er ihn wieder auf und ging zu dem Haus, in dem sein Bruder wohnte. Laut Klingelschild musste er in den siebten Stock. Da die Haustür offen stand, trat er direkt ein.

Einige Minuten stand er nur da und starrte Ethans Wohnungstür an. *Jetzt oder nie.* Dann klopfte er.

Kapitel 19

Gerade als er die letzten Kleinigkeiten im Karton verstaut hatte, klopfte es. Ethan schloss den Deckel und ging zur Tür.

Es war, als würde er einen Geist erblicken. Fassungslos betrachtete er John und brachte kein Wort heraus.

»Kann ich reinkommen?«, fragte sein Bruder kühl.

Stumm trat Ethan zur Seite und ließ ihn hinein. John stapfte ins Wohnzimmer und sah sich um. »Hier wohnst du also.«

Ethan schluckte und fand seine Stimme wieder. »Hier habe ich gewohnt. In zwei Tagen ziehe ich aus.«

Sein Bruder nickte. »Deshalb ist es hier so leer.«

»Was willst du hier, John? Geht es Harry gut?« Irgendetwas musste passiert sein, wenn sein Bruder höchstpersönlich hergekommen war.

»Natürlich geht es dem gut, du kennst ihn doch, der ist zäh. Der wird uns alle überleben.« Heiser lachte er auf. »Können wir irgendwo hingehen und ein Bier trinken?«

»Um die Ecke ist eine Bar.« Ethan griff nach dem Schlüssel und ging zur Tür. Ihm war nicht klar, warum John hier plötzlich aufschlug, doch wenn er die lange Fahrt auf sich genommen hatte, sollte er ihn zumindest anhören.

Schweigend waren sie bis zur Bar gegangen und saßen nun am Tresen, jeder ein Glas in der Hand. Langsam wurde Ethan ungeduldig. Was wollte John von ihm?

»Die Sache ist die«, setzte dieser an, »dass das alles wohl ziemlich blöd gelaufen ist.«

»Das kann man wohl sagen«, stimmte Ethan zu.

»Vermutlich habe ich etwas überreagiert.«

»Etwas?« Ethan schüttelte den Kopf.

»In Ordnung. Ich habe stark überreagiert«, sagte John mürrisch. »Ich bin hier, um endlich mit dir zu reden.«

Sprachlos sah Ethan ihn an. John wollte sich mit ihm unterhalten? War die Hölle zugefroren? »Ich weiß nicht, was ich dazu sagen soll. Du hasst mich und hast mich aus dem Haus geworfen.«

»Ich hasse dich nicht«, gab John zurück.

»Ich glaube doch. Und das schon seit langer Zeit. Vermutlich seit dem Tag meiner Geburt.« Nur mit Mühe konnte er sich beherrschen. Er verspürte den unbändigen Wunsch, John am Kragen zu packen, ihn anzubrüllen und ihm eine zu verpassen.

»Seit dem Tag deiner Geburt?«, irritiert sah John ihn an. »Wovon redest du da?«

Ethan schluckte. »Ich hatte viel Zeit, darüber nachzudenken, was ich dir getan haben muss, dass du mich so ablehnst. Es liegt doch auf der Hand, dass du mir Mums Tod vorwirfst. Und ich kann es sogar irgendwie verstehen: Wäre ich nicht gewesen, wäre sie nicht gestorben. Mit dieser Schuld lebe ich schon mein ganzes Leben. Es ist nicht nötig, dass du mich bei jeder Gelegenheit daran erinnerst.«

»Das glaubst du wirklich?« John stellte das Bier weg und blickte ihn an. »Dieser Gedanke ist mir nie gekommen. Es war ein schreckliches Unglück, das hätte ebenso gut bei meiner Geburt oder der von Samuel oder Jim passieren können.« Er fuhr mit der Hand über die Holzplatte. »Es war der schlimmste Tag in unserem Leben. Ich werde nie vergessen, wie die Sanitäter ins Haus gestürmt sind. Wir saßen damals in der Küche. Ich war sieben Jahre alt und musste Samuel und Jim beruhigen. Wir hatten Mums Schreie gehört, und plötzlich war es unnatürlich still. Nach einer Weile kam Harry zu uns, mit dir auf dem Arm. Du warst in ein Handtuch gewickelt und ganz verklebt. Dann hat er uns erzählt, was passiert war. Die Kleinen haben es zu diesem Zeitpunkt noch nicht wirklich verstanden, aber ich wusste, dass sich unser Leben schlagartig geändert hatte. Es war das einzige Mal, dass ich Harry habe weinen sehen.« John machte eine Pause und nahm einen Schluck. »Er hat sich zu uns auf den Boden gekniet und das Handtuch ein wenig zur Seite geschoben, damit wir dich besser sehen können. Schließlich hat er mich gebeten, dich zu halten, damit er zurück zu Mum konnte. Ich weiß nicht, was er bei ihr gemacht hat, sie war ja schon tot. Vermutlich hat er einfach etwas Zeit gebraucht. Irgendwann kam eine Sanitäterin und wollte dich an sich nehmen. Sie wollten dich ins Krankenhaus bringen, damit ein Kinderarzt dich untersucht. Und ich weiß noch, wie ich sie angeschrien habe, dass sie verschwinden soll. Ich wollte dich nicht hergeben, ich konnte es einfach nicht. Du hattest Mums Augen.« John brach ab und rieb sich über das Gesicht. Seine Bartstoppeln waren länger als üblich, und die Falten auf seiner Stirn wirkten tiefer. Hatte auch sein Bruder eine schwere Zeit hinter sich?

Ethans Mund war trocken. Langsam hob er das Glas und nahm einen Schluck. Noch nie hatte jemand mit ihm über jenen Tag gesprochen. Und er hatte sich nicht getraut zu fragen. Dass ausgerechnet John ihm jetzt davon berichtete, war unglaublich. »Und dann?«, fragte er leise.

»Sie haben dich natürlich trotzdem mitgenommen. Zwei Tage später hat Harry dich wieder nach Hause gebracht. Du warst nicht mehr verklebt, hattest blonde kurze Haare und warst wohl das niedlichste Baby, das es gibt.« Lächelnd starrte sein Bruder in sein Glas. »Da standen wir nun. Ein Vater mit vier Söhnen, eins davon ein Baby, und keine Mutter. Es war das absolute Chaos. Harry stellte einen Farmhelfer ein, musste aber natürlich trotzdem nach wie vor viel auf der Farm arbeiten. Also habe ich oft auf dich aufgepasst. Dir die Flasche gegeben, dich gewickelt und nebenbei sichergestellt, dass Samuel und Jim keinen Scheiß bauen. Irgendwann hat Harry eine Babytrage mitgebracht. Von da an habe ich dich auf dem Rücken getragen, egal, was ich gemacht habe. Einmal – ich glaube, du warst etwa zwei Monate alt – bin ich so mit dir Fahrrad gefahren. Harry hat fast einen Herzinfarkt bekommen, als er es gesehen hat, und mir das Rad für einen Monat weggenommen.«

John hatte sich um ihn gekümmert? Warum hatte ihm das nie jemand erzählt? Ethan bemerkte, dass die Züge seines Bruders weich geworden waren. Der Graben zwischen ihnen schien kleiner geworden zu sein. »Warum verstehen wir uns dann heute nicht mehr?« Das war die Frage, auf die er schon lange eine Antwort wollte.

»Ich weiß es auch nicht so genau«, sagte John und sah ihn an. »Schätze, das hat sich mit der Zeit irgendwie so ergeben. Du bist älter geworden, ich musste mehr auf der Farm helfen. Maggie zog ein, hat sich um dich gekümmert, und dann waren irgendwann die Zwillinge unterwegs. Je älter du wurdest, umso unterschiedlicher wurden wir beide. Du konntest schon im Kindergarten lesen und hattest ständig ein Buch in der Hand, während ich Harry bei der Farmarbeit geholfen habe. Du und Jim, ihr wart euch nicht nur vom Alter her näher, ihr habt einfach besser zusammengepasst. So wie Samuel und ich. Wir hatten uns einfach nicht viel zu sagen, nehme ich an. Und dann warst du nach dem Schulabschluss plötzlich weg, und wir haben kaum noch was von dir gehört.«

Ethan konnte erkennen, wie sich Johns Augenbrauen zusammenzogen. Das war es also, was er ihm vorwarf. »Und deshalb bist du sauer?«, fragte er.

Als er Johns finsteren Blick sah, hielt Ethan den Atem an. »Nein, deshalb war ich enttäuscht. Wütend bin ich, weil du deinen Arsch nicht einmal dann nach Silverwood bewegt hast, als ich dich vor Samuels Tod anrief«, sagte er mit eisiger Stimme.

Ethan wollte schlucken, doch seine Kehle war wie zugeschnürt. »Du hast mich nie angerufen«, antwortete er beinahe tonlos.

»Natürlich habe ich das«, gab John grimmig zurück. »Ich habe dir, drei Tage bevor …«, er brach ab. »Als absehbar war, dass unser Bruder nur noch wenige Tage zu leben hatte, habe ich dir eine Nachricht auf die Mailbox gesprochen. Damit du nach Hause kommst und dich von ihm verabschieden kannst. Ich wollte, dass du bei uns bist, wenn Samuel geht.«

Ethan verspürte Übelkeit, und ein bitterer Geschmack breitete sich in seinem Mund aus. Er hatte Mühe zu verarbeiten, was John ihm eben gesagt hatte. »Ich habe die Nachricht nie gehört«, flüsterte er. Einen Moment stützte er den Kopf in die Hände und konzentrierte sich auf seine Atmung.

Angestrengt versuchte er, sich zu erinnern, dann traf ihn die Erkenntnis. »Mir wurde damals das Handy gestohlen. Es hat einige Tage gedauert, bis die neue SIM-Karte eingetroffen war«, murmelte er. »Auf der Mailbox waren unzählige Anrufe von Geschäftspartnern, und vermutlich habe ich es damals nicht geschafft, alle abzuhören. Es war eine arbeitsintensive Zeit in der Firma.« Er schloss die Augen. Welche Zeit war nicht arbeitsintensiv gewesen? Hatte er tatsächlich eine Nachricht von John verpasst, weil er rund um die Uhr arbeitete, statt sich öfter bei seiner Familie zu melden oder auf die Idee zu kommen, seine Unterstützung während Samuels Erkrankung anzubieten? *Was hast du dir damals nur gedacht?* »Einen Tag nachdem ich endlich wieder erreichbar war, hat Harry mich angerufen und mir mitgeteilt, dass Samuel in der Nacht verstorben war.« Kopfschüttelnd sah er John an. »Irgendwie muss die Nachricht, die du hinterlassen hast, untergegangen sein.«

»Du wusstest aber, wie krank Samuel war. Du hättest dich öfter melden können«, sagte sein Bruder bitter.

»Das stimmt. Aber zu meiner Verteidigung: Ich wusste nicht, dass es so ernst war. Hin und wieder habe ich angerufen, und Harry hat immer nur gesagt, Samuel sei ein Kämpfer und die Chancen stünden gut. Als Harry mir mitteilte, dass Samuel gestorben war, kam das für mich völlig unvorbereitet. Glaub mir, ich werde es mir den Rest meines Lebens vorwerfen, dass ich mich nicht von ihm verabschiedet habe.« Eine weitere Schuld, die seit Jahren auf ihm lastete. John grummelte vor sich hin. »Harry wollte damals nicht einsehen, wie schlimm es um Samuel stand. Ich glaube, er konnte einfach nicht begreifen, dass er ein Kind verlieren würde.« Er machte eine Pause und sprach dann mit ruhiger

Stimme weiter. »Du hast meine Nachricht also wirklich nie abgehört?«

Mit brennenden Augen sah Ethan ihn an. »Ich schwöre es dir, John. Du kannst doch nicht ehrlich glauben, dass ich nicht gekommen wäre, wenn ich gewusst hätte …«

John nickte. »Schätze, das werde ich dir mal so glauben müssen. Ziemlich dumm gelaufen, was? Auch wenn du dich wenig für uns interessiert hast, hätte ich wohl wissen müssen, dass du Samuel nicht einfach im Stich lassen würdest. Aber es war eine harte Zeit für mich. Samuel zu verlieren hat mich fast zerstört. Vielleicht wollte ich einfach irgendjemandem die Schuld geben und habe dich zum Sündenbock gemacht.«

»Und ich habe nichts davon geahnt.« Ethan fuhr sich durch die Haare. »Was hätte ich darum gegeben, Samuel noch mal sehen zu können«, murmelte er in sein Glas.

Erneut schwiegen sie. Ethan hatte Mühe zu verarbeiten, was er eben erfahren hatte, und Johns Zähne mahlten unaufhörlich aufeinander. Sein großer Bruder hatte Samuel mehr gebraucht als sie alle. Und Ethan verstand plötzlich, welche Gefahr er in Johns Augen für Liz dargestellt haben musste. Wenn sein Bruder geglaubt hatte, dass Ethan Samuels bevorstehender Tod nicht wichtig genug gewesen war, um sich zu verabschieden, wie konnte er dann glauben, dass er es mit Liz ernst meinte? Dass die Tatsache, dass er Gefühle für sie hatte, nicht bedeutete, dass ihm Samuel egal war?

»Warum bist du nie nach Hause gekommen?«, fragte John unvermittelt.

Ethan atmete tief ein und dachte nach. »Du sagst ja selbst, ich war anders. Nicht nur anders als du. Anders als alle in der Familie. Ich konnte nie das, was ihr konntet. Ich hatte zwei linke Hände und keinen Spaß am Farmleben. Es war einfach nicht meine Welt. Ich dachte, keiner versteht mich, fühlte mich überflüssig. Du weißt, dass Harry nicht über seine Gefühle spricht. Mir war aber immer bewusst, dass er von mir enttäuscht war. Ich war nicht so, wie er sich einen Sohn vorstellte. Also bin ich weggegangen und habe neu angefangen. Ich schätze, ich musste mir beweisen, dass ich doch zu was tauge. Vielleicht sogar, dass ich besser bin als ihr. Natürlich ist mir inzwischen klargeworden, dass das Blödsinn ist. Es stimmt schon, was du sagst, ich habe die Familie verlassen. Nicht ihr mich.«

»Und das hier ist deine Welt?« John zeigte nach draußen.

»Das war es zumindest. Jetzt bin ich mir da nicht mehr so sicher.«

»Ich fühle mich hier wie ein Fisch auf dem Trockenen, vermutlich also genauso wie du beim Rindertrieb.« John lachte auf.

Kamen sie einander etwa tatsächlich näher? Seine Wut auf John schien jedenfalls etwas abgenommen zu haben, jetzt wo er die Beweggründe seines Bruders verstand. Doch diese alten Geschichten waren nicht der Grund, weshalb er ihn in den letzten Monaten verflucht hatte. Bis jetzt hatte er es sich verkniffen zu fragen, doch er musste es wissen. »Wie geht es Liz?«

John zuckte kaum merklich. Augenblicklich runzelte er die Stirn. »Sie spricht nicht mit mir, seit du weg bist. Es ist nicht zu übersehen, wie sehr sie dich vermisst.«

Ethan schloss die Augen. Dann erging es ihr also ähnlich wie ihm. Sein Herz zog sich zusammen bei dem Gedanken, dass sie seinetwegen unglücklich war. »Du hattest am Ende gar nicht so unrecht«, sagte er. »Vielleicht hätten wir nie was miteinander anfangen sollen. Das mit uns hat keine Zukunft. Ich hasse mich dafür, dass es ihr meinetwegen schlecht geht.«

»Ich habe mir sagen lassen, dass man gegen die Liebe nichts ausrichten kann«, sagte John. »Und wie geht es *dir*?«

Ethan lachte leise. »Beschissen. Mein Job ist weg, meine Wohnung, mein Geld, und ich kann nicht bei der Frau sein, die ich liebe. Und ich glaube, ich bin kurz vor einem Burn-out.«

»Was willst du jetzt machen?« Interessiert musterte ihn John.

»Ich habe ein Jobangebot bekommen. In Adelaide. Es ist ein erstklassiger Job mit guten Aufstiegschancen.«

»Wann fängst du an?«

»Gar nicht. Ich habe abgelehnt.« Wieder lachte Ethan auf und schüttelte den Kopf über sich selbst.

»Und warum?«, fragte sein Bruder.

»Ich kann es dir nicht sagen. Das ist so ein Gefühl. Ich kann das im Moment einfach nicht mehr.«

»Und was machst du, wenn du in zwei Tagen aus der Wohnung rausmusst?«

War da Sorge in seinem Blick? Machte John sich etwa Gedanken um ihn? »Ich mache etwas, das ich nie für möglich gehalten hätte: Ich nehme mir eine Auszeit. Ich habe mein Auto verkauft und mir einen von diesen bunt angemalten Campingbussen gekauft. Alles, was ich nicht brauche, werde ich bei einem Freund einlagern, und in zwei Tagen fahre ich einfach los. Ohne Ziel, ohne Plan. Ist das nicht verrückt?« Grinsend sah er seinen Bruder an.

»Ich fürchte, du bist schon mitten im Burn-out. Anders kann ich mir so einen Scheiß nicht erklären«, brummte John.

»Es passt dir nicht, dass ich in der Stadt lebe, und es passt dir nicht, wenn ich reise. Wie zum Teufel soll ich es dir recht machen?« Nun wurde Ethan doch laut, und der Barmann warf ihm einen missbilligenden Blick zu. Er hob entschuldigend die Hand und stürzte sein Bier hinunter. John schien etwas sagen zu wollen, presste dann jedoch die Lippen aufeinander. In diesem Moment spürte Ethan eine Vibration in der Hosentasche und zog sein Handy heraus. Mit zusammengezogenen Augenbrauen las er die Textnachricht von Anne. SOS. *Rosebery.* »Scheiße.« Er sprang auf und warf einige Scheine auf den Tisch. »Ich muss los«, rief er John zu und stürzte aus der Bar.

***

»Ethan!« Erst kurz vor der Tür des Apartmenthauses gelang es John, seinen Bruder einzuholen. Wie von der Tarantel gestochen war dieser plötzlich aufgesprungen und zu seiner Wohnung zurückgehastet. John griff seinen Bruder am Arm. »Was ist denn los?«

»Meine Freundin hat Probleme«, stieß Ethan hervor und kramte in der Hosentasche. »Ich muss, so schnell es geht, zu ihr, aber der Campingbus steht in der Tiefgarage, und der Schlüssel liegt in meiner Wohnung.« Fahrig rieb er sich über den Nacken und wollte in den Hauseingang treten.

»Mein Auto steht gegenüber«, sagte John und deutete auf die andere Straßenseite.

Ethan schien einen Moment zu überlegen, dann nickte er und eilte über die Straße, sobald sich eine Lücke im Verkehr auftat. John stieg ein und startete den Motor.

»Da vorne links«, wies Ethan ihn an und schnallte sich an.

Während sie an der Ampel warteten, rutschte er angespannt auf dem Sitz hin und her.

»Du hast also eine Freundin«, brummte John und sah seinen Bruder aus den Augenwinkeln an.

»Anne. Meine ehemalige Sekretärin«, murmelte Ethan und sah zur Ampel hoch.

John presste die Lippen aufeinander. Eben hatte er geglaubt, dass er sich vielleicht doch in seinem Bruder geirrt haben könnte. Ethan hatte nichts von seinem Anruf gewusst und auch nicht davon, wie ernst es um Samuel stand. Und trotz allem warf er seinem Bruder vor, viel zu selten nach Silverwood gekommen zu sein. Aber John war in der Bar gerade zu dem Schluss gekommen, dass sein Bruder doch nicht so übel war wie angenommen. Und jetzt hatte dieser Mistkerl eine Freundin in Sydney. Das passte so richtig ins Klischee des arroganten Geschäftsmanns, etwas mit seiner Sekretärin anzufangen. »Wie lange geht das schon?«, knurrte er.

»Was?« Die Ampel schaltete auf Grün, und Ethan bedeutete ihm, Gas zu geben.

Widerwillig fuhr John los. »Anne.«

»Drei Jahre.« Er tippte auf dem Handy herum und sah ihn nicht an.

»Und du Arsch hast dich mit Liz eingelassen«, platzte es aus John heraus. Wäre er nicht so schnell gefahren, hätte er seinem Bruder eine verpasst. Doch das musste warten, bis er wieder ausgestiegen war.

»Was?« Verwirrt sah Ethan ihn an.

»Wie kannst du was mit Liz anfangen, wenn du eine Freundin hast?«, brüllte er.

War das ein Grinsen in Ethans Gesicht? Dieser Kerl trieb ihn in den Wahnsinn. Schon wieder.

»Sie ist meine beste Freundin, John. Nicht *diese* Art von Freundin.«

Mit zusammengekniffenen Augen sah er rasch zu Ethan, dann wieder auf die Straße. »Das soll ich dir glauben?«

»Es ist mir eigentlich ziemlich egal, was du mir glaubst und was nicht«, gab Ethan patzig zurück. »Anne hat Probleme, und alles andere juckt mich gerade nicht.« Er deutete nach vorne. »Da links abbiegen und dann auf die Überholspur.«

Da Ethan in der Tat besorgt wirkte, verzichtete John darauf, weiter seinen Beziehungsstatus zu dieser Frau in Frage zu stellen. Vermutlich würde er gleich selbst sehen, was dahintersteckte. »Was ist überhaupt los?«

»Ich bin mir nicht ganz sicher.« Ethan öffnete eine Nachricht und hielt ihm das Handy hin.

John warf einen kurzen Blick darauf und konzentrierte sich dann wieder auf den Verkehr. »SOS klingt wirklich nicht gut. Aber was bedeutet Rosebery?«

»Das ist der Stadtteil, in dem wir gerade unterwegs sind.« Wieder bedeutete Ethan ihm abzubiegen. »Bis vor etwa acht Monaten hat Anne dort mit ihrem Exfreund gewohnt.« Er schüttelte den Kopf und stöhnte leise. »Ein Mistkerl, der glaubte, über sie bestimmen zu können. Ich bin ihm ein paarmal begegnet, und wir sind nicht gerade gut miteinander ausgekommen. Er hatte auch ein Problem damit, dass Anne und ich befreundet waren, aber unsere Freundschaft bestand länger als diese Beziehung, und Anne hat sich von ihm nicht reinreden lassen.«

John nickte. Wäre er mit einer Frau zusammen, die mit einem wie Ethan befreundet wäre, hätte er vermutlich auch seine Vorbehalte. *Einer wie Ethan.* War es tatsächlich berechtigt, dass er so über seinen Bruder dachte, oder war er längst nicht mehr der Frauenflüsterer von einst? John wusste es nicht. Weil er nichts über das Leben seines Bruders wusste. Aber er hatte vor, es herauszufinden.

»Jedenfalls hat Anne sich irgendwann von diesem Typen getrennt, und er hat sie aus der gemeinsamen Wohnung geworfen. Er hat sogar ihre Katze bei sich behalten, einfach nur, um ihr einen reinzuwürgen. Anne hat dann für einige Wochen bei mir gewohnt, bis sie ein kleines Apartment gefunden hat.«

»Und wieso ist sie dann jetzt bei ihm?«

»Ich habe keine Ahnung. Anne kennt diesen Kerl eigentlich zu gut, um dort einfach hinzufahren.« Ratlos schüttelte Ethan den Kopf. »Hätte sie mich doch nur gefragt, ich hätte sie begleitet, egal, was sie da will.«

»Und jetzt befürchtest du, dass sie in Gefahr ist?«, fragte John.

»Du hast die Nachricht selbst gesehen.«

Sie bogen in eine schmale Seitenstraße ein, und Ethan musterte die Häuser aufmerksam. »Hier muss es irgendwo sein, ich habe sie ein-, zweimal hier abgeholt.« Auf einmal zeigte er bestimmt auf ein kleines Holzhäuschen. »Das da.«

John hielt vor der Einfahrt, und noch ehe er den Schlüssel abziehen konnte, war sein Bruder schon aus dem Wagen gesprungen und ging mit schnellen Schritten auf die Haustür zu. Fluchend rannte John hinter ihm her.

»Hörst du das?« Angestrengt lauschte Ethan.

»Die schreien sich da drinnen aber gewaltig an«, antwortete er.

Sie hörten einen lauten Knall und wie etwas zerbrach. Dann folgte ein kurzer Aufschrei, und auf einmal war es völlig still. Ethan drückte mit bleichem Gesicht auf die Klingel. Als niemand öffnete, hielt er das Handy ans Ohr und schüttelte den Kopf. »Sie geht nicht ran.« Er klingelte noch einmal, doch es rührte sich nichts.

»Und was machen wir jetzt?«, fragte John.

Ethan neigte sich zu ihm. »Wenn Liz oder Erin da drin wären, was würdest du dann tun?«

»Die Tür eintreten!«

Ethan nickte. »Das dachte ich mir.« Mit gerunzelter Stirn sah er sich um. »Aber wir machen es auf meine Art. Wir wissen ja nicht, was genau da drin los ist.«

»Was willst du tun?«

Ethans Blick wanderte zu Johns Auto und dann zu dem geparkten Wagen in der Einfahrt. »Wir müssen ihren Ex aus dem Haus locken. Fahr auf sein Auto drauf, damit die Alarmanlage angeht.«

»Wie bitte?« Fassungslos sah er Ethan an.

»Nicht mit voller Wucht, das Auto von diesem Kerl sieht relativ neu aus.«

John zeigte auf seinen Pick-up. »Ich hab 'nen Kuhfänger dran, das gibt mindestens ein paar Kratzer, wenn nicht ordentliche Dellen im anderen Wagen.«

Ethan schlug ihm auf die Schulter und grinste. »Dann lohnt sich deine Versicherung ja endlich mal.«

»Du spinnst doch.« Fluchend stapfte er zurück zur Straße und stieg in seinen Wagen. Den Zwillingen hätte er so eine Idee zugetraut, aber ganz sicher nicht Ethan. Offensichtlich steckte in diesem Kerl doch ein Bennett.

***

Ethan trat um die Hausecke und hielt sich nah an der Holzwand. Auf einmal hörte er, wie Anne laut schrie: »Fass mich nicht an!«, und dann klirrte es erneut. Nur mit Mühe widerstand er dem Bedürfnis, die Tür einzutreten und ins Haus zu stürmen, wie John es vorgeschlagen hatte. Doch er musste mit Bedacht vorgehen, damit die Situation nicht weiter eskalierte. Aber sie mussten Anne da so schnell wie möglich rausholen. John hatte den Pick-up ein Stück zurückgefahren und sah ihn durch die Windschutzscheibe an. Ethan nickte ihm zu, woraufhin John kurz Gas gab und gegen den schwarzen Kleinwagen fuhr. Es war nur ein leises Knirschen von Metall zu hören, dann setzte das Heulen der Alarmanlage ein. Kurz darauf wurde die Haustür aufgerissen, und ein bulliger Typ im Unterhemd rannte brüllend die Einfahrt hinunter, woraufhin John seelenruhig aus seinem Auto stieg und mit verschränkten Armen dem Wutausbruch lauschte, der sich über ihn ergoss. Der Kerl baute sich drohend vor seinem Bruder auf, doch an Johns Blick erkannte Ethan, dass er die Situation beinahe zu genießen schien – fast als hoffte der Hitzkopf auf eine Prügelei.

Schnell lief Ethan zur Eingangstür und trat ein. »Anne?«

»Ethan!«

Er folgte der Stimme und stieß am Ende des Flurs mit seiner Freundin zusammen, die ihn aus verweinten Augen ansah. »Geht's dir gut?« Prüfend umfasste er ihr Gesicht und betrachtete die verschmierte Schminke.

»Jetzt ja, vielen Dank«, seufzte sie und sah besorgt an ihm vorbei. »Wo ist Ed?«

»Mein Bruder lenkt ihn draußen ab. Hat er dir weh getan?«, fragte Ethan besorgt.

Anne schüttelte den Kopf. »Er ist völlig durchgedreht und

hat meine Glasfigurensammlung zerschmettert. So habe ich ihn noch nie erlebt, und ich wusste nicht, was als Nächstes passiert.« Zitternd ordnete sie ihre Haare. »Als ich die Polizei rufen wollte, hat er mir das Handy weggenommen. Da habe ich wirklich Angst bekommen und dir heimlich die Nachricht über meine Smartwatch geschickt.«

»Gibt es hier 'nen Hinterausgang?«, fragte Ethan und warf einen Blick ins Wohnzimmer hinter ihr, dessen Boden mit Scherben übersät war.

Sie nickte nervös. »Aber wir müssen erst noch in den Keller.« Anne zog ihn durch den Flur zu einer Tür.

»Wir müssen hier schnellstens raus, ich weiß nicht, wie lange mein Bruder sich da draußen noch anschreien lässt, ohne Ed zusammenzuschlagen«, wandte Ethan ein.

Anne ließ ein Glucksen hören. »Soll er Ed doch eine verpassen, das hätte er verdient.« Sie öffnete die Tür und stieg die Stufen hinab. »Lucky?«, rief sie leise.

»Die verfluchte Katze«, murmelte Ethan. *Natürlich.* Sicherlich war Anne hier, weil sie sich das Tier holen wollte. Immer wieder hörte er sie nach der Katze rufen, und Ethan lugte durch die angelehnte Tür in das Schlafzimmer gegenüber. Nicht einmal die Räume der Zwillinge waren derart unordentlich. Auf dem Boden war dreckige Kleidung verstreut, und hier und da lagen leere Bierflaschen und Pizzakartons. Unwillkürlich schüttelte es Ethan. Wie zum Teufel war Anne nur an so einen Kerl geraten?

»Ich habe Lucky«, flüsterte Anne hinter ihm. Als Ethan sich umdrehte, hielt sie ein riesiges behaartes Etwas an sich gepresst. »Er ist total verängstigt und hat mir die Arme zerkratzt. Und sieh nur, wie verfilzt das Fell ist.« Sie musterte das kläglich maunzende Fellknäuel besorgt.

Erstaunt sah Ethan den Kater an. »Das soll eine Katze sein? Sieht eher aus wie ein übergewichtiger Waschbär.«

»Er frisst halt, wenn er gestresst ist«, gab Anne entschuldigend zurück und schob Ethan in Richtung Wohnzimmer. Vorsichtig lief sie um die Scherben herum und öffnete die Terrassentür. »Der Zaun hinten ist nicht hoch, da kommen wir sicher drüber, und dann sind wir schon in der nächsten Straße.

»Wo sind deine Schuhe?«, fragte Ethan und blickte auf ihre nackten Füße.

»Ich habe sie an der Eingangstür ausgezogen. Soll Ed sie als Andenken behalten, der wird mich garantiert nicht noch mal sehen.«

Eilig stiegen sie nebeneinander über den hüfthohen Zaun, während die Katze auf Annes Arm aufgebracht fauchte. Anne lief geduckt neben ihm über den Gehweg und hatte Mühe, die sich sträubende Katze unter Kontrolle zu halten. Endlich erreichten sie die Querstraße, die zurück zur Straße führte, von der er gekommen war.

»Warte hier.« Auf keinen Fall wollte er riskieren, dass dieser Ed Anne sah. Ethan linste um die Ecke eines Hauses und entdeckte John bei seinem Auto, der sichtlich genervt etwas hochhielt, was wie ein Ausweis aussah. Ed fotografierte es ab und schrie ihn dabei weiter an. Mit zwei Fingern im Mund stieß Ethan einen Pfiff aus und ging zurück zu Anne. »Wir sind gleich hier weg«, flüsterte er ihr zu und strich ihr beruhigend über den Rücken. »Das alles wegen einer Katze?«

Empört sah sie ihn an. »Das ist nicht *eine* Katze. Es ist *meine* Katze.«

»Warum hast du mir nicht gesagt, dass du herkommen

willst, ich hätte dich doch begleitet«, sagte er und schüttelte den Kopf.

»Ed hat heute angerufen und meinte, ich könne Lucky nach der Arbeit abholen, da er keine Lust mehr hätte, sich um ihn zu kümmern«, sagte sie und fuhr zärtlich mit den Fingern durch das verfilzte Fell der Katze. »Du wolltest doch übermorgen abreisen, und ich dachte, du bist beschäftigt. Außerdem hätte ich nicht erwartet, dass Ed so ausrastet.«

»Und was ist dann passiert?«

»Er wollte mich überzeugen, zu ihm zurückzukommen. Als ich das abgelehnt habe, hat er gedroht, Lucky irgendwo in der Pampa auszusetzen. Also bin ich geblieben und habe versucht, ihm gut zuzureden. Das hat er wohl falsch verstanden, und er hat versucht, mich zu küssen. Als ich ihm gesagt habe, dass mich keine zehn Pferde zu ihm zurückbringen, ist er ausgerastet und hat meine Figuren zertrümmert, die noch im Regal standen.« Sie schluckte. »Nachdem er mir das Handy weggenommen hatte, hat er mich beschimpft und angebrüllt. Ich dachte, ich komme da nie wieder raus.« Schniefend zog sie die Nase hoch und schmiegte dann ihr Gesicht an das Fell des Tieres.

»Jetzt ist es ja vorbei.« Ethan zog sie an sich und tätschelte ihr den Rücken. Fluchend sprang er wieder zurück und betrachtete den Kratzer an seinem Arm. Zum Dank für seine Rettung hatte das Vieh auch noch nach ihm geschlagen.

»Ed hat Lucky vermutlich seit Monaten im Keller eingesperrt«, sagte Anne entschuldigend und redete beruhigend auf die zusammengekauerte Katze ein.

Dann kam neben ihnen ein Wagen zum Stehen, und John streckte seinen Kopf aus dem Seitenfenster. »Kommt ihr jetzt?«, rief er.

»Los, steig schnell ein, ehe Ed bemerkt, dass du weg bist.« Ethan bugsierte Anne zum Beifahrersitz. Gerade als er die Tür zuschlug, kam Ed um die Ecke gelaufen.

Mit einem Satz war Ethan ebenfalls im Auto. »Fahr schon!«, rief er John zu.

Mit quietschenden Reifen fuhr John los. Ethan drehte sich um und sah wie Ed stehen blieb, ihnen hinterherbrüllte und drohend die Faust reckte.

Als John in eine andere Straße einbog, sank Ethan erleichtert in den Sitz. Es war geschafft. Sie hatten Anne gerettet und noch dazu ihre Riesenkatze. Aber Hauptsache, Anne war glücklich. Er bemerkte, wie John für einen Moment auf Annes lange Beine starrte, die unter ihrem Rock hervorschauten. Sie schnäuzte sich die Nase, schielte über die Schulter zu Ethan und dann zu seinem Bruder, während sie Lucky beruhigend streichelte. »Und wer von diesen ganzen Brüdern bist du?«, fragte sie mit ihrer direkten Art.

»John.«

»*Der* John?« Wieder blickte sie über ihre Schulter zu Ethan und zog die Augenbrauen hoch.

»Genau der«, bestätigte Ethan.

Jetzt war sie es, die ihren Nebenmann prüfend musterte. »Hast nicht gesagt, dass er so gut aussieht«, witzelte sie, und Ethan musste ein Lachen unterdrücken, als John sie fassungslos anstarrte.

Nein, sein Bruder hatte wirklich keine Ahnung von Frauen. Kaum saß eine hübsche neben ihm und neckte ihn, verschlug es ihm die Sprache.

»Die anderen sehen besser aus«, sagte Ethan und lehnte sich zurück, während John ihm einen finsteren Blick im Rückspiegel zuwarf.

»Ist das mal ’ne fette Katze«, brummte sein Bruder und erntete dafür ein empörtes Schnaufen von Anne.

Kopfschüttelnd schaute Ethan aus dem Fenster. So aufregend hatte er sich seinen Abschied von Sydney nicht vorgestellt.

Kapitel 20

Können wir dich nach der ganzen Aufregung wirklich alleine lassen?«, fragte Ethan, als er ins Wohnzimmer trat. John lehnte an der Wand, während Anne auf dem Sofa saß und glücklich ihren laut schnurrenden Kater streichelte. Einige Minuten lang hatte er einfach nur in Annes Bad gestanden und auf die Fliesen gestarrt, um sich zu sammeln. Die Sorge um Anne, Johns unerwartetes Auftauchen und die damit zurückkehrende Sehnsucht nach Liz überforderten ihn beinahe. Doch auch wenn ihm danach war, sich einfach irgendwo zu verkriechen, versuchte er, sich zusammenzureißen.

»Um ehrlich zu sein, möchte ich gerade einfach nur meine Ruhe haben und Lucky etwas verwöhnen«, sagte Anne leise und blickte auf den Kater, der behaglich ein Bein vorstreckte.

»Meinst du, Ed kommt auf die Idee, hier aufzutauchen und Ärger zu machen?«, wollte Ethan besorgt wissen.

»Nein, spätestens jetzt sollte er einsehen, dass das mit uns keine Zukunft hat. Er ist ein Heißsporn und hat heute ohne Frage überreagiert, aber du kannst mir glauben: Er ist eigentlich kein aggressiver Typ. Und er wird erst mal mit seinem geliebten Auto beschäftigt sein.« Sie zwinkerte John zu. Der schien wieder zu erstarren und lächelte dann verlegen.

»Ruf mich morgen früh an, in Ordnung?«, bat Ethan.

»Mache ich.« Amüsiert schaute sie zwischen den Brüdern

hin und her. »Und euch einen interessanten Abend«, sagte sie, ehe sie sich wieder daranmachte, mit den Fingern das verfilzte Fell der Katze zu durchkämmen.

»Und jetzt?« John sah auf die Uhr, als sie das Gebäude verließen und zu seinem Wagen gingen. »Ist schon nach neun Uhr inzwischen, ich sollte mir wohl schleunigst ein Hotel suchen, damit ich morgen für die Rückfahrt zumindest etwas erholt bin.«

Ethan blieb stehen und musterte ihn. »Du kannst bei mir in der Wohnung übernachten«, hörte er sich vorschlagen, noch ehe er den Gedanken zu Ende gedacht hatte.

Nach einer weiteren Fahrt durch die Stadt, auf der sie sich etwas zu essen besorgten, traten sie in das Apartment. John warf die Pizzaschachteln auf den Tresen und schaute sich suchend um. »Hast du ein Gästezimmer?«

»Habe ich. Allerdings sind die Möbel schon verkauft.«

»Und wo schlafe ich dann?«, fragte John.

Ethan stützte sich auf die Arbeitsplatte. »Das Sofa ist auch schon weg, aber ich habe ein ziemlich breites Bett.« Er grinste seinen Bruder an.

»Na wunderbar.« John ging zum Fenster und blickte auf die Straße hinab. Am Horizont war noch ein schmaler oranger Streifen zu sehen. »Eine ganz andere Aussicht und ein anderes Leben als auf Silverwood«, murmelte er.

Ethan stellte sich neben ihn. »Vermutlich war es genau das, was mir damals gefallen hat.«

»Hat?«

»Es hat inzwischen seinen Reiz verloren, schätze ich. Mir hat die Ruhe und die weite Sicht zu Hause gefallen. Die Sterne, die man hier nur selten erkennen kann, und die frische Luft.«

»Du bist auf Silverwood geboren. Es muss dir im Blut liegen, ob es dir gefällt oder nicht.«

»Das ist mir inzwischen auch klargeworden. Nur leider bin ich dort nicht mehr willkommen.« Er schluckte und blickte weg.

»Das bezieht sich auf mich, nehme ich an«, brummte sein Bruder.

»Und auf die anderen.« Das Blut begann, in Ethans Ohren zu rauschen, als er an jenen schrecklichen Abend zurückdachte. »Du hast mir meine Familie weggenommen, John, und die Liebe meines Lebens.«

Sein Bruder gab einen undefinierbaren Laut von sich und hakte die Daumen in den Gürtel ein, während er nach draußen schaute. »Die anderen haben mir in den letzten Monaten die Hölle heißgemacht. Jim hat es gleich bereut, dich rausgeworfen zu haben, und Harry hat mir am nächsten Tag einen Einlauf verpasst. Liz spricht seitdem nicht mehr mit mir, und die Zwillinge werfen sich ständig vielsagende Blicke zu, wenn ich den Raum betrete.« Er drehte sich ihm zu. »Um ehrlich zu sein, ist es für mich momentan ziemlich ungemütlich auf Silverwood. Nicht mal Erin ist auf meiner Seite.«

Perplex blickte Ethan ihn an. »Du meinst, Harry ist nicht sauer auf mich?«

»Unser Vater mag ein harter Brocken sein, aber er liebt seine Söhne, auch wenn er es nicht zeigen kann. Ich glaube, es hat ihm gefallen, dich wieder im Haus zu haben. Und ich war deshalb eifersüchtig. Immerhin hat er dich in die Bücher sehen lassen und dann noch deinen Vorschlag mit der Biohaltung angenommen. Ich konnte nicht mal das Potenzial deiner Idee erkennen, weil ich zu beschäftigt damit war, auf dich wütend zu sein.«

Ethan beugte sich vor und lehnte die Stirn gegen die Scheibe. All die Wochen hatte er geglaubt, dass sein Vater die Flinte rausholen würde, sobald Ethan sich noch einmal nach Silverwood wagen sollte. Und nun war es gar nicht so? Seine Familie wünschte ihn nicht zum Teufel. »Arbeitet Liz inzwischen in der Schule?«, fragte er leise nach.

»Das tut sie.« John räusperte sich. »Hat sich einiges geändert bei uns. Liz hat uns vor Augen geführt, wie bescheuert und undankbar wir uns ihr gegenüber benommen haben. Wir teilen uns den Haushalt jetzt, um sie etwas zu entlasten.« Er senkte die Stimme. »Sie wäre fast ausgezogen, weil sie so entsetzt darüber war, dass wir dich aus dem Haus geworfen haben.« Er machte einen Schritt auf Ethan zu. »Offensichtlich war Liz nie wirklich glücklich auf Silverwood. Ich glaube, die Arbeit an der Schule tut ihr gut, und es verschafft ihr etwas mehr Abwechslung.«

Liz hatte sich also endlich auf die Hinterbeine gestellt und seinen Brüdern den Marsch geblasen. Er freute sich darüber, auch wenn es verflucht weh tat, über sie zu sprechen. »Lass uns die Pizza essen und dann schlafen gehen.« Seine Energie war aufgebraucht. Ethan konnte und wollte an diesem Tag nichts mehr von Silverwood hören. Wenn Harry und seine Brüder ihn nicht hassten, wäre es dann möglich, nach seiner Reise wieder nach Firefly Creek zu kommen? Wie lange würde Liz brauchen, um ihn zu vergessen? Das Letzte, was er wollte, war, bei ihr Wunden wieder aufzureißen, die bereits am Heilen waren.

»Satin-Bettwäsche?« Abfällig betrachtete John den glänzenden Stoff.

»Du kannst auch auf dem Boden schlafen, wenn es dir

nicht passt.« Genervt ließ Ethan sich in Boxershorts auf die Matratze fallen und drehte ihm den Rücken zu.

John zog sich ebenfalls aus, legte sich auf die andere Seite und schaltete die Nachttischlampe aus. »Wenn du kuscheln kommst, dann knallt es«, knurrte er.

»Halt die Klappe und schlaf endlich.« Ethan zog die Decke zu sich rüber. Fluchend rutschte John ein Stück näher an ihn heran. »Als du etwa drei Jahre alt warst, hattest du Angst vor Spinnen«, brummte John. »Jeden Abend musste Harry unter deinem Bett nachsehen, ob dort nicht eine hockt.«

»Lass mich raten, das hat dich furchtbar amüsiert.« Ethan klaute sich noch ein wenig mehr von der Bettdecke.

»Um ehrlich zu sein, kann ich Spinnen auch nicht leiden. Wochenlang bist du jede Nacht aufgewacht und zu Samuel und mir ins Zimmer gekommen. Du dachtest, wir hören dich nicht, aber deine Füße haben schmatzende Geräusche auf den Dielen gemacht, wenn du zu meinem Bett gehuscht bist.« John lachte leise auf. »Du bist zu mir ins Bett geklettert und hast dich ganz eng an mich gekuschelt. Jede Nacht zur gleichen Zeit.«

»Ich bin zu *dir* ins Bett gekommen? Kann mich nicht daran erinnern.« Er hörte, wie sein Bruder sich raschelnd auf den Rücken drehte.

»Du warst ja auch erst drei. Keine Ahnung, warum du nicht zu Harry oder Maggie gegangen bist, stattdessen hast du dir mein Bett ausgesucht. Und dann hast du mir ins Ohr geschnarcht wie ein alter Mann.«

»Du bist mein ältester Bruder. Ich habe zu dir aufgeschaut, John.« Er schämte sich nicht, es zuzugeben. Dass er sich auch heute noch heimlich nach Johns Anerkennung sehnte, sprach Ethan jedoch nicht aus.

»Und heute kannst du mich nicht mehr leiden«, gab John zurück.

»Du machst es mir auch nicht gerade leicht, dich zu mögen.« Heiser lachte Ethan auf, und John fiel mit ein.

»So ist es wohl.« John verpasste ihm einen Stoß in die Seite. »Lass uns schlafen.«

***

Die Sonne hatte es noch nicht über die Hausdächer geschafft. Das Leben in der Stadt schien später zum Leben zu erwachen als auf dem Land. Während er letzte Nacht noch lange wach gelegen und den Atemzügen von Ethan und den Geräuschen von der Straße gelauscht hatte, umgab ihn jetzt Stille. John stützte sich mit den Händen an der breiten Fensterfront ab und schaute hinaus. Kein Wunder, dass er kaum Schlaf gefunden hatte. Zu viel war gestern geschehen, was ihn umtrieb. Sein Bruder hatte seine Nachricht zu Samuels bevorstehendem Tod nicht gehört. Jahrelang hatte er Ethan deswegen verflucht, und nun hatte er feststellen müssen, dass es dafür keinen Grund gab.

Und dann war da noch Anne. Diese Frau sah so verflucht gut aus, dass es selbst ihm nicht entgangen war. Ethan hatte erzählt, dass sie einige Wochen bei ihm in dieser Wohnung gelebt hatte. Und als John die beiden auf dem Gehweg eingesammelt hatte, nachdem Annes Exfreund ihm aufgebracht gedroht hatte, ihn wegen des »Unfalls« zu verklagen, war er sich sicher gewesen, dass Ethan mit der Frau etwas gehabt haben musste. Er dachte an Annes lange Beine, dieses wunderhübsche Gesicht – immerhin war sein Bruder der Frauenflüsterer.

Während Ethan in Annes Badezimmer verschwunden war, hatte John die Gelegenheit genutzt und sie frei heraus auf seinen Verdacht angesprochen. Doch sie hatte lauthals losgelacht. Niemals, so versicherte sie, nachdem sie wieder zu Atem gekommen war, hätte Ethan auch nur ansatzweise die Grenzen einer Freundschaft überschritten. Und dann hatte sie ihm ganz fest in die Augen gesehen. John hatte angespannt die Luft angehalten. »Dein Bruder liebt Liz von ganzem Herzen, und er geht ohne sie vor die Hunde. Er glaubt, dass er seine Familie und seine große Liebe verloren hat, und das zerstört ihn. Denk noch mal darüber nach, ob er das wirklich verdient hat.« Ihre Worte hallten in Johns Ohren nach. Sein Bruder sah beschissen aus, das war nicht zu übersehen. Sogar seine Haare konnten einen frischen Schnitt vertragen.

Die letzten Monate waren für John nicht leicht gewesen, doch wenn er sein Leben mit Liz' und Ethans Situation verglich, erschien es ihm wie ein Spaziergang. Er war hierhergekommen, um sich Gewissheit darüber zu verschaffen, dass er richtig gehandelt hatte. Dass Ethan der Mistkerl war, für den er ihn hielt. Doch es war nicht so. »Verdammt!«

Mit schnellen Schritten ging John ins Schlafzimmer, schaltete das Licht ein und klaubte Ethans Kleider vom Boden auf. Unsanft warf er diese auf ihn. »Steh auf!«, rief er, während er nach seiner Jeans suchte.

Gähnend setzte sich Ethan auf und sah auf die Uhr. »Es ist kurz nach fünf, John, du musst hier keine Rinder füttern.«

John hob seine Jeans auf, griff in die hintere Hosentasche und zog ein Papier heraus, das er entfaltete. Dann reichte er es Ethan.

»Das ist das Bild von Ollie«, murmelte dieser verdutzt.

»Er hat seine Familie gemalt, wie er sie sieht: seine Mum,

sich und den Ziehvater, den er sich ausgesucht hat.« John beobachtete, wie Ethans Lippen bebten, ehe er das Papier sinken ließ.

»Du bist ein verdammter Arsch!« Sein Bruder sprang aus dem Bett und baute sich vor ihm auf. »Bereitet es dir so eine Genugtuung, mir wieder vor Augen zu führen, was ich verloren habe?«

»Ethan!« Mit beiden Händen ergriff John die Schultern seines Bruders. »Wir räumen jetzt deine letzten Sachen in den Campingbus, und dann fahren wir nach Hause.«

»Nach Hause?«, formten Ethans Lippen.

»Silverwood.« John grinste ihn an. »Da, wo du hingehörst.«

Einen Moment lang rührte sein Bruder sich nicht, dann schüttelte er Johns Hände ab. »Bist du jetzt völlig durchgedreht? Meinst du, ich würde das Liz und Ollie antun, wenn ich dann doch wieder abreisen muss?«

»Dann geh halt nicht wieder.« Johns Blick war herausfordernd.

»Aber ich könnte nicht bleiben, selbst wenn ich das wollte – oder Liz. Ich bin kein Farmer, und in der Gegend gibt es keine Arbeit für mich. Du kennst doch unsere Situation. Es hat keinen Sinn.« Resigniert ließ Ethan die Schultern hängen.

»Ich würde gerne sagen, dass es meine Idee war, damit du mir verzeihst, aber es war Erins«, sagte John. »Sie meint, du könntest dich als Berater für Farmer selbständig machen. Dieser Steuerquatsch, den du da gemacht hast, und die Beratung über Investitionen, das bringt es wohl. Das Geld von Grahams Bruder, das du nicht annehmen wolltest, hat sie Liz gegeben, weil sie es gerade gut gebrauchen kann.«

»Wieso braucht Liz mehr Geld?« Mit gerunzelter Stirn sah Ethan ihn an.

»Das spielt jetzt keine Rolle. Was zählt, ist, dass sie dich liebt. Sie liebt dich wirklich, und ich habe endlich eingesehen, dass ich falschlag. Ich habe Samuel kurz vor seinem Tod versprochen, auf sie aufzupassen, und es wohl damit übertrieben. Vermutlich hat er sich einfach nur gewünscht, dass sie glücklich wird. Und wenn du Liz glücklich machen kannst, dann habt ihr meinen Segen. Auch wenn ihr den eigentlich nicht braucht.« Ethan wusste nichts von Liz' Schwangerschaft. Doch John ging das Baby nicht mehr aus dem Kopf. Dieses Kind verdiente einen Vater, so wie Liz den Mann verdiente, an den sie ihr Herz verloren hatte. Er würde Ethan nach Silverwood zurückbringen, egal wie.

»Und wenn das mit der Selbständigkeit nicht funktioniert und ich zu wenig verdiene?« Unsicher sah Ethan ihn an.

»Dann sehen wir weiter. Ihr könnt auf Silverwood leben und so die Miete sparen. Hauptsache, Liz lacht endlich wieder.«

Ethans Augen wanderten zur Wand. Regungslos starrte er ins Leere. Plötzlich streckte er den Rücken durch. »Dann lass uns losfahren, damit wir es rechtzeitig zum Abendessen auf die Farm schaffen.«

***

Den ganzen Tag war Ethan John mit dem kleinen Bus hinterhergefahren. Hier und da hatten sie eine knappe Pause eingelegt, um sich die Beine zu vertreten. Jetzt waren es nur noch wenige Kilometer bis nach Firefly Creek. Ethan konnte nicht fassen, was er gerade tat: Er fuhr tatsächlich zurück nach Hause. Zu Liz und zu Ollie und dem Rest der Familie. John hatte ihm die Sorge genommen, dort nicht wie befürchtet unwillkommen zu sein. Und er hatte ihm gesagt, dass Liz Ethan noch immer liebte. So wie er sie. Das Kribbeln in seiner Magengegend machte ihn beinahe wahnsinnig. Er konnte es nicht erwarten, Liz in seine Arme zu schließen. Ihr zu sagen, wie viel sie ihm bedeutete. Und er wollte neben ihr aufwachen. Jeden Tag aufs Neue.

Die tiefstehende Sonne ließ die Wildblumen am Straßenrand in den prächtigsten Farben erstrahlen. Ethan kniff die Augen zusammen und betrachtete die bunte Pracht. Dann gab er Gas, überholte John und bedeutete ihm anzuhalten. Rasch stieg er aus und ging zum Straßenrand, wo er sich bückte, um eine Blume nach der anderen zu pflücken.

»Liz wird sich sicher darüber freuen«, kommentierte John gähnend und lehnte sich gegen sein Auto.

»Die sind für Mum«, sagte Ethan. »Macht es dir was aus, wenn wir beim Friedhof halten?«

»Du willst ans Grab?«, fragte John irritiert. »Warst du dort überhaupt schon mal?«

»Bei Samuels Beerdigung.« Mühsam schluckte Ethan und pflückte weiter. Noch nie hatte er es über sich gebracht, seine Mutter zu besuchen. Wenn er einen Neuanfang wollte, dann musste er auch mit dieser Sache ins Reine kommen. Sich selbst vergeben, wofür er nichts konnte. Die Blumen waren nur eine Geste, aber sie kam von Herzen. Er würde John, wenn sich alles etwas beruhigt hatte, bitten, ihm von ihr zu erzählen. Außer den wenigen Fotos, die in Silverwood von ihr hingen, hatte er keine wirkliche Vorstellung von seiner Mum.

»Was genau mache ich jetzt?« Hilflos sah Ethan auf die Blumen, die er eben in die Vase vor dem Grabstein gesteckt hatte.

»Das, was sich für dich richtig anfühlt.«

»Redet man mit den Verstorbenen, oder denkt man sich einfach was?« Das alles hier war für Ethan ungewohnt, und es überforderte ihn, die Inschrift mit dem Namen seiner Mutter und von Samuel zu lesen.

»Manche stehen einfach nur da, andere reden tatsächlich leise.« John lachte gedämpft. »Wenn wir Harry begleitet haben, dann hat er sich eine Zigarre angezündet und uns ein Stück weit weggeschickt. Wir sind immer über die Wege gelaufen und haben nach lustigen Namen auf den Grabsteinen gesucht. Oder wir sind hinten auf die alte Weide geklettert. Aber aus der Ferne konnten wir sehen, wie Harry gesprochen hat. Es war fast, als würde er eine normale Unterhaltung mit Mum führen. Wenn er wild gestikuliert hat, dann wussten wir, dass er ihr erzählt, was wir ausgefressen haben. Es war traurig und gleichzeitig rührend. Wenn er fertig war, hat er den Grabstein getätschelt und nach uns gepfiffen. Manchmal sind wir noch ein wenig dageblieben, und jeder hat seinen Gedanken nachgehangen. Inzwischen komme ich nur noch selten her. Wenn ich ausreite oder das alte Fort besuche, das ich als Kind mit Samuel im Wald gebaut habe, dann fühle ich mich unserem Bruder näher als hier. Was auch immer mich beschäftigt, ich erzähle es ihm, als ob er neben mir stünde. Aber im Gegensatz zu Harry führe ich die Unterhaltung nur in meinem Kopf.«

Ethan nickte. »Dann werde ich noch mal alleine wiederkommen und sehen, ob ich eine Verbindung zu ihr bekomme.«

»Das klingt gut«, sagte John.

»Aber da ist noch etwas, das ich Samuel sagen muss, bevor wir nach Hause fahren.« Zerknirscht ließ Ethan seinen Blick erneut über die allmählich verblassenden Buchstaben auf dem Grabstein wandern.

»Ich warte am Auto auf dich.« John wollte sich abwenden, doch Ethan hielt ihn am Arm zurück.

»Nein, bleib hier«, bat er.

John nickte und verschränkte die Arme vor der Brust.

Zögernd suchte Ethan nach den richtigen Worten. »Vermutlich weißt du schon, dass ich mich in deine Frau verliebt habe.« Unsicher sah er zu John, der ihm zunickte. »Jedenfalls sollst du wissen, dass ich sie von ganzem Herzen liebe. Du weißt, wie bezaubernd ihr Lachen ist, wie niedlich sie die Augenbrauen runzelt, wenn sie sich konzentriert, und wie fürsorglich sie ist. Vermutlich sind es all die kleinen Dinge, in die auch du dich damals verliebt hast. Und dann ist da noch dein Sohn«, Ethan machte eine Pause und ging in die Hocke. Er hatte die Scheu verloren, laut zu sprechen. Es tat gut, nach all der Zeit mit Samuel reden zu können. »Dein Sohn ist eine Wucht. Ein kleiner Strolch, den man einfach gernhaben muss. Ich hoffe, es ist für dich in Ordnung, wenn ich ihn aufziehe.« Seine Hand griff in den feinen Kies und ließ die Steine langsam durch die Finger rieseln. »Bis ich Ollie getroffen habe, wollte ich nie Kinder haben. Jetzt kann ich mir nichts Besseres vorstellen, als ihn wie meinen eigenen Sohn aufzuziehen. Ihm von dir zu erzählen und ihm all die Dinge beizubringen, die du ihm eigentlich beigebracht hättest.« Er lachte auf. »Wahrscheinlich hättest du ihm eine andere Frisur verpasst, aber ich denke, es wird in Ordnung sein, wenn ich die Dinge ein wenig auf meine Art angehe.

Ich hoffe, du gibst mir deinen Segen.« Langsam stand er auf.

»Gut gesprochen.« John schlug ihm auf die Schulter. »Und jetzt ab nach Hause.«

Als er hinter John auf den Parkplatz fuhr, tauchte die Abendsonne das große, alte Wohnhaus in ein goldenes Licht. Beim Anblick des vertrauten Gebäudes, der Weiden und der Rinder beschleunigte sich Ethans Atmung. Mit zerknittertem Hemd und steifen Beinen stieg er aus. Sein Blick fiel auf Ollie, der gerade mit Harry vom Pferdestall kam. Der Junge hielt eines seiner Schwerter in der Hand und redete lachend mit seinem Grandpa. Ethan unterdrückte den Wunsch, ihn zu rufen. Es war einfach zu schön, den ältesten und den jüngsten Bennett nebeneinander hergehen zu sehen. Auf einmal blickte Ollie zu ihm hinüber. Noch ehe Ethan die Hand heben und winken konnte, hatte der Junge das Schwert schon fallen gelassen und rannte auf ihn zu. Harry bückte sich und hob es auf, dann entdeckte auch er Ethan. Juchzend warf Ollie sich an seine Beine. Ethan griff ihn unter den Armen und hob ihn hoch, während sich der kleine Körper an ihn drückte.

»Ich wusste, du kommst wieder!«, platzte es aus Ollie heraus. »Ich wusste es.«

Ethan fuhr ihm über den Kopf. »Wir müssen dir unbedingt die Haare schneiden«, sagte er lachend.

»Jetzt gleich?«

»Morgen. Nach dem Kindergarten, in Ordnung?«

Statt einer Antwort schmiegte er sich erneut an ihn.

Harry stapfte auf sie zu und musterte John. »Sag mir das nächste Mal gefälligst, wo du bist, und schreib nicht einfach nur einen Zettel, dass du ein paar Tage weg bist«, sagte er.

»Komm zu mir, Buddy, lass Ethan kurz mit Grandpa sprechen.« John nahm ihm das Kind vom Arm und entfernte sich einige Schritte, während er den Kleinen auf seinen Rücken warf.

»Du bist zurück?«, wollte Harry wissen und linste unter seinem Hut hervor.

»Wenn es für dich in Ordnung ist, würde ich gerne erst mal hierbleiben«, sagte Ethan. »Ich muss mein Leben neu sortieren und vermute, das hier ist der beste Ort, um das zu tun. Und ich möchte wieder ein Teil dieser Familie sein.« Nervös wartete er auf eine Antwort.

Harrys Mundwinkel zuckten, dann trat er vor und legte die Arme um ihn. Erstaunt erwiderte Ethan die Umarmung. Er konnte sich nicht erinnern, dass ihn sein Vater jemals in die Arme geschlossen hatte. Er roch Harrys Rasierwasser und den Zigarrengeruch in seinen Haaren.

Schließlich ließ sein Vater ihn los und nickte zufrieden. »Das hier ist dein Zuhause, und das wird es immer bleiben«, sagte er mit rauer Stimme.

»Ich muss aber erst noch jemand anderes fragen, ob ich hier erwünscht bin«, bemerkte Ethan. Bei dem Gedanken, gleich vor Liz zu stehen, wurden seine Handflächen feucht.

»Kannst du mir zwei Minuten geben, damit ich vorher noch mit Liz sprechen kann? Ich glaube, ich muss vor ihr zu Kreuze kriechen, damit hier wieder Frieden herrscht«, brummte John und trat neben Ethan, während Ollie zu Boden sprang.

»Zwei Minuten, dann komme ich nach, ob du fertig bist oder nicht«, antwortete Ethan und nahm Ollies Hand.

***

Liz stand am Herd und wendete die Steaks in der Pfanne, als sie die Fliegentür zuschlagen hörte. »Das Pferdefüttern hat heute aber lang gedauert«, bemerkte sie, ohne aufzusehen.

»Liz …«, vernahm sie Johns Stimme.

Jeder Muskel in ihrem Körper spannte sich an. Seit er gestern Morgen verschwunden war, hatten sie nichts von ihm gehört. Vermutlich hatte er in irgendeiner Kneipe rumgehangen und im Auto geschlafen. Es wäre nicht das erste Mal, dass er so etwas tat. Noch immer sah sie nicht zu ihm auf. Doch sie bemerkte das Schweigen, das plötzlich in der Küche herrschte. Wäre eine Stecknadel auf den Boden gefallen, so hätte man sie gehört.

»Kannst du mich bitte mal ansehen?«, fragte er leise.

Widerwillig wandte sie ihm den Kopf zu. Er sah müde aus, seine Kleider waren zerknittert, und er hatte tiefe Ringe unter den Augen. Natürlich, er hatte augenscheinlich im Auto übernachtet, wie sie angenommen hatte. »Was willst du?«

»Dass du mir verzeihst.«

»Darüber haben wir schon gesprochen. Ich kann es nicht. Noch nicht.« Sie blickte zum Tisch und erkannte, dass Jim und die Zwillinge sie beobachteten. Jim legte den Kopf ein wenig schief, als wollte er ihr einen Schubs geben.

»Ich habe Mist gebaut und hätte mich nicht einmischen sollen. Es tut mir leid. Wirklich.« Flehend sah er Liz an.

»In Ordnung.« Seufzend hob sie die Hände und ließ sie gleich darauf fallen. »Ich werde wieder mit dir sprechen. Aber zwischen uns ist es nicht mehr, wie es war. Du hast mich verletzt, und dieses ganze Chaos hat mich in eine schwierige Lage gebracht.«

»Deshalb war ich ja weg«, antwortete John, und sie glaubte, den Anflug eines Grinsens in seinem Gesicht zu erkennen.

»Was soll es helfen, wenn du dich betrinkst?« Genervt stocherte sie in der Pfanne herum.

»Ich habe nicht getrunken. Ich habe etwas zurückgeholt, das du vermisst.«

Liz bemühte sich, seine Worte einzuordnen, doch was er sagte, ergab keinen Sinn. Draußen waren Schritte zu hören. Endlich kamen Ollie und Harry zum Abendessen, dachte sie.

Als die Tür sich erneut öffnete, fiel ihr die Gabel aus der Hand, während sie versuchte zu begreifen, wer da vor ihr stand.

»Er weiß es noch nicht«, flüsterte John ihr zu. Dann setzte er sich zu seinen Brüdern an den Tisch.

Ethan sah sie mit einem verlegenen Lächeln an. »Ich muss mich auch bei dir entschuldigen. Ich hätte nicht wie ein geschlagener Hund mit eingekniffenem Schwanz verschwinden sollen. Aber ich dachte, es gäbe keine Möglichkeit, dass ich mit dir gemeinsam leben kann.«

Ethans Worte drangen nur langsam zu ihr durch. Fassungslos starrte sie in seine Augen – diese Augen, die so warm und fröhlich waren und in die sie sich vor Monaten verliebt hatte.

»John hat mir erklärt, dass die Umstände letztlich keine Rolle spielen. Vielleicht haben wir sogar eine Lösung für meine beruflichen Probleme gefunden«, fuhr er fort.

Ethan sah nervös aus, er hatte die Hände in den Taschen, war ähnlich übernächtigt wie John und blinzelte unablässig. Liz konnte kaum einen klaren Gedanken fassen.

»Wenn du es noch möchtest, dann würde ich gerne hierbleiben und sehen, ob das mit uns funktioniert«, sagte er leise.

Unwillkürlich fuhr Liz sich über den Bauch. »Ob ich das

möchte? Du fragst mich wirklich, ob ich das möchte?«, fragte sie ihn vorwurfsvoll.

Ethan zuckte zusammen.

»Natürlich möchte ich das. Was denkst du nur?« Sie schlang die Arme um ihn, stellte sich auf die Zehenspitzen und küsste die Lippen, die sie so heftig vermisst hatte.

Plötzlich ertönte ein Grölen, und Pfiffe wurden laut. Peinlich berührt sah Liz zum Tisch, wo die Zwillinge einschlugen und lauthals jubelten, während Jim aufstand und erst John, dann Ethan auf die Schulter klopfte.

»Dann herrscht hier ja endlich wieder Ordnung«, kommentierte Harry trocken, der mit Ollie in der Tür stand.

»Ja, das glaube ich auch«, sagte Ethan und strich ihr eine Strähne aus dem Gesicht. »Ich liebe dich, Lizzie, und ich werde dich nie wieder verlassen.«

Liz schloss die Augen und lehnte die Stirn gegen seine Brust. Es war, als würde eine gewaltige Last von ihr abfallen. All die Tränen und die Sorgen hatten sich verflüchtigt.

John stand auf und schielte in die Pfanne. »Ich bin am Verhungern, können wir jetzt, da alles geklärt ist, endlich essen?«

Liz lächelte Ethan an, dann drehte sie sich um und ging zum Herd. »Ab sofort werde ich deinen Teil auch nicht mehr anbrennen lassen.«

»Ich wusste doch, dass das Absicht war«, sagte John kopfschüttelnd. »Also wieder alles gut zwischen uns?«

»Ja, alles gut.«

»Wenn ihr ganz leise seid, dann könnt ihr gleich den Groschen fallen hören«, sagte River schmunzelnd.

Als Liz sich umdrehte, erkannte sie, dass Ethan vor dem Kühlschrank stand. Sie hielt die Luft an, während er sich vorbeugte, um die Daten auf dem Ultraschallbild zu lesen.

»Ist es das, was ich denke?«, murmelte er und sah sie verdutzt an.

Sie brachte nicht mehr als ein Nicken zustande. Viel lieber hätte sie es ihm schonend und unter vier Augen beigebracht, doch nun war es eben anders gekommen.

Alle warteten gebannt auf Ethans Reaktion. Liz spürte, wie ihre Knie weich wurden.

»Das ist ein verdammter Segen«, verkündete Ollie laut, setzte sich an den Tisch und griff nach dem Brot.

Liz schlug sich die Hand vor den Mund und versuchte vergebens, ein Lachen zu unterdrücken.

»So was merkt er sich natürlich«, brummte Harry, während die Brüder in Gelächter ausbrachen.

Nur Ethan sagte nichts. Noch immer stand er vor dem Kühlschrank und schien seine Gedanken zu ordnen. Endlich erwachte er aus seiner Starre und kam auf sie zu. »Ollie hat recht, das ist ein verdammter Segen.« Er griff nach ihrer Hand, zog sie an sich und küsste sie. »Wir schaffen das«, flüsterte er zärtlich in ihr Ohr.

Erleichtert schloss Liz die Augen, während er sanft über ihren Bauch fuhr. Wie gerne sie ihm auf der Stelle gesagt hätte, dass sie ihn schrecklich vermisst hatte. Dass sie seine Haut auf ihrer, seine Lippen auf ihren hatte spüren wollen – und das Gefühl der Sicherheit empfinden, das sich in seiner Nähe einstellte. Doch das musste warten, bis sie alleine waren. Nachher, nach dem Abendessen, würden sie sich aussprechen. Eine halbe Stunde, dann konnte sie sich erneut an ihn schmiegen. »Lasst uns endlich essen, ich habe das erste Mal seit Wochen richtig Hunger«, sagte sie und griff nach der Pfanne.

Während sie aßen, bemerkte Liz, wie zufrieden Harry aussah. Seine Gesichtszüge wirkten ungewöhnlich weich. Statt zu essen, nippte er nur am Wasser und sah immer wieder von einem zum anderen. Als sein Blick bei ihr ankam, nickte er ihr kaum merklich zu. Liz wusste, was er dachte: Endlich waren alle Stühle am Tisch besetzt. Und im nächsten Jahr würde es einen weiteren Bennett geben. Oder aber die Erste ihrer Art seit drei Generationen.

Epilog

Drei Monate später

Harry stieg aus dem verbeulten Pick-up und schritt durch das gelbe Gras den Hügel hinauf, der den Stausee einfasste. Unter ihm erstreckte sich glitzernd das Wasser. Suchend sah er sich um und entdeckte an der linken Seite, wonach er gesucht hatte. Wie auch immer sein Sohn diesen schrecklich bunt angesprühten Campingbus den Hang hinunterbekommen hatte, es war geglückt. Seit Wochen schon lag Ollie Ethan damit in den Ohren, mit ihm gemeinsam eine Nacht in dem scheußlichen Gefährt zu verbringen. Hartnäckig wie alle Bennetts, hatte er seinen kleinen Dickschädel am Ende durchgesetzt, und Ethan hatte zugestimmt, an dem See zu übernachten. Schmunzelnd betrachtete Harry, wie sein Sohn in Badehose im Wasser stand und Ollie, der kräftig mit den Armen ruderte, unter dem Bauch abstützte. Vielleicht war es gar nicht so verkehrt, dass Ethan die Aufgabe übernahm, dem Jungen das Schwimmen beizubringen. Harrys eigene Methode hatte gut funktioniert, doch vermutlich passte sie nicht mehr in die heutige Zeit. Jedenfalls war Ollies begeistertes Glucksen bis hier rauf zu hören.

Liz saß am Ufer, mit den Füßen im Wasser, und lachte ausgelassen. Eine Hand ruhte auf ihrem Bauch.

»Noch vier Monate«, murmelte Harry. Vier Monate, und das alte Haus würde erneut mit Babygeschrei erfüllt sein.

Soweit er wusste, plante Liz, für ein Jahr mit dem Kind zu Hause zu bleiben und dann an die Schule zurückzukehren. Aber letztlich war ihm alles recht, was sie vorhatte, solange endlich wieder Frieden in der Familie einkehrte. So wie auch der Kontinent endlich wieder etwas aufatmen konnte, nachdem die schlimmsten Buschbrände gelöscht waren. Südaustralien hatte Glück gehabt und war größtenteils verschont geblieben. Und noch etwas ließ Harry hoffnungsvoll in die Zukunft sehen: Für die Kälber, die nach Biostandard aufgezogen werden sollten, waren bereits vor ihrer Geburt Kaufangebote von mehreren Händlern eingegangen. Ethans Plan schien aufzugehen, und endlich hatte das auch John eingesehen.

Aus den Augenwinkeln nahm Harry eine Bewegung wahr und sah auf die andere Seite hinüber. Dort stand Buster und suchte schnaubend im trockenen Gras nach den letzten grünen Halmen, während John entspannt auf seinem Rücken saß und das Schauspiel im Wasser verfolgte. Als er Harry entdeckte, nickte er ihm zu und nahm die Zügel auf. Das Pferd fiel in einen leichten Trab und lief in Richtung der Elderberry-Farm davon. Ja, es war endlich wieder Frieden eingekehrt. Was auch immer zwischen seinen Söhnen gestanden hatte, es schien ausgeräumt zu sein. John und Ethan gingen nun völlig ungezwungen miteinander um, als wäre das ganze Drama nie passiert. Beide hatten offensichtlich ihren Stolz zum Wohle von Liz und den Kindern heruntergeschluckt, und hin und wieder sah er seine Söhne sogar bei einem Bier zusammensitzen.

Harry zog den Hut ein wenig weiter in die Stirn, um seine Augen vor der tiefstehenden Herbstsonne abzuschirmen, und beobachtete, wie Ethan Ollie in die Luft warf und wieder auffing. Ging das Schicksal nicht manchmal seltsame Wege?

Es war nicht das Leben, das seine Schwiegertochter sich vor Jahren erträumt hatte, aber sie erschien ihm glücklich. Ihr Lachen hallte wieder durch die Räume, und sie hatte John vergeben. Und endlich schien sie verstanden zu haben, was Harry von dem Tag an empfunden hatte, als Samuel sie das erste Mal auf die Farm brachte: dass sie ein Teil von seiner Familie war. Sie alle hatten Liz in ihrem Leben gebraucht, und zu gerne hatte er seinen Vorsatz, nie wieder eine Frau ins Haus zu lassen, für seine Schwiegertochter über Bord geworfen. Ja, das Schicksal machte, was es wollte. Das hatte es schon immer. Wenn es nach Harry ging, könnte das Leben auf Silverwood allmählich etwas ruhiger werden, für weitere Aufregungen wie die im vergangenen Jahr wurde er langsam, aber sicher zu alt. Doch irgendetwas sagte ihm, dass er nicht zu sehr darauf hoffen sollte.

Immerhin waren seine Söhne immer für eine Überraschung gut, und bald würde es einen weiteren Bennett im Haus geben. Oder aber *die* erste Bennett seit drei Generationen. Brummend drehte er sich um und stapfte zurück zu seinem Wagen. Zwar hatte er es nie jemandem erzählt, doch er hatte sich immer eine Tochter gewünscht. Ein kleines Mädchen, dem er Geschichten erzählen konnte. Stattdessen hatte das Schicksal ihn mit sechs Söhnen gesegnet, die sein Leben in eine Achterbahnfahrt verwandelten. Durfte ein alter Mann auf eine neue Chance hoffen? Amüsiert rieb er sich über den Bart und stieg ein. Mit etwas Glück würde er in vier Monaten eine Enkeltochter in den Armen halten. Und dann würde er all die Geschichten erzählen, für die seine Söhne und Ollie nie die Geduld hatten.

Ende

Danksagung

Ich erinnere mich noch exakt an den Moment, als ich meinem Mann davon erzählte, dass ich Liebesromane schreiben wollte. Er schaute mich fragend an, als wolle er sich vergewissern, ob das ein Scherz sei, und meinte schließlich schulterzuckend: »Dann mach mal!« Romantik ist nicht mein Ding, sollte man an dieser Stelle wissen. Ich vergesse zuverlässig jeden Hochzeitstag, während mein lieber Gatte stets daran denkt.

Einige Monate später schien ihm zu dämmern, dass die Sache mehr als nur eine fixe Idee war, die sich schnell wieder erledigt hätte, und ich auf dem Papier tatsächlich das eine oder andere romantische Gefühl hervorzaubern kann. Von diesem Augenblick an hat er alles getan, um mich in meinem Vorhaben zu unterstützen. Danke, Patrick!

Durch großartige Menschen, die mir mit all ihrem Wissen zur Seite standen und die die Bande von Chaoten, die nach und nach die Zeilen des Romans eroberte, ebenso lieben gelernt haben wie ich, hat »Firefly Creek« mehr und mehr Form angenommen. Ich danke von Herzen:

Julie Hübner und Tim Rohrer von der Leselupe-Literaturagentur. Julie, die die Bennetts damals aus dem Maileingang fischte und meine erste Fürsprecherin wurde; Tim, der ein genialer Agent ist. Ohne euch hätte es nie geklappt!

Carla Grosch, die dem Bennett-Clan und mir die großartige Chance gegeben hat, ein Teil der S.-Fischer-Familie zu werden. Danke, dass du an diese zugegebenermaßen ungewöhnliche Liebesroman-Reihe glaubst!

Meiner wunderbaren Lektorin Ilona Jaeger, die es mit beeindruckender Nervenstärke geschafft hat, eine Debüt-Autorin durch das erste Lektorat zu führen. Ich bin glücklich, dich für diese Reihe an meiner Seite zu haben!

Meiner lieben und geschätzten Ratgeberin Annett Schulz, die auf der Suche nach dem richtigen Titel »Firefly Creek« vorschlug.

Und natürlich darf auch meine Familie nicht unerwähnt bleiben, deren Rückhalt mir unsagbar viel bedeutet.

Ein dickes Dankeschön geht an alle Mitarbeiterinnen und Mitarbeiter des Verlags, die auf vielfältige Weise zu dieser Veröffentlichung beigetragen haben.

Und so geht es weiter

Lilian Kaliner

Das Glück findet dich

Roman

Exklusive Leseprobe

Prolog

32 Jahre zuvor

Das fahle Licht des aufkommenden Morgens drang durch die dunkelgrünen Vorhänge. Harry sah blinzelnd Charlotte an, die ihr Nachthemd zuknöpfte und dann behutsam das Baby hochnahm. Einen Augenblick lang betrachtete sie es mit einem verträumten Lächeln auf den Lippen, dann legte sie den Säugling in der Wiege neben dem Bett ab. Gähnend sank sie zurück aufs Kissen und drehte sich auf die Seite. Als sie Harry anblickte, erschien es ihm, als würden ihre Augen lachen. »Hast du mich beobachtet?«, flüsterte sie und rutschte an ihn heran. Sie legte ihren Kopf auf seine Brust, und Harry fuhr mit den Fingern durch ihre langen dunkelblonden Haare.

»Es gibt keinen schöneren Anblick«, brummte er.

»Jim ist das hübscheste Baby, das es gibt.« Sie fuhr mit ihrer Hand über seinen Hals und ließ sie schließlich auf Harrys Oberarm ruhen. »Auch wenn ich seine Mutter bin, stimmt es dennoch.«

Harry brummelte amüsiert und legte seine Wange an ihre Haare. »Das hast du auch schon bei unseren letzten beiden Babys gesagt.«

»Wir machen wohl einfach schöne Kinder.« Ihr sanftes Lachen kitzelte in seinen Ohren. Charlotte stützte sich auf die Ellbogen und sah ihn an. »Wir brauchen noch ein kleines Mädchen«, sagte sie mit Nachdruck.

Harry entfuhr ein Stöhnen. »Jim ist erst fünf Wochen alt, warte mal ab, bis er ein Jahr alt ist und mit John und Samuel das Haus auf den Kopf stellt.«

»Ach was, unser Jim ist ein Sonnenschein und immer gut gelaunt. Ich bin mir nicht einmal sicher, ob er wirklich schreien kann«, hielt sie dagegen.

Harry musste ihr zustimmen. Nach John, der die ersten Monate quasi durchgebrüllt hatte, und Samuel, der kaum ein Jahr später in der Wiege gelegen und nur selten mal geschlafen hatte, war dieses Neugeborene eine wahre Wohltat. »Ich glaube nicht, dass ich mehr als drei Kinder verkrafte«, sagte Harry leise. »Egal wie still der Bursche jetzt noch ist, in ihm steckt ein Bennett. Eines Tages wird er es zeigen.«

»Die meiste Arbeit mit den Jungs habe ja ich. Und ein weiteres Baby traue ich mir noch zu.« Charlotte bedachte ihn mit einem frechen Grinsen.

»Ich weiß nicht, wie du es schaffst, mit drei Söhnen so entspannt zu sein.« Mit einem Arm zog er sie an sich und küsste sie. Charlotte schloss die Augen, und Harry spürte, wie sehr sie den Kuss genoss. Dann richtete sie sich wieder auf. »Willst du etwa kein kleines Mädchen?«, fragte sie nach und zog eine Schnute.

Dieser Blick. Harry konnte Charlottes himmelblauen Augen nur selten widerstehen. Und tatsächlich hatte er dieses Mal selbst auf eine Tochter gehofft, auch wenn er es nicht ausgesprochen hatte. »Es könnte wieder ein Junge werden«, gab er zu bedenken.

»Nächstes Mal wird es ein Mädchen, das habe ich im Gefühl. Ganz sicher.«

»Lass uns ein oder zwei Jahre abwarten, und dann sprechen wir noch mal darüber«, schlug er vor.

Im Flur waren flinke Schritte zu hören, und gleich darauf wurde die Tür aufgestoßen.

»Ich werde dich daran erinnern«, flüsterte Charlotte, setzte sich auf und half den beiden kleinen Jungen auf die Matratze.

Harry schob Johns Fuß aus seinem Gesicht und zog den kleinen Samuel zu sich unter die Decke. Es war kurz nach fünf, und sicherlich hatten die Racker nicht vor, noch einmal einzuschlafen. Gähnend wuschelte er durch Johns dunkle Haare. Seit vier Jahren hatten Charlotte und er keine Nacht durchgeschlafen. John und Samuel strotzten nur so vor Energie und gönnten ihren Eltern selten eine Verschnaufpause. Ein Lächeln umspielte Harrys Mundwinkel. Das hier war die beste Zeit seines Lebens, da war er sich sicher.

Kapitel 1

Kats Fingerspitzen fuhren andächtig über das glatte, kalte Metall des Untersuchungstischs. Erneut sah sie sich in dem in die Jahre gekommenen Raum um. Einrichtung und Geräte waren veraltet, aber sie würden ihren Zweck erfüllen. Allerdings musste das Chaos, das Doc Harlow ihr hier hinterlassen hatte, dringend beseitigt werden. Nach ihrer Ankunft am gestrigen Abend hatte sie versucht, dessen Sortierung der Medikamente zu verstehen, doch das Ablageprinzip ergab keinerlei Sinn. Vermutlich hatte der Doc die Ampullen, Schachteln und Spritzen einfach dort verstaut, wo noch Platz war. Kat öffnete den Aktenschrank und betrachtete die vergilbten Patientenordner. Hier war natürlich auch nichts elektronisch erfasst worden.

»Ms. Roberts, wir können jetzt die Verträge unterschreiben.« Die Stimme des alten Tierarztes riss sie aus ihren Gedanken. Er stand in der Tür und beobachtete sie mit nachdenklichem Blick.

Kat ahnte, wie schwer es ihm fiel, sein Lebenswerk zu übergeben. Was für Kat dringend erneuerungsbedürftig erschien, war für Doc Harlow der Mittelpunkt seines Lebens gewesen. Und ab jetzt sollte es ihrer sein. Mit einem lauten Knall schob sie die Schublade in den Schrank zurück und nickte ihm zu. »Ich komme gleich.«

Für einen Moment schloss sie die Augen und atmete tief durch, dann folgte sie ihm in den Empfangsbereich der Praxis.

Doc Harlow unterhielt sich angeregt mit einem Mann, der einen Stapel Papiere in der Hand hielt. Als sie auf die beiden zutrat, streckte der Fremde ihr eine Hand entgegen. »Ethan Bennett, Sie müssen Katherine Roberts sein.«

Angespannt griff sie nach seiner Hand und musterte den großen, Mann in der dunklen Jeans und dem perfekt gebügelten Hemd. Wenn Ethan Bennetts Arbeit nur halb so akkurat war wie sein Haarschnitt, dann würde Kat in wenigen Minuten ihre eigene Praxis besitzen.

»Der Doc hat mir die Einzelheiten der Übernahme beschrieben, die Sie beide abgesprochen haben. Die notwendigen Unterlagen haben Sie mir ja vorab zugeschickt. Alle Punkte, die Sie und der Doc ausgehandelt haben, sind hier aufgeführt.« Er überreichte ihr mehrere Blätter. »Bitte lesen Sie alles gründlich durch. Sollte etwas nicht stimmen, können wir es direkt abändern. Ich sende es dann heute noch zur Beglaubigung an den Notar.«

Kat bemühte sich, das Zittern ihrer Hände nicht zu zeigen, und nahm auf einem der abgewetzten Stühle Platz, die entlang der Wand aufgereiht standen. Zeile für Zeile las sie das Dokument durch, das sie zur niedergelassenen Tierärztin von Firefly Creek machen sollte. »Es ist alles richtig so«, sagte sie erleichtert.

»Dann dürfen Sie jetzt unterschreiben.« Ethan Bennett lächelte charmant und reichte ihr einen Kugelschreiber.

Entschlossen setzte sie ihren Namen unter den Vertrag und gab ihn dann an Doc Harlow weiter.

Dieser zog langsam eine Lesebrille aus der Brusttasche

seines Hemdes, rückte sie auf der Nase zurecht und unterschrieb mit einem kratzenden Geräusch. »Jetzt gehört alles Ihnen«, verkündete der alte Mann und nahm die Brille wieder ab.

»Ich gratuliere dir zum Ruhestand, Doc«, sagte Ethan Bennett, schlug dem alten Tierarzt freundschaftlich auf die Schulter und sah dann Kat an. »Und Ihnen zur neuen Praxis.«

Erleichtert atmete Kat durch. »Nachdem das geschafft ist, nenne mich doch bitte Kat«, antwortete sie und nahm ihre Ausfertigung des Vertrags von Ethan entgegen.

»Gerne. Ich schätze, wir werden uns in Zukunft öfter sehen.« Mit einem Zwinkern steckte er den Kugelschreiber ein und ging zur Tür. Das Glöckchen darüber klingelte, als sie hinter ihm zufiel.

Kat sah ihm grübelnd nach. »Hat er einen Hund oder eine Katze?«, fragte sie den Doc. Sie machte sich einen Spaß daraus zu erraten, welches Haustier die Menschen, die ihr begegneten, besaßen. Doch Ethan hatte weder Haare an der Hose gehabt, die ihr etwas hätten verraten können, noch sah er überhaupt danach aus, als ob er ein Tierliebhaber wäre. Und Kat lag selten falsch mit ihrer Intuition.

»Weder noch.«

»Aber Ethan meinte doch, wir würden uns jetzt öfter sehen?«, überlegte sie laut.

»Seine Familie besitzt eine Rinderfarm, die Sie von nun an betreuen werden«, löste Doc Harlow das Rätsel auf. »Um genau zu sein, liegt Silverwood auf der Runde, die wir heute gemeinsam abfahren werden.«

Kat war dankbar, dass der Doc vorgeschlagen hatte, sie auf den größeren Farmen als seine Nachfolgerin vorzustellen. Die Unsicherheit, wie sie in dieser ländlichen Gegend von den alteingesessenen Farmern angenommen werden würde, hatte ihr schon so manche schlaflose Nacht bereitet. In den letzten beiden Jahren hatte sie bei drei Landtierärzten gearbeitet, um sich auf Rinder zu spezialisieren, und erlebt, dass einige Züchter Vorbehalte gegenüber weiblichen Veterinären hatten. Doch Kat hatte vor, sich durchzubeißen und zu zeigen, dass sie ihr Handwerk verstand. »Wann gehen wir los?«

»Am besten sofort«, schlug Doc Harlow vor und spielte schon wieder an seinem Hörgerät herum, das, wie sie inzwischen wusste, ab und an Aussetzer hatte. Kat war beeindruckt von dem alten Mann, der mit siebzig Jahren noch weit über fünfzig Stunden in der Woche gearbeitet hatte. Sie verstand dessen Leidenschaft für den Beruf nur zu gut. Zwar waren die Bewegungen des alten Mannes ein wenig langsam, doch in ihren Gesprächen zur Praxisübernahme war er Kat sehr kompetent erschienen. Doc Harlow fuhr sich über die beinahe weißen Haare, die sich um die beginnende Halbglatze gruppierten. Als er sich die Jacke anzog, ging Kat zum Anmeldetresen, schlüpfte aus ihren Turnschuhen und stieg in die festen Lederstiefel, die dahinterstanden. Dann nahm sie ihre Tasche mit den Instrumenten und Medikamenten von der Tischplatte. »Bereit für Ihre letzte Runde?«, fragte sie mitfühlend.

»Wohl oder übel.« Doc Harlow nickte und hielt ihr die Tür auf.

Drei Farmen hatten sie nun schon besucht, einige Routineuntersuchungen an Schafen gemeinsam durchgeführt und mehrere Zuchtbullen begutachtet. Der Doc hatte sie bei den Farmern in den höchsten Tönen gelobt und von ihrer Erfahrung in der Zucht berichtet. Dennoch hatte sie dieser unsympathische Richard Smith abschätzig beäugt, und Kat war sich sicher, unangemessene Kommentare hinter ihrem Rücken vernommen zu haben, als sie eine seiner trächtigen Stuten abhörte. Ausgerechnet der wohlhabendste Farmer der Gegend und damit einer ihrer wichtigsten Kunden schien einer vom alten Schlag zu sein.

»Machen Sie sich nichts draus, Sie werden Richard mit Ihrer Arbeit früher oder später sicherlich überzeugen.« Offensichtlich hatte der Doc ihre Gedanken erraten.

»Ob es ihm passt oder nicht, er wird mit mir vorliebnehmen müssen.«

»Das ist die richtige Einstellung«, stimmte der Doc ihr zu.

»Und wohin geht es jetzt?« Kat ließ ihren Blick über die weitläufige Landschaft schweifen. Wie endlos der Himmel hier draußen erschien. Am Horizont waren dicke dunkle Wolken zu erkennen. In Südaustralien hatte mit dem Juni der Winter begonnen, und sie war froh, in der etwas ruhigeren Jahreszeit ihre neue Tätigkeit aufzunehmen. Das bot ihr die Gelegenheit, die Praxis umzustrukturieren und die Akten zu digitalisieren, bevor sie im Frühjahr deutlich mehr zu tun bekäme.

»Und hier kommen wir nach Silverwood.«

Die Farm von Ethans Familie also. Noch immer fiel es ihr schwer, sich den elegant gekleideten Mann auf einer Rinderfarm vorzustellen. Aber sie selbst entsprach ebenfalls nicht der geläufigen Vorstellung einer typischen Landtierärztin, wie man sie schon öfter hatte spüren lassen.

»Das dürfte Sie interessieren: Silverwood hat kürzlich auf biologische Rinderhaltung umgestellt«, sagte Doc Harlow.

Kat zog die Augenbrauen hoch. »Damit müssten sie hier in der Region die Einzigen sein, oder nicht?« Abgesehen davon, dass ihr als Tierärztin die Biohaltung deutlich besser gefiel, wusste sie um die konstant steigenden Preise für organisches Rindfleisch. Die Umstellung würde sich als kluger Schachzug erweisen, da war sie sich sicher. Und es machte sie neugierig darauf, die Farm zu sehen.

Der Doc gab ein zustimmendes Brummen von sich. »Das hat ganz schön für Gelächter bei den anderen Farmern gesorgt.« Der alte Mann lachte auf. »Aber Harry hat schon immer für eine Menge Gesprächsstoff gesorgt.«

»Harry?«

»Harry Bennett, der Vater von Ethan.« Der Doc legte einen anderen Gang ein, und der Wagen rumpelte schneller über die unebene Straße. »Anscheinend war die Sache mit dem Bio-Fleisch Ethans Idee.« Er sah zu ihr hinüber. »Der Junge ist ein ganz cleverer Kopf, wenn Sie mich fragen. Hat lange Zeit in Sydney Karriere gemacht, bis er vor ein paar Monaten nach Silverwood zurückgekehrt ist. Jetzt berät er Farmer und Selbständige. Kümmert sich um alles, was mit Finanzen zu tun hat. Deshalb habe ich ihn auch bei dem Übergabevertrag um Hilfe gebeten. Wenn Sie je einen Kredit brauchen, um neue Ausstattung zu kaufen, dann wenden Sie sich an Ethan. Er vermittelt Ihnen einen Kredit zu den besten Konditionen.«

Kat unterdrückte einen Seufzer. Tatsächlich würde sie sich wohl oder übel mit dem Gedanken anfreunden müssen, sich weiteres Geld zu beschaffen, wenn sie die Praxis jemals auf einen modernen Standard bringen wollte. »Danke für den Tipp. Es ist immer gut, in diesem Bereich jemand Vertrauenswürdiges zu kennen.«

»Die Bennetts sind alle vertrauenswürdig, das kann ich Ihnen garantieren. Sind zwar ein chaotischer Haufen und etwas eigenwillig, aber auf Harry und die Jungs können Sie sich verlassen.«

»Es gibt mehrere Söhne?« Die Ausführungen des Docs weckten Kats Interesse.

»Einen ganzen Stall voll, und Harry hat sie größtenteils alleine aufgezogen, nachdem seine erste Frau gestorben und die zweite über Nacht verschwunden ist.« Der alte Mann schüttelte den Kopf und fuhr bedenklich nahe an den Straßenrand, ehe er das Steuer herumriss. »Ich sage ja: Die Bennetts haben schon immer für Gesprächsstoff gesorgt.« Er lachte dröhnend.

Der alte verbeulte Pick-up mit dem Praxislogo an der Seite, den Kat ebenfalls übernommen hatte, bog auf eine Schotterstraße ein. Ab morgen würde sie hinter dem Steuer sitzen, doch heute genoss Kat es, die neue Umgebung auf sich wirken zu lassen, während der Tierarzt sie durch die Gemeinde chauffierte. Der Weg führte an mehreren Weiden entlang, und ihr geschulter Blick nahm den erstklassigen Zustand der Rinder wahr. Schließlich kam am Ende der Straße ein großes rotes Backsteinhaus in Sicht. Es wirkte romantisch, von Eukalyptusbäumen eingerahmt und mit Efeu bewachsen. Der Doc parkte den Wagen auf dem großen Parkplatz davor, dann kramte er in seiner Tasche und reichte ihr eine dünne Akte mit der Aufschrift *Fred Bennett.* Kat schlug die Mappe auf und überflog die wenigen Eintragungen. Ein junger Cattledog, dessen nächste Impfung fällig war. Ein Hund mit diesem Namen war ihr bisher nicht untergekommen. Amüsiert stieg Kat aus.

Von der Scheune neben dem Haus kam ein ernst dreinblickender Mann mit festen Schritten auf sie zu. »Doc«, er nickte dem Tierarzt zu und sah dann sie an.

»Das ist Ms. Roberts, die neue Tierärztin«, stellte er sie erneut vor.

»John Bennett«, gab der großgewachsene Farmer kurz angebunden zurück, nahm den Lederhut ab und wendete sich dann wieder ihrem Vorgänger zu. »Ich habe Quentin angefunkt, als ich deinen Wagen gesehen habe. Er ist mit Fred hinten bei den Schafen und kommt gleich.«

Kaum hatte er den Satz beendet, vernahm Kat ein näherkommendes Motorengeräusch. Suchend sah sie sich um und entdeckte ein Geländemotorrad, das sich in beeindruckender Geschwindigkeit über einen schmalen Wirtschaftsweg näherte, gefolgt von einer dicken Staubwolke. Grollend donnerte das Bike auf die Gruppe zu und hielt wenige Meter vor ihnen abrupt an. Kat beobachtete überrascht, wie ein Cattledog fröhlich bellend vom Schoß des Mannes sprang, der das Motorrad fuhr. Intuitiv beugte sie sich ein wenig hinunter und streckte ihre Hand aus, damit der Hund ihren Geruch aufnehmen konnte. Schnuppernd umrundete er die Gruppe.

»Macht Fred sich gut?«, wollte der Doc wissen.

Als der Fahrer den Helm abzog, kam ein junger Kerl mit wilden Locken und Sommersprossen auf den Wangen zum Vorschein. Kat schätzte ihn auf Mitte zwanzig, während die schmalen Furchen auf Johns Stirn und die ersten grauen Haare an seinen Schläfen ihn etwa zehn Jahre älter wirken ließen. Damit kannte sie nun drei der Bennett-Brüder, stellte Kat fest, wobei ihr auffiel, dass sie zwar alle ausgesprochen gut, aber dennoch recht unterschiedlich aussahen. Während Ethan blond und blauäugig war, hatten seine Brüder dunkelbraune Haare und Augen.

»Fred lernt unheimlich schnell, er kann jetzt schon mehr Pfiffe als unser alter Hund, und wie du siehst«, sagte der Lockenkopf und deutete auf das Tier, das sie weiter umrundete, »hat er den natürlichen Trieb, alle beisammenzuhalten.«

»Er versucht sogar, die Rinder einzukreisen«, brummte John Bennett.

»Aber er ist schnell genug, um abzuhauen, wenn sie genug davon haben«, sagte sein jüngerer Bruder. Dann blickte er Kat an. »Ich bin Quentin – und du wohl die neue Tierärztin?«

»Genau, Kat.« Erleichtert über seine freundliche Art, lächelte sie ihm zu. »Und Fred bekommt gleich eine Impfung, wenn ich richtig informiert bin.«

»Dann lasse ich euch mal machen und gehe wieder an die Arbeit. Doc, du kommst morgen wie besprochen, um Buster die Zähne abzuschleifen?« Fragend sah John ihn an.

Abwehrend hob der alte Mann die Hände. »Diesen Satansbraten übergebe ich mit Freude an Ms. Roberts.«

Mit zusammengezogenen Augenbrauen sah John Kat an. »Na dann. Wann passt es Ihnen morgen?«

John Bennett hatte im Gegensatz zu seinen Brüdern entschieden, sie zu siezen, und Kat hatte Mühe, angesichts seiner steifen Art ein Schmunzeln zu unterdrücken. Nur schwer brachte sie in ihren Gedanken Ethan mit seinem gepflegten Auftreten und diesen ruppigen John, der in verfleckter Jeans und einem schlichten schwarzen Shirt vor ihr stand, als Brüder zusammen. Sie kam wieder auf seine Frage zurück. Ganz offensichtlich handelte es sich hier um ein Pferd. »Bedeutet Satansbraten, wir können es nur mit einer Beruhigungsspritze machen?«, hakte sie nach.

John nickte und sah sie starr an. Unter dem Dreitagebart

steckte zweifelsohne ein gut aussehendes Gesicht, doch seine finstere Miene machte jeden Charme zunichte.

»Dann komme ich als Erstes morgen früh hierher, und Sie sorgen dafür, dass er nüchtern ist.«

John nickte, setzte den Hut auf und stapfte zurück in Richtung der Scheune.

»Und jetzt bist du dran, kleiner Fred«, flötete Kat fröhlich und kniete sich auf den Boden. Der Hund stupste sie mit der Nase an und schnupperte vorwitzig in die Tasche hinein, als Kat die Spritze und das kleine Glasfläschchen mit dem Impfstoff herausnahm. Rasch schätzte sie Freds Gewicht und zog die Spritze auf. Quentin kniete sich neben sie hin, hielt den Hund am Halsband fest und lenkte ihn ab, während Kat die passende Stelle an Freds Hinterteil suchte und zielsicher die Nadel ansetzte. Kurz zuckte der drahtige Körper zusammen, dann leckte Fred ihr fiepend über das Gesicht. Kat gluckste, strich ihm über das kurze Fell und stand auf. »Diesen Patienten habe ich jetzt schon ins Herz geschlossen«, verkündete sie begeistert.

»Ist dein Vater im Haus?«, hörte Kat den Doc fragen.

»Müsste im Büro sitzen«, sagte Quentin und schwang sich auf das Motorrad. Er pfiff, und Fred machte einen Satz und sprang zu ihm hinauf.

»Dann stelle ich Ihnen jetzt noch Harry Bennett vor.« Der Doc spielte einmal mehr genervt an seinem Hörgerät herum.

Kat folgte ihm neugierig auf dem schmalen Weg entlang dem Haus zu einer Seitentür. Als sie eintrat, fand sie sich in einer großen Küche wieder.

»Hallo?«, rief Doc Harlow ungeduldig in den Flur hinein, und kurz darauf waren Schritte auf der Treppe zu hören.

Eine Frau mit blondem Bob trat in die Küche. Eine Hand

in den Rücken gestemmt, kam sie in gemächlichem Watschelgang auf sie beide zu. »Hallo, Doc, schön, dich zu sehen.« Fröhlich lächelte sie dem alten Tierarzt zu und fuhr sich über den eindrucksvoll gerundeten Bauch. Dann sah die Frau an ihm vorbei und strahlte Kat an. »Und du bist vermutlich Docs Nachfolgerin?«

»So ist es. Kat Roberts«, erklärte Kat heute zum gefühlt hundertsten Mal.

»Und das ist Liz Bennett, die Lebensgefährtin von Ethan«, stellte der Doc ihr die hübsche Frau vor.

»Ethan hat mir schon von dir erzählt. Möchtet ihr was trinken?« Fragend sah Liz von einem zum anderen.

»Gerne ein Wasser«, bat Kat. Ausgerechnet heute hatte sie ihre Wasserflasche vergessen, und bisher war ihr auf keiner Farm etwas zu trinken angeboten worden. Inzwischen war es Nachmittag, und außer einem Müsliriegel hatte sie seit dem Frühstück nichts zu sich genommen.

»Und du möchtest sicher wie immer einen Kaffee.« Verschwörerisch zwinkerte Liz dem Doc zu und deutete auf eine Thermoskanne auf dem Tisch. Dann ging sie zum Kühlschrank und nahm eine Flasche heraus.

»Wann ist es denn so weit?«, erkundigte sich Kat, während Liz ihr ein Glas eingoss.

»Nicht mehr lange, Mitte Juli ist der errechnete Geburtstermin. Aber die letzten Wochen sind ja immer die beschwerlichsten. So langsam glaube ich, dieses Baby wird nie geboren.« Hell lachte Liz auf und tätschelte ihren Bauch.

»Früher oder später kommen sie alle raus«, brummte der Doc und sah ungeduldig in den Flur. »Harry!«, rief er durch die Tür.

Endlich hörte sie schwere Schritte im Gang. Kat nahm das

Wasser von Liz entgegen und beobachtete, wie ein älterer Mann eintrat. Er hatte die gleiche hohe Statur, die Kat schon bei seinen Söhnen aufgefallen war. Mit den Händen in den Hosentaschen grüßte er zuerst den Doc, dann fixierte er Kat.

Liz stellte sie vor.

»Freut mich, Sie kennenzulernen, Mr. Bennett«, sagte Kat und streckte ihm eine Hand entgegen.

Mit dem gleichen Blick wie zuvor John musterte Harry Bennett sie und zog eine Hand aus der Hosentasche. Sein Händedruck war kräftig, und Kat bemühte sich, ihn fest zu erwidern.

»Bei Mr. Bennett muss ich an meinen Vater denken, nennen Sie mich Harry«, brummte er unter seinem grauen Schnauzbart und wandte sich dem Doc zu: »Hast du einen Moment Zeit?«

»Ich komme gleich wieder. Sehen Sie sich doch etwas um«, sagte Doc Harlow zu Kat, dann folgte er Harry Bennett aus dem Raum.

»Die beiden trinken einen Whisky zusammen und reden über alte Zeiten«, klärte Liz sie auf.

»Das bedeutet, an dem Tag, an dem Harry mir auch einen Drink anbietet, bin ich hier akzeptiert?«, fragte Kat grinsend nach.

»Das nehme ich an.« Liz beugte sich zum Backofen hinunter und öffnete die Klappe. Sie griff nach einem Geschirrtuch und nahm einen dampfenden Kuchen heraus. »Wenn der Apfelkuchen etwas abgekühlt ist, packe ich dir ein Stück ein. Ich nehme an, der erste Tag ist hart?« Sie warf ihr einen mitfühlenden Blick zu.

Kat nickte. »Es ist ein Wechselbad der Gefühle. Ein Stück Kuchen für heute Abend klingt wunderbar.«

»Ich rufe nach Jim, soweit ich weiß, schleift er gerade mehrere Sägeblätter und wird sicher gerne eine Pause einlegen und dich über die Farm führen.« Liz deutete mit dem Kopf zum Flur. »Wenn Harry und der Doc erst mal im Büro sitzen, kommen sie so schnell nicht wieder raus.« Schnaufend watschelte sie zur Seitentür und rief über den Hof, der sich hinter dem schmalen Vorgarten auftat.

»Komme gleich!«, schallte es zurück.

Kat leerte ihr Glas in einem Zug und stellte es in die Spüle. »Danke für die Gastfreundschaft.«

»Jederzeit. Wenn du herkommst und keinen siehst, dann geh einfach ins Haus und ruf. Irgendeiner ist immer da«, sagte Liz.

Wie wohl Kat sich hier fühlte, im Gegensatz zu den anderen Farmen, auf denen sie kritisch beäugt worden war. Dieser Raum mit den alten Holzdielen und dem großen Esstisch hatte etwas Gemütliches. Das Haus strahlte den Charme längst vergangener Zeiten aus, und beim Duft des Kuchens lief ihr das Wasser im Mund zusammen.

»Was gibt's?«, fragte eine tiefe, warme Stimme hinter ihr.

Lilian Kaliner
Das Glück findet dich
Firefly Creek Band 2
ISBN 978-3-596-70552-8
erscheint am 24.11.2021